KB130853

대지의
문법과
시적
상상

# 대지의 문법과 시적 상상

홍용희 평론집

문학동네

# 책머리에

 시와 혁명은 기본적으로 동일한 속성을 지닌다. 현재의 역사의 시간을 부수고 다른 시간을 세우려고 시도한다는 점에서 시와 혁명의 속성은 합치된다. 그러나 혁명적 열정은 매혹과 환멸이라는 순환주기를 반복해왔지만, 시적 열정은 항상 기원의 신화의 신성성을 유지한다. 혁명은 비판이성에 의해 부정되는 미래의 시간을 지향하는 데 반해, 시는 원초적인 자연의 시간을 지향하는 것이다. 옥타비오 파스의 표현에 따르면 시의 시간은 시간 이전의 시간, 어린아이의 눈에만 보이는 날짜 없는 원형적 시간이다. 그래서 시와 정치의 혁명성은 서로 가까운 동지였으나 배반의 적으로 돌아서는 운명을 반복적으로 겪어왔던 것이다. 시적 감성과 열정이 교감하는, 날짜 없는 원형의 시간성은 인간과 세계의 영원한 실존적 원천이며 운행원리에 해당한다. 따라서 시적 감성과 열정은 반생명적인 세력이 엄습할수록 더욱 강한 부정과 위반의 성격을 띠게 된다.

 이러한 원초적인 자연의 시간을 좀더 직접적이고 실감 있게 인식하는 방법으로 다음과 같은 노자의 『도덕경』의 한 대목을 인용해보면 어떨까? "사람은 땅을 본받고(人法地) 땅은 하늘을 본받고(地法天) 하늘은 도를 본받고(天法道) 도는 자연을 본받는다(道法自然)." 이러한 우주적 연쇄에서 사람이 땅을 본받는다는 것은 스스로 땅과 일체가 된다는 것, 자신과 땅이 처음부터 일체라는 사실을 깨닫고 그 깨달음에 삶의 바탕을 두고 살아가는 것을 가리킨다. 이것은 궁극적으로 인간의 삶을 자연의 운행원리에 맞추어 살라는 언명이다. 이때 자연을 하나님이라고 하면 동학의 인내천(人乃天)사상과 상통하고, 부처라고 하면 '내가 곧 부처'라는 불가의 종지(宗旨)와 상통한다. 다시 말해, 사람이 땅의 자식이라는 사실에 대한 자각은 스스로 자신의 우주적 본성을 발견하는 것을 가리킨다.

그렇다면 이러한 원초적인 자연의 운행원리를 특정한 역사적 현재 속에 육화시키고, 역사적 현재를 원초적인 자연의 운행원리 속으로 성화(聖化)시킬 수 있는 계기는 어디에서 찾을 수 있을까? 시적 상상력이 바로 그것이라고 할 수 있을 것이다. 자연은 우리의 상상력의 미로를 통해 자신을 드러내고 은밀히 말을 건넨다. 그래서 시인은 상상력을 통해 우주적 자아로 진입한다. 따라서 시를 감상하는 즐거움의 궁극은 자연의 영혼과의 대화와 충일한 본래의 자아로의 회귀에 있다고 할 것이다.

세번째 평론집을 묶으면서 제목을 '대지의 문법과 시적 상상'으로 정한 까닭은 이러한 배경을 바탕으로 한다. 특히 고도 정보사회의 운용원리가 인류의 삶과 영혼을 압도하는 오늘날의 상황에서, 시적 상상을 통해 원초적인 자연의 운행원리를 표상하는 '대지의 문법'을 노래하고 이를 생활 속에 내면화하는 것은 생명가치의 구현을 위한 신생의 출구 찾기와 직접 연관된다. 다시 말해서, 오늘날 '대지의 문법'을 추구하는 시적 상상력은 그 자체로 반생명적인 문명질서를 초극하는 21세기형 문화혁명의 원형(archetype)으로서의 미적 가능성을 지닌다고 할 것이다. 특히 그 어느 때보다 극심한 소외, 단절, 해체, 갈등의 병리적 현상을 넘어서는 '창조적 보편성'의 시대정신이 요구되는 상황에서, 우리들의 삶의 존재의 원형에 대한 인식은 '오래된 미래'의 예지로서 중요한 의미를 지닌다.

 이번 평론집에는 이러한 시적 상상력의 현재적 혁명성에 대한 인식이, 어느 정도 강도의 차이는 있으나, 일관되게 밑그림으로 드리워져 있다. 제1부는 주로 당대적이고 세대론적인 층위에서의 사회, 문화사적 문제와 이에 대응하는 시적 가능성과 미의식에 대해 집중적으로 논의하였다. 제2부는 비교적 근자에 발간된 시집들의 다채로운 미적 양상과 더불어 그 속에서 감지되는 '발견과 예언'의 목소리에 눈과 귀를 기울이고자 하였다. 제3부는 주로 시인론과 현대시조에 대한 논의를 통해 시의 미적 형식과 내용가치의 본질적인 성격과 의미를 탐사하고자 하였다.

 지난 몇 년 동안 발표한 원고들을 한자리에 모아놓고 보니 나의 하염없이 소심한 일상의 모습과 닮은 것 같아 못마땅하고 부끄럽다. 그러나 또한 이 글들을 쓰는 과정이 지난 몇 년간 나를 지켜주고 세워준 건강한 힘들이었다는 생각에 스스로 고마운 마음을 가져본다. 이 책을 집필하는 데 도움을 준 대산문화재단과 출판을 맡아준 문학동네에 거듭 감사드린다.

2007년 7월
홍용희

# 차례

## 제3부 절조와 심화

어느 시대에나 그래왔듯이 새롭게 등장한 세대는 기왕의 시단에 우려와 호기심을 동시에 불러일으키며 순식간에 관심을 집중시킨다. 근자에도 역시 새롭게 등장한 젊은 세대군에 대한 평자들의 논의가 활발하게 개진되고 있다. 그러나 이들의 논점은 주로 신인들 중에서도 불연속적이고 이색적인 '새로움'의 진영에 모아지고 있다. 그러나 이제는 이러한 불연속적인 '새로움'과 더불어 '오래된 새로움'에 대한 논의도 함께 이루어져야 할 것이다.

# 제1부
# 존재와 사회

# 내국망명자와 생활세계적 가능성의 지형

## 1. '새로움' 과 '오래된 새로움'

신진 시인들의 첫 시집들이 비 온 뒤의 대나무순처럼 일군의 무성한 숲을 일구고 있다. 시단의 중심부에 새로운 세대군이 성큼 진입해 들어온 것이다. 2005년을 분기점으로 신진 시인들의 등장이 두드러지게 나타난 직접적인 배경은 천년의시작, 랜덤하우스중앙 등의 출판사들이 기성 시인들의 명망에 의존하는 관행보다 새로운 세대의 목소리를 제도권으로 수용하기 위한 출판 기획을 과감하게 추진한 데에서 찾아진다. 그러나 이보다 더 원천적인 배경은, 2000년대에 진입한 지도 여러 해가 지났으나 1990년대 시단과 변별되는 뚜렷한 새로운 변모의 단층을 보여주지 못하던 상황에서, 내부에 적재되어 있었던 2000년대 새 얼굴의 시인과 시적 감각이 표층을 뚫고 돌연히 출현한 것으로 파악된다. 이렇게 보면, 그 동안 우리 시사(詩史)가 비교적 십 년 단위로 뚜렷한 전환의 마디절을 보여주었던 것에 비춰볼 때, 2005년에 이르러서야 신진 세대의 새로운 목소리가 전면에 표출된 것은 시차적으로 지체된 감이 없지 않다. 이것은 1990년대와 2000년 대 간에 사회 역사적인 층위에서의 변화의 단층이 뚜렷하지 않다는 점과 깊이 연관된다. 이를테면 1980년대 말 소련을 비롯한 공산권의 와해로 상징되는 탈냉전시대의 개막과 전 지구적 시장화라는 지각변 동이 일어나면서, 시사에 있어서도 리얼리즘의 현격한 퇴조와 포스트 모더니즘의 경향 및 생태주의 시편이 주류로 나타나는 변화가 있었 지만, 1990년대와 2000년대는 이에 상응하는 시대사적 전환의 단층 이 없었던 것이다. 또한 우리 시단의 이른바 기득권층이 과거 어느 때보다 두텁고 견고해서 신진들의 출현이 상대적으로 어려운 환경이 라는 점도 지적할 수 있을 것이다.

이러한 안팎의 여건 속에서, 다소 지체된 감은 있으나 근자에 들어 그 어느 때보다 첫 시집의 발간과 더불어 제각기 개성적인 목소리로 출사표를 던지고 있는 시인들이 활발하게 대두되고 있다. 황병승의 『여장남자 시코쿠』, 김민정의 『날으는 고슴도치 아가씨』, 이민하의 『환상수족』, 이승원의 『어둠과 설탕』, 김이듬의 『별 모양의 얼룩』, 김 언의 『거인』, 신해욱의 『간결한 배치』, 고영의 『산복도로에 쪽배가 떴 다』, 박진성의 『목숨』, 이세기의 『먹염바다』, 박후기의 『종이는 나무 의 유전자를 갖고 있다』, 이재훈의 『내 최초의 말이 사는 부족에 관한 보고서』, 윤성학의 『당랑권 전성시대』, 김근의 『뱀소년의 외출』, 조동 범의 『심야 배스킨라빈스 살인사건』, 박판식의 『밤의 피치카토』, 진 수미의 『달의 코르크 마개가 열릴 때까지』, 안현미의 『곰곰』, 이영주 의 『108번째 사내』 등 신진 시인들의 첫 시집만도 실로 많이 간행되 었다.

이들의 시집들을 편의상 유형화하면, 낯선 '새로움' 과 낯익은 '오 래된 새로움' 으로 나누어볼 수 있을 것이다. 이러한 유형화는 우리 시단에 제3인류형의 탄생으로 설명할 수 있을 만큼 낯선 문법과 감각의 '새로움'이 등장했다는 점에서 출발한다. 시적 전통의 계승에 해당하는 '오래된 새로움'이라는 지칭은 '새로움'에 대한 대타적 관계 속에서 성립된다.

　어느 시대에나 그래왔듯이 새롭게 등장한 세대는 기왕의 시단에 우려와 호기심을 동시에 불러일으키며 순식간에 관심을 집중시킨다. 근자에도 역시 새롭게 등장한 젊은 세대군에 대한 평자들의 논의가 활발하게 개진되고 있다. 그러나 이들의 논점은 주로 신진들 중에서도 불연속적이고 이색적인 '새로움'의 진영에 모아지고 있다. 그러나 이제는 이러한 불연속적인 '새로움'과 더불어 '오래된 새로움'에 대한 논의도 함께 이루어져야 할 것이다. 이것은 단순히 신진 시인들 전반의 이해를 위한 균형감각의 필요성에서 기인하는 것이 아니라, '오래된 새로움'이 더욱 시대사적 진정성과 미래적 가능성을 담지하고 있다는 인식에 바탕한다.

　특히 1990년대 이래 지속된 가치의 다원화와 해체적 상상력이 한편으로 지나치게 개별적 단절과 파편화를 가속화시킴으로써 고립, 소외, 혼돈, 불안을 야기시켰음을 주목할 때, 2000년대의 시대정신은 이를 초극할 수 있는 창조적 보편을 요구한다고 할 것이다. 다시 말해, 혼돈으로부터 질서를 찾아내고 의미화하는 작업이 2000년대 시 창작이 견지해야 할 과제라고 할 것이다. 오늘날 발표되는 신진 시인들의 창작활동은 이러한 시대사적 소명과 직간접적으로 연관되어 있다는 점에서 공통성을 지닌다.

　그러나 '새로움'의 시편은 숨은 차원의 새로운 질서가 전면에 표출되고 있음을 충격적으로 선언하고 있으나, 이를 구체적으로 의미화하지 못하고 지나치게 문화주의적으로 추상화하는 경향을 보인다. 이들 시편의 시인들은 스스로 소통 불능의 자기 방어적 성채 속에 들어가서, 자폐적인 언술을 일방적으로 전개하는 일종의 내국망명자의 길을 가고 있다. 이것은 현실세계에 대한 반영일 수는 있으나 대안일 수는 없다. 시대적 전환의 전복과 변혁의 에너지를 생산적으로 규명하기보다는 오히려 일과성으로 소모시키기 쉽기 때문이다.

한편 '오래된 새로움'은 구체적인 생활세계에서의 실천적 삶을 통해 이에 적응하고 부정하는 이중성을 보여준다. 체험적 삶에서 터득되는 생활세계적 이성(하버마스)은 현실에 대한 '부정성의 계기'가 되는 미래 지향적 예지로 작용한다. 생활세계 속의 실천적 삶은 현실 상황에 규정받으면서 동시에 이를 주체적으로 구조화하는 성격을 지니는 것이다. 따라서 '오래된 새로움'이 구체적인 시대정신의 발견과 미래적 가능성을 제시하는 역할을 감당하기에 용이하다고 파악된다.

이 글에서는 이러한 점을 염두해두고 '새로움'의 시편에 대한 성찰적 개관과 함께 '오래된 새로움'의 시편의 성격, 의미, 미래적 가능성 등을 살펴보고자 한다.


## 2. '새로움' 혹은 내국망명자들

2000년대 중반이 기존의 질서와 새로운 질서의 '두 날'이 팽팽한 긴장관계를 이룬 민감한 임계상태라는 점을 집약적으로 선명하게 표출시킨 시편들은 단절적인 '새로움'의 진영에 속한다. 이들의 시편은 제3인류형이라고 지칭할 수밖에 없는 소통 불능의 화법과 분방한 상상력으로 넘쳐흐른다. 낯선 문법을 통해 환상, 엽기, 섹스 등의 상상력을 가학적으로 탐닉하는 이들 시편은 현실사회가 극심한 소외와 사물화에 시달리고 있음을 절규처럼 드러내주고 있다. 마치 혼돈스런 현대사회에 대응하는 시적 화법으로는 비선형적인 혼돈밖에 없다고 주장하고 있는 것 같다.

물론 이들 시인들의 시편에 대해 시집 전반을 헤집으면서 상징과 이미지의 기호론적 분석을 시도한다면 나름대로의 의미체계를 정리해볼 수 있을 것이다. 그러나 그러한 작업은 중요하지 않다. 이들 시편은 상징적인 메시지의 전달보다 시적 형식론 자체의 강렬한 자기 투척을 통해 불협화음의 실재를 환기시키고자 하는 전략이 중심을 이루고 있기 때문이다. 이를테면, 다음의 시편을 읽어보기로 하자.


　　지하에 계신 淫父와 淫母가 침봉으로 내 얼굴에 난 털을 빗긴다 나는야 털북숭이 라푼젤, 짜다 푼 목도리의 털실같이 꼬불꼬불한 털을 발끝까지 내려뜨린 채 울고 있다 울음을 짜보지만 눈물은 흐르자마자 냄새나게 덩어리지는 冷일 뿐, 에이 더러운 년 킁킁거리며 내 얼굴을 냄새 맡던 淫父가 빨간 포대기같이 늘어진 혀로 내 털 한 가닥 한 가닥을 싸매 핥는다 조스바를 빨던 입처럼 淫父의 혀끝에서 검은 색소가 뚝뚝 떨어진다. 이제부터 이게 네 머리칼이야, 알았어? 淫母가 스트레이트용 파마약을 이제부터 내 머리칼인
—김민정, 「날으는 고슴도치 아가씨」, 『날으는 고슴도치 아가씨』 중에서


　　　호주머니를 잃어서 오늘밤은 모두 슬프다
　　　광장으로 이어지는 계단은 모두 서른두 개
　　　나는 나의 아름다운 두 귀를 어디에 두었나
　　　유리병 속에 갇힌 말벌의 리듬으로 입맞추던 시간들을.
　　　오른손이 왼쪽 겨드랑이를 긁는다 애정도 없이
　　　계단 속에 갇힌 시체는 모두 서른두 구
　　　나는 나의 뾰족한 두 눈을 어디에 두었나
　　　호수를 들어올리던 뿔의 날들이여.
　　　새엄마가 죽어서 오늘밤은 모두 슬프다

밤의 늙은 여왕은 부드러움을 잃고
호위하던 별들의 목이 떨어진다
　　　　— 황병승, 「검은 바지의 밤」, 『여장 남자 시코쿠』 중에서

　시적 상상력이 매우 생경하고 도발적이다. 행과 연 구분의 절도와 간격은 물론이거니와 의미의 일관성과 상관성이 무화되고 있다. 첫 행부터 시제와 인과적 관계가 무화된 비문임은 물론이고, 엽기적이고 환상적인 이미지들이 서로 뒤엉킨 채 자기 재생산을 지속하고 있다. 시의 길이는 여기에서 그칠 수도 있지만 무한대로 늘려도 무방하다. 어차피 청자를 배려하지 않은 자폐적 발화인 탓에 시상의 형식과 전개 역시 화자의 자의적인 의지에 따라 결정하면 그만이다. 그렇다고 해서, 이들 시편이 무의미한 잡담이나 잡음이라는 것은 결코 아니다. 시상의 기반을 이루는 엽기와 환상성은 그 자체로 우리 시의 새로운 범주를 개척하고 돌파하는 충동적 힘으로 작용하기 때문이다. 위의 인용시의 시인 외에도 이민하, 이승원, 진수미, 신해욱, 이영주 등의 시세계에서 정도의 차이는 있으나 유사한 경향을 읽을 수 있다.
　엽기란 기본적으로 공포스럽지만 매혹적이라는 양가감정을 불러일으킨다. 잔혹성이 쾌감을 부채질하고 쾌감은 다시 잔혹성의 공포를 상기시킨다. 공포스러움은 불온하고 발칙하고 어처구니없는 도발과 전복에서 비롯된다. 한편 매혹적인 쾌감은 공적인 장소에서는 결코 발설되거나 공개될 수 없었던 지점들이 공개될 때, 지배질서의 남용 과정의 전모가 누설되고 전복되는 데에서 생성한다.
　엽기의 유행과 관련하여 우리 시대 자체가 엽기적이기 때문이라는 식의 반영론적 지적은 틀린 것은 아니지만 그렇다고 충실한 것도 아니다. 이런 식의 반영론은 문제를 드러내기보다는 오히려 덮어버린다. 엽기적 상상력에 대해 우리가 고민하고 찾아야 할 핵심문제는 현

대사회에 대한 도저한 성찰, 전복의 에너지를 감지하고 이를 생산적
으로 의미화하는 것이다. 그러나 근자에 발표되는 신진 시인들의 시
편에 창궐하고 있는 엽기는 세계와의 불협화음 자체에 그치는, 현실
반영론의 차원에 그치는 경우가 많다. 이러한 상황은 엽기가 유행하
는 불온한 사회에 내장된 발칙한 공격과 저항의 에너지를 봉인하거
나 일회적으로 소모시켜버리기 쉽다.

한편 환상은 현실과 완전히 차원이 다른 시공간을 향한다. 환상은
일상의 시공간을 혁명적 파괴력을 통해 모험의 시공간으로 대체시키
고 있는 것이다. 환상의 가장 표준적인 해석은 배제당하거나 소실된
것들을 호출하는 하나의 중요한 방식이라는 것이다. 캐서린 흄이 "나
는 환상을 사실적이고 정상적인 것들이 갖는 제약에 대한 의도적인
일탈이라고 생각한다"라고 할 때, 환상은 합리적이고 이성적인 사고
체계에 의해 억압된 신화적이고 자연적인 세계를 가리킨다. 보이는
세계의 재현으로서의 미메시스와 그러한 "사실적이고 정상적인" 세
계가 포괄할 수 없는 빈자리, 즉 보이지 않는 세계의 심연이 환상 속
에서 재생될 수 있다. 따라서 환상성은 현대세계의 일상성에 대한 위
반과 전복을 통해 미분성의 몽환적이고 신화적인 상상력의 영토를
개척하고 수용할 때 그 본래의 소임을 완수하는 것이다.

그러나 위의 시편에서 환상성은 권태로운 일상에 대한 조소와 일
탈의 차원에 머무는 경향을 보인다. 치명적인 비약의 상상이 엽기적
상상력의 보조적 수단으로만 작용하고 있다.

그래서 엽기와 환상성이 시적 대화의 상상력을 돌파해내지 못하고
오히려 비유와 상징의 빽빽한 그물망으로 구성된 성채를 높이 쌓는
결과를 낳고 있다. 그리고 그 닫힌 성채 안에서 시인들은 스스로 불
안한 매혹의 내국망명자로서의 삶을 구가하고 있는 형국이다. 망명자
의 속출은 사회현실의 불온성을 극명하게 선언하는 충격을 던져줄

수는 있지만, 그러나 혁신과 변화의 출구를 직접 마련하는 데에는 실질적인 도움이 되지 못한다.

　그렇다면 내국망명정부의 성채를 허물 수 있는 방법은 무엇일까? 그것은 먼저, 앞에서 제기한 엽기와 환상성이 지닌 부정과 혁신의 창조성을 생산적으로 승화시키는 것이라고 할 수 있다. 이를테면 환상성은 '치명적 비약'의 상상을 통해 일상 속에서 우리 자신의 기원의 시간과 소통함으로써, 우리들 스스로도 망각하고 있던 우리 자신의 본질을 발견하는 동력으로 나아갈 수 있을 것이다. 엽기 역시 이 점은 마찬가지이다. 조선 후기의 성리학자 추사 김정희가 자신의 문체를 향한 괴기성(怪奇性)이라는 비난 앞에서 "괴(怪)하지 않으면 어떻게 그 숭고하고 심오한 지혜의 세계, 지극한 예술의 땅을 밟을 것인가"라고 응답했던 것처럼, 숭고를 향한 추의 미학의 심연으로 매진해 나가야 할 것이다.

　다음으로는 시적 형식미학에서 시적 언술과 이미지의 과잉에 대한 성찰을 통해 절제와 생략의 여백을 추구하는 것이다. 앞에서 살펴본 바대로, 이들 시편에는 대체로 온통 환유, 제유, 상징 등의 이미지가 범벅을 이루고 있다. 시적 양식이 전통적으로 견지하는 압축과 생략의 미의식은 어디에도 찾을 수 없다. 시적 장르의 '말하지 않기 위해 하는 말'이라는 명제는 여기에서 통용되지 않는다. 말의 절제와 비움이 아니라 말들의 성찬을 즐기고 있다. 시적 화자의 언술만이 시상의 비선형적인 혼돈의 흐름을 타고 일방적으로 발화되고 있는 것이다. 그래서 독자의 창조적 상상력이 개입될 여지가 없다. "말이 많으면 자주 막히니 차라리 그 비어 있음을 지키는 것만 같지 못하다(多言數窮, 不如守中)"는 고전(『도덕경』)의 가르침은 전혀 고려의 대상이 아니다(여기에서 비어 있음을 가리키는 중(中)은 도(道)에 다름아니다. 말의 풍요는 오히려 그 풍요로움으로 인해 길(道)을 잃게 되고 도의 소통을 막게 된다).

실제로 시적 양식은 나르시시즘의 성채가 아니라 이타적으로 열린 창조적 대화의 장이다. 주지하듯, 옥타비오 파스는 시창작에서 '타자의 의지의 침투'를 강조한다. 시를 쓰는 행위는 상반되는 힘들의 얽힘, 즉 나의 목소리와 타자의 목소리가 합쳐져 하나가 되는 과정이라는 것이다. 아리스토텔레스의 『시학』에서도 이러한 점을 읽을 수 있다. 그가 시적 창조를 자연의 모방이라고 할 때, 자연은 혼으로 가득한 것, 살아 있는 유기체에 해당하는 물활론적 대상이다. 따라서 그의 논지에서 시는 "시 자체가 자신의 주인이며 혼이 깃든 자연과 시인의 영혼이 만나서 얻어지는 열매이다".

이렇게 보면, 시에서 비움과 절제의 여백은 초월적인 '타자의 의지가 습합'되는 소통의 공간이다. 시의 형식미학에서 말의 '자발적 가난'이 필요한 까닭이 여기에 있다. '자발적 가난'의 시적 형식은 타자의 목소리의 동참과 소통을 향한, 시의 우주적 형식화로 정리된다. 여기에 이르면, 시창작의 주체란 나르시시즘적 자아가 아니라 공동체적 자아라고 말해볼 수 있다. 한 편의 시가 집단적, 민족적 차원의 예언적 지성으로 떠오르기도 하는 것은 이러한 문면에서 이해된다. 이렇게 보면, 내국망명자들의 본국 환수의 전략은 형식미학의 자기 갱신에서부터 시작된다고 할 것이다.


## 3. '오래된 새로움' 혹은 생활세계적 가능성

물론 오늘날 신진 시인들로부터 내국망명자들의 이방인적인 발성만이 들리는 것은 아니다. 그들의 목소리가 너무도 이색적인 탓에 도드라지게 느껴질 따름이다. 사실은 생활세계에서의 고생살이에 시달리면서 이로부터 살림살이의 방향을 찾아서 가로질러나가는 '오래된 새로움'의 시편이 더욱 활발하게 발표되고 있다. '오래된 새로움'의 시편은 이를테면, 메를로퐁티가 제시하는 구체적인 의식과 신체가 하나로 통일된 '살아 있는 신체'로서의 인간 실존을, 시적 주체로 설정하는 것을 포기하지 않는다. 그의 설명에 따르면 '살아 있는 신체'는 세계 속에 결박되어 있으면서 동시에 세계를 재구성해낸다. 다시 말해 인간 존재는 자신의 상황에 규정받으면서 동시에 스스로 자신의 상황을 구조화해나가는 존재라는 것이다. 이렇게 보면, 체험적 삶을 통해 절망과 상처의 길을 걸으면서 동시에 스스로 이를 초극하고자 하는 '오래된 새로움'의 시편에서, 우리 시대의 시대정신을 감지하는 것이 더욱 용이할 것이다. 따라서 '오래된 새로움'의 시편에서 우리는 절망과 상처의 생활세계에 직접 부대끼면서 그 신생의 출구를 향한 탄력적인 움직임을 읽어내는 것이 요구된다.

여기에서는 우선 윤성학, 박후기, 박진성, 이세기의 시세계를 중심으로 생활세계적 가능성에 대한 체험적 현장의 언어를 만나보기로 하자. 이들의 시적 출발은 생의 허기와 결핍이다. 그 주된 이유는, 말할 것도 없이 물적 풍요와 문명의 이기를 자랑하는 오늘날에도 치명적인 결핍, 가난, 소외, 질병의 그림자가 우리 주변을 침탈하고 있기 때문이다. 아니, 여기에서 더 나아가 지배권력의 자동조절 메커니즘이 고도로 발전한 오늘날에는 적당한 결핍과 고통의 강요가 조장되고 관리되기도 한다. 적당한 '허기'의 강요가 현대사회의 지배질서에 충실한 구성원을 생성해내는 효율적인 지배전략이기 때문이다. 윤성학의 시집 『당랑권 전성시대』의 첫번째에 수록된 다음 시편은 이러한 점을 명징하게 보여준다.

　　매받이는 사냥을 나가기 한 달 전부터
　　가죽장갑을 낀 손에 나를 앉히고

낯을 익혔다

조금씩 먹이를 줄였고

사냥의 전야

나는 주려, 눈이 사납다

그는 안다

적당히 배가 고파야 꿩을 잡는다

배가 부르면

내가 돌아오지 않는다는 것을

꿩을 잡을 수 있을 만큼의,

날아 도망갈 수 없을 만큼의 힘

매받이는 안다

결국 돌아와야 하는 나의 운명과

돌아서지 못하게 하는 야성이 만나는

바로 그곳에서

꿩이 튀어오른다

— 윤성학, 「매」, 『당랑권 전성시대』 전문


적당한 '허기'는 문명과 야성의 가파른 긴장관계를 지탱시키는 지점이다. 이때 사냥꾼의 기질이 가장 민감하게 발휘된다. "꿩을 잡을 수 있을 만큼의" 그러나 절대 "날아 도망갈 수 없을 만큼의 힘"만이 주어지는 지점이다. 그래서 "매받이"는 나에게 "적당히 배가 고"픈 허기를 지속적으로 강요하고 관리한다. 이러한 상황을 다른 시각에서 정리하면, 나는 강요되고 관리되는 문명과 야성, 안주와 고통의 접점을 이탈하지 않아야 한다. 그렇지 않으면 나에게는 "꿩을 잡을 수 있을 만큼의" "먹이"마저도 주어지지 않기 때문이다. 적당한 '허기'마저도 고마운 은총이다. 이 허구적 은총의 수혜를 계속 받을 수 있는 방법은 무엇일까?

윤성학은 "당랑권"의 권법을 내보인다. "이곳에는 사람 수만큼의 권법이 있"지만, "누구에게도 붙잡히지 않고 / 아무도 사랑하지 않"을 수 있는 것은 "당랑권이다".(「당랑권 전성시대」) 이와 같이 당랑권의 처세술을 익혀야 낙오되지 않는다는 사실은 바로 현대사회가 획일화와 자기 정체성의 상실을 강요하는 사회라는 점을 시사한다. 그래서 "내가 나임을 증명하는 것보다 / 누군가 내가 나 아님을 증명하는 것이 / 더 참에 가까운 명제였다니 / 그러므로 나는 말하지 못한다 / 이 구두의 주름이 왜 나인지 / 말하지 못한다"(「구두를 위한 삼단논법」)는 상황은 예고된 것이다. 이처럼 심각한 자기 정체성의 상실은 자연스럽게 자기 정체성 회복을 위한 갈망을 증폭시킨다. 마치 몸에서 수분이 빠져나가면 물을 찾게 되는 몸의 반응과 같은 것이다. 그래서 윤성학이 "다산이 나고 죽은 여유당 햇빛 속에서 / 하루를 보내며 / 촘촘한 그이의 정신을 읽고 오는 길"에 "철길을 바라보며 그때 알았습니다 / 물이 그러하듯 쇠가 또 그러하듯 / 어딘가를 향하는 동안에만 / 강물이고 철길인 것이었습니다"라는 전언 역시 자연스럽게 들린다. 윤성학은 첫 시집에서 생활세계의 실천적 삶을 통해 "당랑권 전성시대"로부터 "다산이 나고 죽은 여유당"을 찾아 "그때 알았습니다"라고 탄성하는 넓은 음역을 동시에 보여주고 있다.

한편 박후기의 시집 『종이는 나무의 유전자를 갖고 있다』 역시 기본적으로 "생의 허기"에서 출발하고 생성하는 특성을 보인다. 다음 시편은 허기진 사람들의 허름한 모습에 대한 단단하면서도 따뜻한 묘파이다.

장대비 맞고 차양이 내려앉은 국밥집
바지춤을 추켜올리듯 바람은

흘러내린 천막의 갈피를 움켜쥐었다, 놓아버린다

아무리 허리띠를 졸라매도

바지를 흘러내리게 하는 생의 허기

고개 숙인 채 밥집의 허름한 시간 속으로 들어가는

배고픈 사람의 뒷모습이 식은 국밥의 기름기처럼

흐린 내 시선에 엉겨붙는다

(……)

사슴 박제처럼

벽에 목만 내걸린 선풍기가

두 평 남짓한 밥집에 철철 바람을 쏟아붓는다

바람은 라디오 속에도 들어 있어

무뚝뚝한 얼굴에 나뭇잎처럼 달라붙은

인부들의 귀를 간질인다


광야는 넓어요 하늘은 또 푸르러요

다들 행복의 나라로 갑시다

—박후기, 「행복의 나라로」, 『종이는 나무의 유전자를 갖고 있다』 중에서


"아무리 허리띠를 졸라매도／바지를 흘러내리게 하는 생의 허기"를 달래며 "허름한 시간 속으로 들어가는／배고픈 사람의 뒷모습이" 넓고 푸른 "행복의 나라"로 가는 정서적 틈새를 마련하고 있다. "두 평 남짓한 밥집"에 내걸린 선풍기의 바람이 라디오의 "행복의 나라"라는 노래를 전파시키는 촉매로 작용하고 있다. 이처럼 가난과 절망 속에서 풍요와 희망을 향한 추구는 너무도 식상한 계몽적 서사이지만, 그러나 그것이 또한 지속적인 생활세계의 실상이다. 비록 낮고 느리고 가난하다고 할지라도 생활세계 속에서 스스로 부대끼는 삶이 자신을

초극의 길로 인도하는 방법론이다. 왜냐하면 사람은 "뱃속에"서부터 "꼼지락거리는 손가락이 열 개 / 발가락이 열 개 그리고 / 바위의 안부를 묻는 빗방울처럼 / 쉬지 않고 내세를 두드리는 / 희망이라는 유전자"(「종이는 나무의 유전자를 갖고 있다」)를 지니고 있기 때문이다. 그래서 "밥집의 허름한 시간 속으로 들어가는" 일상은 스스로를 "희망"으로 구원하는 과정과 연관된다.

박후기의 시세계가 대부분 "산란(産卵)의 공장지대"처럼 결핍과 고통의 풍경을 대상으로 하고 있지만, 그러나 차갑거나 건조하지 않고 그 내부에서부터 자루 속의 감자들이 싹을 틔우듯("울타리 아래 버려진 자루 속에서 / 썩은 감자들은 싹을 틔웠고"(「뒤란의 봄」)), 따뜻한 희망의 정조가 번져나오는 까닭이 여기에 있다.

한편 박진성의 시세계는 질병의 구심력과 원심력의 상상력을 절박한 체험적 언어를 통해 보여주고 있다. 질병의 구심력적 상상력이란 공황발작, 불안, 자살 충동, 상습 불면 등을 앓는 자신의 증세에 대한 핍진한 묘사이고, 원심력적 상상력이란 타인의 아픔과 "애옥한 삶"(「슬픈 바코드」)에 대한 연민의 정감을 가리킨다. 몸속에 침투한 질병은 역설적으로 온몸의 신경조직과 감각기관을 날카롭게 깨운다. 그래서 질병을 앓을 때 날씨와 기온의 변화, 바람 소리, 지각의 움직임 등을 섬세하게 감지할 수 있는 것이다. 박진성의 시세계가 누구보다 절박하면서도 예민한 까닭이 여기에 있다. 질병의 신경조직이 시의 촉수를 날카롭게 만들고 있었던 것이다.


병동 복도를 걷는다 밤이면 적나라해지는 고통들…… 형광불빛 쏟아지면 신경은 휘어진 척추처럼 길에 달라붙는다(오늘 검사에서도 아무 이상이 없었다) 창문 열면 후려치는 바람, 바람이 부는 것이다 십일층에서부터 내가 밟고 내려온 건 울분이 아니다 긴 낭하에서 술렁이

는 고요의 낟알들은 중력으로 비틀거린다 고요 속에서 소용돌이치는
현기증, 어지러운 공기를 가득 채운 내 몸은 몇 개 불빛을 집어삼킬 것
이다(내려가고 싶다, 나는 미치지 않았다) 새벽이면 철제문이 열리겠
지 어두운 낭하로 집요하게 파고드는 불빛, 출구가 없는데 바람아, 물
체의 몸에서 튕겨나온 빛의 알갱이들아, 아프러 오는가

　　　　　　　　　　　　　　── 박진성, 「봄밤」, 『목숨』 중에서


　"적나라해지는 고통"에 시달리는 시적 주체의 정서와 몸의 감각이
그려지고 있다. 바람이 "후려치는" 각도는 물론이고, 고요와 빛들이
각각 "낟알"과 "알갱이"의 형상으로까지 보이고 느껴진다. 질병의 깊
은 고통이 온몸의 감각을 푸른 칼날처럼 날카롭게 살려놓고 있다. 그
뿐만 아니라, 질병은 또한 "살고 싶은" 생의 의지에 "목숨을 걸"(「목
숨을 걸다」)게 한다. 목숨과 건강의 소중함 역시 질병의 상상력이 더
욱 깊이 환기시킨다. 몸을 훼손하는 질병이 역설적으로 몸의 가능성
을 깨우고 있는 형국이다.
　그래서 박진성의 몸의 고통은 외부세계를 향해 스스로를 원심력적
으로 열어놓는 동력으로 작용한다. 그가 "낮은 카바이드 불빛 아래
쭈그려 앉은 여자, 느린 자전거 한 대만 쓰러져도 모두가 다칠 것 같
은 밤의 시장길 모퉁이에 이마 주름살 따라 흔들리고 있는 여자"(「슬
픈 바코드」)의 슬픔을 내밀하게 감지하고 느끼는 것은 질병으로 인해
가장 민감해진 몸적 가능성을 보여주는 사례이다. 그는 시집 『목숨』
에서 "목숨"을 거는 질병과의 처연한 싸움을 통해 한편으로, "산다는
일이 숨결 곳곳에 구멍을 내어 설움도 가난도/비루함도 숨쉬게 해줘
야 하는"(「목숨──금강에서」) 것이라는 "목숨"의 이치를 성찰적으로
발견하고 있는 것이다.
　이세기는 우리 시사에서는 매우 낯설게 바다의 교향시가 아니라

'바다의 산문'을 읽어주고 있다(최원식). 바닷가의 질척한 삶의 내력과 흔적이 평명한 언어를 통해 기록되고 있다.

늘그막 함석집에 누군가 걸어온다

막배도 끊기어 올 이도 없는데
저녁밥상이 차려지고
흰 쌀밥에

컴컴한 밤이 내어온다

오리와 고양이와 흰둥이 강아지가 있는 빈 마당이
쓸쓸하니 텅 비어

이런 날이면 지리산 갈가그메 게발 물어 던진디끼 나 혼자 떨어졌다며 울었다는 할아배와
이작도 굴업도 섬 그늘을 떠돌다
불귀의 몸이 되었다는 대고모와 뺑덕어멈을 닮았다는 할머니가 절로 생각나는

환한 저녁이 온다
                          ─이세기, 「애저녁」, 『먹염바다』 전문

어촌의 "늘그막 함석집"이 맞이하는 저녁 풍경이 종요롭게 그려지고 있다. "올 이도 없"고, "쓸쓸하니 텅 비어" 있는 "빈 마당"이 있을 뿐이지만, 시적 화자에게 그곳은 이미 이승을 떠난 "할아배" "할머

니" "대고모"의 삶의 내력들로 홍성스럽다. "늘그막 함석집"은 어느새 이들의 삶의 설화로 술렁인다. 어촌마을의 저녁은 이와 같이 죽어 사라졌어도 잊혀지지 않는 삶의 곡절과 사연들로 언제나 수런거린다. 굳이 "조깃배를 타던 쌍둥이 아들이 / 월경을 하였다는 / 소문"(「당 너머 집」)과 같은 어둠의 역사와 관련된 이야기가 아니더라도, 섬마을은 제각기의 삶의 곡절들이 도처에 소금처럼 서려 있다. 이를테면 "바다의 잔주름"을 닮은 "옷장수 이수본씨"(「이수본씨」), "내 애비의 이 가는 소리와 코곪과 술주정을 / 보고 돌아왔던 바다"(「백령도에서」), "여인숙 할아배가 / 화투장을 두드"리는 "옹진여인숙"(「옹진여인숙」) 등이 섬마을의 풍속의 역사를 증거한다. "여기까지 온 길이 생간처럼 뜨"(「먹염바다」)거웠음을 생생한 표정으로 보여주는 섬마을은 또한 그 속에서 "상수리숲 위 만월"(「애비」)을 퍼올리기도 한다. 어두운 한과 그늘이 "환한 저녁"의 빛을 반사시키기도 하는 것이다. 그의 "밤바다"가 "슬프"면서도 "아름다운"(「밤물 때」) 까닭이 여기에 있다. 어둠 속에서 어둠이 정화되어 약하고 미미하지만 밝은 기운으로 퍼지고 있는 현상이다.

물론 오늘의 우리 사회에서 생의 그늘이란, 위에서 든 윤성학, 박후기, 박진성, 이세기의 경우처럼 허기, 질병, 고난 등의 항목들만 있는 것은 아니다. 오히려 그보다 거대 인공도시 속에서의 막막한 단절과 소외의식이 더욱 직접적으로 작용한다.

그 숲엔 풍경이 없다
나무와 새 온갖 풀벌레가 가득하지만
그들은 소리내지 않는다
사방을 둘러봐도 제자리만 지키고 선
가장 그럴듯한 포즈의 마네킹들

그곳엔 소리가 없다

— 이재훈, 「빌딩나무 숲」, 『내 최초의 말이 사는 부족에 관한 보고서』
중에서

이와 같이 몰인격화, 익명화된 도회지적 삶의 일상에 대한 회의는
조동범, 고영, 박판식, 안현미 등의 시편에서도 빈번하게 변주되어
반사된다. 이들 시편 역시 앞에서 살펴본, 이른바 '내국망명자들'의
경우와 달리, 소통 가능한 전통적인 시적 문법을 통해 대화적 상상력
의 장을 열어놓는다. 외부세계와의 불협화음에 대해 자폐적 공간으로
의 퇴행이 아니라 외부세계에 대한 열린 교감의 장을 견지한다. 또한
이와 동시에 현실 초극의 자기 고투의 과정을 지속적으로 추구한다.
이를테면 실어증을 강요하는 사회에 대해, "벙어리의 옹아리"(이재
훈, 「마리의 오아시스」)나마 끊임없이 시도하고 있는 것이다.

메를로퐁티가 지적했듯이 인간 실존은 현실세계에 대해 부정성의
계기(완전한 자유에의 계기)만을 갖는 것도, 현실을 완전히 수긍하는
계기(결정론적인 계기)만을 갖는 것도 아니다. 구체적인 인간 존재는
외부상황과 상호교환적인 작용을 하는 가운데 상황에 의존해 있으면
서 항상 미래로 열려 있는 성향을 지닌다. 아직 높은 성과를 이루어
내지는 못했지만 '오래된 새로움'의 시편의 미래적 가능성을 특히 주
목해야 하는 까닭이 여기에 있다.


## 4. 맺음말 — 창조적 보편의 질서를 위한 단상

2000년대 중반에 들어서면서 신진 시인들의 목소리가 비약적으로
쏟아져나왔다는 것은 우리 사회에 적재된 숨은 차원의 새로운 질서

가 표출되고 있음을 가리키는 징후이다. 따라서 어느 시편이 이러한 징후를 좀더 구체적으로 드러내고 있는가 하는 점이 중요하게 대두된다. 신진 시인들의 시집을 살펴보면, 크게 '새로움'과 '오래된 새로움'으로 나누어볼 수 있다. 이러한 구분의 기준은 물론 매우 이색적인 '새로움'의 시편이 출몰했기 때문에 가능하다. 엽기와 환상, 비유와 상징의 이미지가 뒤얽힌 '새로움'의 시적 유형은 사회적 질서가 전환의 극점에 도달했음을 충격적으로 선언하고 있으나, 그러한 사실을 추상적으로 일반화시키는 데 그치고 있다. 시인들 스스로 소통 불능의 자폐적 성채로 들어가는, 일종의 내국망명자의 길을 선택한 것이다. 이것은 현실세계에 대한 반영의 한 형식일 수는 있으나 대안일 수는 없다. 오히려 사회현실의 전복과 변혁의 생산적 에너지를 덮어버리거나 일과적으로 소모시켜버릴 가능성이 있다.

한편 '오래된 새로움'의 시편들은 구체적인 생활세계로부터의 체험적 삶을 통해 자신과 세계에 대한 이해와 더불어 스스로 존재의 결정과 선택을 열어나가는 가능성을 지닌다. 그래서 '오래된 새로움'이 아직 구체적인 성과를 거두지는 못했지만, 미래적 가능성의 역할을 감당하기에 용이하다. 특히 좀더 자각적인 형식미학에 대한 인식이 요구되기도 하지만, 전통적인 형식미의 계승은 '타자의 목소리'와 교감하고 공명할 수 있는 열린 소통의 형식과 가깝다는 측면에서 더욱 고무적이다. 물론 21세기의 미래 지향적인 시대정신의 감지가 신진 시인들만의 몫은 아니다. 다만 여기에서는 새롭게 등장한 시인군에 한정해서 논의를 전개시키고 있을 따름이며, 그것이 또한 다가오는 새로운 질서의 실체를 이해하는 데 효과적이라는 기대도 한몫을 했다.

분명 1990년대 이래 우리 사회는 가치의 다원성과 해체를 가치의 해방과 민주주의라는 미덕으로 추구해왔다. 그러나 이것이 자신과 외부세계의 연속성을 와해하고 단절시켜 개별적 파편화와 소외감의 심화를 몰고 온 것도 사실이다. 이제는 다채로움의 무질서로부터의 질서, 즉 창조적 보편의 양식이 요구된다고 파악된다. 물론 이때의 창조적 보편은 무질서의 엔트로피를 스스로 수용하면서 나오는 질서일 것이다. 열역학의 시인으로 일컬어지는 프리고진은 물질과 에너지의 출입이 가능한 열린계가 평형에서 멀리 떨어져 있으면, 미시적 요동의 결과로 무질서하게 흐트러져 있는 주위에서 에너지를 흡수하여 엔트로피를 오히려 감소(무산)시키면서, 거시적으로 안정된 새로운 구조가 출현할 수 있다고 설명한다. 이와 같은 무산구조 혹은 자생적 조직화로서의 혼돈으로부터의 질서를 오늘날의 우리 시단에서 기대해볼 수 있을 것이다. 이러한 창조적 보편의 실체에 대한 논의는 오늘날의 사회, 정치, 문화 전반에 대한 이해와 함께 진척될 수 있을 것이다.

다만 여기에서는 생활세계적 가능성을 보여주는 '오래된 새로움'의 시편이 내국망명자의 속성을 지닌 '새로움'의 시편보다 창조적 보편의 질서를 담지할 수 있는 가능성이 더욱 크다는 점에 대해 거듭 강조하고자 한다. 물론 그렇다고 해서 내국망명주의에 상응하는 '새로움'의 시편을 폄하하는 것은 아니다. 새로운 평형으로 나아가기 위한 비평형 현상은 그 자체로 과도기적인 동역학으로서 소중한 가치를 지니기 때문이다.

# 공간의식과 집의 사회학

## 1. 공간의 존재성과 집의 세계

공간은 단순한 삶의 처소가 아니라 삶을 생성시키는 활동주체이다. 공간의 작용에 따라 우리들의 생활양식은 물론 사고체계까지도 형성, 관리, 규정된다. 우리들은 새로운 공간에서 새롭게 길들여지고, 이에 따라 새로운 감성, 취향, 욕망, 의식, 능력 들을 가지게 되면서 새로운 인간형으로 바뀌게 되는 것이다. 그래서 새로운 공간의 출현은 새로운 인간형의 출현을 예고하는 것이 된다. 낯선 공간이 친숙한 일상의 공간으로 변화되는 과정은 자신도 모르게 자신의 신체와 생활감각의 유전자 변형이 이루어지는 과정에 다름아니다. 물론 우리들의 신체 역시 공간의 규정력에 의해 일방적으로 지배되는 것만은 아니다. 그래서 새로운 공간의 출현장은 공간이 행사하는 신체 길들이기의 권력과 이에 대한 신체의 저항, 변혁, 일탈의 복잡한 가능성들이 충돌하는 정치적 무대가 된다.

따라서 공간이 시인들의 시적 상상력의 지평 속에 민감하게 등장하게 되는 것은 필연이 된다. 삶의 일상성 속에서 부지불식간에 생성하고 변형하는 새로운 공간의 지형은 곧 새로운 삶의 문화의 지형을 가리키기 때문이다. 이를테면 서울의 경우만 보더라도, 압구정동, 롯데월드, 삼성동 무역회관, 강남역 뉴욕제과 앞, 테헤란로 등은 제각기 후기산업사회의 징후, 독점자본, 한국 자본주의의 욕망구조 등등으로 집약되는 의미 형성을 뿜어내고 있으며, 그로 인해 '오렌지족' '감귤족' 등의 새로운 종족을 탄생시키기에 이른다. 이제 강남과 강북의 지형은 한강을 사이에 둔 지리학적 범주로 설명할 수 없는 새로운 층위의 인식지도를 점점 더 뚜렷하게 그려나가고 있다. 서울에서 이와 같은 새로운 인식지도의 필요성을 우리 시사에서 선명하게 제기하기 시작한 작품은 아마도 1991년에 간행된 유하의 『바람 부는 날이면 압구정동에 가야 한다』일 것이다. 압구정동으로부터 생경하고 낯선 "바람"의 술렁거림으로 나타나기 시작하던 소비사회의 지배 메커니즘은 이내 직접적이고 노골적인 본모습을 전면에 내세우며 등장한다. 이를테면 "삼성동 무역회관"은 "승천하는 용의 모습이 아니라 신군국주의의 섬뜩한 총구"(함성호, 「서울, 서울, 서울 — 건축사회학」, 『56억 7천만 년의 고독』)의 얼굴을 하고 있고, "24시간 편의점"들은 "언제든지 들러다오, 편리한 때/발길 닿는 대로 눈길 가는 대로/시동 끄고 아무 데나 멈추면 돼/(……)/여기는 너의 왕국/그저 건드리기만 하면 돼/눈길 가는 대로 그저 한 번, 건드리기만 하면 돼"(최영미, 「24시간 편의점」, 『서른, 잔치는 끝났다』)라며 도심의 뒷골목에서 노골적인 유혹의 목소리를 속삭인다. 그리고 이러한 공간의 정치경제학은 바로 사람의 몸으로 스며들어 "강남역 뉴욕제과 앞/장미꽃을 든 여릿한 남자애"들에게 "귀고리"를 달게 하여 "불알 없는 놈!"(박주택, 「김시습」, 『사막의 별 아래에서』)처럼 만들기도 한다.

그렇다면 후기산업사회의 지배 메커니즘의 전위로서 이토록 강렬하게 행사되는 공간의 권력으로부터 자유로운 영토는 어디일까? 다시 말해, 공간의 정치학으로부터 우리를 보호해주는 공간은 무엇일까? 그것은 우리들의 삶의 안식과 평화와 꿈의 제공을 본래 목적으로 하는 '가정'의 둥지, 즉 '집'이라고 할 수 있지 않을까? 이러한 물음 앞에 존 버거의 다음과 같은 전언이 눈길을 끈다.

역사에 대한 저항감은 비록 명확하게는 표현되지 않을지언정 늘 상존하고 있다. 그런 저항감은 이른바 가정생활에서 찾아볼 수 있다. 가정은 몸을 쉬는 곳이라는 차원을 넘어서 비록 연약하나마 역사에 맞서는 그 자체가 목적인 둥지로 변했다.

—존 버거, 『말하기의 다른 방법』 중에서

가정의 둥지인 집은 외부세계의 규정력으로부터 우리들을 보호해주는 성채라고 할 수 있을 것이다. 그래서 몸을 쉬는 곳의 역할을 담당하는 집은 그 자체로 "역사에 맞서는" 저항의 기능을 수행하는 것이 된다.

그러나 우리에게 오늘날 집의 위상은 과연 그러한가? 다시 말해, 집이 본래의 제 기능을 어느 정도나 감당하고 있는가? 이 글은 이러한 문제 제기를 바탕으로 시작한다. 왜냐하면 우리 시에 나타난 집의 존재성을 검토해보면, 공간의 변화에 따른 문화사적 변화의 양상은 물론, 앞에서 논의된 공간의 정치학이 우리들 삶에 어떻게 침투하고 있는가 하는 문제를 우리들의 삶의 실존의 차원에서 가장 구체적으로 살펴볼 수 있을 것이기 때문이다.

## 2. 집 혹은 우주적 삶의 총체

우리에게 집은 사람됨의 공간을 지향했다. 좋은 사람이란 하늘과 땅의 이치에 순응하며 이웃과 사랑을 나누고 베푸는 사람을 가리키듯이, 집 역시 우주와 자연과 인간과의 조화와 어울림을 중요하게 여겼다. 그래서 집을 짓기 위해서는 풍수지리학의 원리에 따라 배산임수의 지형으로 산이 다소곳이 감싸주고, 흙의 성질이나 빛이 좋으며, 햇빛이 잘 들고, 주위의 산세나 물의 흐름이 균형과 조화를 갖추고 있는 지형을 찾았다. 그리고 집의 구조원리 역시 가족구성원 간의 유대와 외부세계와의 균형과 조화를 중요시했다. 그리하여 사람은 집을 사람됨의 공간으로 짓고 집은 사람을 사람됨으로 양육하는 역할을 각각 담당했던 것이다.

그리하여 집은 우주적 삶의 집약적인 총체였다. 그곳은 사람은 물론이거니와 해와 달을 포함한 온갖 자연이 머물고 가는 열린 공간이었다. 이러한 집의 존재성은 산업화가 전국을 뒤덮기 전까지만 해도 우리나라의 일반적인 특성이었다. 다음 시편은 농경공동체에서의 전일적인 집의 존재성이 실감 있게 노래되고 있다.

산그늘 두꺼워지고 흙 묻은 연장들
허청에 함부로 널브러지고
마당가 매캐한 모깃불 피어오르는
다 늦은 저녁 멍석 위 둥근 밥상
식구들 말없는, 분주한 수저질
뜨거운 우렁된장 속으로 겁없이
뛰어드는 밤새 울음,
물김치 속으로 비계처럼 둥둥

별 몇 점 떠 있고 냉수 사발 속으로
아, 새까맣게 몰려오는 풀벌레 울음
베어문 풋고추의 독한,
까닭 모를 설움으로
능선처럼 불룩해진 배
트림 몇 번으로 꺼뜨리며 사립 나서면
태지봉 옆구리를 헉헉,
숨이 가쁜 듯 비틀대는
농주에 취한 달의 거친 숨소리
아, 그날의 위대했던 반찬들이여

　　　　　—이재무, 「위대한 식사」, 『위대한 식사』 전문

　시적 배경은 "늦은 저녁 멍석"이 깔려 있는 집 "마당"이다. "둥근 밥상"을 중심으로 "식구들"이 둘러앉아 식사를 하고 있다. 그러나 이 늦은 저녁식사의 구성원은 "식구들"만이 아니다. 온종일 노동에 지친 "연장들", "뜨거운 우렁된장 속으로 겁없이" 뛰어든 "밤새", "물김치 속"에 떠 있는 "별 몇 점", "풀벌레 울음" 등등이 함께 동참하고 있다. 들판의 곡식의 생육과정에 전 우주의 삼라만상이 동참하듯이 인간의 식사자리에도 주변의 모든 우주생명이 동참하고 있다. 농가의 안마당을 기웃거리던 "달"도 어느덧 농가의 농주에 취해 "거친 숨소리"를 내고 있지 않은가. 이러한 일련의 우주적 생명과정이 집을 중심으로 전개되고 있는 것이다.
　집의 공간이 이와 같은 우주생명의 총체로 존재한다는 것은 그 아름다움과 신비로움이 우주적 무한에 이른다는 것을 가리킨다. 따라서 다음과 같이 "그 여자네 집"에 관한 무한한 그리움의 묘사들은 결코 과장이 아니다.

살구꽃이 피는 집

　　봄이면 살구꽃이 하얗게 피었다가

　　꽃잎이 하얗게 담 너머까지 날리는 집

　　살구꽃 떨어지는 살구나무 아래로

　　물을 길어오는 그 여자 물동이 속에

　　꽃잎이 떨어지면 꽃잎이 일으킨 물결처럼 가 닿고

　　싶은 집


　　샛노란 은행잎이 지고 나면

　　그 여자

　　아버지와 그 여자

　　큰 오빠가

　　지붕에 올라가

　　하루 종일 노랗게 지붕을 이는 집

　　노란 집

　　　　　　　— 김용택, 「그 여자네 집」, 『그 여자네 집』 중에서


　　시적 화자는 "언제나 그 어느 때나 내 마음이 먼저／가／있던 집"에
대한 추억에 잠기며 그 그리움을 풍요롭게 노래하고 있다. 시적 화자
의 "그 여자"에 대한 연정은 "그 여자네 집"에 대한 연정과 등가이다.
"그 여자네 집"에는 봄이면 "살구꽃"이 피고 가을이면 "은행잎"이 떨
어진다. "살구꽃"과 "은행잎"의 계절적 아름다움은 고스란히 "그 여
자"에 대한 아름다움으로 전이된다. "그 여자 물동이 속에／꽃잎이
떨어지면 꽃잎이 일으킨 물결처럼 가 닿고／싶은 집"이라고 할 때
"꽃잎이 일으킨 물결"이란 그 여자와 그 여자의 집에 대한 간절한 사
랑의 파문에 다름아닙니다. "그 여자／아버지와 그 여자／큰 오빠가／지

붕에 올라가" 만든 노란 지붕은 "그 여자네 집"의 아름다움과 가족들의 화목한 정감의 분위기를 동시에 환기시킨다.

이와 같이 우리의 추억은 집의 덕택으로 그 안에 거처를 잡아 간직될 수 있으며, 그로 인해 평생 동안 몽상 속에서 그리로 돌아가곤 할 수 있다. 그러나 이러한 전일적 삶의 총체로서의 '집'의 이미지는, 산업사회의 급속한 전개와 더불어 자연과의 관계는 물론 인간과 인간 간에도 단절된 자폐적인 미로의 지형 속으로 사라져간다. 조화가 아니라 대립, 소통이 아니라 단절, 공공성이 아니라 개별성, 연속이 아니라 고립을 지향하는 집이 전면에 등장하기 시작한다. 이제 집 안으로 달, 별, 풀벌레들이 왕래하지 못하게 되면서, "그 여자네 집" 앞을 오가며 서성이는 발걸음도 끊어지게 된다. 집의 공간이 점차 자본의 지배논리의 침탈로 인해 그 고유한 생명가치를 상실하게 되면서, 그 속에 내재해 있던 우리들의 무한한 꿈과 그리움마저도 상실하게 된다.


## 3. 집 혹은 고독의 미로

앞에서 살펴본 바처럼, 집이란 개체 생명의 일반적인 특성처럼 안으로 닫혀 있으면서 동시에 밖으로 열린 이중적인 속성을 본령으로 한다. 우리들의 최초의 세계에 해당하는 집은 보호와 안식과 몽상을 가능케 하는 닫힌 성채이면서, 동시에 외부세계와 소통하고 공명하는 열린 공간인 것이다. "화엄이란 구멍이 많다 / 구례 화엄사에 가서 보았다 / 절집 기둥 기둥마다 / 처마 처마마다 / 얼금 송송 / 구멍이 뚫려 있는 것을 // (……) // 들숨 날숨 온몸이 폐가 되어 / 환하게 뚫려 있구나"(손택수, 「화엄 일박」, 『목련전차』)에서 보듯, 집의 건축학은 폐쇄성과 더불어 개방성이 중요하다. "들숨 날숨"의 자기 조직화 운동을 실현할 수 있는 개방적 폐쇄성 혹은 폐쇄적 개방성이라는 이중적 역설을 구비할 때, 삶의 터전으로서의 기능도 온전히 감당할 수 있다.

그러나 점차 우리에게 집은 내적 폐쇄성만이 강조되고 외적 개방성은 확보되지 못하고 있다. 물론 이와 같은 일방적인 폐쇄성의 경사는 집을 인간과 인간, 인간과 자연 간의 관계맺기의 터전보다 닫힌 피난처로 강요하는 외적 요인에서 기인한다.

> 자동차, 컴퓨터, 휴대폰, 그 광고들의 난리 속에서
> 내 피난처는 무심
> 그래도 피로와 적의 속에서 늙는다
> ─최승호, 「두엄」, 『아무것도 아니면서 모든 것인 나』 중에서

현대사회의 기술관료주의적 운용원리는 다채롭고 현란한 기술 메커니즘을 통해 전방위적 각도에서 우리들의 일상 속으로 침투해들어온다. 기술관료주의 사회의 지배 메커니즘은 적어도 표면적으로는 문명적 이기와 편리와 헌신의 모습을 드러내지만, 그러나 종국에는 우리들의 신체는 물론 무의식의 세계까지도 깊숙이 점령하고 관리한다. 그래서 시적 화자가 자기만의 "피난처"를 정하는 것은 자기 정체성을 지키기 위한 절박한 궁여지책이다. 그러나 그 피난처도 안전한 곳은 결코 되지 못한다. 그래서 그는 "피로와 적의 속에서 늙"어가고 있다. 다음 시편은 외부세계의 침투와 그로 인한 피난의 숨가쁜 반복과정 속에 놓여 있는 집의 존재성을 그리고 있다.

> 날마다 밖에서는

집을 허무는 소리가 들렸다 그것은
어제 듣던 소리보다 더 무거웠다 지붕을
뜯어내고 백열전구가 터지는 소리 문을
뜯어내고 초인종이 계속 울리는 소리 벽을
허물고 시간이 바닥에 떨어지는 소리 거울을
떼어내고 얼굴들이 깨지는 소리 그 소리들이
내 집까지 다가와 벽에 금을 내고 있었다
나는 내 집 속에 들어 있는 길을 꼬옥
끌어안았다 그리고 문을 잠근다
끈질긴 소리들이 문을 열고 들어온다
나는 달아나 집으로 들어가 문을 잠근다
돌아보면 허공의 칸막이들이 쓰러진다
나는 다시 집으로 들어가 문을 잠근다
활짝 벌어지는 바람벽들, 나는 다시
집으로 들어가
　　　　　　　— 신영배, 「집들의 시간」, 『기억이동장치』 전문


　집 밖에서 요란하게 울리던 폭력적인 파괴와 파탄의 "소리"들이 점
차 시적 화자의 집 안으로 침투해들어오고 있다. 이 외부의 침투세력
으로부터 자신을 지키는 방법은 "문을 잠"그는 것밖에 없다. 시적 화
자의 집은 절박한 피난처로 변하고 있다. 그러나 "끈질긴 소리"들은
이내 잠근 "문을 열고 들어온다". "나는 달아나 집으로 들어가 문을
잠근다". 그러나 다시 "칸막이들이 쓰러"지고 있지 않은가. 또다시
"집으로 들어가 문을 잠근다". '집들의 시간'은 외부세력의 침투와
그로 인한 피난의 반복과정이다. 그래서 집은 지하실처럼 깊은 자폐
적인 공간으로 전락될 수밖에 없다.

현대사회는 이와 같이 안식과 평화의 집을 절박한 피난과 은신의 장소로 만들고 있는 것이다. 이러한 피난처로서의 집의 비극성은 자폐성에만 그치는 것이 아니라, 스스로에 대한 극심한 소외감을 불러오기도 한다. 숨어 있기 좋은 방은 곧 자기 소외의 방이기도 한 것이다. "쇠똥구리의 房과 / 말똥구리의 房은 / 벽 하나로 통하는 게 아니라 / 벽 하나로 영원히 不通한다"(최승자, 「소외의 房」, 『기억의 집』)는 전언처럼, 견고한 "벽"은 절연의 방만이 아니라 "소외의 방"을 만들어 낸다. 집이 외부세계와의 단절과 자기 소외의 공간으로 존재하게 될 때, 이미 그것은 더이상 집일 수 없다. 그래서 오늘날 우리에게 집은 있으면서도 없고 없으면서도 있는 모호한 대상이 되고 있다. 그래서 집으로 가는 길이 집으로 가지 않는 길과 등가에 놓인다.

간다 옥상 빨랫줄에 걸린 기저귀천이 수건돌리기 하다 집을 감싼다 집으로 간다 방방마다 문고리가 수갑인 집이 링 경기장에 매달린다 집으로 간다 거품 문 욕조 속에 밥상만한 맨홀을 품은 집이 코엑스 아쿠아리움 전시 수조 속에 빠져 있다 집으로 간다 낯익은 시체들끼리 꼭 껴안고 시즙(屍汁)을 짜바른 집이 손에 잡혔다 달아난다 집으로 간다 집으로 안 간다 집으로 안 가는 길을 주렁주렁 암송아리가 매달린 식도에서 찾는다 집으로 안 간다 집으로 안 가는 길을 구둣발에 짓이겨 터진 지렁이에게서 묻는다 집으로 안 간다 집으로 안 가는 길이 쓱싹쓱싹 지워져버린다 집으로 안 가는 길에 다시 나는 집으로 간다 꼭 한 걸음 뒤에서 집이 날 졸졸 따라붙는다 집으로 간다 뒤돌아보면 꼭 한 걸음 뒤에서 집이 밟힌다
　　　　　— 김민정, 「집으로」, 『날으는 고슴도치 아가씨』 전문

감각적인 사유의 곡예와 언어의 순발력이 서로 어우러져 시적 흥

미를 극대화하고 있다. 집이 폐쇄되고, 그러나 집으로 가고, 다시 집으로 안 가고, 그러나 집으로 안 가는 길이 집으로 가는 길이 되는, 일련의 비선형적인 순환과정이 사각의 링 경기장의 이미지를 빌려오면서 드라마틱하게 펼쳐지고 있다. 시적 의미의 중심지형도를 좀더 자세히 읽어보면, 집의 문고리마다 수갑이 채워졌다. 그러나 시적 화자는 집을 찾아간다. 그는 집으로 들어갈 방도가 없다. 따라서 그가 집으로 가는 길은 집으로 가지 않는 길이 된다. 집으로 가지 않는 길로 가던 그에게 집이 "졸졸 따라붙는다". 그래서 다시 집으로 가지 않는 길은 집으로 가는 길이 된다. 그러나 시적 정황으로 미루어 이 길은 다시 집으로 가지 않는 길이 될 것이다. 수갑이 채워진, 그래서 사람이 들어갈 수 없는 집은 집이 아니기 때문이다. 집으로 가는 길이 참으로 어렵고도 고독한 미로이다.

집은 있으나 들어갈 집이 없는 역설적 형국인 것이다. 외부세계의 지배질서에 대한 집의 저항력이 파국을 맞고 있는 양상이다. 그래서 전통적 의미의 집은 균열과 파탄을 맞게 된 것이다. 그렇다면 그 균열되고 파탄된 집들의 잔해는 어디에 있는가? 근자에 들어 도심의 거리마다 흩어져 있는 수많은 방들이 바로 그것이 아닐까.

## 4. 집 혹은 거리의 방들

2000년대를 설명하는 핵심적인 문화 코드로 거리에 즐비하게 흩어져 있는 '방'들을 들 수 있을 것이다. 집 안에 아늑한 공간으로 존재했던 방들이 도심의 거리로 쏟아져나와 첨단자본주의의 욕망구조와 어우러져 밤을 밝히고 있다. "노래방, 찜질방, 전화방, 대화방, PC방, /DVD방, 게임보드방, 소주방, 머리방, 수면방,/타임방, 휴게방, 아

빠방" 등. 인간과 자연, 인간과 인간의 조화로운 삶의 총체로서 존재
했던 집이 뿔뿔이 흩어져 특화된 기능화의 길을 걷고 있다.


거리로 쏟아져나온 방들 방방 뜨며 방 차지하고 있다
어느 골목을 들여다봐도 방 아닌 것이 없다


노래방, 찜질방, 전화방, 대화방, PC방,
DVD방, 게임보드방, 소주방, 머리방, 수면방,
타임방, 휴게방, 아빠방, 방, 방, 방


2004 베니스 비엔날레 국제건축전 한국관 주제 : 〈bAng〉
국제작품전에 출전한 찜질방이라니!
아니, 그보다 먼저 출품되어 수상한
한국 화가의 노래방 설치작업도 있다


은밀한 자리
불편한 시선을 피해
더욱 깊숙이 숨고 싶은 방은 없는가
room이 bang에게 자리 내준 지 오래


방 속에서는 누구나 섬이 된다
섬을 감추고 있는 방, 거리마다 수도 없이 넘쳐나고 있다
소주방, 노래방의 남자들, 머리방, 찜질방의 여자들
게임보드방, DVD방의 아이


빈집 내 방, 나는

식구들 벗어던진 시간의 자투리 빌려

컴퓨터 속 대화방에 앉아 수다 떤다

핸드폰 속 수천 개의 방 뒤져서 놀고 있다

— 김화순, 「거리는 bAng의 천국이다」, 『사랑은 바닥을 쳤다』 중에서


집의 공간이 자본주의의 소비욕망의 침탈에 완전히 해체된 형국이다. 그리하여 우주적 삶의 총체로서 존재했던 집이 인스턴트식 가공의 집으로 전락한 것이다. 인스턴트 식품이 그러하듯 인스턴트 집들도 자극적이고 매혹적인 감각을 느끼게 하지만, 결코 진정한 삶의 양식과 안식처가 되지는 못한다. 이와 같이 존재의 뿌리이며 중심에 해당하는 집이 길거리를 배회하는 풍경은 중심을 잃은 현대인들의 초상에 다름아니다.

거리로 나온 방들은 대체로 두텁고 단단한 벽을 특성으로 한다. 관계맺음의 열린 공간이 아니라 관계 단절과 불연속성을 전제로 한 자기 만족을 추구하는 것이다. 물론 "노래방, 찜질방, 전화방, 대화방" 등은 혼자만의 공간은 아니지만, 그러나 기본적으로 상호 관계맺기가 아니라 일방적이고 기계적인 자기 중심적 발산을 지향한다. 이러한 자기 중심적 발산은 결과적으로 격절의 소외감에 시달리게 한다. 폐쇄적인 자기 만족이 소외감을 불러일으키고 소외감이 다시 폐쇄적인 자기 만족을 추구하게 되는 악무한적인 순환이 지속된다. 거리의 방들은 벤야민의 화법으로 표현하면 '좋은 낡은 것'이 아니라 '나쁜 새로운 것'의 범주에 속한다.

그러나 이러한 일과성의 '방'들마저도 누구나 차지할 수 있는 것은 아니다. 자본주의 운용원리의 전산 시스템은 어느 누구도 자신의 교환가치 회로망에서 요구하는 기본적인 생산성을 감당하지 못할 때 폐기 대상으로 분류한다. 자본주의사회의 경쟁 시스템에서 탈락한 실

직자들, 생산력을 잃은 노인들에게는 지상의 단 한 칸의 방마저도 허용되지 않는다.

> 생이 무거운 사람들 공장 대신 공원으로
> 출근을 하며 다 낡은 시간 끌고 걸으며
> 어둠이 오기를 아, 한없이 길고 지루한
> 생이 어서 저물어주기를 간절히 원하는 녹슬어
> 검붉은 얼굴의 권태를 만날 수 있다
> ─이재무, 「보라매공원」, 『푸른 고집』 중에서

> 나는 프란체스코의 집에 가서 콩나물비빔밥을 얻어먹고 돌아와
> 잠든 서울역에 라면박스를 깔고 몸을 누인다
> 잠은 오지 않는다
> 먹다 남은 소주를 병나발을 불고 나자 찬비가 내린다
> ─정호승, 「흐르는 서울역」, 『외로우니까 사람이다』 중에서

집도 방도 없는 사람들은 어쩔 수 없이 거리로 나서게 된다. 출근하는 대신 공원을 기웃거리기 시작하다가, 머지않아 서울역 역사 차가운 바닥으로 향하게 되는 것이 대부분의 노숙자들의 행로이다. 자본주의의 교환가치 회로는 놀라운 속도로 질주하지만 그 대열에서 이탈한 실직자에게는 지독한 권태만이 주어진다. 그리고 그 권태는 그들을 분주한 행인들의 발걸음만 쳐다보며 구걸의 손을 내밀 수밖에 없는 노숙자로 만든다. 노숙자들은 "생이 어서 저물어주기를 간절히 원하"지만, 그러나 어느 순간에는 그러한 욕망마저도 휘발되어버린다. 완전히 노숙자의 체질로 변하게 된 것이다.
또한 이러한 노숙자의 군락은 현대사회의 일상인들에게 끊임없는

자기 불안과 각성과 결의를 강요한다. 노숙자들의 군락은 현대사회의 일상인들에게 자본주의의 지배 메커니즘에 부지런히 적응하지 않으면, 언제든지 자신도 그곳으로 방출될 수 있다는 경고와 위협을 느끼게 하는 것이다. 언젠가부터 노숙자의 수용소 군도처럼 변해가고 있는 서울역을 비롯한 도심의 공원들은, 자본주의란 어느 순간 지상의 방 한 칸마저도 찬탈하여 인간 삶의 가장 기본적인 존재의 근원이며 토대를 붕괴시킬 수 있다는 사실을 극명하게 보여주는 공포의 정치 공간이기도 하다.

## 5. 열린 결론—집 없는 집 혹은 가상우주

지금까지 인간과 인간, 인간과 자연 간의 조화와 관계맺기의 우주적 중심으로 존재해왔던 집의 공간의식이 점차 폐쇄적 밀실과 소외의 방으로 변질되면서 마침내 균열되고 와해되어 거리의 방들로 쏟아져나온 과정을 통시적으로 개괄해보았다. 그리고 이러한 과정은 결국 자본주의의 운용원리가 집 내부로까지 침투해들어와서, 모든 일상을 지배, 관리, 통제해나가는 과정으로 이해된다. 자본주의의 운용원리는 자신의 교환가치 회로에 부응하는 생산력을 감당해내지 못하는 인간은 언제든지 폐기 대상으로 분류한다. 그것은 그들에게 거리의 방들마저도 허용하지 않는 방식으로 나타난다. 서울역을 중심으로 밀집되어 있는 노숙자들이 그 증거이다. 현대사회에서 집의 역사는 곧 자본주의의 운용원리로부터 인간 삶이 지배당하는 과정을 내밀하게 보여준다.

이러한 집의 사회학이 앞으로 미래사회에는 어떻게 전개될까? 그것은 미래에 어떤 세계가 올 것인가에 대한 물음과 직접 연관된다.

그러나 오늘날처럼 급속도로 변화하는 세계에서 누가 미래를 쉽게 말할 수 있겠는가? 그래서 우리는 시인들의 자유로우면서도 섬세하고 민감한 상상의 세계에서 그 실마리를 조금씩 찾아볼 수밖에 없다.

> 이곳의 사람들은 머리를 떼어놓고
> 머리 대신 모니터를 달고 다닌다
> 모니터 안에 암내가 주입되어 있는지
> 하늘이 자주 지퍼를 배꼽 근처까지 내리고
> 레고블록 같은 공기들은 허공에 끼워지고 있다
> 그러나 기어이 무선이 된
> 사람들의 몸에서 플러그가 뽑혀나간 흔적은 없고
> 이곳에 전력은 아직도 충분하다
>    — 이원, 「공중도시」, 『야후!의 강물에 천 개의 달이 뜬다』 전문

"전자사막"(「전자사막에서 살아남기 위하여」)과 "사이보그"(「사이보그」), "새로 생길 소행성 백화점"(「새로 생길 소행성 백화점을 위하여」) 등등의 미래형 삶의 지형에 밝은 혜안을 가진 이원 시인이 "공중도시"의 풍경을 보여주고 있다. 그곳에는 사이보그 인류가 등장하고 있다. 이들은 지구의 중력으로부터도 구애받지 않는다. 우리들과는 전혀 다른 인류이기 때문에 우리들과는 전혀 다른 삶과 체질과 모습을 지니고 있다. 이곳에서는 모든 사물이 기술관료주의 사회의 하나의 기호로 존재한다. 공상과학만화가 시인의 상상력에서 재현되고 있다. 그렇다면 집들의 양상도 공상과학만화의 수준으로 존재할 것이다. 그것은 집 없는 집의 역설을 더욱 심화시킬 것이다. 그러나 여기에 대한 논의는 일단 유예해두기로 하자. 다만 미래의 집의 존재성에 대한 예측이 오늘날의 집의 사회학을 좀더 열린 시각에서 객관

적으로 이해하는 데 도움이 될 수 있다는 말은 강조해둘 필요가 있을 것이다.

# 기억과 존재

## 1. 기억, 단절과 연속성의 지평

근자의 우리 시단에는 기억의 시간이 새삼 전면에 소생하고 있는 것으로 보인다. 물론 어느 때인들 기억이 없는 세상이 있었으며 회상의 지리학이 등장하지 않은 경우가 있었겠는가. 그러나 이와 같은 거시적인 일반화를 통해 대수롭지 않게 지나치기에는 오늘날 나타나는 기억의 현상의 수위가 단순치 않은 것 같다. 영화나 TV 드라마에서 유행하는 복고풍이 우리 시단의 영토에까지 밀려온 것일까? 물론 이러한 문화적 배경을 묻는 것도 중요하지만, 그보다 우선되어야 할 것은 기억의 현상학의 존재방식을 탐문하는 일이다.

여기에 대해 결론부터 말하자면, 크게 대상화된 기억과 지속되는 현전성으로서의 기억으로 나누어 생각해볼 수 있을 것이다. 먼저 전자의 경우를 보자. 오늘날 우리 시단에 등장하는 기억의 현상은 많은 경우에 현재와 격절된 타자화의 양상을 보여준다. 다시 말해, 기억의 시간의식이 정지된 시간 속에 유폐된 채 적절한 미적 원근법에 의해 조망되는 경향을 드러낸다. 중층적인 지속으로서의 시간이 아니라 선형적인 단절의 시간이다. 이를테면 이것은 이 땅의 시인들뿐만 아니라 대중들에게까지도 친숙한 잠언으로 내면화된 러시아 시인 푸슈킨의 「삶이 그대를 속일지라도」에서의 "지나간 것은 또다시 그리움이 되리라"는 예언적 명제의 범주에 놓이는 것으로 보인다. 시적 논리의 실감을 높이기 위해, 없는 것이 너무 많았던 시절, 우리들의 가슴에 더없이 따스한 위안이 되어주었던 이 시편을 잠시 읽어보기로 하자.

> 삶이 그대를 속일지라도
> 슬퍼하거나 노여워하지 마라
> 설움의 날을 참고 견디면
> 기쁨의 날이 오고야 말리니
> 마음은 미래에 살고
> 현재는 언제나 슬픈 것
> 모든 것은 순식간에 지나가고
> 지나간 것은 또다시 그리움이 되리라

멀고도 먼 나라의 시인 푸슈킨의 이 시편이 오랫동안 이 땅의 낡은 버스 운전석 옆이나 허름한 자취방의 거울 밑, 혹은 일기장의 첫 페이지 등에서 천사 같은 벗으로 함께했던 주된 까닭은 어디에 있었을까? 그것은 "설움의 날을 참고 견디면/기쁨의 날이 오고" "지나간 것은 또다시 그리움이" 될 것이라는 전언에 있었을 것이다. 설령 "설움의 날"이라 할지라도 지나가면 아름다운 그리움의 대상이 된다는 말은 당시 힘겹고 어렵던 현실을 견디게 하는 따스한 희망의 메시지로 다가왔을 것이다.

그러나 이 자리에서는 이제껏 굳건한 신화로 존재해온 "지나간 것은 또다시 그리움이 되리라"는 잠언을 차갑게 성찰해보기로 하자. 과연 속이고 배반하는 현실("삶이 그대를 속일지라도")이라 할지라도 세월만 지나면 그리움의 대상으로 착색될 수 있을까? 결코 그렇지 않다. 우리말에 '꿈에서 다시 볼까 두렵다'는 말도 있지 않던가. 실제로 치명적인 배반과 설움의 과거는 한 생애의 미래까지 정신병리 현상에 시달리게 하는 경우가 많다. 기억의 시간의식이란 소멸하는 것이 아니라 현재와 미래의 층위에 끊임없이 영향을 미치고 작동하는 무의식의 지층의 원형질로 존재하지 않는가.

그렇다면 위의 시편은 어떤 이유로 "설움의 날"이 그리움의 대상이 된다고 태연하게 노래하고 있을까? 그것은 시적 거점이 체험적 현재가 아니라 상상의 미래라는 점과 연관된다. 배반과 설움의 현재 속에서, 이에 대한 고통의 반대급부이며 원망 충족의 일환으로서 미래에 대한 현재를 노래하고 있기 때문이다. 고통스런 현재시간의 질료가 세월이 지난다고 해서 아름답고 그리운 대상으로 질적 변화를 이루어낼 수는 없을 것이기 때문이다.

한편 다음으로는 지속되는 현전성으로서의 기억이다. 이때 기억은 타자화되지 않고 의식의 흐름 속에 지속되는 비현재적 현전성이다. 하이데거에 의하면 현전자란 현재 안에만 갇혀 있는 것이 아니라 '더 이상 현재적이지 않은 것'과 '아직 현재적이 아닌 것'을 포괄한다. 즉 현전자는 개방되지 않은 비가시적인 존재성까지 포괄된 현존재를 가리킨다. 이때 과거와 미래는 각각 현재 속의 과거, 현재 속의 미래가 된다. 현재의 지평을 영원 속으로 열어놓는 논법이다. 이와 같은 기억의 시간의식에 대해 푸슈킨의 「삶이 그대를 속일지라도」의 계보학과 맞설 수 있는 작품으로 서정주의 「해일」을 설정해볼 수는 없을까. 물론 서정주의 「해일」은 푸슈킨의 경우보다 훨씬 대중성도 떨어지고 주제의식의 명징성도 약하다. 그러나 그를 가리켜 우리 시단의 정부라는 말도 하듯이, 근자에도 「해일」에 대해 경의를 갖지 않고 습작기를 보낸 시인이 드물다는 점에서, 지속성으로서의 기억의 시간의식을 실감 있게 드러내는 대표적인 작품으로 내세울 수 있을 것이다. 이 시편에서는 현재의 삶의 마당에 과거 기억의 시간이 흥건히 밀려와 섞이는 통정적 상상력을 만날 수 있다.

　바닷물이 넘쳐서 개울을 타고 올라와서 삼대 울타리 틈으로 새어 옥수수밭 속을 지나서 마당에 흥건히 고이는 날이 우리 외할머니네 집에는 있었읍니다. 이런 날 나는 망둥이 새우 새끼를 거기서 찾느라고 이빨 속까지 너무나 기쁜 종달새 새끼 소리가 다 되어 알발로 낄낄거리며 쫓아다녔읍니다만, 항시 누에가 실을 뽑듯이 나만 보면 옛날이야기만 무진장 하시던 외할머니는, 이때에는 웬일인지 한마디도 말을 않고 벌써 많이 늙은 얼굴이 엷은 노을빛처럼 불그레해져 바다 쪽만 멍하니 넘어다보고 서 있었읍니다.

　그때에는 왜 그러시는지 나는 아직 미처 몰랐읍니다만, 그분이 돌아가신 인제는 그 이유를 간신히 알긴 알 것 같습니다. 우리 외할아버지는 배를 타고 먼 바다로 고기잡이 다니시던 漁夫로, 내가 생겨나기 전 어느 해 겨울의 모진 바람에 어느 바다에선지 휘말려 빠져버리곤 영영 돌아오지 못한 채로 있는 것이라 하니, 아마 외할머니는 그 남편의 바닷물이 자기 집 마당에 몰려들어오는 것을 보고 그렇게 말도 못 하고 얼굴만 붉어져 있었던 것이겠지요.
　　　　　　　　　　　　　　　　　　　— 서정주, 「해일海溢」 전문

외할머니에게 "개울을 타고 올라와서" 마당에 흥건히 고이는 바닷물은 바다에서 죽은 외할아버지의 현시이다. 마당을 뒤덮는 해일이

기억의 시간의식의 물질적 현현에 해당한다. 그리하여 외할머니는 "한마디도 말을 않고" 얼굴을 붉힌 채 외할아버지를 맞이하고 있었던 것이다. 외할머니의 "늙은 얼굴이 엷은 노을빛처럼 불그레"해지는, 일종의 우주적 성애(性愛)의 대목은 삶과 죽음, 현재와 과거, 이승과 저승이 서로 스며들어 겹쳐지는 지점이다. 이곳에서 기억과 현재의 단절은 없다. 오직 살아 있는 현재의 연속적인 지평이 있을 뿐이다. 삶의 세계로 되돌아온 넋과 만나는 반혼(返魂)의 제식은 외할머니뿐만 아니라 시적 화자 역시 고스란히 받아들이는 생활방식이며 관습이다. "외할머니는 그 남편의 바닷물이 자기 집 마당에 몰려들어오는 것을 보고 그렇게 말도 못 하고 얼굴만 붉어져 있었던 것이겠지요" 하는 대목이 이를 반증한다.

이상에서 개략적으로 살펴보았듯, 푸슈킨의 「삶이 그대를 속일지라도」와 서정주의 「해일」은 기억의 시간의식이 선형적인 단절의 대상과 연속적인 현재의 지평에 해당하는 비현재적 현존성으로 변별된다. 물론 기억의 시간의식을 이러한 두 가지 유형으로 단순화할 수는 없지만, 일단 여기에서는 논의의 편의성을 위해 단절과 연속성의 지평이라는 항목을 밑그림으로 하여 오늘날 우리 시단에 나타나고 있는 기억의 시간의식의 풍경을 성찰적으로 살펴보기로 하자.


## 2. 기억의 시간과 소멸의 미학

비록 상처와 고통의 흔적이라 할지라도 그것이 시간의 미적 거리에 의해 대상화되면서 밝고 아름답게 착색되는 주된 이유는 무엇일까. 다시 말해, 기억의 시간들이 대상의 실재와는 무관하거나 상반되는 색채와 성격으로 왜곡되는 경향을 보이는 까닭은 무엇일까. 그것은 소멸의 미학으로 설명해볼 수 있을 것이다. 사도 바울의 목소리를 빌리지 않더라도 "우리가 보는 세계는 흘러가고 있다". 우리들 자신은 물론 우리를 둘러싼 모든 존재의 대상은 공통적으로 사라져가는 운명을 지니고 있다. 그래서 사라지는 것들의 뒷모습은 그것이 무엇이든지 간에 우리들 삶의 존재론적 본질을 환기시키면서 연민과 안타까움과 운명론적인 슬픔의 미감을 불러일으킨다. 독재로 인해 비난받던 정치인이라 할지라도 하야할 때는 동정의 대상이 되고, 희대의 범죄자라 할지라도 처형될 때는 적의감이 해제되면서 인생무상의 존재론적 비감을 불러일으키는 것과 같은 이치이다.

그러나 이것은 소멸하는 것 그 자체가 뿜어내는 일반론적인 속성인 것이지, 기억의 시간의 구체적인 실재와는 무관하다. 따라서 시인의 시세계에서 기억의 시간이 아름답게 착색되고 표백되는 것은 시적 삶의 살아 있는 현재의 지평이 좁고, 시간의식의 깊이가 표면적인 차원에 그치고 있음을 드러내는 반증으로도 볼 수 있다. 사정이 이러함에도 불구하고, 오늘날의 우리 시단에서 기억의 시간의식은 대체로 아름답고 환정적인 풍경 속에 유폐된 채 나타나는 경우가 많다. 이러한 경우, 시적 감응력은 구체적인 실재보다 소멸의 미학의 양식적 일반론에 의지하는 경우가 많다. 소멸의 미의식은 매우 보편적인 정감이라는 점에서 시적 대중성을 확보하는 가장 쉬운 방법적 호소가 된다. 근자에 가장 주목받는 시인으로 떠오른 문태준의 시편 역시 많은 경우에 소멸의 미학에 의존하고 있는 양상을 보여준다.

간판이 지워져 간단히 역전 이발이라고만 남아 있는 곳
역이 없는데 역전 이발이라고 이발사 혼자 우겨서 부르는 곳

그 집엘 가면 어머니가 뒤란에서 박 속을 긁어내는 풍경이 생각난다

마른 모래 같은 손으로 곱사등이 이발사가 내 머리통을 벅벅 긁어주
는 곳
벽에 걸린 춘화를 넘보다 서로 들켜선 헤헤헤 웃는 곳

역전 이발에는 세상에서 가장 낮은 저녁빛이 살고 있고
말라가면서도 공중에 향기를 밀어넣는 한 송이 꽃이 있다

그의 인생은 수초처럼 흐르는 물 위에 있었으나
구정물에 담근 듯 흐린 나의 물빛을 맑게 해주는 곱사등이 이발사
　　　　　　　　　—문태준, 「역전 이발」, 『맨발』 중에서

　시적 배경이 저녁 무렵이다. 저물어가는 박명의 햇살이 유년기의
역전 이발소의 공간을 파스텔화처럼 살려내고 있다. 그곳은 너무도
정겹고 따뜻하고 온화하다. "가장 낮은 저녁빛"의 조도에 비친 풍경
이란 얼마나 부드럽고 온유하겠는가. 내 머리통을 벅벅 긁어주던 촉
감이 그리 좋지 않았다고 할지라도, 이발소의 시설이 너무 낡고 초라
하다고 해도, 이발사가 불구의 곱사등이라고 해도, "가장 낮은 저녁
빛"의 조도 앞에서 그것은 아무런 문제가 되지 않는다. 하루의 일과
를 어둠 속에 묻는 박명의 저녁빛은 이미 그 자체로 사라지는 것의
애틋한 여백의 미감이 묻어난다. 따라서 "가장 낮은 저녁빛"에 비친
대상은 그 성격의 구체와는 상관없이 "말라가면서 공중에 향기를 밀
어넣는 한 송이 꽃"과 같은 향기와 미적 낭만성을 지니게 된다. 그래
서 이 시편은 우리들의 가슴속에 친숙하고도 안온한 느낌으로 다가
온다. 박명의 햇살은 여리고 부드럽기만 할 뿐, 한낮의 경우와 달리
어떤 공격성도 지니고 있지 않다.
　문태준의 시집, 『맨발』에는 이와 같이 박명의 시간에 재생되는 기

억의 언어들이 매우 자주 나타난다. "어두워지는 저녁에 뜨락 위 한 켤레 신발을 바라본다"(「뜨락 위 한 켤레 신발」), "세상 한 곳 한 곳 하나하나가 저녁에 대해 말하다"(「저녁에 대해 여럿이 말하다」), "젖은 집으로 어물어물 돌아가는 저녁 거위들이 있었다"(「큰물이 나가셨다」), "어릴 적 돌나물을 무쳐먹던 늦은 저녁밥 때에는"(「하늘궁전」) 등에서 보듯 하루해가 뒤안길로 사라지는 저녁 무렵이 시적 배경을 이루는 작품을 어렵지 않게 만날 수 있다. 소멸의 미감을 불러일으키는 기억의 시간의식이, 역시 소멸의 미감이 묻어나는 박명의 햇살과 만나면서 소멸의 미학의 효과를 극대화하고 있는 경우이다. 그의 시 세계가 비교적 짧은 기간에 큰 대중적 친화성을 획득할 수 있었던 배경이 이러한 박명의 시간 속에 눈 뜨는 기억의 시간의식, 즉 소멸의 미적 감각과 깊이 연관되는 것으로 보인다. 박명은 어떤 부담과 곤혹스러움도 주지 않는, 오직 아련하고 애틋하고 온유한 빛만을 반사시키기 때문이다.

한편 권혁웅의 『마징가 계보학』의 경우는 지나간 기억의 단층을 천진스런 유소년의 시선에서 흥미롭고 능청스럽게 개진하고 있어 주목을 끈다.

나의 1980년은 먼 곳의 이상한 소문과 무더위, 형이 가방 밑창에 숨겨온 선데이 서울과 수시로 출몰하던 비행접시들

술에 취한 아버지는 박철순보다 멋진 커브를 구사했다 상 위의 김치와 시금치가 접시에 실린 채 머리 위에서 획획 날았다

나 또한 접시를 타고 가볍게 담장을 넘고 싶었으나…… 먼저 나간 형의 1982년은 뺨 석 대에 끝났다 나는 선데이 서울을 옆에 끼고 골방

에서 자는 척했다

1984년의 선데이 서울에는 비키니 미녀가 살았다 화중지병(畫中之餠)이라 할까 지병(持病)이라 할까 가슴에서 천불이 일었다 브로마이드를 펼치면 그녀가 걸어나올 것 같았다
─권혁웅, 「선데이 서울, 비행접시, 80년대 약전(略傳)」, 『마징가 계보학』 중에서

위의 시는 권혁웅의 대중문화적인 개체발생학이면서 이들 세대의 계통발생학이다. 그래서 많은 사람들에게 쉽고 친숙하게 다가온다. 그러나 이 시편에서 소년의 시각에서 천진스럽게 그려지는 남루한 과거가 과연 현재와 어떤 대응력을 지니고 있는가? 하는 점을 묻게 된다. 가령 "술에 취한 아버지는 박철순보다 멋진 커브를 구사했다"와 같은 사건은 소년의 천진스런 시각에서 묘사되는 과거형이기에 흥미롭지만 다가올 미래형이라면 너무나도 곤혹스러울 것이다. 지난 삶의 남루한 기억들이 흥미를 끌게 하는 화법 그 자체가 이미 과거의 기억을 살아 있는 현재의 지평 밖에 있는 "화중지병(畫中之餠)"으로 타자화하고 있음을 가리킨다. 다시 말해, 이 시편에서는 과거의 단층들이 현재 속에 접촉하고 작동하는 지점과 그 움직임에 대한 포착이 감각화되고 있지 않다는 것이다. 이 점은 그의 시집 『마징가 계보학』에서 「요괴인간」 「불한당들의 세계사」 「드래곤」 등의 여러 작품에서 동일하게 노정된다. 산문적 진술을 통해서도 시적 친연성을 확보할 수 있는 것은 '그때 그 시절'의 이야기가 불러일으키는, 사라진 것에 대한 대책 없는 향수의 관성에 상당히 의존하고 있기 때문이다.

물론 과거 자체는 결코 되돌아올 수 없다. 그러나 그 과거와 함께 묻혀 있는 순수기억은 이미지화와 지각을 통해 행동이나 물질로 전

환되기도 한다. 이를테면 습관과 같은 것은 순간적 기억이지만 과거의 순수기억의 운동양식이다. 과거의 순수기억은 현재의 움직이는 평면에 작용하여 감각-운동의 요소로 재생되기도 하는 것이다. 현재는 기억의 응답을 불러내는 출발점이고, 현재 행동의 감각적 요소는 기억의 열기를 빌려서 활력을 부여받는다.


### 3. 기억, 경험된 현재의 지평

후설은 살아 있는 현재를 지금을 원점으로 해서 '이제 방금' 현재적이었던 것과 '곧 도래할 것'을 포괄하는 통일적이고 유동적인 대상으로 파악한다. 현재의 지평은 자아의 현실적 관심과 대상에 대한 지향성으로서 대상에 대한 교감과 간섭의 장을 가리키는 것이다. 따라서 살아 있는 현재역(現在域)이란 과거의 것에 대한 현재, 미래의 것에 대한 현재의 범주를 가리킨다. 과거와 미래를 동시에 통정적으로 포괄하기 위해서는 시간의식의 지속적인 자기 동일성을 망각하지 않는 삶의 자세와 역정이 중요하다.

근자에 발표된 문태준의 다음과 같은 시편은 의식의 흐름 속에 살아 있는 시간질료의 지속성을 실감 있게 보여준다. 그의 시세계가 소멸의 미학에 대한 의존에서 멀리 비껴나와 있는 양상을 보여준다.

밤새 잘그랑거리다
눈이 그쳤다

나는 외따롭고
생각은 머즘하다

넝쿨에
작은 새
가슴이 붉은 새
와서 운다
와서 울고 간다

이름도 못 불러본 사이
울고
갈 것은 무엇인가

울음은
빛처럼
문풍지로 들어온
겨울빛처럼
여리고 여려

누가
내 귀에서
그 소릴 꺼내 펴나

저렇게
울고
떠난 사람이 있었다

가슴속으로

붉게

번지고 스며

이제는

누구도 *끄*집어낼 수 없는

　　　　　　　—문태준, 「누가 울고 간다」, 『가재미』 전문

　「누가 울고 간다」에서 울음의 주체는 누구일까? "넝쿨에 / 작은 새"이고, "저렇게 / 울고 / 떠난 사람"이고, 지금도 이별의 아픔에 시달리는 시적 자아이다. 서로 다른 세 가지 층위의 시적 질료가 상호공명하면서 애잔한 슬픔의 진동을 충격하고 있다. "이름도 못 불러본" 낯선 작은 새, 그 "가슴이 붉은 새"가 울고 간다. 밖에서부터 청각기관으로 여리게 퍼져들어온 소리가 "내 귀에서 / 그 소릴 꺼내 펴"는 역할을 하고 있다. "내 귀에서"는 이미 "가슴이 붉은 새"의 울음이 살고 있었다. 그것은 "저렇게 / 울고 / 떠난 사람"의 울음이었다. 그 울음은 다시 시적 자아의 가슴에 "붉게 / 번지고 스며", 그의 울음이 되어 있었다. "작은 새"의 울음이 "울고 / 떠난 사람"의 울음과 시적 자아의 애틋한 이별의 정감의 파동을 충격하여 하나의 화음으로 울려퍼지게 하고 있다. 아니, 처음부터 이 세 가지의 시적 질료는 동일성을 지닌 것이었다. "이름도 못 불러본 사이"에 새가 울고 간 까닭이 그것이다. 우리가 눈을 감고 듣는 멜로디는 우리의 내적 생의 유동성에 가장 흡사한 것이라는 베르그송의 전언을 환기시킨다. 동질적 시간의식의 순수 지속을 목격하는 대목이다. 여기에서는 과거의 슬픔이 아름답게 착색되거나 그리움의 감상적 대상으로 전환되고 있지 않다. 살아 있는 현재의 시간 지평만이 있을 따름이다.

　이와 같이 살아 있는 시간의 지평은 고고학적 상상력으로까지 소급되어 확장되기도 한다. 다음 시편은 고고학자의 손끝에 감지된 "낯익은 당신"과의 만남의 장이 실감 있게 그려지고 있다.

　　빛인가, 당신, 저 손등 아래 지는 당신, 봄빛인가 당신, 그래, 한 상
　징이었을지도 모를 당신, 뭉큰, 손에 잡히는 600그램 돼지고기 같은,
　시간, 저 육빛인 당신, 혹, 당신은 빛 아닌, 물인가, 저 발아래 일렁이
　는 당신, 물냄샌가 당신, 그래, 한 기호였는지도 모를 당신, 덜컹, 발에
　잡히는 영상 25도 물 온도 같은, 시간, 저 온탕인 당신, 혹 당신은 물
　아닌 흙인가, 저 땅 아래 실은 끓고 있는 바위 같은 당신, 아직 형태를
　결정하지 못한, 망설이는, 바위인가, 사방 100킬로 용암의 얼굴 같은,
　저 낯익은 당신
　　　　　　─허수경, 「낯익은 당신」, 『청동의 시간, 감자의 시간』 전문

　　허수경이 최근에 간행한 『청동의 시간, 감자의 시간』은 "시간 언
덕"(「시간 언덕」)의 겉과 속을 다층적으로 노래하고 있다. 위의 시 역
시 지층에 덮여 있는 지난 세월의 실체에 대한 감각을 묘파하고 있
다. 고고학적 발굴의 대상이 살아 있는 실체로서 의인화되고 있다.
급박하게 전개되는 시적 속도가 "빛" "물" "흙" "용암의 얼굴"로 변
주되는 시적 대상에 역동적인 생기를 부여하고 있다. 그리하여 "시간
언덕" 아래 묻혀 있던 대상은 어느새 대화적 상상력의 대상으로 소생
한다. 먼 과거와 현재가 동질적 시간의 반열에서 소통하고 있다. 몸
의 직관을 통해 과거의 역사에서부터 지속되는 내적 동일성을 인지
하고 있는 것이다.
　　한편 다음 시편은 과거의 역사 속으로 파고드는 비약적인 도약의
상상을 보여주고 있다. 종교적 계시와 비견되는 이러한 비약적인 도
약의 상상은 우리 자신의 잃어버린 삶의 본성의 기억을 환기시킨다.

비원 건너
'시간 속의 여유'

가게 이름치곤
철학이다

진화 속의 텅 빈
신의 자리
창조의 주체는
무

가을
낙엽 직전의 비원

누군가 기다리는데
먹먹하다

죽은 옛 사람들 주욱 보이고
잊었던 옛 상처들
살아난다

뜨겁고 뜨겁고
또한 소슬한

시월 말
오후 2시

갈 길도 온 길도 잊어버린

텅 빈 망각,


'시간 속의 여유.'

— 김지하, 「비원 앞」, 『새벽강』 전문


베르그송이 지적한 직관의 언어세계를 보여준다. 그에 따르면 직관은 영원한 것을 직접적으로 탐구하는 방법론이다. 이것은 지속되고 있는 우주적 존재성을 직접 파고들어 인식해내는 능력을 가리킨다.

"시간 속의 여유"라는 어느 상점 간판의 철학적 이미지가 스스로 '치명적 도약'을 통해 "진화 속의 텅 빈/신의 자리"에 이르고 있다. 그곳은 바로 '지금, 여기'의 "창조의 주체"이며 근원적 기억을 열어놓는 중심지대이다. '지금, 여기'의 일상에서 신성한 기원의 시간에 해당하는 "무"의 지대를 목도하고 있는 것이다. 여기에서 "무"란 '지금, 여기'의 거룩한 근원이며 원형성에 해당한다. 따라서 "시간 속의 여유"는 성(聖)과 속(俗)이 내밀하게 교차하고 공명하는 우주적 비의의 장면이다. 지난 역사의 존재를 대상화하는 것이 아니라 의식 속으로 끌어들여 노래하고 있다.

시적 화자는 현재적 삶의 기원에 해당하는 창조적 무의 심연을 직시하게 된다. 또한 이 틈의 통로를 통해 "죽었던 옛사람들 주욱 보이고/잊었던 옛 상처들"을 만나기도 한다. 한순간의 "갈 길도 온 길도 잊어버린/텅 빈 망각"을 통해 현존하는 자신의 비현재적 현전자(내재된 현존재성)의 파노라마를 목도하고 있다. 이렇게 보면, "시간 속의 여유"라는 이미지는 시적 계시의 터전이며 아울러 잃어버린 자신의 정체성에 대한 "뜨겁고/또한 소슬한" 기억의 우물이다.[1]

그렇다면 이와 같은 시간의식의 현재적 지평의 확대란 궁극적으로 어떤 의미를 지니는 것일까? 이러한 물음 앞에 윤의섭의 시집 『붉은 달은 미친 듯이 궤도를 돈다』가 도올하게 빛을 발한다.

　　내가 이 해안에 있는 건
　　파도에 잠을 깬 수억 모래알 중 어느 한 알갱이가 나를 기억해냈기 때문이다
　　(……)

　　내가 이 산길을 더듬어 오르는 건
　　흐드러진 저 유채꽃 어느 수줍은 처녀 같은 꽃술이 내 꿈을 꾸고 있기 때문이다
　　나는 처녀지를 밟는다
　　꿈에서 추방된 자들의 행렬이 산 아래로 보이기 시작한다 문득
　　한적한 벤치에 앉아 졸고 있는 나를 발견한다

　　바다는 계속해서 태양을 삼킨다
　　하루에도 밤은 두 번 올 수 있다
　　그리하여 몇 번이고 나는 생의 지층에 켜켜이 묻혔다 불려나온다
　　─윤의섭, 「꿈속의 생시」, 『붉은 달은 미친 듯이 궤도를 돈다』 중에서

신화적 영원을 인식하는 근원적 기억이 노래되고 있다. 근원적 기억은 외부로부터 받아들인 심상의 누적이 아니라, 그보다 훨씬 깊은

---

1) 이에 대해서는 졸고 「일상의 신성화, 신성의 일상화─김지하의 시세계」(『문학사상』 2005년 11월호)를 참고할 것.

곳에 있는 기억, 즉 무의식의 기억, 비경험적인 기억이다. 즉 의식의 배후에 있으면서, 의식을 규정하는 선천적인 기억을 가리킨다. 아우구스티누스 같은 이는 이러한 근원적 기억에서 신을 찾는다. 그가 "나는 나를 네발짐승과 구별하고, 하늘을 나는 새보다도 지혜로운 존재로 만들어주신 분에게 도달하기 위해 기억을 초월할 것입니다. (……) 그러나 어디에서 나는 당신을 발견하겠습니까? 만일 내가 당신을 기억하지 않는다면"이라고 할 때, 당신은 창조신을 가리킨다. 근원적 기억은 거룩한 탄생의 신화까지 소생시켜낸다.

　모래와 유채꽃 꽃술이 나를 기억하고 꿈꾼다는 것은 내가 모래의 시간과 유채꽃 꽃술의 꿈을 기억하고 꿈꾸는 것을 가리킨다. 신화적 미분성의 세계가 펼쳐지는 대목이다. 이와 같은 근원적 기억을 노래하는 시인은 꿈의 지층으로까지 파고든다. 그리하여 꿈속에서 "한적한 벤치에 앉아 졸고 있는 나를 발견"하기도 한다. 현실과 꿈이 서로 스며들고 엇섞이면서 공존한다. 이와 같은 사물과 꿈의 기억은 곧 그의 "생의 지층"을 가리킨다. 즉 그에게 근원적 시간의식은 자신의 근원적 생의 지층에 대한 발견과 인식으로서의 의미를 지니는 것이다.


## 4. 기억의 시간과 존재성

　지금까지 기억의 시간의식에 대해 푸슈킨의 「삶이 그대를 속일지라도」와 서정주의 「해일」의 계보학에 해당하는 단절과 내적 연속성의 범주 속에서 논의를 전개해보았다. 이것은 곧 타자화된 기억과 지속으로서의 동질적 기억으로 변별해볼 수 있다. 시적 상상력에서 전자는 대체로 기억의 실재와는 무관한 소멸의 미학에 의해 향수의 대상으로 착색되는 경향을 보여주었고, 후자는 현존재를 구성하는 비현전성으로 작용하는 것을 보여주었다. 따라서 전자의 경우가 과거의 실재로부터의 자기 도피의 양상에 가깝다면, 후자의 경우는 과거의 실재를 사실적으로 인식하면서 아울러 현존재자의 자기 동일성의 지평을 가시적인 물질적 한계 너머의 세계까지 확장시켜나가는 발견의 계기로서 의미를 지닌다. 특히 김지하, 윤의섭 등의 시편에서 발견되는 비약적인 근원적 시간의식은 존재자의 우주적 본성을 영원한 현재의 지평 속에 끌어내어 환기시키고 있다는 점에서 주목된다.

이렇게 보면, 시적 상상력에서 깊은 시간의식은 우리들의 삶의 원상에 대한 깊은 직관과 연관되는 것으로 보인다. 다시 말해, 기억의 시간의식의 미적 본령은 아련한 풍경으로서의 위안의 감상성이 아니라 삶의 근원을 향한 직관의 생성으로 나아가는 데 있다고 정리할 수 있을 것이다. 그것이 자신의 삶의 살아 있는 현재의 지평을 확장하고 궁극적으로는 우주적인 자기 존재성을 획득하는 것이기 때문이다.

# 선(禪)과 시의 위의

## 1. 선시와 허공

선시를 분석적으로 이해하고 평가하고 의미 부여하는 일이 도대체 가능한 것인가? 아마도 가능할 수 있다면, 그것은 선시에 대한 비평적 이해의 욕망과 사유를 완전히 버린 무념(無念)의 텅 빈 자리에서가 아닐까? 왜냐하면 선(禪)이란 이미 문자의 손길이 닿지 않는, '언어도단(言語道斷)'의 도(道)를 호흡하고 공명하는 것이기 때문이다. 그래서 공자 역시 도를 듣기 위해서는 귀도 마음(사념)도 아닌 텅 빈 기(氣)로 들어야 한다고 말했으리라.

마침 후대 선사들이 집약한 선의 시조 달마대사의 교리, 「사구게四句偈」를 보면, 언어와 논리의 그물에 대한 철저한 부정이 강조되고 있음을 볼 수 있다.

경전 밖에서 따로 전하여  敎外別傳

말이나 문자에 의존하지 않고  不立文字

사람의 마음을 똑바로 가리켜 　　　　　　　直指人心

본성을 꿰뚫고 부처를 이룬다 　　　　　　　見性成佛


　주지하듯 교외별전(敎外別傳)이란 '법'이라든가 '도'는 오직 마음과 마음으로만 전해질 뿐 경전을 통해 전해질 수 없음을 가리키고, 불립문자(不立文字) 역시 언어나 문자에 얽매이거나 집착하지 말아야 한다는 점을 강조한다. 그래서 달마의 제자 혜능은 참본성의 텅 비어 있음(自性眞空)에 관해 말하면서 "내가 지금 공을 말한다고 해서 이 공에 집착하지 말라"고 설법했던 것이다.

　그렇다면 경전, 말, 문자로부터 벗어나야 하는 까닭은 무엇인가? 그것은 무릇 참본성이란 자신의 마음속에 있기 때문이다. 그래서 스스로 마음을 쓸 때만 성불에 도달할 수 있다. 마음을 '가리키는 것을 가리키는' 일체의 관념이나 생각으로부터 벗어나서, 직접 마음을 씀으로서 성불을 이룬다는 이치이다. 이것은 도가에서 강조하는 무념무상(無念無想)의 경지와 상통한다. 물론 무념무상이란 모든 사상을 끊고 어떤 생각도 하지 않음을 가리키는 것이 아니다. 일찍이 무(無)에 대해 노자가 말했던 "하지 않으면서도 못 하는 것이 없다(無爲而無不爲)"는 문맥에서의 무, 즉 활동하는 무, 창조적인 무이다.

　이렇게 보면 선의 길에서 경전과 문자란 우리 자신의 통찰력을 일깨우는 하나의 수단일 뿐이며, 그것에 얽매이거나 갇히거나 집착해서는 안 된다는 것으로 정리된다. 그러나 명료하게 느껴지는 이와 같은 요약적 정리 또한 얼마나 부질없고 경망스럽고 헛된 것인가? 다음 일화는 눈앞을 가로막는 절벽처럼 충격적으로 이 점을 질타한다.


　536년 달마는 자신의 죽음이 가까웠음을 느끼고 네 명의 제자를 불러 각자가 깨달은 바를 말해보도록 명했다. 이에 먼저 제자 도부(道副)

가 나서서 말한다.

"제 생각으로는 언어문자에 집착해서도 안 되고, 그렇다고 그것들을 버리지도 말아, 다만 문자를 '도'를 깨닫는 도구로만 이용해야 할 줄로 압니다."

이에 대해 달마는 이렇게 핀잔을 준다.

"너는 겨우 나의 거죽을 얻었구나."

다음에는 총지(聰持)라는 비구니가 앞으로 나와 말한다.

"제가 지금까지 이해한 바로는 석가모니 부처님의 제자 아난다가 아촉 부처님의 불국토를 한 번 보고는 다시 보지 못한 것과 같습니다."

이에 달마가 말한다.

"너는 나의 살을 얻었다."

다음으로 도육(道育)이라는 제자는 이렇게 말한다.

"물, 불, 공기, 흙의 사 원소가 본래 텅 비어 있고 눈, 귀, 코, 혀, 몸이 애초부터 실재하지 않는 것입니다. 제가 선 자리에서 보면 영원한 것은 아무것도 없습니다."

이에 달마가 대답한다.

"너는 나의 뼈를 얻었다."

끝으로 혜가(慧可)가 자신이 깨달은 경지를 말해 보일 차례였다. 그런데 혜가는 입을 열지 않고 스승에게 공손히 허리를 굽히더니 그 자리에 가만히 서 있었다. 그러자 달마는 이렇게 말한다.

"너야말로 나의 골수를 얻었도다."


혜가가 선종의 제2조가 된 경위와 연관된 일화이다. 앞에서 선에 대해 정리했던 명료한 내용이란 고작 "겨우 나의 거죽을 얻었구나"라고 일거에 부정되는, 한심하기 짝이 없는 핀잔의 대상이다. 무엇을 안다는 듯이 말을 하는 것 자체가 이미 온전히 터득하지 못하고 있다는 증거이며, 또한 말의 그물 속에 점점 갇혀서 헤어나지 못하는 결과를 낳는다. 그렇다면 선시에 관한 논의 역시 지속적으로 전개할수록 그 본령으로부터 아득히 멀어지는 과정이 아닌가? 과연 깊은 산속의 선승들이 추운 겨울에도 구슬땀을 흘리며 용맹정진(勇猛精進)하는 선이란 무엇이며 또한 이를 내밀하게 노래하는 선시의 실체란 무엇일까? 다음 인용문에서 이에 대한 응답을 어느 정도 시사받을 수는 없을까?

실솔은 젊었을 때부터 노래를 배웠다. 이윽고 소리가 트이자 실솔은 세찬 폭포 앞에서 날마다 노래를 불렀다. 한 해 남짓 지나자 노랫소리만 있고 폭포 소리는 들리지 않는 어렵고 높은 경지에 이르렀다. 또 그는 북악산 꼭대기로 가 허공을 향해 넋놓고 노래했는데, 처음에는 소리가 갈라져서 모아지지 않았다. 한 해쯤 되자 돌개바람도 그 소리를 흩을 수 없었다. 이때부터 실솔이 방 안에서 노래하면 그 소리가 들보 위를 울렸고, 마루에서 노래하면 소리가 대문가에서 울렸고, 배에서 노래하면 소리가 돛대에서 울렸고, 시냇가 혹은 산속에서 노래하면 소리가 구름 사이에서 울렸다.

蟋蟀, 自少學爲歌. 旣得其聲, 往急瀑洪春碓薄之所. 日唱歌. 歲餘, 惟有歌聲, 不聞瀑流聲. 又往于北岳顚, 倚縹渺, 愴惚而歌, 始礨柝不可壹. 歲餘, 飄風不能散其聲. 自是, 蟋蟀歌于房, 聲在梁, 家于軒, 聲在門, 歌于航, 聲在檣, 歌于溪山, 聲在雲間.

—이옥(李鈺, 1760~1812), 「가자송실솔전歌者宋蟋蟀傳」

송실솔의 '득음'을 다룬 글에서 먼저 눈길을 모으는 것은 소리공부의 단계에서 세찬 폭포보다 허공이 상위에 놓인다는 점이다. 툭 트인 허공이 절벽 같은 폭포보다 더 뚫기 어려운 대상이라니! 소리와의 싸움은 소리로 이기지만, 허공과의 싸움은 그렇지가 않기 때문이다. 소리의 끝을 벼리고 벼려서 칼끝같이 날카롭게 하고 쇠뭉치처럼 묵직하게 하면 폭포의 소리를 뚫는다. 하지만 허공에다는 그 칼, 그 쇠뭉치를 휘둘러봐야 팔만 아플 뿐이다.

선의 세계란 바로 이 허공과 같은 것이 아닐까? 말로써는 제대로 가리키지도 묘사하지도 설명하지도 못하지만 그러나 분명히 사위에 무궁무진 존재하는 허공, 그것이 선이라면, 선시란 그 허공과 어우러지는, 혹은 허공을 언어 속에 투사시키려는 치열한 고투의 흔적들이 아닐까? 끝도 없이 너무나 깊고 크고 장대하여 무섭고 두렵기까지 한 이 허공의 성격을 감히 가늠해보면 어떨까? 이 대목에서 다음의 문장을 또 인용해보자.

푸르고 푸른 것이 하늘이 아니며 검고 검은 것이 하늘이 아니다. 하늘은 형태도 질량도 없고 시작과 끝이 서로 맞닿지 않으며 위아래 사방도 없는 허허공공하니라. 하지만 어디에든 존재하지 않는 곳이 없고 그 무엇이든 포용하지 않는 것이 없느니라.

帝曰爾五加衆, 蒼蒼非天, 玄玄非天. 天无形質, 無端倪, 無上下四方, 虛虛空空. 無不在, 無不容.

—『삼일신고三一申告』 제1장 「허공虛空」

『삼일신고』는 우리 고대신화의 원형 즉 혼돈스런 신시개천(神市開天)의 원리를 담고 있는 비서(祕書)로 알려져 있다. 『삼일신고』의 제1장 「허공」 편에 따르면, 허공은 곧 하늘이다. 여기에서 하늘은 천지창조의 근원이고 마지막에 해당하는 무극(無極)이며 참본성을 가리킨다.

여기에 이르면, 선을 텅 비어 있으나 존재하지 않는 곳이 없는 허공에 대응시킬 때, 시란 세찬 폭포를 뚫기 위해 고군분투하는 소리의 울림이라고 할 수는 없을까? 그렇다면 선은 시의 궁극적인 근원이며 지향점이며 길잡이로서 의미를 지닌다. 세찬 폭포를 향한 소리란 기실 허공을 향한 소리로 나아가기 위한 과정인 것이다. 어떤 소리꾼도 폭포의 소리와 대결하여 이기기 위한 목적으로 소리하지는 않기 때문이다. 이 점은 "선의 핵심이나 시의 핵심 모두 깨달음에 있다(禪道惟在妙悟, 詩道亦在妙悟 ─ 엄우(嚴羽), 『滄浪詩話』)"는 전언과도 궁극적으로 상통한다.

그렇다면 선시 혹은 선적인 시의 범주를 비단 불교적 성향에 국한할 필요가 없지 않을까? 오히려 불교적인 성향을 염두해두지 않고 허공의 범주에서 생각하는 것이 시는 물론이고 시의 위의까지 논의하기에도 용이하지 않을까?


## 2. 선, 시의 심지

선시라고 할 때, 선은 경전이나 문자의 알음알이 밖에 존재하는 것인 반면에, 시는 언어의 자장 안에 발을 들여놓지 않을 수 없는 속성을 지니고 있다. 그래서 시와 선에 대해 "시란 선객에게는 선을 장식하는 비단 위의 꽃이요, 선은 시인에게 있어서 언어를 절제하는 절옥도이다(詩爲禪客添花錦, 禪詩詩家切玉刀 ─ 원호문(元好問))"라는 비유적 표현이 회자되기도 한다. 물론 이와 같은 비유의 문면을 경전과 문자의 그물망의 안과 밖으로만 규정하는 것은 표층적인 차원의 이해일 것이다. 그렇다면 문자의 그물망의 안과 밖을 백척간두(百尺竿頭)의 이편과 진일보(進一步)한 이후의 저편으로 해석해볼 수는 없을까? 백척간두의 이편이 삶과 죽음, 선과 악, 탐욕과 소유의 분별들로 에워싸인 현실이라면, 진일보한 이후의 저편은 시공을 초월한 절대자유와 무위의 땅이 해당된다. 이러한 선과 시의 엇섞임 혹은 경계지점에 대해 이육사의 「절정」만큼 선명하게 환기시켜주는 시편이 또 있을까.

> 매운 계절의 채찍에 갈겨
> 마츰내 북방으로 휩쓸려오다
>
> 하늘도 그만 지쳐 끝난 고원
> 서릿발 칼날진 그 우에 서다
>
> 어디다 무릎을 꿇어야 하나
> 한 발 재겨 디딜 곳조차 없다
>
> 이러매 눈 감아 생각해볼밖에
> 겨울은 강철로 된 무지갠가보다
>
> ── 이육사, 「절정」 전문

두루 알려진 바대로, 이육사는 해방 이전 독립운동의 전사로서 험난한 길을 걸었던 대표적인 항일시인이다. 이 시는 그의 사선(死線)의 극한을 넘나드는 독립운동 현장의 한 대목을 명징하게 반사시켜준다. 4연으로 구성된 이 시에서 1연과 3연은 백척간두의 가파른 절정이 남성적인 어조로 묘파되고 있다. "매운 계절의 채찍", 즉 화자는 극도의 고통스런 상황에 내몰리면서 점점 더 춥고 험난한 "북방으로 휩쓸려" 온다. 그곳은 "하늘도 그만 지"친 곳이다. 즉 사람의 삶은커녕, 어떤 생명체도 터를 잡을 수 없는 "서릿발 칼날진" 금속성의 불모지대이다. "무릎을 꿇"을 곳은 물론이거니와 "한 발 재겨 디딜 곳조차" 없다. 백척간두의 아찔한 극점에 내몰려 있다. 여기에서 가능한 자기 구원의 방법은 무엇일까? "매운 계절의 채찍"은 사위에서 엄습해오고, 이로부터 잠시라도 몸을 피하기는커녕 제대로 움직일 수조차 없다. 절규와 비명이 터져나올 것 같은 공포가 팽팽한 긴장을 이루는 지점이다.

그러나 4연의 정조는 차분하게 안정되어 있다. 화자는 극도의 불안한 상황에 전혀 동요하지 않고 평상심의 어조로 "이러매 눈 감아 생각해볼밖에"라고 담담하게 진술하고 있지 않은가? "이러매"가 자신이 처한 절박한 상황을 스스로 객관화하는 심리적 거리 두기의 기능을 하고 있다. 시상의 흐름은 접속부사 "이러매"를 거치면서 숨막히는 절망적 상황의 전체적인 조망과 더불어 새로운 시적 정조와 호흡의 전환을 이루고 있다. 시적 자아는 극한적인 상황에서 선의 깊은 명상 속으로 진입한 것이다. 이때 시적 성화(聖化)가 불꽃처럼 일어난다. "겨울은 강철로 된 무지갠가보다". 시상의 인과론적인 흐름과는 무관한 돌발적이고 비약적인 초극이다. 시적 화자가 캄캄한 절벽에서 선을 통해 그 절망을 타파해나가고 있는 대목이다. 깨달음을 얻자면 모든 생각의 길목을 차단해야(妙悟要窮心路絶) 한다. 논리와 이치를 따지며 주저하고 머뭇거리면 어느새 화살은 서역 저편으로 가버리고 몸은 지옥으로 떨어지고 만다. 의식적인 모색의 통로가 막힌 상황에서 전신의 에너지가 압축되어 무의식의 심층을 뚫고 존재의 대전회를 이루어내는 것이다.

이렇게 보면 이육사는 "하늘도 그만 지쳐 끝난 고원/서릿발 칼날진 그 우에"서 "겨울은 강철로 된 무지개"라는 급격한 존재의 카타스트로프(catastrophe)를 얻고 있는 것이다. 따라서 "겨울은 강철로 된 무지갠가보다"에 대해 논리적 잣대로 해명하는 것은 늘 미완으로 남을 수밖에 없게 된다. 이육사는 이와 같은 백척간두 진일보를 통해서 "절정"을 견디는 마음의 평정을 지켜나갈 수 있었을 것이다.

한편 이즈음에서 김지하의 다음 시편을 살펴보는 것 또한 선시는 물론, 시의 근원과 지향으로서의 선의 면모에 대한 이해를 보강하는 데 어느 정도 도움이 될 수 있을 것이다.

 땅 끝에 서서
 더는 갈 곳 없는 땅 끝에 서서
 돌아갈 수 없는 막바지
 새 되어서 날거나
 고기 되어서 숨거나
 바람이거나 구름이거나 귀신이거나 간에
 변하지 않고는 도리 없는 땅 끝에
 혼자 서서 부르는
 불러
 내 속에서 차츰 크게 열리어
 저 바다만큼
 저 하늘만큼 열리다
 이내 작은 한 덩이 검은 돌에 빛나는
 한 오리 햇빛
 애린
 나.

　　　　　　　　　　　　— 김지하, 「그 소, 애린 50」, 『애린 2』 전문

　김지하의 '애린' 연작에서 특히 둘째권의 「그 소, 애린 1」~「그 소, 애린 50」은 송나라 곽암 선사의 〈심우도尋牛圖〉에서 수심견성(修心見性)의 계제를 밟아가는 과정을 시적 자아의 일상과 연관시켜 체현해 나가는 방식으로 이루어져 있다. 열 개의 원으로 된 공간 안에 심우

(尋牛) — 견적(見跡) — 견우(見牛) — 득우(得牛) — 목우(牧牛) — 기우귀가(騎牛歸家) — 망우존인(忘牛存人) — 인우구망(人牛俱忘) — 반본환원(反本還源) — 입전수수(入廛垂手)의 풍경을 담은 선가의 그림 〈심우도〉에서 '입전수수'의 매듭 단계에 해당하는 「그 소, 애린 50」에서 김지하 시인은 그 동안 부단히 찾고 헤매던 '애린'과 대면하는 모습을 보여준다.

　시적 화자는 '애린'을 찾아 "더는 갈 곳 없는" 그러나 "돌아갈 수 없는 막바지" "땅 끝"까지 이르렀다. "기인 그림자 끌며 노을진 낯선 도시"에서부터 "거리거리 찾아헤맨"(「소를 찾아나서다」) 화자가 기어이 더이상 갈 곳도 없는, 바다와 하늘만이 보이는 땅 끝까지 당도한 것이다. 이제 화자에게 남은 것은 "새" "고기" "바람" "구름" "귀신"으로나 변하는 것이다. "귀신이거나 간에"의 "-나 간에"라는 어미에는 체념이 배어 있다. 바로 이 단절의 벼랑 끝에서 화자는 역설적으로 "내 속에서 차츰 크게 열리어 / 저 바다만큼 / 저 하늘만큼 열리"는 극적인 반전의 순간을 맞이한다. 우주생명의 범주로 무한확대되던 자아는 다시 "이내 작은 한 덩이 검은 돌에 빛나는 / 한 오리 햇빛"으로 수렴된다. 이 수렴의 극점에서 화자는 '애린'을 발견한다. 우주적인 확산과 수렴, 밖으로 열림과 안으로 닫힘의 이중성의 동시적인 신비 체험이다. 그러나 여기에서 더욱 놀라운 극적인 상황이 일어난다. 그 '애린'은 '나'였던 것이다. 화자는 "땅 끝"의 절망의 벼랑에서 찾은 '애린'에게서 '나'를 발견한 것이다. 지금까지 '애린'을 찾아헤매던 지난한 과정은 곧 자신을 찾는 과정이었음을 선명하게 보여주고 있는 것이다. '애린'의 외피 속에 나 자신이 살고 있었으며, 나 자신 속에 '애린'이 살고 있었던 것이다.

　그렇다면 김지하는 어찌하여 '나'를 찾아 그토록 헤매었을까? 도대체 '나'란 무엇인가? 어찌하여 '나'는 가장 가까이 있으면서도 가장 멀리 있는가?

    김지하 시에 이어 잠시 여백을 갖는 마음으로 다음의 시편을 한번 더 읽어보면서 논의를 전개해보기로 하자.

> 하늘을 바라보는 눈에
> 사흘 밤을 울고 난 텅 빈 눈에
> 후회의 눈물이 맺히고
> 맺힌 눈물에 나도 맺히는구나
>
>         ― 김형영, 「눈물」, 『홀로 울게 하소서』 전문

    이 시는 가톨릭 신앙을 바탕으로 투명하고 정갈한 시적 삶을 지속적으로 추구해온 김형영의 시편이다. "하늘을 바라보"며 "사흘 밤을 울"던 시적 화자의 맺힌 눈물에서 '나' 자신을 발견하고 있다. 물론 이때 '나'란 "후회의 눈물"을 통해 혼탁한 일상의 부유물을 완전히 씻어낸 절대순수의 자아를 가리킨다. 그러나 시적 문맥으로 보면, 이 시에서 '나'는 "하늘"의 다른 모습이다. "하늘"을 바라보며 눈물을 흘리던 눈에 '나' 자신이 "맺히"고 있는 형국이기 때문이다. 이것은 결국, 기도하듯 속죄하는 "후회의 눈물" 끝에 찾아오신 하늘이 시적 자아의 초상 속에 반사되고 있는 것이다. 이렇게 보면, 하느님은 화자의 참모습 속(하느님의 뜻을 따르는 모습)에 살고 있다고 말해볼 수도 있으리라. 이러한 논법은 또한 시적 자아가 스스로 아침처럼 맑아지면서 자신 속에 살고 있는 하느님을 깨워내고 있는 것으로 생각해볼 수도 있다.

    '하늘이 나 자신 속에 살고 있다.' 이러한 명제는 매우 당혹스럽지 않을 수 없다. 믿고 따르는 절대자가 나 자신 속에 살고 있다고 말하는 것은 그 자체로 차라리 불경스러운 금기에 가깝게 느껴진다. 그러

나 불경스러운 금기도 가까이 두고 반복해서 생각하고 바라보면 믿어지지 않게 친숙해지고 일상화되는 것이 또한 세상사의 이치가 아닌가. 너무도 생경하고 이상해 보이는 것도 정작은 엄연한 사실일 수 있다.

불가에서는 우리의 본성이 우리가 엎드려 신봉하는 부처라는 명제가 통용되고 있다. 혜능은 "내 마음에 부처가 있으니 이 부처야말로 참부처다(我心自有佛, 自佛是眞佛)"라고 했다. 이것은 물론 "우리의 본성이 곧 부처이니, 이 본성을 떠나 따로 부처가 없다(本性是佛, 離性無別佛)"는 그의 또다른 전언과 상통한다. 그래서 불가에서는 마음공부를 강조한다. 마음공부가 부처를 만나는 일임이 자명한데 달리 길을 찾아 방황할 까닭이 없지 않은가. 혜능은 또한 "사람의 참본성은 무한히 커서 만 가지 법을 다 포함하니 따라서 만 가지 법이 다 그 속에 있다(自性能含萬法是大, 萬法在諸人性中)"고도 했다. 만해 한용운 시인의 "가슴에 만 권의 책이 쌓여 있다(胸中萬卷書)"는 목소리 또한 멀지 않은 곳에서 친숙하게 들려주는 유사한 얘기이다.

진리가 불교의 전유물이 아니듯이 이러한 내용은 도처에서 찾아볼 수 있다. 『천부경』은 "사람 안에서 하늘과 땅이 통일된다(人中天地一)"고 기록하고 있다. 우리 민족의 전통적인 우주관인 천지인(天地人)사상의 원형에는 인간의 영성이 핵심을 이루고 있었던 것이다. 여기에서 좀더 나아가면 『삼일신고』에는 다음과 같은 구절이 직접적으로 나온다. "신은 뇌 속에 내려와 있다(神降在爾腦)." 물론 『삼일신고』의 적통성에 대해 회의적일 수도 있다. 그러나 최근 비약적으로 발전한 뇌과학에서 홀로그램의 방법으로 관찰한 결과 활용되지 않고 잠자는 구십 퍼센트의 뇌세포 안에 천체 우주공간의 블랙홀의 존재나 초신성의 폭발까지도 복사된다는 보고서가 나오고 있기까지 한 것을 결코 쉽게 지나칠 수는 없지 않은가.

여기에 이르면, 어찌하여 시인 김지하가 "기인 그림자 끌며 노을 진 낯선 도시"를 "거리거리 찾아헤"(「소를 찾아나서다」)매다가 만난 대상이 바로 '나' 자신이었는지, 시인 김형영이 "하늘을 바라보"며 "사흘 밤을 울고 난 텅 빈 눈"에서 '나'를 발견하고 있는지 어렵지 않게 이해할 수 있다.

그러나 부처, 도, 신이 곧 나 자신 속에 내재한다는 것에 대한 인식, 그 자체만을 강조하는 것은 '마음'에 대한 또다른 집착에 그치는 것이 아닐까? 혜능의 계승자인 조주에게 있어 '도'나 '진리'라고 하는 것은 마음도 아니고, 부처도 아니며, 물건도 아니다. 그것은 시간과 공간을 초월해 있으면서 동시에 세상 만 가지 사물 속에 편재해 있다. 다음 시편은 이러한 문면에서 새삼 눈앞에 다가온다.

금년에는 작년보다 더욱 가난해졌으니
길 떠나는 그대에게 줄 물건이 없네
뜰아래 잣나무 한 그루 있어 그대에게 주노니
때때로 마음에 묻어두고 뼈에 새기라
　　　　　　　— 기암 법견(1552~1634), 「길 떠나는 그대에게」

"작년보다 더욱 가난해"져서 "길 떠나는 그대에게" "뜰아래 잣나무 한 그루"를 준다. 여기에서 물질적인 "가난"은 역설적으로 정신적인 풍요를 가리킨다. 왜냐하면 "줄 물건이 없"어서 준 것이 "마음에 묻어두고 뼈에 새"길 절대적인 귀중품이기 때문이다. 그렇다면 "뜰아래 잣나무 한 그루"가 그토록 중요한 까닭은 무엇일까? 왜 "뜰아래" 감나무나 소나무가 아니라 굳이 "잣나무"인가?

"뜰아래 잣나무"의 연원도통은 대략 다음과 같다.

"달마대사께서 서쪽으로 오신 뜻이 무엇입니까?"

조주가 대답한다.

"뜰 앞의 잣나무니라."

이때 조주 선사의 눈앞에 소나무가 서 있었다면, 소나무라고 했을 것이다. 그가 하나의 대상을 입에 올린 것은 사실이지만, 그러나 그것은 하나의 대상을 통해 만물에 편재해 있는 '도'를 겨냥했던 것이다. 장자가 '도'를 똥무더기 속에 있다고 한 것과 같은 논법이다. 또한 이것은 마음이 대상에 집착하지 않고 자재로우면 도처의 모든 것에 '도'가 내재하고 있음을 발견하게 된다는 논법과 상통한다. 이렇게 보면, 위의 시편은 어디로 길을 떠나든 '도'에 어긋나지 말라, 늘 자신의 본성을 견지하며 깨어 있으라는 당부이다.

여기에 이르면, '선이란 시의 심지이다'라는 언명을 힘주어 말해볼 수 있지 않을까? 시란 기본적으로 자신과 자신을 둘러싼 세계의 본질을 미적으로 인식하고 감각화하는 작업이라고 할 수 있기 때문이다. 다시 말해, 시인은 시적 상상력에 의한 우주적 의식의 획득을 통해 하나의 사물로부터 이를 둘러싼 하늘과 대지, 신과 인간과의 무한한 관계들의 울려퍼짐을 기록함으로써 진리(작품) 속으로의 정립을 추구하는 사명을 감당하는 자이기 때문이다. 따라서 선의 자세와 정신은 시의 위의를 견지하는 근원이며 길잡이라고 정리해볼 수 있다.

## 3. 수평적 초월과 창작원리

"말에는 끝이 있으나 뜻에는 끝이 없다(言有窮而意無盡)." 여기에 시의 이율배반적인 숙명이 있다. "끝이 있"는 말로써 "끝이 없"는 뜻을 궁구하는 것은 처음부터 불가능하다. 그러나 이와 같은 불가능함에 대한 치열한 응전과 고투의 흔적이 또한 시의 자리이다. 다시 말해 끝이 없는 뜻의 세계가 없다면 그토록 많은 시인들이 반어, 역설, 도치, 생략 등의 섬세한 세공을 동반하는 시적 언어의 모험에 골몰하지 않아도 된다. 현실세계를 가로질러 저편의 우주적 무한으로 뻗어 있는, '끝이 없는 뜻'의 세계를 어렴풋이나마 감지하고 그 마법권에 사로잡힌 자가 시인이라고 말해볼 수 있을 것이다.

그렇다면 시인들의 생애를 사로잡은 '끝이 없는 뜻'의 세계란 구체적으로 무엇일까? 그것은 시간과 공간을 초월한 자유자재의 근원의 세계 '도'가 아닐까? 이 대목에서 조금 더 실감 있는 논의를 위해 다음과 같은 시를 읽어보자.


팔십 년 전에는 저것이 나더니      八十年前渠是我
팔십 년 후에는 내가 저것이로구나   八十年後我是渠


서산대사가 묘향산 원적암에 있을 때 자신의 영정에 쓴 시로 알려진 작품이다. "전"과 "후", "저것"과 "나"가 전혀 구별 없이 모두 하나의 연속성을 이루고 있다. "전"과 "후", "저것"과 "나"의 분별지에 제각기 갇혀 있는 일상인에게 순간적이나마 대우주의 리듬을 호흡하는 해방감을 가져다준다. 이와 같은 우주의 존재원리를 감지한 자는 이미 현상세계의 그림자에 만족하기 어려울 수밖에 없다. 그래서 시인은 근본적으로 현실계의 공식화된 세계관에 대한 영원한 반역자일 수밖에 없는 속성을 지닌다. 그러나 또한 누구나 현실계의 관문을 뚫고 나와 천하를 당당히 걸을 수 있는 것은 아니다. 사실 그것은 탈속한 특정 선사의 속성이다. 시인은 대부분 현실계 속에서 그 바깥을 꿈꾸고 갈망하는 와중에 잠시 곡두처럼 선적인 초월적 영역을 대면하는 부류에 속할 수밖에 없는 것이 사실이다.

다만 여기에서 힘주어 강조하고자 하는 것은 선과 함께 운위된 현실계 밖의 초월적 세계가 사실은 현실계 내부의 심연을 이루는 핵이라는 점이다. 즉 선의 초월적 세계란 정확하게 규정하면 수직적 초월이 아니라 수평적 초월이다. 이를 편의상 정신분석학적 논의에 빗대어 설명하면 다음과 같다. 프로이트는 꿈의 임상실험을 통해 해석을 저항하지만 꿈의 형성원인으로 작용하는 부분을 발견하고 이를 '꿈의 배꼽'으로 지칭하였다. 라캉에게 건너오면서 오브제 아(objet a)로 지칭된 이 '꿈의 배꼽'이란 한마디로 상징적 언술로 규정할 수 없는 까닭에 초월적 대상으로 보이지만, 그러나 정작은 상징적 질서계 내부에 존재하면서 이를 생성하고 관장하는 가능조건이다. 이러한 논법을 선의 세계에 그대로 대입하면, 선이란 존재 초월의 공허한 범주로 보이지만, 사실은 현실계의 질서를 관장하는 비가시적인 근원에 해당한다. 도라는 것은 보이지도 잡히지도 않지만 그러나 우주 리듬을 관류하며 주관하는 중심음인 것이다.

따라서 선시의 세계는 결코 초월적인 도피가 아니라 도저한 내성의 탐구의 산물이다. 문제는 오늘날 현대시가 의식적 모색의 층위를 가로질러 무의식적 집중의 파지를 통해 촛불에 불이 켜지듯 안과 밖이 하나로 합쳐지는(自然內外, 打成一片) 대전회의 순간을 맞이하는 선의 용맹정진의 젖줄이 되는 것이 지속적으로 요구된다는 점이다. 언어도단의 세계와 소통하지 않는 언어는 이미 시적 언어로서의 미적 가치와 위상을 온전히 지니지 못한다. 시란 기본적으로 '끝이 없는 뜻'을 '끝이 있는 말'로 감각화하는 미적 작업이기 때문이다. 오늘날 많은 시편들이 포말처럼 공소하게 느껴지는 것은 시의 존재성의 가장 기본이 되는 이 점을 놓치고 있기 때문이다.

# 경물(敬物)사상과 생태적 상상력

생태적 상상력의 가장 핵심적인 본령을 무엇이라고 말할 수 있을까? 생태문학이 우리 문학사의 주류로 부각된 지 이미 십오 년여가 넘어가는 시점에서 이러한 질문은 너무도 새삼스럽다. 그러나 생태적 상상력의 새로운 혁신과 확산이 활발해질수록 그 핵심적인 원형에 대한 물음과 응답은 거듭 확인될 필요가 있을 것이다. 물론 생태적 상상력의 원형성 역시 고정된 실체는 아니다. 따라서 다양한 생명적 세계관과 생태학의 이론체계에 따라 다채롭게 개진될 수 있을 것이다.

여기에서는 생태적 상상력의 원형에 대해, 구한말의 거센 서세동점의 물결에 대한 창조적 대응을 통해 출현한 동학의 시천주(侍天主)사상에서부터 논의를 전개해보자. 주지하듯, 수운 최제우 선생이 1860년 4월 5일 하늘로부터 계시를 받고 창시한 동학의 핵심사상은 '하늘님을 모신다' 는 시천주이다. 시천주에 대한 수운의 해석은 '내유신령 외유기화 일세지인 각지불이(內有神靈, 外有氣化, 一世之人, 各知不移)' 가 핵심을 이룬다. 여기에서 신령은 내적 본성이고 기화는 다른 존재들과의 외적인 본래의 관계이며 각지불이는 운동과 실천을 가리킨다.

그래서 이를 원문에 충실하여 해석하면, 안으로는 신령이 있고 밖으로는 그 기운이 넘쳐흘러야 하며, 그것이 생활 속에 그대로 존재해야 한다. 이를 의역해서 상술하면, 나 자신이 우주적 영성을 모시고 있는바, 이 점은 바깥의 모든 사물에게도 공통적으로 적용된다. 그래서 우주생명의 질서는 신령한 존재들의 활동, 순환, 활성의 장에 해당한다. 따라서 이러한 생명의 질서에 지속적으로 동참하면서 자아실현을 이루어나가야 한다는 것이다.

이를 다시 우리의 생활언어로 쉽게 표현하면, 공경의 '모심'과 그 사회적 실현을 통한 '생활의 성화'로 요약된다. 우주적 신령이 자신은 물론 바깥의 모든 대상들에 내재한다는 것은, 모든 사물이 신령한 존재로서 '모심'의 대상이라는 것을 가리키며, 이들의 관계성에 동참하고 이로부터 이탈하지 말아야 한다는 것은 '모심'의 공공적 사회화에 해당하는 '생활의 성화'를 이루어내야 한다는 것을 가리킨다.

이렇게 보면 동학의 휴머니즘은 대상의 정복과 지배를 통한 인공화를 미덕으로 내세우는 인간 중심주의의 차원을 넘어서서 사물까지도 경이로운 생명의 대상으로 보는 경물사상을 포괄하고 있다는 측면에서 네오휴머니즘이라고 지칭해볼 수 있을 것이다. 동학적 네오휴머니즘은 인간은 물론 모든 사물이 하늘이라는 경물(敬物)사상을 바탕으로 하는 것이다.

이와 같이 '모심'과 '생활의 성화'로 요약되는 동학의 생명적 세계관을 서구의 생태학에서도 거듭 확인할 수 있는 대목은 없을까? 주지하듯, 서구의 생태학 이론은 심층생태학과 사회생태학을 비롯하여 생태사회주의, 생태마르크스주의, 생태페미니즘 등이 서로 다른 세계관과 방법론을 경쟁적으로 제시하면서 상호충돌과 보완의 과정을 지속하고 있다. 특히 생태학의 가장 대표적인 계열에 해당하는 심층생태학과 사회생태학에서, 전자의 경우, "생물형태의 풍부함과 다양함은 그 자체로서 가치를 지니며, 지구상의 인간 및 비인간의 생명의 번영에 이바지한다"는 기본입장에서 드러나듯 생물 중심주의에 입각하여 인간 중심주의를 비판하고 아울러 인간과 자연 간의 수평구조를 강조한다. 한편 후자의 경우는 자연 파괴의 원인을 인간과 인간 간의 위계서열적인 지배구조로부터 시작되었음을 지적하고, 그 극복을 위한 '생태공동체'의 재건을 집중적으로 강조한다. 사회생태학은 인간의 위계서열적 문화구조가 자연에 대한 인간의 지배질서를 형성한 배경이라고 주장하고 있는 것이다. 심층생태학이 모든 생물의 수평적인 관계성과 신성성을 강조한다면, 사회생태학은 사회공동체의 구성원리와 문화 현상을 우선적으로 주목하고 있는 것이다. 물론 사회생태학과 심층생태학은 이와 같이 서로 다른 입지와 지향성을 지니고 있으나, 우리에게는 이들 양자의 생태적 인식론을 창조적으로 포괄하면서 온전한 생태적 세계관을 정립해나가는 것이 요구된다. 이렇게 볼 때 심층생태학과 사회생태학의 포괄적 이해에서 시사받을 수 있는 핵심내용은 개체 생명의 신성성과 인간의 상호관계성과 연관된 문화 현상이 동시적으로 중요하게 고려되어야 한다는 사실이다.

한편 이러한 상황은 모든 사물에 대한 '모심'과 그 모심의 실천을 통한 '생활의 성화'가 생태적 세계관의 근간을 이룬다는 가설의 확인 과정이기도 하다. 모든 사물을 공경하고 이를 바탕으로 한 생활양식을 통해 '생활의 성화'를 이루어내는 것, 이것이 생태적 세계관의 지향점이며 완성형에 해당한다는 것은 서구의 생태학 이론을 통해서도 추론할 수 있는 항목인 것이다.

생태적 상상력의 원형을 이와 같은 '모심'과 '생활의 성화'라는 인식에 입각해보면, 기왕의 생태시에 대한 성찰과 그 전개방향의 새로운 재조명에 큰 도움이 될 것이다. 지금까지 우리의 생태시는 생태 및 환경 파괴의 현장에 대한 비판, 탄식, 고발에 해당하는 소재주의와 과거 농경사회의 원형공동체에 대한 회억 등이 주조를 이루어온 것이 사실이다. 이러한 생태시편들은 우리의 삶의 문화가 개발 지속적 발전에서 생명 지속적 발전으로 전환되어야 한다는 당위성을 충격적으로 자각시키는 데 많은 역할을 해왔다. 그러나 지금까지 전개된 생태시편은 이와 같은 비판, 고발, 회억의 정서에 지나치게 편중된 경향을 보여온 것이 사실이다. 이제는 좀더 적극적으로 모든 사물의 생명가치에 대한 '경물' 사상에 집중할 필요가 있을 것이다. 이러한 경물사상은 모든 사물이 하늘의 이치가 내재하는 신령스런 존재라는 인식과 아울러, 그 경물의 대상에 해당하는 사물들의 기운이 서로 소통하고 순환하는 생명문화의 구조원리에 대한 자각과 실현을 정서적 감각으로 자각시키는 역할을 효과적으로 수행할 수 있을 것이다.

따라서 생태시학의 논의는 시적 대상보다 대상에 대한 인식의 방법론이 더욱 본질적이다. 여기에서는 경물사상에 입각한 생태시학의 관점에서 근자에 발표된 시편을 중심으로 논의해보기로 하자.

이 뼈는 한때
뿔 달린 짐승이었다
털가죽을 뒤집어쓴 채 풀을 뜯고
되새김질을 하면서 네발로 걸어다녔을 것이다
제 눈에 멋져 보이는 이성과
짝짓기를 해보려고 무척 애썼을 것이며
제 모습을 빼닮은 어린것들에게 젖을 먹였을지도 모른다
그러나 지금은
한 토막 뼈다

(……)

한때 한 몸을 이루었던 뼈들과 멀어진 뼈

쓸개와 간과 심장과 멀어진 뼈

해와 달과 이별한 뼈

울음과 배고픔에서 떨어진 뼈

가족과 헤어진 뼈

죽음에 대한 두려움과 결별한 뼈

— 최승호, 「한 토막 뼈」, 『고비』 중에서

"한 토막 뼈"에 관한 상상력이 펼쳐지고 있다. "한 토막의 뼈"에도 장대한 하나의 역사가 살고 있었던 것이다. 여기에는 "네발로" 대지를 걷고, 이성과 사랑을 하고, "어린것들에게 젖을 먹"이는 일련의 삶의 과정이 기억되어 있다. 그러나 또한 어느 순간 "해와 달" "울음과 배고픔"은 물론 "가족"으로부터 멀어지는 죽음의 슬픔이 각인된 뼈이기도 한다. "한 토막 뼈"에 삶과 죽음의 간곡한 드라마가 저장되어 있는 것이다. "한 토막 뼈"에 관한 이러한 상상력은 기본적으로 "한 토막 뼈"뿐만이 아니라, 한 토막의 나무, 한 토막의 돌조각의 경우에도 크게 다르지 않다. 이 세상의 모든 사물과 물질은 제각기 우주생명체로서의 자신의 삶의 역사를 기억하고 있는 것이다. 그래서 "한 토막 뼈"는 "한 토막 뼈" 이상인 것이다. 하나의 사물에 대한 경건한 마음가짐을 지니지 않을 수 없다.

이러한 상황은 "사람은 사람을 공경함으로써 도덕의 극치가 되지 못하고, 나아가 물을 공경함에까지 이르러야 덕에 합일될 수 있나니라"(『천도교창건사』 제2편)고 말한 동학의 경물사상을 연상시킨다. 경물이란 굳이 물을 숭배하고 떠받드는 것이 아니라 물의 하늘성, 즉 우주생명의 신성성을 실현시키는 방향으로 물을 활용한다는 것이다. 그래서 동학에서의 물오동포(物吾同胞)란 인오동포(人吾同胞)의 동질적인 기화(氣化)와 변별되는 이질적인 기화의 개념으로서, 인간과 동식물 또는 사물과의 조화와 협동의 중요성을 가리킨다. 해월의 사회관은 인간사회의 범주를 넘어 동식물과 사물을 포함한 우주공동체의 필요성과 당위성을 염두해두고 있었던 것이다.

실제로 인간은 인간만이 아니라 동식물은 물론 무기물과의 연대와 협력 속에서만이 온전한 삶을 영위할 수 있다. 나무에서 뿜어져나오는 산소가 없는 인간세계, 마실 물이 없는 인간세계란 상상할 수가 없다. 또한 이 점은 나무의 입장, 물의 입장에서도 동일하다. 모든 개체 생명은 보생명(complement life)과의 연관성 속에서 생성되고 활성화되고 보존될 수 있기 때문이다. 그래서 우주는 하나의 거대한 생명의 그물이며 총체이다.

한편 다음 시편에서는 "물"의 흐름 속에서 발견하는 사물의 우주적 영성을 노래하고 있다.

몸을 가다듬는 것이 마음을 깨침만 하겠는가…… 간밤의 글을 중얼거리는 내 목소리가 빗소리와 함께 섞여버리는 산속, 계곡의 급류는 온갖 소리를 내며 흐른다 그날 절벽 구멍난 바위틈에서 들은 목탁 소리는 내가 보지 못한 물거품이 세운 절.

흰 거품을 일으키며 쏟아지는 물소리에서 나는 여러 날 무엇을 듣고 있는 것이냐 개안을 하듯 세상이 새로워지는 일은, 한 우주와 한 세계를 다시 얻는 것과 어떻게 다른가 물소리가 다시 커지고 있다 고요하다
— 조용미, 「두륜산 小記」 중에서

물의 부드럽고 강렬한 흐름이 시상의 흐름에 그대로 전이되어 있다. 시적 화자는 "물소리"에서 "한 우주와 한 세계를" 다시 얻고 있다. 이것은 "물소리"에 "한 우주와 한 세계"가 깃들어 있다고 표현해도 무방하다. "온갖 소리를 내며" 흐르는 "계곡의 급류"는 "바위틈"에 한 채의 "절"을 짓고, 그 속에서부터 "목탁 소리"를 내고 있었던 것이다. "여러 날" "흰 거품을 일으키며 쏟아지는 물소리"를 듣던 시적 화자가 어느덧 물소리의 섬세한 내면풍경을 관음하고 있다. "물소리"를 들으면서 "개안을 하듯 세상이 새로워지는" 것을 느낀 시적 화자는 그것이 "한 우주와 한 세계를 다시 얻는" 것과 같음을 질문의 형식을 통해 강조하고 있다. "한 우주와 한 세계를 다시 얻는" 놀라운 발견과 깨우침을 흐르는 물이 열어주고 있는 형국이다.

이와 같은 "흐르는 물"의 영성을 동학의 시천주사상과 연결지어서 생각해볼 수는 없을까? 수운 최제우는 시천주에서 '천'에 대한 설명보다 '천'을 모시고 사는 삶, '천'과의 관계양식을 강조한다. 그에 따르면, 하늘님은 "간섭하지 않는 일이 없고 명령하지 않는 일이 없다(無事不涉, 無事不命)". 이에 대해, 해월 최시형은 "하늘님이 간섭하지 않으면 고요한 한 물건 덩어리니 이것을 죽었다고 하는 것이요, 하늘님이 항상 간섭하면 지혜로운 한 영물이니 이것을 살았다고 말하는 것이라"(오문환, 『사람이 하늘이다』)고 상술한다. 그가 사람뿐만이 아니라 동식물과 무생명체까지도 하늘님으로 공경하라고 가르친 '물물천사사천(物物天事事天)'의 의미도 이러한 문맥에서 이해된다.

그렇다면 "흐르는 물" 역시 '천'을 모시고 있는 존재로 해석해볼 수 있지 않을까? 그럼 시적 화자가 "한 우주와 한 세계를 다시 얻"은 듯한 "개안"의 내용은 무엇일까? 그것은 흐르는 물도 하늘을 모시는 공경의 대상이라는 것과 아울러, '혼원일기(混元一氣)' 즉 외부의 다양하게 보이는 모든 존재들 사이에 있는 본원적인 하나의 흐름으로서의 '기' 혹은 하늘님의 존재를 잇는 본원적 통일성에 대한 자각은 아닐까? 특히 물소리와 시적 화자의 내적 교감과 공명은 '혼원일기'의 실체에 대한 체험적 인식이라고 할 수 있을 것이다.

한편 다음 시편 역시 '혼원일기'에 대한 체득의 현장으로 다가온다.

깎이는 아픔 없이
어떻게 네가 거듭나겠느냐.
피 없이 태어난 생명이기에
사람들은 너를 사랑하느니.

꿈을 새기고
시간을 새기고
기쁨보다 때로 더 깊은
절망까지도 불어넣었기에

내가 그러했듯이
너 또한 자신을 드러내려고
몸속에 피 흐르는
한 생명 꿈꾸는구나.

어둠에 멀어버린 눈
두려움에 떨리는 두 손으로
오늘 나는 보았느니
거울에 나를 비추듯 꿈꾸는 너를.

— 김형영, 「석상(石像)에 바치는 시」 전문

석상에 대한 공경의 정서가 따뜻하고 정갈한 미감으로 그려지고 있다. 석상의 탄생일지는 다음과 같다. 어느 석공이 하나의 바위에 "꿈"과 "시간"을 새기고, "깊은/절망"을 불어넣었고, 바위는 또한 "내가 그러했듯이" "자신을 드러내려고/몸속에 피 흐르는/한 생명"을 "꿈꾸"었다. 석공은 온 정성을 다해 바위의 생명을 깨웠던 것이고, 바위는 자신의 오랜 꿈을 실현한 것이다. 그리하여 이제 바위는 하나의 인격적인 생명으로 지상에 탄생한 것이다. "어둠에 멀어버린 눈"과 "두려움에 떨리는 두 손으로" 석상을 응시하는 시적 화자의 정서는 생명에 대한 깊은 외경심으로 빛난다. 바위가 석상으로 변한 것을 단순히 석공의 조각에 의한 것이 아니라 바위 속에 잠재되어 있던 꿈의 실현으로 보고 있는 것이다. 마치 인간의 잠재적 가능성이 누군가의 영향과 감화에 의해 발현되듯이 바위의 잠재적 가능성이 발현된 것으로 보는 것이다. 그래서 시적 화자는 석상을 향해 "거울에 나를 비추듯 꿈꾸는 너를" 본다고 진술하고 있다. 석상과 시적 화자가 동일한 우주생명체로서 등가의 위치에서 자리매김되고 있다.

이러한 특성은 다음과 같은 시편에서도 읽을 수 있다.

충남 서산시 운산면 세심동에 개심사 있다
계곡 물소리 벗을 삼아 돌계단 오르고
시누대숲을 지나노라면 나는
어느덧 초록세상에 물들어서
상왕산 그림자 어른거리는 경지의
외나무다리를 건넌다
살아내기 위해 닫아버린 내 마음도 건넌다
극락전을 가리키는 붉은 장미의 가지와
명부전을 가리키는 배롱나무 가지도 지나고

심검당 앞에 서면

휘어지고 휘어진 대로 세월 이기는 기둥과

채색도 치장도 없이 탈속의 삶 떠받치는 주춧돌 앞에서는

마음빗장 걸고 산 세속의 삶이 부끄러워라

— 이종주, 「개심사」 중에서


　"개심사"의 풍경 속에 들어가면서 시적 화자의 닫힌 "마음빗장"이 열리는 성찰의 과정이 그려지고 있다. "계곡"과 "시누대숲"의 "초록 세상"을 거쳐 "개심사"의 내부로 들어서는 "외나무다리"를 건너면, 시적 화자의 "마음"도 "개심사"로 들어서게 된다. 그리하여 그의 마음은 "개심사"의 명칭과 그 풍치의 지형처럼 세상 밖으로 열리게 된다. 시적 화자의 발걸음은 "극락전" "명부전" "심검당"으로 이동하게 된다. 개심사의 내면 속으로 진입하면서 어느덧 시적 화자는 스스로 "마음빗장 걸고 산 세속의 삶"을 부끄러워하게 된다. 시적 화자는 앞에서 살펴본 '혼원일기'에서의 일기(一氣)로서, 개심사와 상통되고 있는 현장이다. 다시 말해, 만물의 근원에 흐르는 공공적 활동에 해당하는 기화, 즉 외유기화 속으로의 동참을 통해 시적 화자의 "마음빗장"이 열리는 경지에 도달한 것으로 해석해볼 수 있다.

　여기에 이르면, 우리는 생태계 파괴의 현장에 대한 비판, 탄식, 고발의 소재주의적 시편들이나 과거의 농경사회에 대한 회억의 감상보다, 자연은 물론 사물들에 대한 공경과 친숙한 합일의 정서가 생태적 상상력으로서 좀더 적극적인 의미를 지니는 것으로 이해된다. 생태계 파괴의 현장에 대한 비판은 그 자체로서 대안적 생산성을 지닐 수는 없지만, 경인(敬人)은 물론 경물(敬物)의 세계관은 우주생명의 존재성과 그 공동체적 관계성에 대한 인식과 그 실현의 의미 및 당위성을 자각시켜주기 때문이다. 이것은 동학의 어법대로 표현하면 양천주(養

天主)사상에 해당한다. 이를 해월 최시형 선생은 시천주의 생활에 대해 하늘님을 키우는 것이라고 설명한다. 하늘님을 키운다는 것은 결국 세속적인 현실에 함몰되지 않고 자신의 본성을 지키고 신장시키며 그 공공적 통일성을 실현하는 것을 가리킨다. 물론 여기에서 자신의 본성이란 곧 신령한 자신의 존재성을 가리키며 그 신령함의 보편적 공공성은 곧 생태적 질서에 해당된다고 할 것이다.

우리 시사에서 생태시가 중심주류를 이룬 지도 이미 짧지 않은 연대기를 기록하고 있다. 생태적 상상력이 충격적 고발과 각성의 차원에서 생산적 대안으로 나아가야 하는 당위성이 강조되는 시점이다. 이러한 상황 속에서 생태적 상상력의 원형을 다시 질문해보고 좀더 본질적이고 생산적인 대답을 찾는 과정이 절실히 요구된다. 생태적 상상력의 원형으로서 동학의 경물사상을 설정할 때 우리의 짧지 않은 생태시론의 역사가 결코 소모적이지 않았다고 할 수 있을 것이다.

# 잔혹성과 자기 기만의 마술

인류 역사는 살인, 폭력, 유혈이 반복된 연대기이다. 정열적이거나 사디스틱하거나 용의주도하거나 돌발적이라는 수식을 거느린 범죄들이 한 개인은 물론이고 조직적인 단체나 국가의 이름으로까지 도처에서 지속적으로 자행되고 있다. 악마는 항상 인간과 가장 가까운 곳에 살면서 인간의 행동을 조종하고 관리한다.

근대의 가장 잔혹한 집단테러 중 하나로 꼽히는 1937년 12월 13일 일본군의 난징대학살은 이만여 명의 시체 더미에 불을 지르고, 병사들의 담력을 키운다는 명분으로 결박된 중국인을 찔러죽이고, 여성을 강간한 이후 내장을 들어낸 만행으로 기록되고 있다. 물론 이러한 사건이 일본군만의 고유한 특성은 아니다. 나치의 아우슈비츠 수용소에서의 유대인 학살, 유대인의 묵인하에 자행된 1982년 베이루트의 사브라 지구와 샤틸라 지구의 난민수용소에서 일어난 팔레스타인 난민 대학살, 베트남전쟁에서의 미군과 베트콩의 행태, 한국의 광주사태 등등. 이 세상에는 피를 탐하는 악마성이 잠시도 한눈을 팔지 않는다.

그렇다면 이처럼 끔찍한 악마적 잔혹성을 자행하는 사람들은 누구인가? 이에 대해 『세계사 대계』를 간행했던 H. G. 웰스는 "범죄는 윤리적으로 문제가 있는 몇몇 사람의 무모하고도 흉악한 소행이 아니라 지성의 진보에 따른 불가피한 결과, 다시 말해 창조성이라는 능력의 '동전의 뒷면'이다"라고 전언한다. 최악의 범죄는 악마 같은 인간이 저지르는 것이 아니라 멀쩡한 지성인의 행위 속에서 돌발적으로 일어난다. 즉 잔혹성은 인간의 존재론적 특성 중의 하나라는 것이다.

프로이트는 "아이에게 권력을 부여하면 그 아이는 세계를 파괴할 것이다"라고 말한다. 천사 같은 아이의 속성이 난폭하고 파괴적이고 잔혹하단 말인가? 물론 그것은 아니다. 아이는 완전히 주관적인 까닭에 자기 감정에 사로잡혀 있어서 남의 입장을 고려하기 어렵다는 것이다. 이와 같이 범죄자란 아이처럼 행동하는 어른, 주관적인 에고이즘에서 벗어나지 못한 어른을 가리킨다. 그리하여 무자비한 범죄란 자신이 소유하고 추구하려는 대상을 합리적인 방법을 무시하고 가장 빠른 길을 통해 직접 성취하고자 하는 즉자적인 권력의지에서 나타난다. 이를테면 절도범은 노동 행위를 간과한 자이고, 강간범은 여성에게 호감을 얻는 과정을 생략한 자이고, 폭력범은 상대방으로부터 승인을 받는 절차 없이 지배력을 행사하고자 하는 자이다. 그래서 잔혹성으로 악명을 떨친 자들은 대체로 낭만적인 이상주의자의 속성을 지닌다. 낭만적 이상주의자들은 자신이 꿈꾸는 목적을 위해서는 무서운 추진력을 발휘한다. 그 추진력의 배경은 무엇인가? 그것은 특정 분야에서 결코 타인에게 통제되지 않겠다는 의사 결정을 고수하는 과도한 자기 확신이다. 칭기즈칸, 로베스피에르, 나폴레옹, 히틀러, 김일성, 박정희 등의 독재자들의 공통점은 이상주의자이면서 확신형 인간으로서의 특성을 엿볼 수 있다는 것이다. 그러나 자기 확신형 인간이 어디 이들뿐이겠는가? 일상 속에서 가장 가까운 사람에게 자행하는 잔혹성이 사실은 더욱 잔인하고 야비한 경우가 많다.

그럼에도 불구하고 확신형 인간형이 자기 확신을 지속적으로 강건하게 지탱시킬 수 있는 배경은 무엇일까? 자신은 옳고 잘못은 모두 상대방에게 있다는 '자기 기만의 마술'에 빠져 있기 때문이다. 잔혹한 사건일수록 그 명분과 변명 역시 항상 분명하고 교묘하다.

그러나 확신형 인간의 사례를 보면 공통적으로 그들의 폭력성은 결코 불가피한 상황에서 일어난 것이 아니다. 장 폴 사르트르가 처음 사용했다는 '자기 기만의 마술'이란 이를테면 가까운 사람에게 폭행과 거짓을 일삼고도 늘 그 원인을 상대방에게 돌리는 인간형, 어린아이를 학대하면서도 항상 그 불가피성을 역설하는 인간형, 광주항쟁과 같은 경우 "진압군의 민간인 폭행은 당시 현장의 상황 탓일 뿐, 내게는 책임이 없다"고 주장하는 인간형 등이 해당한다. 또한 확신형 인간은 스스로 자제심을 잃고 격렬한 감정을 폭발하는 모습을 자주 노정시킨다. 이러한 격렬한 감정의 폭발은 자신의 잔혹한 행위를 타인은 물론 자신에게도 당연한 것으로 인식하도록 하는 유용한 수단이 된다.

그렇다면 자기 기만의 마술에 쉽게 빠져드는 확신형 인간의 가장 근본적인 원인요소에 해당하는 생물학적 배경을 찾아볼 수는 없을까? 이에 대해 콜린 윌슨은 『잔혹』(하서출판사, 1991)이란 저서에서 로저 스페리의 뇌의 이론을 끌고 온다. 좌뇌는 언어, 이성, 상징, 추상 등을 관장하고 우뇌는 감성, 형상, 마음, 체험 등을 관장하는데, 이 둘 사이에 상호보완과 균형이 이루어지지 않을 때 문제가 발생한다. 다시 말해 현실적인 목적과 인식 좌표만을 가진 좌뇌가 우뇌의 자기 성찰 과정을 거치지 않고 목적의 성취만을 지향할 때 범죄가 발생한다.

콜린 윌슨에 따르면, 범죄는 인간 진화의 부산물이라고 지적한다. 좌뇌는 기본적으로 지도 작성자로서 예지력과 연관된다는 것이다. 지도 작성은 창조적인 직관과 식견을 바탕으로 한다. 그러나 지도를 손 안에 넣었다고 해서 현대사회의 복잡한 미로를 모두 이해하고 감지할 수 있는 것은 아니다. 그래서 한 손에 지도를 들었다고 할지라도 현실세계는 낯설고 당혹스럽게 다가온다. 현실세계에 대한 구체적인 체득과 이해가 전제되지 않은 채 지도를 갖게 되면 지름길만을 택하게 된다. 지도가 범죄를 유도하는 단서가 되는 지점이다. 특히 이러한 상황에서 과감한 결단력과 자기 기만의 마술을 구비하게 되면 잔혹한 범죄의 수반은 필연이 된다. 문제는 차갑고 이성적인 좌뇌를 조절하는 따뜻한 마음의 발현이 수반되어야 한다. 이때 삶의 문화적 가치의 진전이 가능하다. 그러나 마음의 조종능력이 동반되지 못할 때, 인간의 창조적 직관력은 혼돈과 파괴의 불씨가 된다. 인류사회를 파괴시키고 자신의 파멸을 부른 센나케리브에서부터 히틀러에 이르는 압제자들은 이를 너무도 충분히 증명해주고 있다.

여기에 이르면, 우리는 시인과 잔혹한 범죄자가 매우 많은 점에서 공통된 유사성을 지닌다는 사실에 놀라게 된다. 시인과 잔혹한 범죄자는 낭만적 이상주의자의 성향이 강하다는 점, 직관과 예언력이 뛰어난 모습에서 볼 수 있듯이 좌뇌가 비상하게 발달한 점, 미적 주관성과 꿈의 세계에 깊이 몰입한다는 점(이는 자기 기만의 마술과 어느 정도 상통한다) 등의 공통성을 지닌다. 잔혹한 독재자나 범죄자들이 하염없이 서정적인 시인의 얼굴을 드러내곤 해서 우리들을 어리둥절하게 하는 까닭이 여기에 있다. 그렇다고 해서 시인이 곧 잔혹한 인간이라는 뜻은 결코 아니다. 시인에게는 좌뇌의 사고 모드를 이완시키고 성찰하는 우뇌의 감각 모드 또한 남달리 발달해 있기 때문이다. 그래서 뛰어난 시는 날카로운 직관과 부드러운 감성이 동시에 구현된 특성을 보인다.

우리 시사에서 지배 성향의 확신형 인간이 저지르는 잔혹성을 찾는 일은 어렵지 않다. 세계를 경악하게 한 피와 광기의 역사가 결코 먼 나라의 얘기만은 아니다. 20세기 세계사에서 우리나라만큼 잔혹한 폭력성에 노출된 경우도 드물다. 우리의 근대사는 식민지 지배, 전쟁, 민족 분단의 연대기로 기록된다. 지배와 피지배, 대립과 갈등의 역사에서 폭력적 잔혹성은 자신이 우월한 승자이며 지배자라는 것을 확인하는 증거로서 의미를 지닌다. 상대방을 완전히 부정하고 배제할 때 자기 정당화와 지배본능의 성취도는 더욱 높아진다.

> 삽시간에 두 패로 나뉘고
> 늘 그랬던 것처럼
> 시비의 발단은 모래바람 속에 흩어지고
>
> 맑스레닌연구회가 돌에 맞는다
> 대동청년단이 돌에 맞는다
> 사람이 돌에 맞는다
>
> 맑스레닌연구회의 철가시들이
> 대동청년단의 불침들이
> 사람들이
>
> 사람들이 돌을 던지고 사람들이 맞는다
> 피를 흘린다
> 무죄한 이마가 깨지고
> 유죄한 이념이 쓰러진다
>
> 검은 학생화가 벗겨지고

검은 교복이 찢겨지고 드문 올광목 속곳이
　　발겨지고 맨살이 드러난다
　　　—허수경, 「조선식 회상 6」, 『슬픔만한 거름이 어디 있으랴』 중에서


　"시비의 발단은 모래바람 속에 흩어지고" 남은 것은 무자비한 폭력이다. 유죄는 이념에게 있지만, 그러나 정작 폭력의 대상이 향하는 곳은 "무죄한 이마" "검은 학생화" "검은 교복" 등이다. "조선식 회상"에서 첫머리에 떠오르는 장면이 이와 같이 "벗겨지고" "찢겨지"는 폭력이라는 것은 지난 시대에 맹목적인 지배력과 권력의지가 우리 사회 전반에 뜨겁게 팽배했음을 가리킨다. 폭력은 '타자의 동일화'를 가장 짧은 시간 안에 최대치로 이루어내는 강압적 방법이다. 물론 이러한 지배권력을 추구하는 자기 확신형 인간들은 자기 기만의 마술을 통해 자기 합리화와 정당화를 강변한다. 인류사에 그토록 많이 출몰하고 사라졌던 이념들이란 사실 자기 기만의 마술과 크게 다르지 않다.

　우리 사회에서 자기 신념과 지배 성향의 확신형 인간이 가장 많이 출몰한 경우는 사회변혁운동이 뜨겁게 일었던 1980년대 시위 현장이기도 하다. 이들은 이념적 갈등과 패권적 대립이 극심할수록 자신과 생각이 다른 인간을 나쁜 인간으로 단정하는 자기 확신형 인간으로 돌변하는 성향을 드러낸다. 이들은 스스로 그린 완벽한 독자적 정신세계에 안주하면서 그것에 비판적인 다른 목소리를 배제하기 시작한다. 이때부터 자신의 신념에 대한 객관화는 사라지고 그 이념적 성채를 지키는 것만이 절대적 과제가 된다.


　　어쩔 수 없는 이 절망의 벽을
　　기어코 깨뜨려 솟구칠
　　거치른 땀방울, 피눈물 속에

새근새근 숨쉬며 자라는

우리들의 사랑

우리들의 분노

우리들의 희망과 단결을 위해

새벽 쓰린 가슴 위로

차가운 소주잔을

돌리며 돌리며 붓는다

노동자의 햇새벽이

솟아오를 때까지

— 박노해, 「노동의 새벽」, 『노동의 새벽』 중에서


 "절망의 벽"과 "노동자의 햇새벽"이 뚜렷한 대위를 이루고 있다. "노동자의 햇새벽"은 역사의 진보이며, 이를 거역하는 것은 모두 역사의 발전을 거스르는 반동이 되는 이분법이 그려진다. 이처럼 뚜렷한 선악의 대립각과 지향성 앞에서 또다른 선택의 길은 허용될 수 없다. 자기 신념과 지배 성향의 확신형 인간의 한 전형을 목도하게 된다. 분명 당시 박노해의 시편은 낭만적 이상주의자의 자기 기만의 마술과 무관하지 않았다.

 이러한 자기 확신형 인간의 지향성 중에 강제적인 '타자의 동일화' 작업보다 더욱 부정적인 측면은 피억압자에게까지 잔혹성을 전염시키는 것이다. 일종의 피가 피를 부르는 형국이다.


밤이 새도록 피를 부르는 무리가 있다

깊은 밤 내 집 문을 두드리며

피를 다오 피를 다오 외치는 무리가 있다

오 나는 피가 없어

단 한 방울의 피까지 다 말라붙었어 하소연해보지만

그들은 내 집 문을 부수고 담을 타넘고

내 속으로 기어들어온다


(……)


썰물처럼 그들이 빠져나가고 나면

나 또한 피를 찾아헤매는 유랑민 되어

텅 빈 몸을 이끌고

그들이 흘리고 간 피의 자취를 좇아 어둠 속을 달린다

           —남진우,「피를 부르는 청동 불꽃」,『타오르는 책』중에서


   자기 신념과 지배 성향의 확신형 인간이 타자의 피를 요구하고 탈취해갈 때, 과연 피를 잃은 사람의 선택 가능성은 무엇일까? 그것은 "텅 빈 몸을 이끌고/그들이 흘리고 간 피의 자취를 좇아 어둠 속을 달"리는 것이다. 마치 드라큘라 백작의 손길을 거치면 함께 인간의 피를 탐하는 드라큘라의 동맹군으로 전락되는 것과 같다. 그래서 지배 성향의 확신형 인간은 마치 드라큘라 세력의 어둠의 힘처럼 음습한 곳에서 끊임없이 자기 재생산하는 속성을 지닌다. 피와 광기의 세계사는 대체로 이렇게 시작된다.

   이와 같이 자기 신념과 지배 성향의 확신형 인간의 맹목적인 권력의지와 지배욕망의 추구를 상징적으로 구상화한다면, 다음과 같은 자극적인 모습을 그려볼 수 있지 않을까?


   삽날에 목이 찍히자

뱀은
떨어진 머리통을
금방 버린다

피가 떨어지는 호스가
방향도 없이 내둘러진다
고통을 잠글 수도꼭지는
어디에도 보이지 않는다

뱀은
쏜살같이
어디론가 떠난다
　　　　　—이윤학, 「이미지」, 『아픈 곳에 자꾸 손이 간다』 중에서

　목이 없는 뱀의 질주를 그리고 있다. "피가 떨어지는" 몸통의 질주
에는 "방향도 없"고 "고통을 잠글 수도꼭지"도 없다. 온몸에 상처를
뒤집어쓰고도 "뱀은 / 쏜살같이 / 어디론가 떠난다". 쏜살같이 떠나는
뱀의 행로는 자신의 존재성의 확인을 위한 본능적 모험이면서 또한
자기 파멸의 과정이다. 우리 역사의 행태는 대체로 이와 같이 자기
신념과 지배 성향의 확신형 인간들의 패권적인 모험과 충돌의 과정
으로 해석해볼 수 있을 것이다. 목이 잘린 채 "어디론가 떠"나는 뱀의
모습에서 우뇌의 성찰이 없는 좌뇌의 질주를 연상하게 된다. 좌뇌에
상처를 받은 환자는 언어장애가 일어나지만 그림이나 음악 감상에는
지장이 없고, 우뇌에 상처를 입은 환자는 명료하고 논리적인 연설은
할 수 있으나 간단한 모양조차 그릴 수 없다고 한다. 우뇌가 관장하
는 감각 모드의 제어가 없이 이루어지는 좌뇌의 돌파력은 자기 신념

의 과잉에서 오는 범죄의 동력으로 변질되기 쉽다. 이러한 지배 성향의 확신형 인간은 결국 자신과 주변의 파국을 몰고 온다.

물론 이 시편은 마지막 연 "가야 한다/가야 한다/잊으러 가야 한다"는 반복적 언술을 통해 맹목적인 돌파력이 혹독한 자기 성찰의 과정이었음을 보여준다. 다만 1, 2, 3연의 가파른 직선적 행보는 확신형 인간의 행보를 설명하기에 유용하다는 것이다. 이처럼 무자비한 추진력이 아니라 도저한 자기 성찰로 나아가는 과정으로서의 직선적 행보가 대체로 시인과 독재자를 구별하는 분기점이 되는 경우가 많다.

한편 우리 시에서 지배 성향의 확신형 인간의 잔혹성은 다음과 같은 여성의 수난사에서도 엿볼 수 있다. 『폭력인간』(1954)이라는 전쟁소설을 썼던 반 보크트에 따르면 확신형 인간은 자신의 자화상에 맞추어 현실을 얼마든지 조정할 수 있다. 남성우월주의자의 독자적인 정신세계에서 여성은 자기에게 희생하고 봉사하는 충실한 생물로 이해된다. 그러나 이러한 확신형 인간에게 지배당한 대상은 죽어서도 끊임없이 말하지 않을 수 없는 억울한 귀신이 될 수밖에 없다.

귀신들은 언제나 투덜투덜, 그래요
그중에서도 억울하게 죽은 여자들이 제일 시끄럽죠
첫사랑에 빠진 귀신은 의외로 추적추적 조용하게 오고요
미친 여자 귀신은 조금 무섭게 오죠
머리칼에 번개가 붙어오니까요

호수는 그렇게 세게 두들기면 안 돼요
두드린 자리마다 핏물이 올라와요

입에서 지렁이가 나오는 저 여자

너무 두들기진 마세요
매일매일 두들겨 맞으니까 입에서
지렁이가 한 가마니 두 가마니 쏟아지잖아요
나중엔 제 내장까지 꺼이꺼이 다 토하고
빈 몸으로 뭉개지네요
냄새 한번 요란하네요


(······)


호수가 수천 개의 입을 벌려 떠들기 시작했어요.
이제 누가 저 벌건 입술들을 틀어막지요?
아이구 천지사방이 호수네요 벌겋네요

　　　　　　　　　　　　　　　　—김혜순, 「장마」 중에서


　"호수"가 여자의 이미지로 치환되고 있다. "호수는 그렇게 세게 두
들기면 안" 된다. "호수"는 너무도 많은 원망과 상처와 사연 들을 담
고 있다. 호수의 표면에 "장마"가 두드리면 "자리마다 핏물이 올라"
온다. 호수의 "입에서 지렁이가" 기어나오고 "내장"이 쏟아지기도 한
다. 그 냄새 또한 요란하다. 살아서 못다 한 이야기, 살아서 못다 푼
한들을 죽어서나마 쏟아내고 있는 형국이다. 이것은 또한 죽어서나마
남성 중심주의적인 억압의 기제들로부터 놓여날 수 있음을 가리키는
것이기도 하다. 그렇다면 "호수가 수천 개의 입을 벌려 떠들기 시작
했"을 때, 과연 "누가 저 벌건 입술들을 틀어막"을 수 있을까? 누구
도 이를 감당할 수 없다. 이러한 시점에 이르면, 대부분의 압제자들
의 성채가 무너지고 부서지기 시작한다. 지배 성향의 확신형 인간은
대부분 이런 과정을 거치면서 파멸한다.

한편 근자의 우리 시단에는 잔혹하고 공포스런 엽기적 상상력이 자주 목도된다. 신진 시인들을 중심으로 나타나는 엽기적 상상력 역시 기본적으로 잔혹성의 범주에 포함된다. 그러나 엽기란 기본적으로 금기시된 것을 누설하는 매혹적인 공포라는 측면에서, 앞에서 다룬 지배 성향의 확신형 인간에게서 나타나는 잔혹성과는 어느 정도 변별된다. 엽기적 상상력을 잔혹성의 범주에서 다룬다면 '욕망의 수확 체감법칙'에 의해 나타나는 폭력성으로 해명해볼 수 있을 것이다.

**이미죽은내가** 잠든 엄마아빠의 이부자리 속을 파고든다 **이미죽은내가** 엄마아빠를 국자로 떠와 차례차례 변기에 담근다 **이미죽은내가** 엄마아빠의 잠옷을 벗기고 속옷을 벗기고 바리깡으로 몸에 난 모든 털을 깎는다 **이미죽은내가** 엄마아빠를 깨끗이 물에 헹구고 탈수기에 넣어 탈탈 말린다 (……) **이미죽은내가** 엄마아빠의 살을 조근조근 손톱깎이로 뜯어 홈을 판다 (……) **이미죽은내가** 떼어낸 살점을 조물조물 납작납작 주물러서 국솥에 떨어뜨린다 **이미죽은내가** 엄마아빠의 깎아놓은 털에 말간 뇌수액을 붓고 끈적끈적한 혈장을 버무려 양념장을 만든다
— 김민정, 「살수제비 끓이는 아이」, 『날으는 고슴도치 아가씨』 중에서

엽기적 공포가 환상성과 혼종되면서 매우 복잡하고 산만하게 전개되고 있다. 죽음과 금제와 섹스가 서로 혼용되면서 엽기적인 시상을 개진하고 있다. 사드에 의하면 인간의 기본적인 욕구는 신이 되는 것이며, 신이 될 수 있다면 인간은 온갖 쾌락을 시도할 것인바, 그중에서도 가장 우선하는 것은 섹스의 충족일 것이라고 한다. 그러나 이러한 사드의 전언을 받아들인다 할지라도 모든 욕망이 충족된다면 인간은 행복해지는가? 라는 질문이 남게 된다. 욕망이 모두 충족되면 오히려 따분함과 지루함에 빠지기 쉽다. 그래서 자극적이고 혼몽한

충동 속에 깊이 빠지게 된다. '경제학에서 생산요소의 투입을 증가시킬 때 단위당 생산물이 감소하는 것과 같은' 수확체감의 법칙이 적용되는 것이다.

물론 이러한 엽기적 상상력은 단순히 파괴적 충동만이 아니라 현실계의 지배질서에 대한 부정, 조소, 질시, 전복의 계기성을 지니기도 한다. 그래서 엽기의 출현은 특히 금기시된 것의 공적 누설과 연관되면서 기존의 지배질서 체계에 대한 변화의 동력으로 작용하기도 한다. 잔혹성은 이처럼 부정과 혁신의 양가성이 내재되어 있는 것이다. 그래서 앞에서 지적한 바대로 지배 성향의 자기 확신형 인간은 오히려 남다른 창조적 능력의 보유자이기도 하다. 문제는 자기 확신에 대한 도저한 성찰의 동반이 요구된다는 것이다.

> 그 뿔과 갑주의 등허리에 흰 눈 뒤집어쓰고
> 산은 쓰러져 있다 아무도 달랠 수 없고
> 위로할 수 없는 산, 제 굶주림과 性과 광기를
> 제 힘으로 못 이겨 헐떡거리는 산, 홀연히
> 눈보라 치면, 꼭대기 레이더기지 첨탑은
> 경련하는 짐승의 목덜미를 더 깊이 후벼팠다
> ─이성복, 「경련하는 짐승의 목덜미」, 『아, 입이 없는 것들』 전문

"흰 눈 뒤집어쓰고" 쓰러져 있는 산은 정적인 이미지로 둘러싸여 있지만, 그 이면에는 "경련하는 짐승"의 역동성으로 꿈틀거리고 있다. "제 굶주림과 性과 광기를 / 제 힘으로 못 이겨 헐떡거리"고 있는 것이다. "홀연히 / 눈보라 치면" 산의 본능적 충동은 더욱 강렬한 경련을 일으킨다. 그래서 "꼭대기 레이더기지 첨탑은" "경련하는 짐승의 목덜미를 더 깊이 후벼"판다. 물론 이 시에서 "산"은 시적 화자 자

신을 가리킨다. 시적 화자는 스스로 자신을 객관적으로 성찰하면서 자신의 내면의 원시적 충동과 본능을 검열하고 억제하고 성찰하고 있는 것이다. "목덜미를 더 깊이 후벼"파는, 자학에 가까운 자기 검열과 반성이 사실은 문명적 질서를 끌고 가는 동력이기도 하다.

이와 같은 원시적 본능에 대한 혹독한 자기 성찰을 자신의 신념과 지배 성향에 대한 성찰로까지 확대시키는 것이 요구된다. 인간이 자기 기만의 마술에 걸려드는 것 또한 본능적 충동이며 속성이기 때문이다. 이것은 또한 차가운 이성적 기획 속에 감성적인 마음의 철학을 적극적으로 섭수하고 견지하는 것이 요구된다는 말로 바꿀 수도 있다. 이때 잔혹성에 내재된 창조성은 문화적 가치의 발전으로 기여하게 된다.

그러나 이러한 당위적 과제가 인간 삶에서 지켜진다는 것은 현실적으로 어렵다. 인간에게는 스스로 지배 성향의 확신형 인간이 되지 않으면, 그러한 대상의 권위에 종속되고자 하는 노예근성이 잠재되어 있기 때문이다. 그럼에도 불구하고, 우리는 지배 성향의 확신형 인간의 자기 기만의 마술로부터 스스로 자유롭기 위한 노력을 잠시도 게을리 할 수 없다. 이것은 우리들 스스로 미래의 히틀러나 김일성과 같은 독재자나 범죄자가 되지 않음은 물론이고, 마녀사냥, 아우슈비츠 사건, 난징대학살 등의 피해 당사자가 되지 않기 위한 절박한 사안이기 때문이다.

# 한류와 네오르네상스 운동의 가능성

## 1. 한류의 지향성과 네오르네상스

우리에게 한류는 어느 날 갑자기 다가온 돌발적인 사건처럼 느껴지는 것이 사실이다. 2000년대 들어서면서 '아시아에 한국 댄스음악과 드라마 열풍이 불고 있다'[1]는 유의 대중매체의 보도가 연일 지속되면서 우리들 스스로도 그 연원, 배경, 실체에 대해 제대로 이해하지 못한 채 신기한 듯 관망하는 형국이었던 것이다. 그러나 한류열풍은 그 이후에도 지속되어 지금에 이르기까지 영화, 드라마, 대중가요, 컴퓨터게임 등의 문화산업은 물론 정치, 경제, 사회, 예술, 관광 등의 다양한 분야에 이르기까지 강한 파급효과를 일으키며 국가 이미지와 경쟁력의 핵심요소로 부각되고 있다. 1999년 중반 중국 언론매체에 처음 등장한 한류[2]는 이제 중국, 홍콩, 일본, 대만, 베트남, 싱가포르

---

1) 이종환, 「중국의 한류는 멈추지 않는다」, 동아일보 2001년 2월 12일자.
2) 한류(韓流)의 유래는, 1999년에 문화관광부가 한국가요의 홍보용 음반을 CD로 제작하여 해당 국가의 방송사, 잡지사, 대학, 디스코텍 및 한국 공관에 배포할 목적으로 일

등의 아시아 지역에서부터 이집트, 이탈리아, 오스트리아, 캐나다 등[3] 에 이르기까지 세계 전역으로 확산되고 있는 한국문화에 대한 인기와 관심을 지칭하는 말로 확고하게 자리를 잡고 있는 것이다.

　이와 같이 한류열풍이 사회적 의제(agenda)로 떠오른 이후 한류열풍의 실체에 대한 규명이 귀납적으로나마 다채롭게 전개되고 있다. 한류의 사회적 원인, 현황, 효과, 대응방안 등에 대해 사회적, 문화적, 경제적 관점에서 활발한 논의가 개진되고 있다. 또한 한류의 미래에 대해서도 일시적인 거품론에서부터 글로벌 지각변동의 가능성까지 다양한 시각에서 논의되고 있다. 한류의 미래에 대한 위기론에는 이미 그 이면에 한류열풍의 토대를 바탕으로 한 위기 관리 및 극복론에 대한 필요성을 제기하고 있다는 점에서 낙관론의 계기를 함유하고 있다고 할 것이다.

　물론 이러한 다양한 논의의 바탕에는 우리나라가 종전의 일방적인 문화의 수용과 소비에서 벗어나 문화 창조와 수출의 주체가 되었다는 사실이 깔려 있다. 이념, 정치, 경제 등이 시대적 가치의 주요 핵심어로 존재했던 20세기와 달리 문화적 가치가 국가 경쟁력이며 인

---

억오천만원을 투자하여 중국어 음반 육천 장과 일본어 및 영어 음반 각 삼천 장씩을 기획 제작하였다. 이 음반의 영어와 일본어 버전은 'Korea pop music', 중국어 버전은 '韓流—Song from korea'였다. 이 중국어 버전의 음반 기획을 맡은 회사는 지난 1977년부터 베이징 음악방송국을 통해 정규적으로 한 시간씩 중국어로 진행하는 한국가요 소개 프로그램인 서울음악실(漢城音樂曬)의 제작 및 운영을 맡고 있는 (주)미디어 플러스였다. 당시 홍보용 음반의 타이틀을 논의하는 기획회의에서 북경영화대학 연출과 교수가 젊은이들 사이의 새로운 유행 경향을 총칭하는 '寒流'라는 신조어에서 '寒'을 '韓'으로 바꾸자는 의견을 제시하여 타이틀을 '韓流'로 정하게 되었다고 한다(최혜실, 「한류 현상의 지속을 위한 작품 내적 연구」, 『문화콘텐츠산업포럼』 2005. 9. 27 발표문에서 재인용).

3) 〈겨울연가〉의 윤석호 PD가 〈봄의 왈츠〉를 제작하려 하자 이탈리아, 오스트리아, 캐나다 관광청에서 동시에 제작 지원을 하기로 나선 것으로 알려져 있다.

류 발전의 화두로 등장한 21세기[4], 즉 '문화의 세기'에 우리가 세계 문화사의 하위주체가 아니라 당당한 주역으로 전면에 등장하게 되었다는 것이다.

이제 문제는 어떻게 한류를 지속적으로 발전시키며 동시에 인류문화사적 의미와 가치를 확보하느냐에 있다. 이것은 앞으로 한류가 민족적 정체성의 범주를 넘어 동아시아적 가치와 인류사적 보편성으로 열려 있어야 하고 아울러 인류사회가 요구하는 미래 지향적인 문화적 가치와 비전을 담보해야 한다는 당위성과 연관된다. 실제로 한류의 바람직한 전개방향은 동아시아뿐만 아니라 서구의 문화 부흥까지도 선도하고 추동하는 미래 지향적인 보편의 문화를 창출해나가는 데 있을 것이다. 이렇게 보면, 한류의 궁극적인 지향성은 결국 '네오르네상스' 운동으로 요약해볼 수 있지 않을까? 네오르네상스란 14, 15세기에 이탈리아를 중심으로 일어났던 인본주의 사상운동에 상응하는 제2의 르네상스 운동으로서, 오늘날 물질만능주의, 위계서열적 지배문화, 배타적, 패권적 국제질서로부터 벗어나서 공존공영의 상생의 질서와 생명가치의 구현을 내세운 대안문명 운동에 해당한다. 이 점은 정치원리(평등)와 경제원리(자유)로 풀었던 지난 시대의 한계를 극복해나갈 박애(인간성의 신뢰)라는 문화원리[5]의 요구라는 시대정신과 직접 상응한다. 이렇게 보면, 오늘날 '문화의 세기'의 성격과 한류 현상을 네오르네상스 운동이 구체적으로 실현될 수 있음을 보여주는 물질적, 정신적 환경과 시류로 이해할 수는 없을까?

이 글은 이러한 문제의식을 토대로 한류에 대한 인식을 성찰적으로 검토하고, 포스트오리엔탈리즘의 인식을 전제로 하여 네오르네상

---

4) 새뮤얼 헌팅턴·로렌스 해리슨, 『문화가 중요하다』, 김영사, 2001.

5) 프랜시스 후쿠야마, 『트러스트』, 구승회 옮김, 한국경제신문사, 1996, 70쪽.

스의 가능성을 논의해보기로 한다.


## 2. 한류 현상의 성찰적 이해

한류열풍이 일기 시작하던 초기부터, 정부는 물론 일반인들의 깊은
관심이 집중적으로 증폭되기 시작한 배경은 문화가 경제 발전에 도
움이 된다는 인식에서 비롯된 것으로 보인다. 2000년대 초반 대중매
체를 중심으로 전개된 한류에 대한 언급은 주로 문화상품 자체의 수
익과 함께 이미지 제고를 통한 경제적 가치 창출의 가능성으로 모아
진다. 당시 문화관광부에서 발표한 "우리 문화의 해외 진출을 적극
지원하겠다"는 내용에서도, 아시아에서 미국, 일본문화가 독점하던
지위를 우리 문화가 서서히 무너뜨리면서 "반만년 역사 속에 농축된
한국문화의 저력이 세계를 무대로 활발히 뻗어나갈 수 있는 가능성
을 보여"준다는 진단과 함께 "한류열풍이 수출과 직결되도록 지혜를
모아야 할 때"[6]라고 강조하고 있음을 볼 수 있다.

이와 같이 부가가치를 생산하는 문화상품으로 주변의 시선을 집중
시키기 시작한 한류 현상은 점차 그 배경과 원인에 대한 논의를 이끌
어내었다. "왜 한국문화인가?"라는 질문과 이에 대한 응답이 활발하
게 개진되기 시작했던 것이다. 이들 논의의 내용을 개략적으로 유형
화하면,[7] 첫째, 아시아 주민이 지닌 공통적 감수성에 대한 강조를 들
수 있다. 이러한 주장은 대체로 한국문화의 유교적 전통과 가족 가치
등이 아시아의 주민들에게 호소력을 얻고 있다는 점을 들고, 이를 바

---

6) 대한매일신문 2001년 7월 21일자.

7) 이에 대한 논의는 조한혜정, 「동/서양 정체성의 해체와 재구성」(『한국문화인류학』
35-1호, 2002. 4)에서 많은 도움을 얻을 수 있었다.

탕으로 "가장 한국적인 것이 가장 아시아적이며 가장 세계적이다"[8] 라는 결론을 전면에 내세운다. 이러한 문화 본질론적 언설은 분명 주목되고 탐구되어야 할 대상이긴 하지만 성급하게 민족적 자긍심과 우월주의의 고취로 귀착하는 것은 경계해야 될 것이다. 특히 한류열풍을 일으킨 대중가요와 드라마의 구체적인 성격과 이에 대한 각국의 소비, 향유의 방식, 성향에 대한 면밀한 분석이 선행되지 못한 상황에서 이러한 주장은 자칫 주변문화 콤플렉스의 소산으로 취급되기 쉬울 것이다.

둘째, 아시아 지역에 팽배한 반일 감정의 영향이라는 지적이다. 이러한 논의는 이를테면, "미국과 일본이 싫은 상태에서 중국의 선택은 한국인 것이다. 그들은 어쩌면 한류를 통해 한국 대중문화에 숨쉬는 구미(유럽과 미국)의 최신 흐름을 수혈하고 싶은 것인지도 모른다"[9]는 주장이다. 일제 강점의 잔해가 아직 남아 있는 상황에서 문화 상품 교류에 반일 감정이 미치는 영향은 분명히 적지 않을 것이다. 그러나 이것이 한류열풍을 불러일으키는 유리한 환경으로 작용할 수는 있으나 얼마나 중요하게 지속적으로 작용할 것인지에 대해서는 새로운 검토가 필요하다. 반일 감정의 수위는 세대에 따라 크게 다른 층위를 보이며, 특히 한류의 주요 향유층인 십대의 경우 반일 감정보다 새롭고 창의적이고 모험적인 축제양식 그 자체를 추구하는 대중문화의 논리에 더욱 지배되고 있다는 사실을 염두해둘 필요가 있다는 것이다.

셋째, 미국을 비롯한 선진국 대중문화의 지나친 폭력성과 선정성에 대한 비판을 들 수 있다. "미국과 일본의 대중문화는 너무 폭력, 말초

---

8) 박길성, 「수출 성공하는 '한국적 감동'」, 문화일보 2001년 6월 12일자.

9) 임진모, 「한류의 방향성」, 한겨레신문 2001년 7월 3일자.

적이어서 거부감이 있는데 한국문화는 서구 대중문화를 나름대로 수용하고 유교적 정서로 어느 정도 걸러졌기에 수용하기가 용이하다"[10]는 논리이다. 그러나 우리나라의 영화나 드라마 역시 1990년대 중반 이후 〈쉬리〉〈친구〉〈태극기 휘날리며〉 등에서 보듯 매우 선정적이고 폭력적인 경향을 드러내고 있다는 측면에서 이러한 논리는 한류문화의 특성으로 일반화시키기 어렵다. 특히 대중문화는 거듭 진전될수록 더욱 새롭고 자극적인 것을 추구하는 속성을 지닌다는 점에서 한국문화가 비교적 선정성과 폭력성이 약하다는 단평을 한국 대중문화의 고유한 특성으로 규정하기에는 무리가 따른다. 이상에서 한류열풍 현상이 일어난 이후 이에 대한 관심의 증폭과정과 한류의 원인 및 배경에 대한 논의를 개괄해보았다. 한류 현상은 지속적으로 새롭게 생성, 변화하는 생물적 존재라는 점에서 어느 하나의 논의가 정답이 될 수는 없을 것이다. 그러나 이러한 논의의 과정은 그 자체로 한류 현상의 다채로운 생성 배경과 탐구과제에 대한 이해와 더불어 한류의 향후 전개방향을 열어주는 의미를 지닌다.

비교적 근자에 들어오면서 학적 체계의 양식으로 본격화되고 있는 한류의 향후 방향성에 대한 논의를 유형적으로 정리하면, 신자유주의적 관점에서의 문화 콘텐츠 수출론, 탈식민주의적 문화공동체 형성론, 문화 정체성을 기반으로 한 문화지배론 등으로 나누어진다.

먼저 신자유주의적 관점에서의 문화 콘텐츠 수출론의 중심내용은 경쟁력 있는 대중문화 콘텐츠를 수출하여 경제적 수익을 극대화하고,

---

10) 당시 문화관광부 장관이었던 김한길의 "서구 드라마가 선정성, 폭력성 등으로 중국 정서에 맞지 않는 데 반해 한국 드라마는 중국 국민들에게 호감을 얻고 있다. 중국 담당 장관으로부터 한국 드라마 수입을 규제하지 않고 8월부터 CCTV에서 더 많은 한국 드라마를 수입 방영하겠다는 약속을 받아냈다"(대한매일신문 2001년 7월 21일자)는 발표에 대한 담당 직원의 부연설명.

이를 거점으로 여타 한국제품에 대한 이미지 제고[11]를 유도한다는 것이다. 한류를 한국문화 콘텐츠의 해외시장 경쟁력 확보 및 확산의 전기로 삼고, 이를 기반으로 경제적 수익을 극대화하기 위한 탐색이라는 점에서 국가 전략산업으로 접근해야 한다는 주장이다. 그러나 이러한 논의의 앞에는 아직 세계화 전략으로 무국적성과 문화 정체성의 전략적 구사, 전 지구적 표준화(global standardization)와 전 지구적 지역화(global localization) 전략의 동시적 탐구, 역한류 방지를 위한 대안 모색 등의 다양한 문제들을 구체적으로 연구하고 해결해 나가야 하는 과제가 놓인다. 또한 경제적 수익의 극대화와 국가 브랜드 향상이 언제나 일치하는 것은 아니라는 점, 경제적 수익의 극대화 과정에서 문화 정체성이나 문화적 가치의 훼손을 가져올 수 있다는 점 등도 함께 검토되어야 할 것이다.

다음으로, 탈식민주의적 문화공동체 형성론은 한류열풍을 탈식민주의적 관점에서 아시아 지역문화 교류의 계기로 보고, 이를 중심으로 문화공동체의 형성을 유도해야 한다는 관점이다. 이들은 한류열풍의 실체를 전 지구적 자본주의화 과정이자 근대화과정의 산물로 보고, 한류가 지닌 "미국적 소비문화와 청소년을 중심으로 한 하위문화적 특징"을 비판하고 "우리 고유의 역사적 경험, 문화적 성취를 공유할 수 있는 기반을 마련해야 한다"고 주장한다. 한류를 "초국적 자본의 이동을 포함한 다층적 이동 현상과 맞물려 일어나는 사건으로, 압

---

11) 이와부치 코이치는 이러한 현상을 문화적 향기(cultural odor)라는 개념으로 설명한다. 그가 설명하는 문화적 향기란 특정 상품의 소비과정에서 그 상품이 어떤 국가의 문화적 모습 그리고 그 국가의 삶의 방식에 대한 이미지나 개념을 긍정적으로 연상시키는 방식이라고 설명한다. 생산국가의 라이프 스타일에 대한 이미지가 그 상품의 이미지로 강하게 환기될 때, 그 상품의 문화적 향기가 있다고 설명하는 것이다. 이 말은 문화적 무취(cultural odorless)의 상대적 개념으로 쓰인다(이와부치 코이치, 「아시아의 문화 연구와 문화산업」, 전오경 옮김, 2001. 3 발표).

축적 근대화과정을 통해 나름대로 경제력을 확보하게 된 동아시아의 주민들이 스스로 인식의 주체가 되려는 강한 욕망을 내보이고 있는 가운데 일고 있는 의미심장한 움직임"[12]으로 보는 시각이다. 이러한 입장이 더욱 진전되면 아시아권에서 서구나 미국의 문화를 막을 수 있는 문화적 블록 형성의 가능성으로까지 나아간다.

'한류'는 아시아적 문화 블록 형성을 위한 좋은 계기가 될 수 있다. '한류'는 그런 점에서 아시아적 문화 사건이고 지역공동체를 마련할 절호의 기회인 셈이다. 건강한 문화적 블록이 형성되기 위해서는 몇 가지 전제가 필요하다. 지역적 문화 블록의 중심요체가 상업적 대중문화, 소비문화가 되어서는 안 될 일이다. 아시아권 문화 블록의 형성이 중요한 이유는 상호이해를 도모하여 공동운명체를 만들어낼 수 있다는 점 때문이다.[13]

북미에 대응하여 문화 경제적 블록을 형성한 유럽의 경우처럼 아시아에서도 블록이 형성되어야 한다는 전제 속에서 한류의 역할을 강조하고 있다. 한류를 동아시아적 대중문화 교류를 통한 공동운명체의 형성계기로 파악하는 것은 동아시아의 패권적 긴장관계의 완화[14]와 상호협력의 문화적, 정서적 활로를 제기하고 있다는 점에서 상당히 고무적으로 보인다.

마지막으로, 문화 정체성을 기반으로 한 문화지배론을 들 수 있다. 문화 정체성을 기반으로 한 문화지배론은 문화 주변국, 문화 수입국

---

12) 조한혜정, 같은 글.
13) 원용진, 「한류 뒤집어보기」, 한겨레신문 2001년 9월 26일자.
14) 중국의 동북 공정과 일본의 극우파의 득세 등은 한·중·일 관계의 패권적 긴장관계를 고조시키는 단적인 실례이다.

의 위치에서 문화 중심국, 문화 수출국으로 진보했음을 전제로, 다른 국가, 다른 문화권에 대해 한국의 문화 정체성을 기반으로 문화적 영향력을 지속적으로 확대시켜야 한다는 주장이다. 한류의 실체를 구성하는 한국 대중문화 콘텐츠의 문화 정체성과 그것의 경쟁력을 구체적으로 규명하기 위한 시도라는 점에서 긍정적으로 평가할 수 있다. 그러나 문화 정체성은 고정된 실체가 아니라 형성되어지는 구성체이다. 즉 정체성이란 고유성과 창의성의 상호견제 및 보완의 양상으로 드러나는데, 그것은 '지금 이곳'을 사는(현재성) 우리들 다수의 지지를 받으면서(대중성) 삶의 올바른 지향점이 되어야 하는 우리들만(주체성)의 내재화된 삶의 원리이다. 따라서 문화 정체성에 대한 지속적인 탐구와 문화 콘텐츠를 통한 그것의 구현이 뚜렷한 성과를 얻지 못한 실정에서 문화적 변별성만을 문화 정체성으로 주장하는 것은 경계해야 할 것이다. 더구나 이 관점은 문화 정체성의 강조가 "과장된 민족주의 또는 아류 제국주의적 경향"으로 발전할 수 있는 위험도 내재하고 있음을 주의해야 할 것이다.

이상에서 살펴본 바와 같이 지금까지 한류의 전개방향에 대해 사회적, 경제적, 문화적 층위에서 비교적 다양한 논의가 전개되어왔다. 이와 같은 다양한 관점에서의 논의와 그에 대한 성찰적 평가는 한류의 실체에 대한 입체적인 이해를 가능하게 하는 한편, 앞으로 한류의 지속적인 실현방향에 대한 생산적이고 실질적인 대안을 마련하는 중요한 자산이 될 것이다. 물론 이상의 논의들을 바탕으로 할지라도 여기에서 앞으로 전개될 한류의 방향에 대해 분명한 대답을 제시하기는 어렵다. 그러나 이러한 논의의 성찰적인 검토를 통해 추출할 수 있는 공통된 인식소는 한류의 세계적 보편화, 세계적 보편성의 한류적 수용에 있음을 알 수 있다. 즉 한류는 민족적 정체성을 넘어서 인류문화사적 정서와 가치로 수렴되고 귀결되어야 한다는 것이다.

이제 우리는 한류 현상에 대한 다양한 이론적 해석과 평가를 바탕으로 우리 사회 전반의 문화적 역량을 어떻게 신장시키고 결집시킬 것이며, 결집된 역량을 얼마나 효과적으로 콘텐츠화할 것인지에 대한 전략적 탐구를 수행해나가야 할 것이다. 한류의 관건은 어떻게 해석하느냐가 아니라 어떻게 실천하고 생산하느냐에 있다. 다시 말해, 한류의 콘텐츠를 어떻게 만들 것인가? 하는 문제에 대한 실질적인 기획과 실천이 요구되는 것이다. 따라서 그 동안 기대 이상의 높은 성과를 얻은 한류 현상은 우리에게 콘텐츠에 대한 안목을 기르고 제작환경을 개선하며 질적 성장을 거둘 수 있게 하는 자양분으로 삼아야 할 것이다.

한류문화 콘텐츠의 기획방향은 성공한 한류문화 콘텐츠의 검토를 바탕으로 할 때 가장 구체적이고 가시적인 성과를 얻을 수 있을 것이다. 이러한 문면에서, 한류의 대표적인 드라마로 자리매김되고 있는 윤석호 PD의 계절 연작에 해당하는 〈가을동화〉〈겨울연가〉〈여름향기〉 등에 대한 최혜실의 작품 내적 연구[15]는 매우 주목된다. 그는 이들 작품에 대해 노스럽 프라이의 원형비평의 이론을 적용하여 각각 '가을과 비극의 미토스' '겨울과 아이러니의 미토스' '여름과 로맨스의 미토스'로 규명한다. 이것은 이들 작품이 한류의 진원지가 될 수 있었던 주된 배경이 민족적 정체성 이전의 인류의 가장 보편적인 미적 원형의식에 있음을 밝히고 있다는 점에서 중요한 의미를 지닌다. 그가 이들 작품에서 인류 보편적 원형성을 진단하고 있는 것은 "개인적 콤플렉스는 개인적 편견의 영역을 넘어서기 어렵지만 원형은 한 나라 한 시대에 영향을 주는 특정 종교, 철학, 예술을 탄생시킨다"는 명제와 더불어, 보편적 공감을 얻는 작품은 그것이 보편적 인간 영혼

---

15) 최혜실, 같은 글.

의 깊은 배후로부터 연원했기 때문이라는 점을 재확인시키는 의미를 지닌다. 다시 말해, 한류열풍의 핵심에는 인류문화사의 가장 보편적인 원형의식이 작용하고 있다는 것이다. 즉 한류는 한국에서 창조하는 인류사적 원형의 서사라는 점이다.

### 3. 포스트오리엔탈리즘으로서의 한류와 네오르네상스

한류의 핵심적인 미의식이 세계사적인 보편적 원형의 상상력과 깊이 연관된다는 점은 앞으로 한류가 나아가야 할 방향에 많은 시사점을 준다. 이를 결론적으로 말하면, 한류는 한류를 벗어나야 한다는 명제에 귀착된다. 한류가 '한국적인 것'으로서의 동양주의가 아니라 아시아의 다양성과 세계사적 보편성으로 열린 타자의 거울이 될 때 오리엔탈리즘의 폐쇄적인 지역주의를 벗어날 수 있는 것이다. 또한 오늘날 일부에서 일어나고 있는 한류의 거품론 역시 이와 같이 한류의 동아시아적 가치와 세계문화사적 보편성의 획득을 통해 극복될 수 있을 것이다.

이렇게 보면 앞으로 추구해야 할 한류문화 콘텐츠는 다음과 같은 요건이 우선적으로 고려되어야 할 것이다. 먼저 초문화화 현상의 활성화를 위한 전략이 적극적으로 마련되어야 한다. 이것은 문화 접근이 보다 용이할 수 있도록 문화 할인율(culture discount)[16]을 극소화할 수 있는 구체적인 방안 찾기와 관련된다. 일본의 미야자키 하야오가 〈센과 치히로의 행방불명〉에서 보여준 바와 같이 문화적 할인율로

---

16) '문화적 근접성' 개념이 수용자의 문화적 특성에 대한 주목이라면, '문화적 할인'은 텍스트의 문화적 특성에서 유통의 원인을 찾는 것이다. 따라서 문화 생산자의 입장에서는 문화적 할인에 주목해야 한다.

부터 자유로우면서도 문화 정체성을 적극 구현할 수 있는 전략에 대한 탐색이 절실히 요구된다. 이 작품에서는 현재 일본의 문제, 즉 나약하고 이기적이고 비자립적인 십대와 부모 세대의 문제에 대해 일본 고유의 전통사상인 신도(神道)사상과 와(和)사상을 기반으로 해법을 찾아가면서 자연스럽게 일본 고유의 전통문화를 다채롭게 소개하고 있다. 이것에 비해 우리나라의 경우, 텍스트 서사와 유기적으로 결합하지 못한 채 소재적인 차원에서만 등장했던 〈원더풀 데이즈〉의 하회탈, 만다라, 청사초롱, 〈하얀 마음 백구〉에서 중심모티프였던 투견(鬪犬)이 문화 장벽으로 기능하면서 실패했던 점 등은 참고할 만한 사례다.[17] 문화 콘텐츠를 통해서 구현될 문화 정체성은 소재적 차원을 넘어서 텍스트 전체 맥락 속에서 성격화되어야 하며, 세계시장 진입에 장벽이 될 수 있는 문화적 요소는 섬세하게 성찰적으로 재구성하는 것이 요구된다.

둘째, 인류 보편에 호소할 수 있는 문화적 원형에 대한 탐구와 개발이 지속적으로 전개되어야 한다. 한국의 문화적 정체성과 인류 공통의 보편적 문화원형에 대한 탐구와 그 조화의 방법이 지속적으로 강구되어야 할 것이다. 물론 인류사적 원형과 보편성 역시 고정된 실체가 아니라 형성되어지는 구성체이다. 특히 여기에서 강조하는 원형의 담론이란 과거형의 기억의 서사뿐만이 아니라 우리 시대의 집단 무의식이 요구하는 미래 지향적인 인류 삶의 가치와 방향에 대한 창조적 대화를 가리킨다.

그렇다면 우리가 인류사적 원형과 보편성을 창조해나가는 방법은 무엇일까? 여기에 대해서는 일단 동양의 문명을 서양의 시각에서 대

---

17) 박기수, 「한류가 한류를 넘어서기 위한 인문학적 성찰」, 『문화콘텐츠산업포럼』 2005. 9. 27 발표문 참조.

상화하여 재구성해온 '오리엔탈리즘'의 주체적인 복권과 더불어 이를 통해 동, 서양의 이분법을 해체하고, 이 양자를 포괄할 수 있는 미래 지향적인 문화적 담론을 창출하는 것이라고 정리해볼 수 있다.

오리엔탈리즘의 주체적 복권의 가능성에 대해서는 대만의 문화 연구자 첸 광싱의 2001년 서울 체류중에 있었던 한류와 관련된 다음과 같은 인터뷰에서 실감 있게 환기된다.

한류문화는 일단 미국의 지배적인 대중문화 생산 시스템에 대한 분산효과가 있고, 아시아 문화의 상호교류와 복수적인 문화의 공존을 가능하게 할 수 있다고 봅니다. 사실 저 같은 이전 세대는 문화적으로 단자적인 경험만을 했습니다. 미국에 비해 우리는 지식이나 문화적 정보가 많지 않은 시대에 살았습니다. 우리들의 반미주의도 그런 맥락에 있지요. 그런데 지금의 젊은 세대들에게 동아시아 대중문화는 새로운 흐름으로 다가갑니다. 서로 개방적이고, 열려 있고, 문화적 변경이 가능하고, 서로 다른 문화에 대해 논의할 수 있습니다.[18]

첸 광싱의 이와 같은 전언은 미국 중심의 세계문화에 대한 균열뿐만 아니라 '동양인'의 동서양을 바라보는 시선의 변화를 일러준다. 근대의 제1세계로서의 미국을 향한 선망의 시선이 점차 변화되고 있고, 근대화를 경험하고 있는 아시아에서 아시아를 준거집단으로 삼는 경향이 확대되고 있는 것이다. 다시 말해, 동아시아에서 서양 콤플렉스가 어느 정도 극복되고 있다는 진단이다. 즉 우리들 자신 속에도 내재하는 주변부 의식에 젖은 '우리 안의 오리엔탈리즘'을 스스로 넘어서고 있다는 것이다.

---

18) 조한혜정 외, 『'한류'와 아시아의 대중문화』(연세대출판부, 2003)에서 재인용.

주지하듯, 서양인에게 동양은 지적, 문화적 탐구의 대상이 되기도 했지만, 더 직접적으로는 식민지 지배와 착취의 대상이었다. 그 결과 동양은 서양의 열등한 보완체로, 대립적인 타자로, 서양의 우월성을 입증시켜주는 부정적인 특질의 담지자로 간주되어왔다. 에드워드 사이드는 『오리엔탈리즘』에서 4~5세기에 걸친 제국주의 역사를 통해 서양은 줄곧 인식의 주체이고 동양은 인식의 대상이었음을 명료하게 정리하고 있다. 문명과 근대화는 서양이 가진 특허물이었고, 동양은 그것을 빌리거나 모방하는 하위주체로 존재해왔다. 동양의 근대사는 곧 서양의 언어로 스스로의 정체성을 세워보려고 한 강박적 모방의 역사과정이었다.[19] 그러나 1980년대 이후 본격적인 전 지구화 시대의 지각변동 속에서 서양은 자신들이 기획한 근대가 실패하고 있음을 느끼며 해체와 재구성을 꾀하는 탈근대 논의를 일으키고 있고, 동양은 그 근대의 하위주체가 아닌 당당한 주체로서 참여하려는 탈식민주의 논의를 불러일으키고 있다.[20]

특히 오늘날 오리엔탈리즘은 문화적 다원주의와 상대주의의 개념과 함께 서구 근대의 중심적인 신화들에 의문을 제기하면서, 배제되었던 인식론이나 숨겨진 역사의 복원을 주창한다는 점에서 탈근대 논의와 상응한다고 볼 수 있다. 서구의 가치관이 근본적이고 보편적인 규범이라고 하는 가설에 의문을 제기하고, 합리성, 개인주의, 진보 신화와 같은 서구적 개념을 다른 문화를 판단하는 기준으로 사용하는 것에 대해서 비판을 제기하고 있는 것이다. 오리엔탈리즘의 이러한 속성은 그 자체로 포스트모더니즘의 탈근대 논의와 상당한 부분에서 공통되는 특성을 보인다.

---

19) 에드워드 사이드, 『오리엔탈리즘』, 박홍규 옮김, 교보문고, 1995.
20) 조한혜정 외, 같은 책.

오늘날 오리엔탈리즘이 서구의 일상성 속으로 깊숙이 진입해가는 모습은, 근대 이성 중심주의를 넘어서서 새로운 방향을 지향하는, 그리하여 새로운 건설적 가능성을 구하고자 하는 긍정적인 전망의 근거를 여러 가지로 보여주고 있다. 동양의 정신적인 사상과 실천운동―선, 불교, 명상, 요가 등―을 채택하는 서구인이 급격히 늘어나고 있다. 특히 동양의 전일적인 우주관은 생태학 또는 생태주의 운동의 이론과 실천에 창조적으로 기여하고 있다.

물론 이러한 문화적 지각변동의 배후에는 대서양에서 태평양으로 지리-정치적인 초점이 이행하고, 일본, 한국, 싱가포르, 대만의 경제가 급성장하고, 중국과 인도가 다시 세계적 강국으로 부상하는 등의 현상들이 토대를 이룬다.

이제 더이상 세계문명의 비전이 서구적 이익과 역사적 선례에 전제를 둔 보편성과 기획일 수만은 없다. 오히려 우리나라를 비롯한 동아시아는 '근대 적응과 근대 극복의 이중 과제', 즉 서구 중심주의적 근대성을 제대로 해석하면서 이를 오리엔탈리즘의 문화적 가능성과 교호하는 가운데 극복의 계기를 찾는 과제를 수행해나가야 할 것이다. 이는 동양과 서양을 구성해왔던 체험과 지식체계에 대한 재해석 작업으로 이어지고 있고 동, 서양 이분법 자체를 해체하는 인식 속에서 가능할 것이다.

서구적 시각에서 재구성되고 창출된 오리엔탈리즘과 서구 중심의 시각에 감염된 '우리 안의 오리엔탈리즘'을 극복한 새로운 변화의 흐름에 대해 '포스트오리엔탈리즘'[21]이라고 지칭할 수 있을 것이다. 포

---

21) 정진농, 『오리엔탈리즘의 역사』, 살림, 2003, 90쪽. 포스트오리엔탈리즘이란 용어의 적절성에 대해서는 다시 면밀한 검토가 있어야 할 것이다. 여기에서는 다만 서구 중심의 시각에서 타자화된 오리엔탈리즘의 성격을 벗어난 이후에 세계문명의 창조적 주체의 위상을 지닌 오리엔탈리즘을 가리키기 위해 편의상 사용하기로 한다.

스트오리엔탈리즘의 바람직한 방향은 아시아 각국의 문화는 물론 서양의 문화 부흥까지도 선동하고 추동하는 창조적 보편의 문화 창출로 나아가야 할 것이다. 한류는 바로 이러한 포스트오리엔탈리즘의 실천적인 운동이며 성과로서 의미를 지닌다. 이러한 정황을 다시 요약하면, 포스트오리엔탈리즘의 일환으로서 한류의 지향성은 동아시아뿐만 아니라 서양의 문화적 변혁과 발전까지 추동할 수 있는 전 지구적 차원의 미래 지향적인 인류사적 문화적 지표에 대한 창조적 모색이 요구된다는 것이다.

이렇게 보면, 우리는 포스트오리엔탈리즘의 궁극적인 지향성이 한국발(發) 21세기의 대안문명 운동이며 문화세계 창조의 실천운동, 즉 네오르네상스와 상동성을 지님을 알 수 있다. 르네상스 운동이 중세의 종교적 암흑기로부터 인본주의를 전면에 내세운 문화혁명이었다면, 네오르네상스 운동은 현대사회의 물질문명의 폐단으로부터 다시 생명가치의 복권을 추구하는 문화혁명에 해당한다. 이러한 네오르네상스 운동의 궁극적 목표는 세계 영구평화와 문화복지사회를 구현하기 위한 인류사회의 재건과 미래상을 바탕으로 기획된다. 오늘날 세계는 정보, 교통, 통신의 혁명적 발달로 인해 일일생활권이 아닌 동시생활권으로 진입했고, 다국적 기업의 발달과 교역량의 증대, 문화교류의 증진으로 Cross-Cultural Society, 즉 교체문화 시대를 열어 동일한 문화와 정서를 갖는 지구시민을 낳고 있으며, 따라서 이제는 더이상 국경이 필요 없는 Borderless Society가 되어감으로써 국가패권주의를 앞세워 군비를 확장할 필요가 없는 사회로 변화하고 있다. 그리고 이와 같은 국제 상황을 적극 활용하여 이제 우리는 배타적 국가주의, 패권적 민족주의, 계급적 사회주의 체제를 허물고 만민이 하나가 될 수 있는 공동지표(Common Goal, Common Norm, Common Task)를 세워 지구인이 공존공영하는 지구공동체 사회를

이루어나가야 할 것이다.[22)]

네오르네상스 운동은 기본적으로 '전 지구적 근대'[23)]로 인한 문명적 위기로부터 신생의 출구를 찾는 동서양의 공통된 인류사적 과제에 직접 부합된다. 한류 현상이 국경을 넘나드는 초국적 자본과 미디어의 이동, 그리고 사람의 이동으로 일어나는 복합적이고 역동적인 세계화시대의 '초문화화 현상' 속에서 발생한 것으로서, 앞으로 지향해야 할 탈오리엔탈리즘의 인류사회적 비전을 핵심적인 요소로 담보해야 한다는 당위적 과제를 염두해둘 때, 네오르네상스 운동의 실천방안은 한류문화 콘텐츠 기획의 밑그림으로서 중요한 의미를 지닌다.


## 4. 맺음말—네오르네상스 운동의 실현을 위하여

지금까지 2000년대 들어 본격화되고 있는 한류 현상의 실체와 올바른 방향성을 다양한 이론적 논의와 작품의 실재에 대한 분석적 검토를 통해 살펴보고, 문화세계 창조 및 네오르네상스 운동과의 연속성 속에서 그 의미와 가치를 조명해보았다.

오늘날 인류사회는 국경을 넘나드는 초국적 자본과 미디어의 이동, 그리고 사람의 이동으로 일어나는 복합적이고 역동적인 세계화시대의 '초문화화 현상'이 일어나고 있으며, 그로 인해 동서양의 이원적, 대타적 관계 역시 이완, 해체되어가고 있다. 따라서 종전의 세계문화

---

22) 조영식, 「지구공동사회대헌장—새로운 천 년을 향한 인류사회의 대구상」(1998년 제17회 세계평화의 날 기념 국제 학술 세미나의 기조연설) 참조.
23) 아리프 딜릭(Arif Dirlik)은 세계화로 표현되는 자본주의의 최근 단계를 '전 지구적 근대'로 규정할 것을 제안한다(아리프 딜릭, 『전 지구적 자본주의에 눈 뜨기』, 설준규·정남영 옮김, 창작과비평사, 1998).

의 하위주체로서 존재했던 오리엔탈리즘 역시 서구 중심의 문화권에 반성적 충격과 상호보완의 주체로 복권하는 양상을 보여준다. 한류 역시 이러한 일종의 포스트오리엔탈리즘의 일환으로 파악된다. 따라서 한류의 바람직한 전개방향은 아시아 각국의 문화는 물론 서양의 문화 부흥까지도 선도하고 추동하는 창조적 보편의 문화 창출로 나아가야 한다는 것이다. 이러한 정황은 또한, 세계를 지구공동사회라는 인식 속에서 파악하고 근대 기계문명의 한계와 폐단의 극복을 통해 인류의 문화 복지와 공존공영을 추구하는 네오르네상스 운동의 실천 덕목이 포스트오리엔탈리즘으로서의 한류의 기본구도로서 의미를 지닌다는 점을 확인시킨다.

다시 말해, 한류의 궁극적인 지향성이 폐쇄적인 오리엔탈리즘을 넘어 인류문화사적 원형과 보편성으로 열려 있어야 하고, 아울러 인류사회가 요구하는 미래 지향적인 문화적 가치와 비전을 담보해야 한다는 점은 한국발 대안문명 운동에 해당하는 네오르네상스와 상동관계를 지닌다는 것이다.

그렇다면 이제 우리의 관심사는 네오르네상스를 위해 성숙되고 있는 정신적, 물질적 조건과 환경을 어떻게 효과적으로 활용할 것인가하는 문제에 집중된다. 여기에 대한 방안을 원론적인 시론의 차원에서 개진해보면, 먼저 네오르네상스에 대한 계몽적 이해의 확산과 동시에 한류의 대중적 정서와 감각의 현장성을 네오르네상스의 이념과 실천운동의 방법론으로 섭수해내는 것을 들 수 있을 것이다. 이것은 '붉은 악마'의 스포츠를 통한 축제적 상상력, '촛불시위'의 정치적 상상력 등으로 분출된, 우리 사회에 내재하는 디지털 세대의 젊은 역동적 에너지를 문화적 상상력으로 차원 높게 승화시키기 위한 노력과도 연관된다. 또한 이와 함께 네오르네상스의 이념과 지향성을 한류문화 콘텐츠의 기획과 의미자산으로 활용하는 방법을 적극적으로 모색해보아야 할 것이다. 그 구체적인 실현방안으로 네오르네상스 운동의 핵심적인 내용을 인지적 정보에서 심미적 정보로 전환시켜, 이미 활발하게 전개되고 있는 문화 콘텐츠 산업(뮤직비디오, 컴퓨터게임, 애니메이션, 광고, 테마파크, 영화 등)과 인문학 및 예술의 소통원리와 장치를 통해 재구성하여 대중화하는 것이다. 이러한 작업은 결국 문화세계가 만개하는 네오르네상스 운동이면서 동시에 한류의 지속적인 발전과 인류문화사적 가치를 확보하기 위한 과정으로서 의미를 지닌다.

'시인에게 시란 쓰는 것이 아니라 씌어지는 것이다'라고 할 때, '쓰는 것'과 '씌어지는 것'의 차이는 의면서도 크기 않다. 물론 이것은 시란 시인의 작위적인 언어의 구조물이 아니라 간곡한 내적 진정성의 산물이라는 점을 강조하기 위한 언명으로서 누구나 쉽게 수긍할 수 있는 내용이다.

제2부

# 발견과 예언

# 시의 생태학을 찾아서

—정진규 시집 『본색』, 박주택 시집 『카프카와 만나는 잠의 노래』

## 1. 시의 **몸과 몸의 시**

　'시인에게 시란 쓰는 것이 아니라 씌어지는 것이다'라고 할 때, '쓰는 것'과 '씌어지는 것'의 차이는 크면서도 크지 않다. 물론 이것은 시란 시인의 작위적인 언어의 구조물이 아니라 간곡한 내적 진정성의 산물이라는 점을 강조하기 위한 언명으로서 누구나 쉽게 수긍할수 있는 내용이다. 그러나 정작 시창작의 현장에서 '쓰는 것'과 '씌어지는 것'의 경계는 분명하게 나누어지지 않으며, 설령 나누어진다하더라도 굳이 큰 의미를 부여할 필요는 없다. '쓰는 것'이 '씌어지는 것'의 가능조건이 되고 '씌어지는 것'이 '쓰는 것'의 가능조건이되는, 상호동인의 속성이 내재되어 있기 때문이다. 따라서 위의 언명에서 가장 주목해야 할 핵심문제는 '쓰는 것'과 '씌어지는 것'의 차이점보다 상호연관성의 긴밀도에 있다.

　'쓰는 것'은 바슐라르 식의 화법을 빌리면 시적 자아를 우주적 몽상의 숲으로 인도하여 "아름다운 세계, 아름다운 여러 세계로 열림"

의 과정을 통해 "자아에게 자아의 재산인 비자아를"[1) 발견하게 해주는 문턱이 된다. 바슐라르의 문맥을 계속 따라가면 '쓰는 것', 즉 물질적 심상의 창조과정은 의식의 외부에 있는 우주를 의식 속에 있는 우주로 이끌어오는 추동력으로 작용한다. '쓰는 것'이 시적 자아를 우주적 자아로 자리잡게 하는 역할을 수행하는 것이다. 그리하여 바슐라르에게 몽상의 대상으로서의 하나의 물체는 단순한 지각적 차원을 넘어서는 원초적인 심상으로 견인되면서 우주적인 무한의 생명력을 얻게 된다. 바슐라르에게 이와 같은 원초적인 심상을 창조하는 상상력(Imagination)이란 상상하는 것(L'imaginaire)에서부터 출발한다.[2) 물론 이때 상상하는 것이란 앞에서 제기한 '쓰는 것'의 과정 속에 포괄시킬 수 있을 것이다.

이와 같이 '쓰는 것'의 행위가 '씌어지는 것'의 세계를 불러온다는 예술창작론은 중국의 화가 석도(石濤, 1642~1707)의 화론에서 더욱 실감 있게 확인된다. 그의 화론은 일 획(一劃)의 묘용(妙用)을 강조한 것으로 유명하다. 그에게 일 획은 만 획이다. 그에 따르면, 무법(無法)의 혼돈에서 질서를 생성시키는 것은 '한 번 그음', 즉 일 획에서 가능해진다. 텅 빈 여백(太虛―무형의 잠재적 가능태)에 일 획의 인위적인 유형이 가해지면서, 그곳에 예술적 형상의 전체가 포섭되고 통섭되어진다. '한 번 그음'이라고 하는 것은 뭇 존재의 뿌리요, 모든 이미지의 근본인 것이다(一劃者, 衆有之本, 萬象之根).[3) 이때 일 획을 긋는 주체는 화가이면서 동시에 무위자연이다. 이러한 인간과 우주의 혼연일체 속을 꿰뚫는 '일 획', 즉 '한 번 그음'이 이루어지면서 그것

---

1) 가스통 바슐라르, 『몽상의 시학』, 김현 옮김, 기린원, 1995, 22쪽.
2) 김용선, 『상상력을 위한 교육학』, 인간사랑, 1991, 38쪽.
3) 여기에서 석도화론(石濤畵論)의 해석은 김용옥의 『石濤畵論』(통나무, 1992)에 많이 의존하고 있다.

이 또한 새로운 획을 불러 무법의 심연을 구현하는 형상으로 완성시켜나간다. 이것은 일찍이 노자(老子)가 언급한 도가 하나를 생성하고 하나는 둘을 생성하고 둘은 셋을 생성하고 셋은 만물을 생성한다(道生一, 一生二, 二生三, 三生萬物)는 이치를 연상시킨다. 석도의 일 획 역시 서두에서 제기한 유위(有爲)의 '쓰는 것'에 대응시킬 수 있으리라. '쓰는 것'으로서의 일 획이 비가시적인 무위(無爲)의 '씌어지는 것'을 구현하고 있는 것이다. 따라서 여기에서의 일 획은 동서양으로 대별되는 시공의 차이만큼이나 논리 전개의 방식은 다르지만, 바슐라르의 우주적 상상력의 씨앗에 해당하는 심상의 물질성, 즉 이미지의 창조에 상응한다.

예술은 '유위'에 속해 있으면서도 항상 '무위'를 갈망하는 역설적인 존재이다. 문학이든 그림이든 항상 유법(有法)에 의해 성립될 수 있는 것이지, 무법 그 자체로는 불가능하다. 여기에서 문제는 유법의 구체가 무법의 우주적 무한과 얼마나 깊고 풍요롭게 상호교감, 교통하는 관계성을 이루어내고 있는가 하는 데 있다. 이러한 논법을 시의 신체학에 옮겨놓으면, 시의 언어, 이미지, 수사, 행과 연 등은 궁극적으로 비가시적인 우주적 심연을 불러오고 노래하는 몸의 공명통으로서 온전한 미적 가치와 의미를 지닌다고 정리된다. 즉 시의 몸은 안으로는 닫힌 개체이면서 밖으로는 열린 우주로서의 존재성이 요구된다. 1990년대 이래 본격적으로 대두된 '몸'의 담론에서 '몸'이란 우주적 활동과 경험의 총체이며 집적태로서 존재성을 지닌다. 몸시가 생태시와 깊은 연관을 지니는 것도 이 지점이다. 몸은 인간, 자연, 우주의 전일적인 관계성에 대한 논의에서부터 출발하는 생태시학의 가장 중심대상인 것이다.

여기에 이르면, 우리는 해묵은 숙제인 시의 몸 혹은 몸의 시의 형식원리에 대해서 어느 정도 가늠해볼 수 있게 된다. 시의 몸의 미적 형식은 어떤 사물에 대해 우주적 사방의 무한으로 뻗어 있는 근원적인 존재성을 불러들이고 소통시키는 구성원리로 상정해볼 수 있다. 그렇다면 사물의 심원한 존재성을 깨우고 불러들이고 소통시키는 시적 형식의 실재는 어떠한 것일까? 이 글은 이러한 문제의식을 바탕으로 정진규와 박주택의 근작 시세계를 읽어보기로 한다.

## 2. 정진규, 시의 생태와 자연의 질서

정진규는 이미 1990년대 중반부터 지속적으로 시집 『몸詩』(1994), 『알詩』(1997), 그리고 『도둑이 다녀가셨다』(2000)를 간행하면서 몸의 말 혹은 말의 몸을 스스로 자신의 온몸을 통해 탐색하고 감득하면서 이를 독창적인 시적 체질과 화법으로 섭수해왔다. 다만 1990년대 간행된 시집에서 그의 몸의 시학은 '몸'과 몸의 순수한 원형에 해당하는 '알'을 연작의 공안(公案)으로 선명하게 내세우고 이를 다양한 방위에서 돌파해나가고 있었다면, 지난 시집 『도둑이 다녀가셨다』에 이르면 시상의 표면에 '몸'과 '알'의 시어가 점차 사라져가면서 이를 향한 외적 긴장력이 이완되는 모습을 보여주었다. 그러나 이것은 그의 시편이 몸의 시로부터 멀어진 것을 뜻하는 것이 아니라 오히려 내부로부터 시의 몸으로 체질 개선을 하고 있었던 것이다. 그리하여 특히 근자에 간행된 시집 『본색』(2004)에서는 몸의 시학의 내용가치는 물론 형식미학 역시 상당한 성과를 거두고 있다.

다음 시편은 이번 시집의 독창적인 시학원리를 이해하는 밝은 창문이 되어준다.

　　미리 젖어 있는 몸들을 아니? 네가 이윽고 적시기 시작하면 한 번

더 젖는 몸들을 아니? 마지막 물기까지 뽑아올려 마중하는 것들 용쓰는 것 아니? 비 내리기 직전 가문 날 나뭇가지들 끝엔 물방울들이 맺혀 있다 지리산 고로쇠나무들이 그걸 제일 잘한다 미리 젖어 있어야 더 잘 젖을 수 있다 새들도 그걸 몸으로 알고 둥지에 스며들어 날개를 접는다 가지를 스치지 않는다 그 참에 알을 품는다

봄비 내린다
저도 젖은 제 몸을 한 번 더 적신다
　　　　　　　　　　　　　　　　　　　　　—「봄비」 전문

'마중물'이라는 말을 들어본 적이 있는가? 이제는 찾아보기 어렵지만, 예전에 집집마다 마당 한켠을 차지하고 있었던 펌프를 기억할 것이다. 펌프로 물을 길어올리기 위해서는 반드시 건조한 펌프에 한 바가지의 물을 붓고 반복적으로 자아야 한다. 이때 바싹 마른 펌프를 적시는 물을 '마중물'이라 한다. 펌프 스스로 제 몸을 적셔야 지하의 싱그러운 물줄기에 더 잘 젖을 수 있는 것이다. 지하의 샘물 역시 지상으로 솟아오르기 위해서는 자신을 마중하는 '마중물'을 만나야 했던 것이다. 바로 이와 같이 펌프에서 샘물이 솟아나오기까지의 내밀한 원리가 사실은 우주의 질서였음을 이 시는 조용히 일러주고 있다.

　이 시의 씨눈 역시 '마중물'의 원리인 것이다. 시적 구성원리를 순차적으로 따라가면 다음과 같다. 처음부터 연속적으로 이어지는 세 가지 질문의 지시내용은 모두 서로 같으면서도 다르다. 처음의 "미리 젖어 있는 몸들을 아니?"에서 "미리 젖어 있"다는 것은 앞으로 젖게 될 것을 예감하고 이에 대응하여 스스로 젖고 있는 몸의 은밀한 반응을 가리킨다. '시간 속의 존재와 영원 속의 존재를 동시에 지니고 있는 몸'의 능동적인 반응을 환기시키고 있다. 두번째 질문은 네가 적

시기 시작하면서 "한 번 더 젖는 몸들을 아니?"라고 묻고 있다. 이때의 몸 역시 적셔지는 수동형이 아니라 "젖는" 능동형으로 묘사되고 있다. 그것은 "네가 이윽고 적시기"를 능동적으로 유도한 몸의 행위의 연장선에서 이루어진 결과이기 때문이다. 세번째 질문에 오면 "마지막 물기까지 뽑아" 젖는 행위가 자신을 적시는 대상을 향한 "마중"에 있었음을 선명하게 표백하고 있다. 이렇게 보면, 이들 세 가지 질문의 내용은 반복적으로 지속되면서 점점 더 구체화되고 있는 것으로 보인다. 그러나 사실은 서로 긴밀한 연관성과 더불어 각각의 독자적인 개별성도 잃지 않고 있다. 이를테면 첫번째 질문은 두번째 세번째 질문을 불러오는 촉매이기도 하지만, 그 자체의 포괄적인 독자성을 견지하고 있었던 까닭에, "마지막 물기까지 뽑아올려 마중하는" "나뭇가지들"뿐만 아니라 미리 "그 참에 알을 품"고 있는 새들의 몸짓까지도 자연스럽게 어우러지도록 열어놓을 수 있는 것이다. 그리하여 여기에서는 비가 올 것을 감지하고 "가문 날 나뭇가지들 끝"에 "물방울들이 맺"히는 것과 "새들도 그걸 몸으로 알고 둥지에 스며들어" "알을 품는" 것이 등가에 놓인다.

또한 내용 전개의 구성원리에 주목해보면, 나무들이 봄비에 더 잘 젖기 위해 미리 젖는 것의 신묘한 의미가 새들의 몸으로 전이되면서 새들이 나뭇가지를 "스치지 않"고 "그 참에 알을 품는" 정황을 낳고 있다. 나뭇가지의 몸짓이 새들에게 작용한 것이다. 이와 같이 새들이 "둥지에 스며들어" "알을 품는" 행위는 또다른 대상에게 그 의미를 전이시켜 또다른 행위를 낳는 정황을 만들 것이다. 이 연쇄적인 순환 고리는 지속적으로 이어져 우주생명의 무한의 그물망으로 확산될 것이다. 따라서 이 시의 1연과 2연 사이의 여백에는 우주만물의 수많은 몸의 감응의 파노라마가 연쇄적으로 펼쳐져 있는 것이다. 다시 말해, 이 시에서 연갈이의 여백은 우주생명의 다양한 몸들의 무수한 소통과 전이의 파문이 물결처럼 일고 있는, 활동하는 무(無)의 장이라고 할 것이다. 석도의 '일 획이 만 획이다'라는 창작원리를 환기시킨다. 즉 '쓰는 것'이 '씌어지는 것'의 무수한 잠재태가 활동하는 장을 펼쳐놓고 있는 것이다.

한편 나뭇가지들이 봄비를 마중하기 위해 미리 젖는 모습이 능동적이었던 것처럼, 봄비 역시 스스로 능동적으로 "내린다". 몸의 교감은 제각기 능동적으로 활동하는 생명운동이다. 수직적인 억압과 종속은 몸성의 활동을 마비시킨다. 그래서 몸의 시학은 이성 중심의 위계서열 체계와 대립되는 수평적인 상호공명과 화응의 만다라를 지향한다. 따라서 몸의 시학의 기본체질은 자아 중심주의, 의식 중심주의, 인간 중심주의와는 거리가 멀다. 대체로 시적 화자가 사물들과 동일한 눈높이에서 "연애 걸"고 "內通"(『동티를 위하여』)하는 위치를 벗어나지 않으려고 한다. 이러한 정황을 소졸한 풍경으로 펼쳐놓으면 다음과 같다.

늦여름 되어서야 찾아간 빈집 녹슨 자물쇠를 따고 들어선 집 내 떠나 있는 동안 제멋대로 割據턴, 도둑 같다 잡초들, 햇빛도 바람도 빛줄기도 마음놓고 드나들었으리 잘했다 자물쇠가 가둘 수 있었던 것은 아무것도 없었다 (……) 내 집이 따로 있는 게 아니지 저녁비 한 줄금, 夕佳軒 집 모퉁이 활짝 핀 배롱나무 꽃, 이슬 머금은 꽃가지들이 화안히 나를 기웃거렸다

—「도둑 같다 잡초들」 중에서

잡초, 풀, 햇빛, 바람, 빗줄기 등이 시적 화자와 더불어 "夕佳軒"의 "順番이 다르지 않"은 공동 소유주이다. "도둑 같다 잡초들"이라는 표현이 전면에 배치되어 있다고 해서 이러한 사정이 달라지는 것은

아니다(이미 시인은 밤에 다녀간 실제 도둑을 향해서도 "도둑님이 다녀가셨다"(『도둑이 다녀가셨다』)고 말하고 있지 않은가). 다만 이들이 "제멋대로 割據"하는 야성을 좀더 강하게 지니고 있다는 것뿐이다.

한편 이 시편의 허허롭게 흘러가는 산문적인 형식미는 햇빛, 잡초, 바람, 빗줄기 등이 "마음놓고 드나들" 수 있는 질박함으로 비친다. 사물은 '잘 빚은 항아리'의 인위적인 형식 속에 갇히면서부터 인간 중심주의의 객체로 대상화된다. 따라서 형식의 인위적인 틀과 얽매임을 벗을 때, 생동하는 사물의 기운 역시 자유롭게 공존할 수 있다.

위와 같이 온갖 만물들이 더불어 고향집의 공동 소유주라는 인식은 온갖 만물들 모두가 시적 주체로 등장할 수 있음을 가리킨다. 이것은 서정시 장르의 동일화의 원리에 해당하는 사물의 의인화의 차원을 넘어선, 사물의 주체화라고 지적해볼 수 있을 것이다.

① 마당엔 초저녁부터 한 그루 밤나무가 뜨겁게 제 몸을 달구고 있었다 꽃 피고 있었다 바람나고 싶었다

> ─「성북동 국밥집」 중에서

② 왜 간판도 없느냐 했더니 빨래 널 듯 국숫발 하얗게 널어놓은 게 그게 간판이라고 했다

> ─「옛날 국수가게」 중에서

③ 북한산 산벚꽃들은 단칼에 작살내더라 내 어둠들을 一擧에 거두어내더라

> ─「산벚꽃」 중에서

위의 인용시구에서 확인하듯 사물이 시상의 생성원리와 구상화의

가능조건이며 중심주체로 등장하고 있다. 시 ①은 꽃 피는 한 그루 밤나무의 더운 기운이 시적 화자의 몸으로 전이되어 "바람나고 싶"은 욕망을 불러일으키는 봄날 풍경이, 시 ②는 빨래처럼 널려 있는 "국숫발"이 자신의 몸 그 자체로 국수가게임을 명확하게 드러내고 있는 모습이, 시 ③은 북한산 산벚꽃들이 주변의 어둠을 "一擧"에 정화시켜내는 자정능력이 각각 현현되고 있다. 인간의 권력의지에 따라 사물이 재단되고 조형되는 것이 아니라 오히려 사물 그 자체가 인간에게 영향력을 끼치고 있는 형국이다.

　　정진규는 우리 시사에서 누구보다 '몸시'의 생태와 그 화법의 미의식에 가까이 다가서 있다. 그의 시편들은 대부분 "화자의 우월적 포즈에 의한 관념의 화법으로" "시의 生體를 매장시키"지 않고, "시 자체의 자율적인 움직임을 따라"[4]가고자 한다. 그가 추구하는 사물들의 몸의 감응과 움직임에 따른 시적 형식은 이 점에서 매우 중요한 의미를 지닌다. 그러나 많은 경우에 그의 시적 화법이 사물들의 비가시적인 몸의 감응, 우주적 무한의 울림을 불러오는 역할을 충분히 감당해내지는 못하고 있는 것이 사실이다. "모든 사물들을 실물 크기로 그리"(「紫丁香」)기 위해서는 그 실물의 개별성은 물론이거니와 우주적 연관성과 심층의식까지 포괄적으로 표상하는 것이 요구된다. 사물의 시적 주체화는 궁극적으로 여기에까지 도달할 때 완성형에 이를 수 있다. 몸은 "시간 속의 존재와 영원 속의 존재를 동시에 지니고 있"기 때문이다.

　　한편 이 점을 시의 형식미학의 시각에서 논의하면, 사물의 숨결과 몸의 움직임을 따르고자 하는 정진규 시의 산문 형태에 우주적 존재성이 소통할 수 있는 창조적인 시적 여백이 좀더 열려 있어야 하지

---

4) 정진규, 『질문과 과녁』, 동학사, 2003, 52쪽.

않을까 생각된다. 앞에서 살펴본 「봄비」에서 보여주었던 활동하는 무의 산 공간으로서의 여백이 좀더 지속적이고 적극적으로 추구되었으면 하는 것이다. 일 획, 즉 '한 번 그음'의 궁극적인 의미는 '뭇 존재의 뿌리요, 모든 이미지의 근본'을 깨우고 불러오는 데 있기 때문이다. 이것은 또한 시의 생체 속에 자연의 질서를 내면화시키는 것과 연관된다.


## 3. 박주택, 낮의 몽상과 시원의 상상력

박주택의 시세계는 매우 뜨겁다. 이 뜨거운 시적 체온은 빈번하게 그의 시세계의 시간과 공간의 규정력을 이완시키고 지적 어사와 정서적 어사를 용해시켜 혼융된 복합적 이미지를 생성시킨다. 그래서 그의 시세계의 물질적 심상은 이성과 감성, 현실과 꿈, 낮과 밤, 문명과 신화의 이항대립적 요소들을 동시적이고 입체적으로 가로지르는 시적 몽상의 씨앗으로 존재한다. 몽상이 여성 명사라는 점에서도 드러나듯, 박주택 시세계의 원형지는 여기에서 후자 쪽에 가깝다. 실제로 박주택 시세계의 원형질은 신성하고 경이로운 신화적 상상력에 있었다. 그가 보여준 건조한 도회지에서의 아픈 방랑(『방랑은 얼마나 아픈 휴식인가』)과 삶의 불온성에 대한 절망과 부정을 토해냈던 디오니소스적인 '뜨거운 모더니티'의(『사막의 별 아래에서』) 배후에는 "한 마리의 물고기로 헤엄쳐"오는 "식물들"의 활주를 노래하던 신화적 미분성의 생명력이(『꿈의 이동 건축』) 토대를 이루고 있었던 것이다. 그의 네번째 시집에 해당하는 『카프카와 만나는 잠의 노래』 역시 물질적 심상을 통해 현실의 질서 속에서 신화적인 카오스와 내통하고 호흡하는 시적 지향성을 보여준다. 다음 시편은 이와 같은 박주택 시세계의 내용과 형식원리를 선명하게 보여주는 한 예이다.

> 비가 내리는 병원, 산모는
> 아이를 삼베옷으로 감싸고 복도를 걸어간다
> 목합 통성냥 속 성냥들이 펼쳐지지 않은 책처럼 빼곡히
> 꽂혀 있는 茶卓에는 마른기침이, 먼지들을
> 창밖으로 내모는 바람에는 숨이, 길게 이어졌다. 끊어졌다
>
> 비가 내리는 꽃밭
>
> 꽃잎이 비에 젖어 씻겨 지하로 내려가고 있었다
> 바람에는 소름이 무더기로 돋고
> 높은 곳에서는 까치집이 항문을 벌리고 있었다
> 그 아래 산모, 젖은 꽃잎을 밟으며 나무 지나
> 의자 지나 꽃밭으로 간다
>
> ─ 하얀 강
>
> ─「봄비」 중에서

이 시는 참척의 슬픔과 신비감이 어우러진 한 편의 드라마이다. 이 드라마가 펼쳐지고 있는 배경은 병원, 꽃밭, 강이다. 여기에서 "병원" 과 "꽃밭"은 이승의 영역이지만 "강"은 이승의 경계 밖의 아득한 저 편으로 추정된다. 또한 1연의 첫 행과 2연이 각각 1연의 다른 행들과 3연의 행들을 불러오고 질서지우는 그물코의 역할을 하고 있다. 중국 의 화가 석도가 전언한 '일 획이 만 획이다'라는 논법이나 바슐라르 식의 우주적 상상의 씨앗으로서의 몽상적 이미지를 고스란히 환기시

킨다.

먼저 "비가 내리는 병원"에서의 풍경부터 보자. "산모"가 "아이를 삼베옷으로 감싸고 복도를 걸어간다". 갓 태어난 아이가 벌써 죽음을 맞이한 것이다. 이 참담한 슬픔을 어떻게 할 것인가? 그러나 시적 화자는 냉담한 미적 거리의 시선을 흐트러뜨리지 않는다. 그리하여 황망한 "茶卓"의 풍경과 "창밖으로 내모는" 슬픔의 숨결들에 대한 묘사가 입체적으로 조망된다. 이제 장면은 "비가 내리는 꽃밭"으로 연결된다. 꽃밭에 내리는 비의 이미지란 이토록 처연한 것인가. "꽃잎이 비에 젖어 씻겨 지하로 내려가고 있었다"라는 기록은 한없이 섬세하고 약한 목숨이 "비"에 쓸려 지하(죽음)로 소멸하고 있음을 가리킨다. "삼베옷"에 싸인 아이와 비에 씻겨 흐르는 "꽃"의 이미지가 절묘하게 동일한 의미소로 어우러지고 있다. "바람에는 소름이 무더기로 돋"는다. 봄비에 젖은 바람은 아직 이렇게 한기가 배어 있어서 쓸쓸하고 아픈 심정을 여과 없이 투영시킨다. 1연에서 "아이를 삼베옷으로 감싸고 복도를 걸어"온 "산모"는 이제 "젖은 꽃잎을 밟으며 나무 지나 / 의자 지나 꽃밭으로 간다". "나무 지나 / 의자 지나"라는 반복적 어사의 나열은 산모의 걸음걸이의 속도를 배가시키고 있다. 산모가 서둘러 가고 있는 "꽃밭"이란 무엇인가? 그것은 다시 4연의 장면에서 드러난다. "―하얀 강"이다. "―하얀 강"이란 "비에 젖어 씻겨 지하로 내려"온 꽃잎이 흐르는 강이며, "삼베옷으로 감싸"였던 죽은 아이가 도달한 "강"이다. "―하얀 강"은 죽음의 강이며 저승의 강인 것이다. 이곳에도 봄비는 내리는가? 그러나 "―하얀 강"의 풍경에 대한 묘사는 없다. 다만 "봄비"는 이 시의 제목인 까닭에 시상 전반의 중심점 역할을 한다는 점에서, "―하얀 강"에도 봄비가 내릴 것으로 추정된다. 아니, "―하얀 강" 자체가 봄비의 세계가 아닐까? 하는 가상도 해볼 수 있다. 그리하여 죽은 아이와 씻겨내려간 꽃잎이 스며든 "―하얀 강"이다시 이승의 봄비로 내림으로써 이승은 죽음, 허무, 절망이 항상 물 컹하게 배어 있을 수밖에 없지 않을까? 5연이 없는 까닭에 "―하얀 강"의 풍경과 실체는 모두 이와 같이 상상을 통해 추정할 수밖에 없 다. 그러나 이 추정의 자리, 즉 독자의 상상력이 참여하는 창조적 여 백이란, 얼마나 깊고 풍요로운 시의 영토인가. 1, 2, 3, 4연은 독자적 인 시적 정경이면서 동시에 5연과 또는 그 이상의 연으로 전개되는 이승 밖의 아득한 저편의 간곡한 드라마를 열어놓는 역할을 하고 있 다. 시적 묘사의 가시적인 대상이 비가시적인 근원의 세계와 소통하 고 있는 것이다.

이상에서 보듯, 박주택의 시세계에는 현실의 시간질서에서부터 신 화적 무한의 영역까지 공존하고 있다. 그에게 현실세계는 대체로 과 잉억압과 파괴적인 양상을 띤다. "시간의 육체에는" "심장까지 파고 드는" 공격적인 부패의 "벌레가 산다".(「시간의 육체에는 벌레가 산 다」) 그래서 그의 시적 삶에서 현실 밖의 미분화된 신화적 영역은 존 재의 휴식처이며 생명의 출구이다. 그렇다면 현실 속에서 우주적 근 원의 세계에 속하는 꿈과 신화의 영토를 향유할 수 있는 방법은 무엇 인가? 그것은 "잠의 노래" 속에 잠기는 것이다.

삶을 열고자 할 때 물이 붙잡혀 있는 것을 보네
새들이 지저귀어 나무 전체가 소리를 내고
덮거나 씻어내려 하는 것들이 못 본 척 지나갈 때
어느 한 고개에 와 있다는 생각을 하네
나 다시 잠에 드네, 잠의 벌판에는 말이 있고
나는 말의 등에 올라타 쏜살같이 초원을 달리네
전율을 가르며 갈기털이 다 빠져나가도록
폐와 팔다리가 모두 떨어져나가

마침내 말도 없고 나도 없어져 정적만 남을 때까지
— 「카프카와 만나는 잠의 노래」 중에서

흘러야 할 "물이 붙잡혀 있는" 감금의 현실 속에서, 화자는 "잠"이 든
다. "잠의 벌판"에서는 "전율을 가르며 갈기털이 다 빠져나가도록/폐
와 팔다리가 모두 떨어져나가"도록, "말의 등에 올라타"고 "초원을 달
리"는 원시의 생명력과 해방감을 마음껏 누릴 수 있다. "잠" 혹은
"밤"이란 낮의 질서로 표상되는 견고한 상징체계로부터 비교적 자유
로운 열린 지대인 것이다. 그리하여 그곳에서는 마침내 "말도 없고 나
도 없어져 정적만 남"는 몸의 충동의 끝자리, 열반에 도달하기도 한
다. 이때 몸의 충동이란 대지와 하나가 되어 불안을 벗어나려는 죽음
충동이며 에로스를 상징한다. 박주택 시인에게 현실의 억압적 질서와
대극점에 놓이는 카오스적인 신화의 세계는 몸의 충동의 해방구라고
할 것이다.

그러나 새벽이 오면 밤은 곧 낮의 질서에 의해 소멸된다. 이때 시
적 화자는 다음과 같이 탄식하지 않을 수 없다. "저렇게 새벽이 밀려
들어오면 밤을 의지하던 사람들은/어디로 가라는 것인가, 어둠 속에
서, 어둠의 마음속에서/몽롱한 노래들이 몸을 비벼주었건만/저렇게
소리 없이 새벽이 밀려와 거뭇한 자세로/사람들을 세워두면 이들은
또 어디로 숨어들란 말인가."(「새벽이 온다」) 과연 "나의 配役"이 "고
약한 냄새"(「시간의 육체에는 벌레가 산다」)와 "물컹한 절망"의 "背逆
들과 섞여 나를 후려치기도"(「舂土」) 하는 낮의 폭력적인 질서 속에
서 "어디로 숨어들란 말인가". 박주택의 시세계에서 느슨한 밤의 질
서가 견고한 낮의 질서 속으로 엄습하고 있는 광경이 드러나는 지점
은 여기이다.

광인, 興仁之門 옆을 아랑곳없이 무단횡단하고 있다
빵 한 조각 우적거리며 경적 속에서도 무심히 앞을 바라보며
천천히 발걸음을 옮기고 있다
검게 무장한 채 나무 사이를 거닐 듯
걸음을 떼며 경건하게 지나간다
(……)
순간, 차들은 앞으로 달려가야만 하는 제 본분을
잠시 잊어버린 채 성당에 들어선 것처럼 멈칫거리고
바퀴는 바퀴대로 둥글게 눈을 굴리며 의아해한다
                              ―「동대문 광인」 중에서


　밤의 질서가 낮의 질서 속으로 어슬렁거리며 진입하고 있다. 시간과 공간의 규정력으로부터 자유로운 광인이 "검게 무장한 채 나무 사이를 거닐 듯" 도심을 가로지를 때, "순간" 모든 낮의 견고한 질서들이 혼란을 겪고 있다. 밤의 물질이 낮을 간섭하고 지배하는 형국이다. 일종의 '낮의 몽상'이다. 박주택의 시세계에서 이러한 '낮의 몽상'은 물론 위의 시편처럼 표나게 두드러진 경우는 드물지만 도처에 산재하고 있다. 그리하여 그의 시편은 낮의 질서, 즉 수직적, 이성적, 남성적, 주체 중심적인 구조가 이완되고, 수평적, 감성적, 여성적, 사물 중심적인 원형구조가 빈번하게 나타난다. 이를테면 다음과 같은 예들은 사물이 시적 주체로 전면에서 활동하고 있는 단적인 예들이다.


저녁이 바람이 멈춘 틈을 타 몇 그루 남지 않은
미루나무 위로 내려앉았다 신기하게도 뻐꾸기가 울었다
                          ―「풍경이 상처를 만든다?」 중에서

달은 스스로 뿌려놓은 음성들로
나무를 향하여 손을 뻗는다,

　　　　　　　　　　　　　　　　　—「능선」중에서


나무들처럼 그리움이 시작되는 곳에서 나에 대한 나의 사랑도
추위에 떠는 것들이었으리라, 보잘것없이 깜박거리는

　　　　　　　　　　　　　　　　—「겨울 저녁의 시」중에서


　물론 위의 인용시편들처럼 사물이 시적 주체로 등장하고 있다는
그 자체가 중요한 것은 아니다. 정작 중요한 것은 "이름을 달고 나온
것은 모두/저토록 뜨거운 것이어서", 아주 환한 천국과 같은 "문을
그리워도 하는 것"(「아주 환한 천국처럼」)이라는 인식에 바탕을 두고
있다는 점이다. 그래서 박주택의 시세계는 이러한 사물들에서 그 보
이지 않는 심연의 내면풍경들, 이를테면 "바위는 파도를 받아들이고
/솔깃이 바다는 전망을 환희 열"고 있는 우주적 비경을 꿈꾸고 감득
하고 있다는 점이다. 또한 "빈 것들이 몸을 열"고, "빈 것들이 마음을
열어"(「빈 것들이 몸을 열어」) 보여주는 향연을 노래하는 것은 모든
사물이 지복한 평화와 천국을 향하는 열반 충동을 지니고 있음을 증
거하는 것이기도 하다.
　이렇게 보면, 박주택 시세계의 기본체질에 해당하는 뜨거운 체온은
문명의 일상에서 "아주 환한 천국"을 갈망하는 몸의 충동에서 비롯된
것으로 보인다. 그의 몸의 충동은 태생적으로 폭력적인 현실의 질서
에 대한 거역과 부정의 정신이라는 의미를 지닌다. 다시 말해 그의
'뜨거운 모더니티'의 부정의 상상력이 시원의 신화성까지 파고들고
있는 것이다. 그러나 그의 몽상의 이미지들은 지나치게 고립적으로
개체화되어 있는 양상을 보인다. 이 점은 아폴로적인 질서와 근친성

146

을 지니는 '차가운 모더니티'와 대별되는, '뜨거운 모더니티'의 디오니소스적인 주관성에서 기인하는 것으로 보인다. 그의 부정의 상상력이 동시대의 문제에 동시대적인 태도로써 좀더 가깝게 천착한다면, 그가 지향하는 일종의 '낙원의 노스탤지어' 역시 더욱 밀도 높은 보편성을 지닐 수 있지 않을까. 이것은 또한 그의 몽상의 시적 이미지가 좀더 견고한 내밀성을 지니면서 동시에 우주적 차원으로 확장될 수 있는 역동적 힘의 함양과도 연관된다.


## 4. 시의 생태와 원초적 통일성

원시인들에게 언어는 인간들 사이에서뿐만 아니라 자연과 인간, 신과 인간 사이에서도 의사소통의 수단이었다. 원시인들은 언어를 통해 대상과의 연속감과 일체감을 갖는 '유기체의 완전한 전체적 느낌', 즉 '원초적 통일성'을 경험했던 것이다.[5] 그러나 인간의 의식의 발달과 문명의 진보에 따라 언어의 원초적 통일성은 와해되고 의미론적 기능만이 강조되었다. 이렇게 보면 시의 생태학은 기본적으로 원시언어의 원초적 통일성을 회복하는 것과 밀접하게 관련될 것으로 보인다. 다시 말해 인간 중심, 이성 중심, 주체 중심의 위계서열적 사고에서 탈피하고, 인간과 인간, 인간과 사물이 수평적인 구조 속에서 상호소통하고 순환하고 공명하는 시적 형식원리를 창조하는 것이 요구된다. 과연 이러한 시의 생태학의 형식원리는 어떻게 구현될 수 있을까? 서두에서 제기한 바슐라르의 우주적 상상력의 씨앗으로서의 물질적 심상과 석도 화상의 '일 획의 묘용'은 그 구체적인 창작 방법론

---

5) Ernst Cassirer, *Philosophie der Symbolischen Formen II*, Die Sprache, 1923, 32쪽.

의 한 길잡이가 된다. 이러한 방법론은 인간과 자연의 전일적 인식론은 물론 드러난 현상뿐만이 아니라 드러나지 않은 무한의 심층세계까지 구현해내는 문제의식에서 출발하기 때문이다. 즉 시를 '쓰는 것'은 '씌어지는 것'과의 창조적인 연관성, 순환성을 지녀야 하는 것이다.

이와 같이 '시의 몸'에 대한 논의는 지금까지 우리 시사가 지나치게 '몸의 시'에만 관심을 집중시켜온 관행에 대한 성찰적인 의미를 지닌다. 그 동안 우리는 노동시, 생태시, 페미니즘시 등등의 계보학의 규정에서도 주제의식과 담론에 관심을 집중시킨 반면에, 그 형식원리와 화법에 대해서는 소홀히 했던 것이 사실이다. 그러나 마치 '사랑'에 관한 시에서 그 표현내용보다 이를 내면화한 화법과 태도가 더욱 중요한 것처럼, 시의 계보학적 구분 역시 담론 중심에서 형식미학 중심으로 논의의 중심점이 선회되어야 할 것이다. 이 점을 또다른 방식으로 표현하면, 사람의 신체가 "기가 흐르는 길들의 집합 혹은 음과 양을 동시에 포함하는 실체"[6]로서 우주생명과 소통하고 공명하는 구조로 이루어졌기 때문에 우주적 자아 혹은 소우주로 성립될 수 있는 것처럼, 생태시 역시 시의 생태로 이루어졌을 때 온전한 자기 정체성이 성립될 수 있는 것이다.

정진규와 박주택은 각각 인간과 자연의 존재성과, 문명적 현실과 신화적 상상력의 간섭으로 요약될 수 있을 상당히 다른 시적 궤적을 걷고 있지만, 그러나 시의 생태학에 관한 문제의식을 제기하고 있다는 점에서는 서로 한자리에서 만난다. 이들의 시세계가 앞으로 더욱 깊고 활발하게 논의되어야 할 시의 생태에 관한 지속적인 문제의식의 제기와 더불어 선도적인 길잡이 역할을 할 수 있기를 기대한다.

---

6) 이정우, 『가로지르기』, 민음사, 1997, 71~80쪽.

# 시적 발견과 심미적 원근법

—이재무 시집 『푸른 고집』, 나희덕 시집 『사라진 손바닥』,

이동백 시집 『수평선에 입맞추다』

## 1. 시적 원근법과 양식적 상상력

시란 기본적으로 대상에 대한 주관적 인식에 근거한다. 이때 주관적 인식이란 대상에 대한 물리적 관찰과 구별되는 미적 지각양태를 가리킨다. 그렇다면 대상에 대한 시인의 미적 지각양태를 결정하는 가장 중요한 요소는 무엇일까? 그것은 시인의 대상과의 심미적 원근법에서 찾아볼 수 있지 않을까. 대상에 대한 심미적 거리와 투시가 시의 색채, 음향, 명암, 강도, 성격, 생기 등을 결정하는 중심요소로 작용하기 때문이다.

시인은 제각기 대상을 향한 자신만의 심미적 투시도를 통해 대상을 관조하고 대상의 미적 호소를 감지해낸다. 따라서 시인의 시세계의 특징과 개성 역시 심미적 거리와 소실점에 의해 결정된다고 할 수 있다. 동일한 시적 소재라 할지라도 시인에 따라 매우 다른 의미와 미감으로 조감되고 표현되는 것은 이러한 거리감에서 이해된다. 그래서 심미적 원근법은 공간이나 시간 개념이라기보다 오히려 심리학적 범주에 가깝다. 대상을 향한 관조와 인식의 태도나 퍼스펙티브에 대한 시적 서술이 심미적 거리와 직접 연관되기 때문이다.

한편 여기에서 우리는 서정시의 본령이 '세계의 자아화'로 규명되는 동일화의 원리에 있음을 환기할 때, 시적 자아와 대상 간의 거리란 처음부터 부재하는 것이 아닐까 하는 의문을 제기하게 된다. '세계의 자아화'란 자아가 세계를 자신의 욕망, 가치관, 의지에 입각하여 내적 인격화(동화)하거나 대상에 대한 감정이입(투사)을 통해 동일화하는 것으로 설명된다. 그러나 동화(assimilation)와 투사(projection)를 통한 시적 동일화의 원리에서도 심미적 거리의 원근법은 유효하다. 심미적 거리는 시적 대상과의 관계뿐만이 아니라 시적 대상을 노래하는 감정적 충동과 사유에 대한 시인 스스로의 분리, 초연, 절제의 태도와도 연관된다. 시적 내용을 이루는 정서나 사상은 형식론과 융합되어 미적 질서화된 정서나 사상이 되어야 한다. 즉 시적 대상과 내용은 형식화를 동반하는 '양식적 상상력'을 통해 존재하는 것이다.

여기에서는 이러한 문제의식을 바탕으로 심미적 원근법의 관점에 입각하여 이재무, 나희덕, 이동백의 시세계의 미의식과 형식원리에 대해 읽어보기로 하자. 이재무의 심미적 투시도는 근경에서 수평형의 시각을 견지하는 평원법이 표나게 두드러진다. 나희덕의 심미적 투시도는 사물의 사라진 기억의 여백 혹은 그 배경을 지향하고, 이동백의 경우는 자신의 내면의 풍경을 지향하는 특성을 각각 드러낸다.


## 2. 이재무, 근경(近景)의 미의식과 관찰의 언어

이재무의 시집 『푸른 고집』은 뜨겁고 역동적인 삶의 실재와 그 의표를 관통하는 통찰의 언어가 서로 어우러지면서 시적 현장성과 실감을 배가시키고 있다. 그의 시적 묘사의 투시도법은 비교적 근경의 거리에서 수평형의 시각에 입각한 평원법의 방법을 통해 이루어진다. 그래서 그의 시세계에 등장하는 사물과 사건의 표정은 손끝으로 근육질과 숨결이 만져질 정도로 또렷하고 선명하다. 특히 근자에 들어 많은 시인들의 경우에서 더욱 자주 목도되는, 아득히 먼 심미적 거리와 소실점을 통해 시적 대상을 희미하고 아련하고 환정적으로 착색시켜서 회고와 추억의 미감을 극대화시키고자 하는 전략이 그의 시편에서는 거의 나타나지 않는다. 그는 항상 시적 대상을 근거리에서 정면으로 직시하고 그 미적 의미와 가치를 적확하게 부여한다. 그래서 그의 시세계에는 "분내 맡던 코, 술잔 빨던 입,/돈 세던 손, 단 소리에만 열렸던 귀"(「골짜기」) 등의 시적 대상의 냄새와 표정은 물론, 자신의 강렬한 열정과 의지의 근육감각과 힘줄 역시 생생하게 투사되어 있다.

심야의 고속도로
트럭 행렬을 바라본 적이 있다
그 거친 사내들은 단내나는 더운 숨
연신 토해내며 살 맞은 짐승처럼 고함
질러대고 있었다 딱딱한 밤공기가
과자 부스러기 되어 부서졌다
하늘에 핀 별꽃들이 경기 들린 아이처럼
놀라 자지러지고 있었다
무법천지가 따로 없었다
우락부락한 다혈질의, 각진 얼굴의 사내들은
힘이 세다 그들이 실어나르지 못할
물건은 없다 조폭의 무리 같기도 한 그들이

(……)

아무리 바지런을 떨어도 생의 저속을 사는

그들은 언제든지 분노로 폭발할 수 있는

슬픔 몇 됫박씩 가슴에 지니고 산다 밤의

질주에는 그런 그들만의 사정이 있는 것이다

—「트럭」중에서


　질주하는 "심야의 고속도로/트럭 행렬"의 분주한 현장이 근거리에
서 생생하게 입체화되어 있다. "단내나는 더운 숨", "연신 토해내"는
"고함", 부서지는 "밤공기", 다혈질의 "각진 얼굴" 등이 제각기 심야
의 고요와 어둠을 완전히 격파하는 공격적인 힘을 뿜어내고 있다.
"딱딱한 밤공기"를 "과자 부스러기"처럼 부수는 트럭 행렬의 거친 힘
으로 "실어나르지 못할/물건은 없다". 그렇다면 이 트럭 행렬의 정
체는 무엇일까? 왜 이들은 위압적인 힘을 과시하며 질주하고 있는 것
일까? 여기에 대해 시인은 분명한 어조로 설명하고 있다. "아무리 바
지런을 떨어도 생의 저속을 사는" "분노" 때문이다. 가슴속에 지니고
있는 "몇 됫박"의 "슬픔"이 위기의 질주를 가속화시키는 연료였던 것
이다. 그래서 전반부의 팽팽한 시상의 긴장이 후반부에 오면 큰 낙차
로 이완된다. 고속과 "조폭의" 힘으로 표방되는 외양의 이면에는 "삶
의 저속"과 "슬픔"이 지배하고 있었던 것이다.

　이와 같이 삶의 현장의 안과 밖을 전광석화처럼 동시적으로 직시
하고 묘파하고 규정할 수 있는 것은 시적 방법론이 근거리의 미의식
과 평원법에 기반하기 때문에 가능할 것이다. 아득한 원거리의 투시
도법으로 조망할 때 "심야의 고속도로/트럭 행렬"은 차라리 정겹고
따뜻하기만 한 빛의 행렬로 비치기도 한다. 그러나 그 아련한 빛의
행렬은 "짐승처럼 고함/질러대고 있"는 절박한 현장의 실상을 얼마

나 많이 거세하고 있는가.

이재무는 1983년 등단한 이래 지금까지 근거리의 미의식과 평원법의 투시법을 통해 농촌생활의 체험에서부터 도회지의 변방에 이르는 신산스런 삶의 현장을 누구보다 치열하고 치밀하게 응시하고 응전하며, 이를 때로는 단호하고 때로는 끈덕진 포용의 시적 어조로 노래해왔다. 다시 말해, 그는 항상 자신과 자신을 둘러싼 사회적 현상의 깊은 굴곡들을 외면하거나 도피하지 않고 정면에서 돌파하는 '푸른 고집'의 노선을 지속적으로 걸어왔던 것이다. 그렇다면 그가 삶의 실상과 직접 대면하고 그 살아 있는 현장의 언어를 지속적으로 추구해온 '푸른 고집'의 실체는 무엇일까? 이것은 그의 시적 방법론의 근거를 확인하는 일이면서 동시에 시적 상상력의 원형질을 살펴보는 일이다.

다음의 시편은 이러한 문제의식에 대한 해답의 한 실마리를 제공한다.

무엇이든 한 번 움켜쥐면 절대 놓지 않는다
그녀의 끈적한 생의 집착, 돌이켜 생각하니
마땅히 두 손 들어올려 경배해야 할
거룩한 삶이었구나


(……)


영토 확장 위해 그녀는 또 어디로든 출분
서둘러야 하는 것이다 모여서는 흩어지고
흩어져선 다시 모이는 종착 없는 그 먼 여정,
유목의 나날이여
종갓집도 없이 떼지어 살면서도 유랑을 사는

가이아의 적자여, 운명의 눈부신 집요함이여,

—「도꼬마리」 중에서

"유목의 나날"을 보내면서 "영토 확장"을 이룬 "도꼬마리"의 생명
력을 예찬하고 있다. 아무 가진 것도 없이 오직 맨몸으로 모이고 흩
어지고, 흩어지고 모이면서 마침내 일가를 이룬 생에 대해 "거룩한
삶"이라고 찬탄하고 있다. 시적 화자는 바로 이러한 일련의 "운명의
눈부신 집요함"에서 "가이아의 적자"의 면모를 읽고 있다. 다시 말
해, 그는 경이와 존경의 극치를 가리켜 "가이아의 적자"라고 지칭하
고 있는 것이다. 이것은 또한 그의 삶의 지향성과 지표가 곧 "가이아
의 적자"에 있음을 가리키는 것이기도 하다. 그의 이러한 가이아에
대한 외경과 친연성은 그의 시적 삶의 토양을 이루는 농촌 체험과 직
접적으로 연관되는 것으로 보인다. 그는 언젠가 "고향은 끝내 깍지
낀 내 몸/풀지 않았다"(「서울 오는 길」, 『온다던 사람 오지 않고』)고
스스로 고백한 바도 있지만, 실제로 그의 시적 정서와 어조에는 일관
되게 고향의 너그러우면서도 강인한 대지적 생명력이 묻어난다. 다시
말해, 가이아의 생명력과 생산성이 그의 시창작의 끈끈한 원형질로
체화되어 있는 것이다. 다음 시편은 이 점을 예각적으로 보여준다.

어머니는 두 볼에 홍조 띄우고
두 손 가지런히 모아
천지신명께 일구월심 가족의 소원 대신 빌었다
감읍한 뒷산 나무들 자지러지게 잔가지를 흔들고
별꽃 서너 송이 고개 끄덕이며 더욱 환하게
(……)
정한수는 줄지 않았다

장독대, 내 생의 뒤뜰에 놓여 있는,

생활이 타서 갈증으로 목이 마를 때

흰빛 내밀어 권하시는,

내 사는 동안 내내 위안이시고 지혜이신 어른이시여,

　　　　　　　　　　　　　　　　　─「장독대」중에서


　시적 화자의 "생의 뒤뜰"의 풍경이 드러나 있다. "장독대"를 중심
으로 "정한수", "어머니"의 기도, 뒷산의 나뭇가지, "별꽃" 등이 서로
어우러진 정경이 밑그림을 이루고 있다. "천지신명께 일구월심" 기원
하는 어머니와 이에 감응하는 천지신명의 내밀한 몸짓이 담겨 있는
그림이다. 시적 화자는 장독대를 중심으로 인간과 자연이, 혹은 인간
과 천지신명이 서로 조응하고 순환하는 대자연의 풍경을 가리켜 "내
사는 동안 내내 위안이시고 지혜이신 어른이시여"라고 겸허하면서도
힘찬 어조로 진술하고 있다. 그의 "생의 뒤뜰", 즉 생의 바탕은 이와
같은 대자연의 맥박과 조화로 이루어져 있는 것이다.

　여기에 이르면, 이재무의 시적 삶의 가계는 대자연의 아들, 즉 "가
이아의 적자"에 해당한다고 할 수 있다. 그의 시세계에서 계절적 배
경으로 봄이 가장 많이 등장하는 것도 이와 연관된다. 대지적 생명력
혹은 가이아의 여신이 가장 분주한, 생의 활력과 기운을 구체적으로
과시하는 절기는 역시 봄인 것이다.


늦은 밤이나 새벽 숲속에 가면

나무들 수액 빨아올리는 소리 우렁차다

나무들 벌써 그렇게 일 년 농사 시작하는 것이다

이제 곧 울퉁불퉁한 수피

부드러운 햇살 툭, 툭, 툭, 치고 가면

(……)

3월은 즐거운 노동으로 분주한 달

사람들의 몸속으로도 맑고 뜨거운 피가 솟는다

—「3월」 중에서

가이아의 여신이 "나무들 수액"과 사람들의 "맑고 뜨거운 피"를 통해 자신의 존재성을 선명하게 증거하고 있는 현장이다. 대지의 생명력이 모든 생명체의 탄생과 약동의 기운을 북돋우고 있다. 이와 같은 원시적 생명의 역동성은 때로 과도하게 분출되어 "불경 저지르고 싶"도록 "내 몸 뜨거워"(「사월이 오면」)지게 하는 욕정의 충동으로 작용하기도 한다. 이와 같이 생동하는 대지적 생명력은 「봄날의 애가」 「나비」 「봄날은 간다」 「냇가에서」 「식목일」 「방화범」 「저 못된 것들」 등 공통적으로 봄을 배경으로 한 작품을 통해 빈번하게 드러난다.

물론 가이아의 여신이 이와 같은 약동과 탄생의 동력으로만 존재하는 것은 아니다. "한낮엔 앞산 뒷산을 담고/밤에는 천상의 것들 넉넉히 품는"(「저수지」) 저수지가 되기도 하고, "자애로운 저녁은 어머니의 긴 치마가 되어/으스스 추워오는 몸을 꼬옥 안아"(「석모도의 저녁」) 기도하는 풍요로운 모성의 품이기도 하다. 그러나 이처럼 가이아의 생명력이 항상 넉넉하고 강인하고 풍요롭고 역동적인 것만은 아니다. "한때 그 누구보다 몸이 달고 뜨거웠던/우리들 모두의 여자였"으나 지금은 "냉병과 관절염과 디스크와 유방암을 앓"(「개펄」)고 있는 치명적인 위기의 모습을 드러내기도 한다. "풍요로운 다산의 세월"은 가고 "일급 장애, 불임의 여윈 몸"(「봄강」)이 되어가고 있는 형편이다. 가이아의 존재론적 특성과 건강상태에 대해 이토록 집중적으로 정확하게 진단할 수 있는 것은, 이미 앞에서도 지적한 바대로 이재무 시창작의 방법론에 해당하는 근거리의 미의식과 평원법의 중심

투시에서 기인한다.

한편 대자연의 환경 파괴에 해당하는 가이아의 노화는 시인에게 "힘이 힘을 낳고 또 태어난 힘이 힘을 낳던 시절 / 우주 안의 모든 살아 숨쉬는 정령들이 / 서로의 삶과 영혼 속으로 파고들어가 / 당당하게 주인으로 생을 살았던 시절"(「힘」)에 대한 재현과 복원의 갈망을 배가시키는 계기가 된다. 그의 시적 체질은 "끈적한 생의 집착"으로 "악착같이 생을 모종"(「도꼬마리」)하는 재생의 치유력과 생명력을 본성으로 하고 있기 때문이다. 이렇게 보면, 이재무의 시에서 생태적 상상력은 "가이아의 적자"로서의 본령이며 생리에 해당한다. 그러나 그의 생태적 상상력은 생태시가 빠져들기 쉬운 논리적인 추상성과 현학성에 안주하지 않는다. 그의 특유의 시적 방법론인 정투영(正投影)의 근경의 원근법은 우리의 가까운 일상에서 일어나는 생명가치 훼손의 구체적인 정황을 섬세하게 포착해낸다. 이를테면 그는 "시골집 오래된 메주같이 누렇게 뜬 / 얼굴들 클로즈업되고 있다 / '6개월 체불임금 돌려달라' / 절규하는, 연변에서 온 저, / 비늘 떨어지고 지느러미 상한 연어들!"(「설날 전야」)과 같은 장면에서 드러나는 인간과 인간, 인간과 사회의 반생태적 요소에 대한 비탄을 노래하기도 한다. 이재무의 시세계에서 근거리의 심미적 투시도는 일관되게 시적 주제의식의 현학성을 견제하면서 삶의 구체를 견지하는 리얼리티의 생성 동력으로 작용하고 있는 것이다.

## 3. 나희덕, 부재의 감각과 견성의 언어

나희덕의 이번 시집이 집중적으로 묘파하고 있는 세계는 시집 제목 '사라진 손바닥'이 암시하고 있는 것처럼 '사라진' 자리의 풍경

혹은 부재하는 현존의 감각이다. 즉 그의 시적 투시도는 사건과 사물의 실체 자체보다 그 실체가 반사시키는 파장과 기억의 미감을 향하고 있는 것이다. 그는 사건과 사물의 진경을 가장 전일적으로 견성할 수 있는 방법은 사물의 실재보다 그 사물에서 배어나오는 "연기 그림자"와 "훈기"(「입김」)에 대한 관음에 있다고 생각한다. 그래서 그의 시세계는 항상 부드럽고 섬세하고 아련하다. 구체적인 실체보다 "현상되지 않은 필름"(「땅속의 꽃」) 같은 부재하는 현존에 대한 감각과 투시의 언어가 주조를 이루고 있기 때문이다.

잊혀진 것들은 모두 여가 되었다
망각의 물결 속으로 잠겼다
스르르 다시 드러나는 바위, 사람들은
그것을 섬이라고도 할 수 없어 여, 라 불렀다
울여, 새여, 대천어멈여, 시린여, 검은여……
이 이름들에는 여를 오래 휘돌며 지나간
파도의 울음 같은 게 스며 있다
물에 영영 잠겨버렸을지도 모를 기억을
햇빛에 널어 말리는 동안
사람들은 그 얼굴에 이름을 붙여주려 하지만
어느새 사라져버리는 바위,
썰물 때가 되어도 돌아오지 않는
그 바위를 향해서도 여, 라 불렀을 것이다.
그러니 여가 드러난 것은
썰물 때가 되어서만은 아니다
며칠 전부터 물에 잠긴 여 주변을 낮게 맴돌며
날개를 퍼덕이던 새들 때문이다

그 젖은 날개에서 여, 라는 소리가 들렸다

—「여, 라는 말」전문

"망각의 물결 속으로 잠겼다/스르르 다시 드러나는 바위", 분명 섬이지만 섬이 아닌, 부재와 현존을 왕래하는 대상을 향해 사람들은 "여"라고 지칭하고 있다. 분명한 실체가 없으므로 분명한 지시적 명칭이 있을 수 없다. 그렇다면 "여"의 의미와 성격은 무엇인가? 그것 역시 구체적으로 규정할 수는 없다. "파도의 울음 같은" 것 혹은 "날개를 퍼덕이던 새들"의 "젖은 날개에서" 들려오는 "소리"가 스며 있는 여백이다. 설령 이 바위가 "썰물 때가 되어도 돌아오지 않는"다고 할지라도 "여"라는 지칭은 동일하게 적용된다. 모든 사라지는 대상들은 그 뒷자리에 기억의 여백을 남기기 때문이다. 다시 말해, 사라진 대상은 기억의 여백을 통해 자신의 상(像)을 반사시킨다. 물론 이때 재생된 기억의 상은 실제 대상의 모습과는 다르다. 기억 속의 대상은 의미화된 대상이다. 이때의 의미화는 단순히 경험적인 감각의 구체성에 그치지 않고 능동적인 상상력이 융합되어 질서화된 창조적인 심상이다. 그래서 기억의 여백 속에 재생된 심상은 실제의 대상보다 오히려 더욱 본질적이며 근원적이라고 할 수 있다. 경험적인 감각의 구체성이 인과론적인 논리성에 기반한다면 창조적인 기억은 직접적 지각을 넘어선 존재성의 근원을 지향하기 때문이다. 따라서 기억의 여백의 상은 언어로 규정하기 어렵다. 언어가 닿지 않는 언어의 영역인 것이다. 그래서 "날개를 퍼덕이던 새들"의 "젖은 날개"가 표현하는 "여"라는 소리는 음성이 아니라 비분절적인 음향에 가깝다. 그리고 또한 이것은 "망각의 물결 속으로 잠겼다/스르르 다시 드러나는 바위"의 가장 본질적이고 근원적인 존재성에 깊숙이 닿아 있는 어사이다.

나희덕의 시세계에서 기억의 여백, 혹은 창조적 기억의 투시적 상상력을 좀더 추적하면 다음과 같은 시편을 만나게 된다.

> 어둠 속에서 너는 잠시만 함께 있자 했다
> 사랑일지도 모른다, 생각했지만
> 네 몸이 손에 닿는 순간
> 그것이 두려움 때문이라는 걸 알았다
> 너는 다 마른 샘 바닥에 누운 물고기처럼
> 힘겹게 파닥이고 있었다, 나는
> 얼어죽지 않기 위해 몸을 비비는 것처럼
> 너를 적시기 위해 자꾸만 침을 뱉었다
> 네 비늘이 어둠 속에서 잠시 빛났다
> 그러나 내 두려움을 네가 알았을 리 없다
> 조금씩 밝아오는 것이, 빛이 물처럼
> 흘러들어 어둠을 적셔버리는 것이 두려웠던 나는
> 자꾸만 침을 뱉었다, 네 시든 비늘 위에.
>
> (……)
>
> 아주 오랜 뒤에 나는 낡은 밥상 위에 놓인 마른 황어들을 보았다.
> 황어를 본 것은 처음이었지만 나는 너를 한눈에 알아보았다.
> ─「마른 물고기처럼」 중에서

뇌수를 뚫고 지나가는 "뢴트겐 광선처럼"(「시인의 말」) 섬뜩하고 서늘한 사랑의 비가이다. 여기에서의 사랑의 비가는 시간과 공간의 경계뿐만이 아니라 일상을 둘러싸고 있는 모든 관념의 울타리를 벗어나고 있기 때문에 더욱 그 슬픔과 애틋함의 여운이 크고 깊다. 물론 여기에서 사랑의 비감을 돌발적으로 분출시킨 계기는 기억이다. 기억은 과거의 경험에 대한 풍요롭고 치밀한 형태의 조직성을 지니고 있었던 것이다.

이 시의 시상의 흐름을 평서형으로 읽어보자. "다 마른 샘 바닥에 누운 물고기처럼" 두려움에 떨던 그와 함께 있게 된다. 죽음의 시간을 유예하기 위해 그보다 더 강렬한 사랑의 교감을 나눈다. 점점 건조해지는 몸을 적시기 위해 침을 뱉어 습기를 공급해준다. "네 비늘이 어둠 속에서 잠시 빛났다". 혼신의 정열을 다하는 사랑이 잠시 죽음의 공포를 잊게 한 것이다. 그러나 물이 아닌 빛이 흘러들면서 "다 마른 샘 바닥에 누운 물고기" 같은 그는 점차 힘을 잃고 시들어간다. 이제 시적 화자가 침을 뱉어 습기를 공급해주는 대상은 목숨이 다한 "시든 비늘"이다.

그리고 "아주 오랜" 세월이 흘렀다. 시적 화자는 "밥상 위에 놓인 마른 황어들을" 본다. "황어를 본 것은 처음이었지만 나는 너를 한눈에 알아" 본다. 견고하게 잠재되어 있던 기억이 화약처럼 분출하면서 "밥상 위에 놓인 마른 황어"가 바로 '너'임을 발견하고 있는 것이다. 죽음보다 더 강렬하고 처절했던 사랑의 대상과의 돌연한 해후가 이루어지는 충격적인 장면이다. 이 시의 기억의 현상학에는 한 편의 간곡한 사랑의 신화가 내재되어 있었던 것이다.

그러나 기억의 현상학이 모두 이처럼 또렷할 수만은 없지 않겠는가. 다음 시편은 조금은 희미한, 그러나 너무도 간절한 기억의 현상학의 한 장면을 보여준다.


바람이 우는 건 아닐 것이다
이 폭우 속에서
미친 듯 우는 것이 바람은 아닐 것이다

번개가 창문을 때리는 순간 얼핏 드러났다가
끝내 완성되지 않는 얼굴,
이제 보니 한 뼘쯤 열려진 창틈으로
누군가 필사적으로 들어오려고 하는 것 같다
(……)
제 몸을 부싯돌처럼 켜대고 있는
나무 한 그루가 창밖에 있다
내 안의 나무 한 그루 검게 일어선다

—「누가 우는가」 중에서

　폭풍우의 밤, 창밖에서 울고 있는 것은 누구인가. "한 뼘쯤 열려진 창틈"을 통해 "필사적으로 들어오려고 하는" 저 얼굴은 누구인가? 폭우가 쏟아지는 어둠 속에서 집 안으로 간절히 들어오려고 하는 대상은 분명 시적 화자와 깊은 연관을 지닌 존재일 터이다. "창문을 닫으니 울음소리는 더 커진다" "바람이 우는 건 아닐 것이다" 시상의 흐름으로 보아 그것은 뽑히지 않으려고 안간힘을 쓰는 한 그루 "나무"이다. 창밖의 나무 한 그루와 마주 서는 순간 "내 안의 나무 한 그루 검게 일어"서고 있다. 이러한 상황은 무엇을 뜻하는가? 창밖의 나무는 곧 내 안의 나무였던 것이다. 다시 말해, 폭우 속에서 "미친 듯 우는" 것은 나의 화신(化身) 혹은 "현상되지 않은 필름"(「땅속의 꽃」) 같은 나의 내면의 "검은" 얼굴이었던 것이다.
　이와 같이 나희덕의 시편에 등장하는 기억의 현상학은 바로 자신의 내적 자아를 발견하는 일과 연관된다. 그래서 다음과 같이 또다른 자신과의 만남의 과정이 다채롭게 변주된다.

　눈에 즙처럼 괴는 연두.

162

그래. 저 빛에 나도 두고 온 게 있지.
기차는 여름 들판 사이로 오후를 달린다.

—「연두에 울다」 중에서


깜박거리는 불빛이 새삼 서러운 것은
누추한 지붕 때문이 아니다
그 불빛 아래 내가 살고 있는 줄도 모르고
너무 멀리 떠돌다 여기에 이른 까닭이다

—「낯선 고향—연길을 지나며」 중에서


뒤돌아서면 등뒤에서 뱀이 울었다. 내가 덤불 속에 있는 것인가.
뱀이 내 속에서 울고 있는 것인가. 가을이었다.

—「가을이었다」 중에서


연둣빛 들판 속에 "두고 온" 나, 연길의 "그 불빛 아래" 살고 있는
나, 덤불 속에서 울고 있는 뱀의 모습으로 현시되고 있는 나 등등이
시집 도처에서 제각기 살아가고 있다. 이것은 나희덕의 시세계에서
기억의 현상학의 깊고 넓은 층위를 가리킨다. 베르그송의 기억론에
따르면, 대상에 대한 직접적 지각에서 출발한 기억의 축적이 점점 더
깊어짐에 따라 대상의 의미는 더욱 심화, 확대된다. 그래서 그는 예
술작품에서도 기억에 의해 선택된 과거의 풍부성을 강조한다. 나희덕
의 기억의 현상학은 매우 풍요롭고 사실적이다. 그는 이러한 기억의
심층을 통한 부재의 감각으로 자신과 세계와의 심연의 동일성을 발
견하고 확인해나간다. 여기에 이르면, 우리는 그의 시창작의 방법론
과 의미에 해당하는 다음의 시편을 명료하게 이해할 수 있게 된다.

밭에 가서 한 삽 깊이 떠놓고
우두커니 앉아 있다

삽날에 발굴된 낯선 흙빛,
오래 묻혀 있던 돌멩이들이 깨어나고
놀라 흩어지는 벌레들과
사금파리와 마른 뿌리들로 이루어진
말의 지층

(……)

묵정밭 같은 내 정수리를
누가 저렇게 한 삽 깊이 떠놓고 가버렸으면

(……)

마른 뿌리에 새순을 돋게 할 수는 없어도
한 번도 만져보지 못한 말을 웅얼거릴 수 있을 텐데

오늘의 경작은
깊이 떠놓은 한 삽의 흙 속으로 들어가는 것

ㅡ「한 삽의 흙」 중에서

묵정밭에 한 삽의 흙을 떠놓으면 "오래 묻혀 있던 돌멩이" "벌레"
"사금파리와 마른 뿌리"들의 "말의 지층"을 소상히 알 수 있듯이, 그
와 마찬가지로 "내 정수리를" "한 삽 깊이 떠놓고 가"면 그 동안 나

자신도 몰랐던 나의 "말을 웅얼거릴 수 있"지 않을까? 따라서 "오늘의 경작은 / 깊이 떠놓은 한 삽의 흙 속으로 들어가는 것"이 된다. 이것은 곧 자신의 정수리 속에 있는 기억의 지층의 실체를 찾아가는 것과 상통한다. 아직은 지상으로 떠오르지 않은 자신의 "현상되지 않은 필름"(「땅속의 꽃」)을 발견하는 것이 그의 시의 경작의 수행과정인 것이다. 여기에 이르면, 우리는 그의 시적 투시도가 사물의 사라진 뒷자리에 반사된 여백의 감각을 노래했던 것이 그 사물의 심연의 본성을 묘파하기 위한 과정이었으며, 아울러 자신의 삶의 원형질을 견성하는 과정이었음을 거듭 확인할 수 있게 된다.


## 4. 이동백, 내면의 풍경과 이명(耳鳴)의 언어


이동백의 시집 『수평선에 입맞추다』의 심미적 투시도는 내적 심연의 세계를 향하고 있다. 특히 그의 시세계는 자신의 내면을 향한 몽상적 여행의 인식지도를 선명하게 보여준다. 그는 몽상의 시학을 통해 자신의 삶의 본원지를 향한 유영을 하고 있는 것이다. 그래서 그의 시편은 대부분 환정적이면서 관념적이다. 환정적인 것은 몽상적 상상에 기반하기 때문이며, 관념적인 것은 현실계와 밀접한 대응력을 갖고 있지 않기 때문인 것으로 보인다. 그래서 그의 시세계는 자폐의 현실에서 쏟아내는 이명(耳鳴)의 언어에 가깝다. 다음 시편은 이러한 그의 시세계의 특성을 선명하게 드러낸다.


    머언 바다에 닿으리


    누우면

온몸에서 잔물결이
모기 소리떼처럼 일어선다
그러나 나는
수평선을 꿈꾸며 쓰러진 나무

눈 감으면
수천의 매미떼들이
수피처럼 달라붙는다
그 소리를 들어보았니?

가부좌 틀고 앉으니
옥에 갇힌 몸
내 이제 바위가 되리
몇 구절 되뇌이지만
남몰래 훔친 經 몇 장으로
비겁한 생이 가려지겠느냐

내 기억의 숲속으로 해일이 밀려든다
집채만한 파도들이 수없이 쓰러진다
어디선가 나를 부르는 비파의 선율,
그렇다
어디선가 나를 부르는 소리가 있다

—「耳鳴 속의 해일」 중에서

시적 화자의 시선은 이미 처음부터 자신의 내면의 심연을 향하고
있다. 시상의 흐름이 "누우면" "눈 감으면"이라는 가정 속에서 전개

되고 있다. 누워서 눈을 감은 후에 보이고 들리는 아득한 풍경과 소리가 시적 대상인 것이다. 그래서 이 시의 전반적인 분위기는 몽환적이다. 시적 화자는 몽상의 내부를 유영하는 자신의 모습을 그리고 있는 것이다. 몽상의 세계에서 "나는／수평선을 꿈꾸며 쓰러진 나무"가 되고 있다. 그 나무에는 "수천의 매미떼들이／수피처럼 달라붙"고 있다. 의식적인 현실과 절연된 몽상의 심연 속으로 깊이 진입하는 데 성공하고 있는 것이다. 몽상의 심연에는 닫힌 기억의 숲이 아직 그대로 살아 있다. "기억의 숲"에는 "집채만한 파도" "어디선가 나를 부르는 비파의 선율"이 해일처럼 넘쳐흐르고 있다. "그렇다／어디선가 나를 부르는 소리가 있다"에서 보듯, 나를 부르는 소리에 대한 반복적 수사를 통한 확신은 자신의 기억의 근원지에 대한 확인의 의미를 지닌다. 그렇다면 이러한 기억의 근원지는 어디인가? 그것은 "먼 바다"이다. 먼 바다가 시적 화자의 삶의 근원이며 귀환의 장소로서 존재하고 있다. "나는 먼 바다에 가 닿으리"라는 진술이 그것이다. 다시 말해, 그의 기억의 숲은 먼 바다와 얽힌 삶의 드라마와 연관된다.

시상의 흐름이 몽상을 통해 기억의 심층을 만나고 있으며, 이것이 또한 자신의 삶의 근원지에 대한 발견으로 이어지고 있다. 그러나 물론 그의 삶의 근원지의 실재에 대한 내용은 아직 감지할 수 없다. 다만 우리는 "비파의 선율"이 암시하듯, 그의 몽상의 유영이 닿은 기억의 숲이 후천적인 경험의 지층을 넘어 존재의 뿌리로 향한 아득한 과거의 선험적인 시간여행으로까지 향해 있음을 짐작할 수 있다.

바슐라르의 전언이 아니어도 몽상의 활동지대는 의식과 무의식의 점이지대인 전의식의 영역이다. 전의식은 갇혀 있던 심원한 무의식의 언어가 의식적 층위와 연결되어 발화되는 지점이다. 이동백의 시세계에서 몽상의 여행이 도달한 심원한 기억의 지층은 주로 바다이다. 그의 이번 시집에서 바다는 「작은 섬」「동백」「근황」「탑」「수평선에 입맞추다」「해후」등의 많은 작품에서 주요 배경으로 등장한다. 이들 시편 중에 그의 '근황'을 담고 있는 작품에 주목해보기로 하자.

　　추억마저 희미해진 몸을 이끌고
　　더 깊은 바다로 끝없이 달아납니다
　　썰물 진 무창포 힐끗힐끗 돌아보며
　　길을 끊으려 안간힘 쓰다
　　굳어가는 나의 다리
　　때 아닌 해풍에 금이 갑니다

　　　　　　　　　　　　　　　　　　　—「근황」중에서

　시적 화자는 "더 깊은 바다로 끝없이 달아"나고 있다. 육지("썰물 진 무창포")와 완전히 절연된, "죽음처럼 엎드린"(「질곡리」), "깜깜한 바다에 서 있는 섬"을 향해 도피하듯 달아나고 있다. 물론 이때의 바다는 다른 시편에서 "물소리 먹고 자란 나는 본시 섬아이"(「이어도 산다」)라는 진술에서도 드러나듯 자기만의 삶의 근원지이다. 이와 같이 자기만의 폐쇄적인 공간을 향한 몰입은 현실계와의 고통스런 불화에서 기인한다.

　　도란도란 불빛 마주 핀 마을의 노래
　　언뜻 들려오지만 내가 있어
　　닫혀 있는 쪽문 손잡이 없네

　　　　　　　　　　　　　　　　　　　—「몽유」중에서

　　부끄러운 부분마다 끈적한
　　소금기 벗겨서라도

씻어내리고 싶다

돌아보면 마른 풀 한 포기 키우지 못한 캄캄한 돌밭

　　　　　　　　　　　　　　　　—「비수처럼 달려올 햇살」 중에서


　화자는 자신으로 인해 "도란도란 불빛 마주 핀" 아름다운 세상에 치명적인 결핍과 불행이 잔존한다고 믿고 있다. "내가 있어 쓸쓸한 세상"이라는 절망적인 자학이 견고하게 스며 있는 것이다. 그래서 "부끄러운 부분마다 끈적한/소금기 벗겨서라도/씻어내리고 싶다". 그는 스스로를 "풀 한 포기 키우지 못한" 불모와 재앙의 "돌밭"으로 인식하고 있는 것이다.

　이와 같이 그의 현실과의 불화는 현실계의 폭력성에서 비롯되는 것이 아니라 스스로 자신을 향한 편집증적인 자기 학대에서 비롯되고 있다. 그래서 이동백의 초현실적인 상상은 그로테스크한 반담론의 공격성이 드러나지 않고 자폐적으로 웅크러드는 몽유의 언어가 주조를 이루는 것으로 보인다. 그럼 그가 자조와 자학의 고통을 가로질러 극복할 수 있는 방법론은 무엇일까? 다음과 같은 진술은 이에 대하 강한 암시를 머금고 있는 것으로 보인다.


　어젯밤 꿈에서 만난 나비는

　길과 서해가 만나는 경계쯤 닿고 있겠지

　　　　　　　　　　　　　　　　　　　　—「서해」 중에서


　위의 진술이 이루어지는 곳은 현실계이다. 현실계에서 "꿈" 속의 상황이 생생하게 환기되고 있다. 이것은 의식과 무의식, 현실과 환상이 서로의 경계를 넘어 소통하고 있는 대목으로 비춰진다. 이러한 상황은 내적 심연의 지층에 응고되어 있던 "풀 한 포기 키우지 못한 캄캄한 돌밭"의 "돌"들을 의식적인 현실계로 끌어내어 해소시키는 과정으로 이해된다. 따라서 이러한 과정은 궁극적으로 다음과 같은 스스로의 자기 치유의 방법을 터득하게 한다.

겁 많은 짐승처럼
끙끙거리다 버리고 만 길,
이제 돌아설 때다 흙의 빛깔로
내가 버린 모든 것 끌어안으면
어느 길에 굴러도 따뜻할지니

—「개옻나무」 중에서

이동백의 시세계에서 적극적인 어조와 포용적인 정서가 표나게 두드러지는 극히 예외적인 경우이다. "겁 많은 짐승처럼 / 끙끙거리다 버리고 만 길," 즉 앞에서 목도했던 "썰물 진 무창포 힐끗힐끗 돌아보며 / 길을 끊으려 안간힘 쓰"(「근황」)던 내적 도피의 상황을 극복하는 방법은 "내가 버린 모든 것 끌어안"는 포용성을 스스로 갖는 내공을 확보하는 것이라는 인식이다. "이젠 돌아설 때다 흙의 빛깔로"라는 진술은 "끊으려 안간힘" 썼던 육지와 연결되는 길의 복권을 가리키는 것으로 해석된다. "더 깊은 바다로 끝없이 달아"(「근황」)나던 화자가 "흙의 빛깔로" "돌아서" 오는 복귀를 이루면 자폐적인 "이명"의 언어는 완전히 치유되지 않을까? 이렇게 보면, 이동백의 첫 시집 『수평선에 입맞추다』는 몽상적 상상의 유영을 통해 자신의 내적 심연의 세계를 가로질러 다시 의식적 현실계로 이르는 과정, 즉 어둡고 견고한 자폐의 상처를 건너는 역정으로 이해된다. 따라서 그의 다음 시집에서는 "슬며시 수평선 끌어당겨 입맞추면 / 지는 꽃 피는 꽃 / 나비처럼 나폴거린다"(「수평선에 입맞추다」)와 같은 성긴 관념의 언어들이 돌발적으로 떠오르는 경우도 점차 사라질 것으로 보인다.


## 5. 시적 세계관과 심미적 투시도

삼차원의 공간을 이차원의 평면상에서 표현해야 하는 회화에서도 원근법은 현실의 환영(幻影)을 재현하기 위한 것만이 아니라 화가의 정신적인 표현의 일환으로서 강조된다. 먼 것일수록 위쪽으로 겹쳐지게 하는 조감도법, 선이 멀어질수록 넓어지는 역원근법, 입체파 화가들의 다시점적인 대상 분석, 복수의 시점을 통한 심리적 착란의 유도 등의 회화기법은 단순한 표현기법의 차원을 넘어 화가의 미적 태도 및 예술적 성향과 연관된다.

시 장르 역시 이와 같아서 시적 원근법이 창작 방법론은 물론 미적 태도 및 세계관과 직접 연관된다. 이재무는 근경의 투시도법을 통한 현장의 리얼리티를, 나희덕은 부재의 감각을 향한 투시도법을 통해 견성의 미학을, 이동백은 내적 마음의 풍경을 향한 투시도법을 통해 자폐적인 이명의 언어를 노래하는 특징적인 면모를 보여주었다.

대체로 한 시인은 자신의 시창작 방법론의 패턴에 안주함으로써 새로운 변화의 계기성을 스스로 얻지 못하는 경우가 많다. 시적 주제의식과 세계관의 변화에도 불구하고 특정한 시창작 방법론의 틀 속에 안주함으로써 정작 성공적인 자기 갱신을 이루어내지 못하는 것이다. 따라서 이상과 같이 시적 원근법의 방법론에 입각한 탐색과정은 시적 거리와 소실점의 조정을 통해 자신의 미의식과 정서의 새로운 차원 변화의 출구를 찾을 수 있음을 새삼 환기시켜주는 계기로서도 중요한 의미를 지닌다고 할 것이다.

# 외로움과 묵시론적 예언
## —김지하 시집 『새벽강』

## 1. 집단적 영성과 신생의 길

김지하의 시세계는 지속과 변화의 생물학적인 자기 조직화 운동을 누구보다 활발하게 전개해왔다. 1960년대에 시단에 나온 이래 불온한 지배세력에 대한 직접적인 저항과 반역에서 불온한 세력까지 순치시켜 포괄하는 상생으로, 그리고 여기에서 더 나아가 생명과 평화의 길을 개척하는 문명적 통찰로 나아가는 깊고도 넓은 생명시학의 긴 여정을, 조금씩 몸바꿈을 하며 지속적으로 펼쳐 보여주었다. 특히 그의 시세계는 2000년대 들어 집단적 영성과 묵시론적 예언의 목소리가 전면에 부각되고 있음을 볼 수 있다. 1980년대 중반부터 본격화된 우주생명의 공동체적 상상력이 『화개』 『유목과 은둔』을 마디절로, '동이족의 상상력'에 대한 영성적 직관을 중심축으로 확산되고 수렴되면서 생명과 평화의 길을 향해 나아가는 면모를 도올하게 보여준다. 다시 말해, 그의 시세계는 이성적 사유보다 영성적 직관의 목소리가 표나게 드러나고 있다는 것이다. 물론 그의 시적 상상력은 기본적으로 일관되게 이성적 사유의 범주를 넘어 비가시적인 숨은 차원의 역동적인 심연을 지속적으로 호흡하고 있었지만, 특히 2000년대 들어 예언자적 지성과 더불어 깊은 영성적 통찰의 목소리가 전면에 도드라지고 있다는 것이다.

그렇다면 영성이란 무엇인가. 동양의 전통적인 세계관에서는 존재하는 '있음(有)'보다 부재하는 '없음(無)'이 더욱 중요하게 우선시 된다. 무극(無極)에서 태극(太極)이 유래하고 태극에서 오행(五行)의 분주한 걸음걸이를 거쳐 삼라만상이 생성된다고 설명한다. 없음이 있음의 시원이며 바탕이며 귀환지이다. 모든 존재의 있음은 없음에 둘러싸여 있다. 다석 유영모의 전언처럼 "꽃 한 송이가 아름다운 것은 꽃 주위에 허공이 있기 때문이다". 허공이 없다면 모든 존재자의 존재 자체가 불가능하다. 있음은 없음과 없음을 잇는, 잠시 있다가 없음으로 돌아가는 것에 다름아니다.

그러나 서양의 이성 중심적 세계관에서는 항상 존재자가 중심이다. 주관적이든 객관적이든 존재하는 것을 인식하는 것이 로고스 중심적인 이성의 생리이다. 그래서 서양철학에서는 무(無), 공(空), 허(虛)에 대한 논의가 거세되어왔다. 우리들에게도 서구적인 실증주의와 과학적 사고방식의 고착화와 더불어 존재자만이 강조되면서, 일상세계에서의 본성과 신성성은 실종되어왔다. 이제 우리에게는 잃어버린 무를 통찰하고 복권시키는 노력이 요구된다. 즉 가시적인 현존을 생성하고 규정하는 비가시적인 '활동하는 무'의 견성을 향해 집중해야 한다는 것이다. 바로 이 '활동하는 무'에 대한 통찰이 이성과 변별되는 영성이라고 정리해볼 수 있을 것이다.

김지하가 "신령이 와/말을 건다/아,/이제야/왔다//그러매 이젠/몸 안에 있는 눈들도/모두 열려라"(「八顯四隱」,『화개』)라고 스스로를 향해 전언하고, "너의 이름은/夷史/잃어버린 東夷族의/아득한 넋//내 마지막 삶의 밑둥이여!"(「夷史」,『화개』)라고 외치는 노래는 비가시적인 민족적 근원의 시간에 대한 영성적 통찰의 드러남이다. 그는 이러한 영성적 통찰을 통해 신생의 문명적 삶의 가능성과 징후를 찾아가고 있는 것이다. 이번 시집『새벽강』은 특히 영성적 통찰과 묵시론적인 예언의 목소리가 시적 형식미학과 내용가치에 대한 개진과 더불어 집중적으로 노래되고 있다.


## 2. '자발적 가난'의 형식과 외로움


김지하는 이번 시집에서 자신의 시창작 방법론과 미적 인식에 대해 집중적으로 개진하고 있다. 물론 그의 이와 같은 형식미학에 대한 개진은 시적 삶의 지향성과 직접 연관된다.

다음 시편에서는 그의 시창작 방법론의 미적 비경을 비교적 선명하게 엿볼 수 있다.


시.

잠에서
깨어날 때마다
새롭다.

잠은 블랙홀,
푸르른 신새벽에
나 홀로

초신성(超新星)으로,
쌔하얀 별로 다시금 태어난다
지난밤의

어지러운 꿈은
그러매 무너지며 창조되는
커다란 혼돈,
바로
시.

거기
흰 그늘이 서려
밤이 다 끝나갈 무렵

어두운 내 마음속에 문득
태어나 반짝이는

한 줄의
시.

—「시」 전문

　"한 줄의/시"가 탄생하기까지의 생물학적 과정이 드러나 있다. 시간적 배경은 잠에서 깨어나 "쌔하얀 별로 다시금 태어"나는 신새벽 무렵, 즉 "밤이 다 끝나"고 새로운 낮이 출발하기 시작하는 전환의 극점이다. 자정을 기점으로 음(陰)의 기운 속에서부터 면면히 신장해오던 양(陽)의 기운이 표면으로 돌연 외화되는 마디절인 것이다. 이러한 음양의 '두 날'이 교차하는 시각에 탄생하는 시란 "어지러운 꿈"의 무너짐, 즉 커다란 혼돈으로부터의 생성을 가리킨다. 이것은 "어두운 내 마음속에 문득 / 태어나 반짝이는" 충일한 빛으로도 표현될 수 있다. 이러한 국면을 정리하면, "한 줄의 / 시"는 "잠" "꿈" "혼돈" "밤" "어둠"의 계열체의 블랙홀이 폭발하면서 생성되는 "초신성(超新星)"의 눈부심과 같은 것이다. 이를 다시 표현하면, "한 줄의 / 시"란 카오스적인 어둠의 혼돈으로부터 탄생한 빛의 질서이다. 이때 생성의 주체는 감각화되지 않은 혼돈이다. 이러한 김지하 시창작의 혼돈으로부터 질서의 국면을 미학적으로 규명하면 "흰 그늘"에 상응한다.

"흰 그늘"의 시학이란 무엇인가? "흰 그늘"을 한마디로 요약하면, "그늘"이 "흰"으로 몸바꿈을 하는 역설적인 균형상태이다. "그늘"이란 이미 널리 알려진 바처럼, 판소리의 용어로 신산고초의 오랜 견인이나 피나는 독공에서 배어나오는 보이지 않는 소리의 기운으로서, 이를테면 한(恨)에 가까운 형질이다. 한편 "흰"이란 그늘을 견인, 창조, 비판, 추동하면서 생성하는 밝은 빛을 가리킨다. 즉 그늘의 어둠이 어둠을 통해 생성시키는 충일한 생명의 빛에 해당하는 것으로서 신명(神明)에 가까운 형질이다. 이렇게 보면 "흰 그늘"의 시학은 일단 '한의 신명' '신명의 한'으로 이해된다. 물론 이때 "흰 그늘"의 생성주체는 가시적인 "흰"보다 비가시적인 "그늘"이다. 위의 시편에서 읽을 수 있는 시창작 방법론의 비경 역시 "커다란 혼돈"에 강조점이 있다. 시적 생성의 주체가 감각적으로 드러난 '있음'이 아니라 드러나지 않은 숨은 차원의 '없음'임을 시사하고 있는 것이다.

그렇다면 '없음'이 소통할 수 있는 시적 형식미학은 무엇일까? 다음 시편은 이 점을 "자발적 가난"이라는 명제를 통해 명시적으로 보여준다.

이미지들의 범벅,
제유와 환유의 밀림에서
벗어나기로 했다.

말의
풍요는 범죄,
행갈이조차 하지 않는
현저한 유한을 보라.

저 줄글들!

뭐라 변명해도 변명되지 않는 것
끝없는 낭비의 쏘를 쏘를 이제는
헤어나기로 했다

말의
자발적 가난은
이제
시 이상이다

그것은
개벽,

벗어나 돌아가리라
가리라 돌아돌아가

—「가난」중에서

시적 화자는 "말의／자발적 가난"을 추구하고자 한다. 말의 가난이 시의 본체에 더욱 가깝게 다가서는 길이라는 것이다. "말이 많으면 자주 막히니 차라리 그 비어 있음을 지키는 것만 같지 못하다(多言數窮, 不如守中)"는 『도덕경』의 가르침을 환기시키는 대목이다. 여기에서 비어 있음을 가리키는 중(中)은 도(道)에 다름아니다. 말의 풍요는 오히려 그 풍요로움으로 인해 길(道)을 잃게 되고 도의 소통을 막게 된다.

따라서 "말의／자발적 가난은／이제／시 이상이다"라는 것은 말의 비움을 통해 창조적 여백을 열어놓음으로써 기운생동하는 우주적 도의 기운이 소통할 수 있다는 것이다. 이러한 정황을 달리 표현하면, "말의／자발적 가난"은 한 편의 시 속에 초월적인 타자의 음성을 용이하게 받아들이는 생명의 산 공간이라는 것이다.

한편 시의 형식미학에서 타자의 목소리와의 소통에 대한 인식은 서양의 시학에서도 결코 낯설지 않다. 주지하듯, 옥타비오 파스는 시 창작에서 '타자의 의지의 침투'에 주목한다. 시를 쓰는 행위는 상반되는 힘들의 얽힘, 즉 나의 목소리와 타자의 목소리가 합쳐져 하나가 되는 과정이라는 것이다. 이때 타자란 플라톤과 소크라테스의 경우, 신을 가리킨다. 플라톤은 시인의 열정과 몽환에 대해 "악마적 강신(降神)의 표지"라고 인식한다. 소크라테스는 『이온ION』에서 "시인은 열정의 포로가 되어 자신 밖으로 나오지 않고는 창조를 할 수 없는 가볍고, 신성하며, 날개 달린 존재이다. (……) 시인의 멋진 말은 그의 것이 아니라 신의 입이 그의 입을 통해 우리에게 들려준 것이다"라고 한다. 한편 아리스토텔레스는 『시학』에서 시적 창조를 자연의 모방으로 보고 있다. 그러나 그에게 자연은 혼으로 가득한 것, 살아 있는 유기체에 해당하는 물활론적 대상이다. 따라서 그의 논지에서 시는 "시 자체가 자신의 주인이며 혼이 깃든 자연과 시인의 영혼이 만나서 얻어지는 열매이다".

　이렇게 보면, "자발적 가난"의 시적 형식은 초월적인 우주적 기운의 동참과 소통을 위한, 시의 우주적 형식화로 정리된다. 이것은 또한 시적 삶에서도 그대로 적용된다. 채움과 풍요보다는 비움과 외로움이 시적 삶의 우주적 자아화로 나아가는 길이 된다. 이번 시집의 전반부를 감싸고 있는 적요한 외로움의 정서는 여기에 해당한다.

　일요일/텅 빈 거리/단성사 건너편의 종로3가//비인 내 마음/적료하다/배는 부르나/허기는 허기대로 그저/가득가득하다/비었다//아/가난하구나!

—「허기」 중에서

　시를/쓴다는 일은//그저/첫새벽에/일어나 오똑 앉는 그 일.//팔천대천 세계에/느을 혼자임을//새삼 깨닫는/바로//그 일.

—「시 쓰는 새벽」 중에서

　아무도 없는 곳에/혼자 있다//빈 마음이 울적해/참선에 든다//이월 매화 곁에 생각이 사니/눈서리 속에도 외롭고

—「혼자」 중에서

"허기"와 "가난"의 외로움은 가득할수록 더욱 "텅 빈" 허공을 만든다. 홀로 있는 "자발적 가난"의 허기와 외로움이 시집 전반을 허적의 적요로 물들이고 있다. 이번 시집의 생성주체는 비움과 외로움이라고 해도 과언이 아니다. "생명 밑에 살아 있는/공의 드러남"(「공空」)이 두드러진 현상이다.

## 3. 화엄적 자아와 묵시론적 예언

김지하의 시세계에서 외로움의 적요는 맑고 고요한 허공에 가깝다. 이를테면 "그림 하나/있다//그림 속에 잿빛 허공이 있고/마른 나뭇가지에 쬐그만/참새 한 마리 앉아 있다/그리고 나서는/아무것도 없다"(「허기」)는 소묘에서 보듯, 그의 외로움은 무채색의 "잿빛 허공"을 내면으로 불러온다. 자기 자신을 비롯한 존재의 실체를 비우고 지움으로써 문득 만나게 되는 텅 빈 적요이다. 들뢰즈의 용어를 빌리면, '기관들 없는 몸'이 되어가는 외로움이다. 즉 나르시시즘적 주체와 그를 둘러싼 허구적 존재들을 지움으로써 드러나는 텅 빔이다. 허구적인 주체의식은 '나'를 중심으로 주변의 모든 존재자를 규정함으로써, 나르시시즘의 성채 속에 안주할 수 있게 된다. 그러나 이러한 나르시시즘의 성채는 '타자의 의지'의 습합을 차단하게 된다. 그러나 '기관들 없는 몸'을 지향하는 자기 무화는 우주적 자아 혹은 화엄적 자아의 가능성을 찾는 것에 해당한다. '나'와의 결별을 통해 우주적 존재의 '나'와 만나는 형국이다.

　　차라리
　　귀신하고라도
　　함께 있어야 한다

　　어쩔 수 없이 혼자 있지만
　　느을
　　삶의 깊이엔 함께 있는 것

　　그러나 본디

100

몸이란
몸의 삶이란
애당초 혼자인 것

혼자서 함께
그것이
살아 있음.

그것이 또한
한
살림

한은
낱이요
온이요
관계이므로.

그러매 벗이여 벗이여

꼬옥
혼자 있어야 한다
혼자 살아
청청히 살아 있어야 한다.

—「한 살림」 중에서

시상의 흐름이 역설적이다. "차라리 / 귀신하고라도 / 함께 있어야

한다"는 것이 "꼬옥/혼자 있어야 한다"는 전언과 연속성을 이루고
있다. 함께 있음과 혼자 있음이 등가로 존재한다. 그러나 이 등가의
등식이 성립하기 위해서는 "삶의 깊이"를 확보해야 한다. "본디/몸
이란/몸의 삶이란/애당초" 안으로 닫혀 있는 "혼자"이지만, 그러나
동시에 "삶의 깊이"에서는 "함께 있는" 이중성을 속성으로 한다. 따
라서 외로운 개체로서의 깊이를 확보할 때 전체와 만나는 관계성이
열린다. 이것은 바로 "한/살림"의 기본논법이기도 하다. "한/살림"
에서 "한"은 "낱"(개체)과 "온"(전체)과 이 양자의 "관계"를 동시적으
로 포괄하기 때문이다. 마치 암소 한 마리라고 할 때, "한"이 소 전체
인 동시에 각 부분을 가리키기도 하고 아울러 이 양자의 관계인 것과
같다. 그리하여 "한"은 "한없이 넓고/끝없이 깊고/끊임없이 끊임없
이 변화하는 것"(「한」)이다.

　이러한 상황을 좀더 직접적으로 정리하면, 혼자 있는 비움과 적요
를 통해 "생명 밑에 살아 있는/공"(「공空」)을 열어놓음으로써 우주
적 전체와의 관계성을 회복하자는 것이다. 따라서 "혼자 있"는 외로
움은 고립된 자아가 아니라 일즉다(一卽多)의 연기론을 바탕으로 하
는 화엄적 자아의 가능성을 열어준다.

　이렇게 보면, 그의 시창작은 화엄적 자아의 산물이다. 그의 시편이
빈번하게 민족적 층위의 무의식을 묘파하는 집단적 영성을 드러내고
있는 배경도 이러한 문맥에서 이해된다. 이 대목에서 그의 "내 마음
의 즈믄 소식"(「두 개의 線」)에 귀 기울이면 다음의 시편을 만날 수
있다.

　　새벽 다섯시
　　한겨울

동쪽 향하고 앉는다

아직은 캄캄한 하늘
아직은 그저
신화일 뿐

떠오르지 않는 소문 속의 먼동

소문 속의
성배(聖杯)의
소명

기다림만이 아닌
일어나 동쪽으로 먼저 걸어감

더욱 어둡고
훨씬 춥고 또 괴로운

해맞이.

동트기 전 몇 걸음이 곧

꿈.

                                —「겨울 새벽」 전문

시적 화자는 밤의 어둠으로부터 스스로 어둠을 밀치며 떠오르는

"면동"의 기운 속에서, "성배의/소명"을 계시처럼 감득하고 있다. 물론 아직 "떠오르지 않"았지만, 그래서 "캄캄한 하늘"에 에워싸인 "신화일 뿐"이지만, 그러나 "성배의/소명"은 "소문"의 물살로 강렬하게 스며들어오고 있다. 그 소문의 강렬성은 시적 화자가 "기다림만이 아닌/일어나 동쪽으로 먼저 걸어"가는 몸의 움직임을 통해 확인된다. "해" 뜨기 전까지, "더욱 어둡고/훨씬 춥고 또 괴로"움을 느낀다. 신성의 체험 앞에서 느끼는 두려움과 숨막힘이다. "동트기 전 몇 걸음", 그 여명을 밀어내며 움트는 어둠의 음성에 귀 기울인다. 그것은 "성배의/소명"을 알리는 "꿈"결 같은 음성으로서 그의 시에 배어나오는 음성이기도 하다. "어지러운 꿈은/그러매 무너지며 창조되는/커다란 혼돈,/바로/시"(「시」)이기 때문이다.

  그렇다면 밤의 어둠에서부터 움터오르는 "성배의/소명"이란 구체적으로 무엇일까?


  오끼나와, 대만 더불어 탐라.
  오늘 동북아시아의
  고통스러운
  그늘.

  오늘
  그 그늘에 아아
  흰빛 외로이
  어슴푸레
  서린다.

  —「탐라한류耽羅韓流」 중에서


184

"탐라"의 오늘에서 "흰 그늘"의 미적 역동성을 감지하고 있다. "동북아시아의 / 고통스러운 / 그늘"의 역사가 "흰빛"으로 전이되고 있다. 그늘의 깊이가 이제는 새로운 미래를 밝히는 생명의 고양된 충일, 즉 빛의 자양으로 작용하고 있음을 보고 있다. 이것은 제목의 '탐라한류'가 시사하듯 동북아시아가 21세기 세계의 문예부흥을 선도하는 주체라는 직관을 바탕으로 한다. 물론 여기에는 앞으로 한류가 동아시아는 물론 기존의 서구문명의 한계를 충격하면서 생명과 평화의 길을 이끌어가는 역할을 수행해야 한다는 당위적 인식과 가능성을 바탕으로 한다. 그리고 이러한 새로운 문명의 원형으로 그는 "음양(陰陽)을 여율(呂律)을 / 태극(太極) 또는 궁궁(弓弓), 혼돈(混沌)의 질서(秩序)를"(「산」) 화두처럼 제시한다. 그는 이처럼 동아시아 고대 문명의 원형(아키타이프)을 향한 시간여행을 통해 미래의 문명적 비전을 찾아내는 통찰을 보여주고 있다. "그 바다 신시(神市) 얘길하다 / (……) / 바로 / 그 예감, // 바로 / 그 방향임을 소름 돋듯 / 깨닫습니다 // 이마가 / 문득 / 소슬합니다"(「탐라한류」)라는 언술들은 그의 입고출신(入古出新)의 영성적 혜안이 표출되는 순간의 감각적 표백이다.


## 4. 맺음말—시정(詩政)을 향하여

김지하의 시세계의 생성주체는 무(無)이다. 이것은 기실 모든 삼라만상의 속성이기도 하다. 무가 없다면 모든 존재는 불가능하다. "텅 빈 없음이라는 것 그것 / 생명은 바로 / 그 위에서 꽃피"(「평화에 관하여」)운다. 존재하는 것은 모두 없음에서 생성되고, 없음에 둘러싸여 있으며, 없음으로 회귀하는 속성을 지닌다. 그가 "자발적 가난"(「가난」)의 시적 형식화를 추구한 것은 바로 '없음'의 생성주체가 소통할 수 있는 창조적 공간을 열어놓는 일이다. 노자의 어법을 따르면 텅 비어 있으되 하지 않음이 없는(虛而不屈) 허(虛), 즉 "생명 밑에 살아 있는/공"(「공空」)의 경락을 열어놓는 것이다. 그리고 이것은 곧 시의 우주적 형식화라고 지칭해볼 수 있다. 왜냐하면 숨은 차원에서부터 일어나는 우주적 기운의 시적 참여를 위한 형식에 해당하기 때문이다.

김지하는 이와 같이 "자발적 가난"의 미적 형식과 이에 상응하는 외로움의 시적 삶을 통해 역설적으로 화엄적 자아를 찾아가는 모습을 보여준다. 그리고 화엄적 자아의 견성을 통해 숨은 차원의 민족적 무의식의 원형을 직시하고 이를 통해 미래의 문명적 비전을 감지하는 영성을 노래한다. 이러한 그의 시적 삶의 총체는 시정(詩政)의 추구로 집약되고 발현된다.


천둥에는

언제나
소수만이 대답한다

그때 그 가운데 있거든
대답 대신에
한 줄

시를 쓰렴

계면
숫계면

굵은 사내 울음소리

지둥.


시정(詩政)이다.

—「시정詩政」 전문


    시정이란 대중을 이끌고 교화하는 가장 높은 이념과정에 해당하는
정치와 시의 화학적 결합체이다. 대중이 '피동상태에 빠져 있을 때 그
피동을 능동으로 적극성으로 바꾸려고 하는 내적 움직임'의 노래가
시의 정치, 즉 시정에 해당한다. 죽음 전의 그 기인 긴 단소 소리/그
옛날/전추산(全秋山)의//쌔하얀 그늘,/그 숫계면(陽界面)(「허름하
고 허튼 글」)처럼, '남성적 비조(悲調)'의 감동적 격정을 통해 자신과
세상을 안으로부터 능동적이고 창조적으로 깨우고 추동하는 경지가
시정이다. 이렇게 보면, 시정은 생동하는 리얼리즘 문학의 가장 높은
단계라고도 할 것이다.

    시적 화자는 "언제나/소수만이 대답"하는 "바로 그 샘물//바로/그
예감"(「탐라한류」)을 "그 옛날" 단소의 명인 전추산이 스스로도 깊이
감화되었던 감동의 울림으로 노래하고자 하는 것이다. 이러한 시정에
이르면, 그의 시세계는 또 한번의 새로운 시의 산정에 오르는 모습을
보여주는 것이다. 이것은 김지하의 시세계뿐만이 아니라 우리 시사에
또하나의 새로운 시적 미학의 비석을 세운다는 점에서 "먼동"을 맞이
하는 새벽의 설렘을 느끼게 한다.

# 무(無), 출발과 회귀의 시원

## ─조정권 시집 『떠도는 몸들』

    조정권 시세계의 출발과 종착은 태초의 원형에 해당하는 '활동하는 무(無)'의 세계이다. 활동하는 무란 단순히 있음의 상대로서의 없음이 아니라, 모든 있음의 어머니이며 모든 있음이 회귀하는 세계이다. 그래서 이때의 무는 심원하고 풍부한 무형무한의 유에 해당한다. 일찍이 세계의 모든 존재를 유-무의 진동으로 바라본 장자의 화법에 상응하는 무인 것이다. 조정권은, 이와 같은 무의 세계를 십여 년 전까지는 가파른 산정을 향한 수직적 상상력을 통해 추구해나갔다면, 이번 시집에서는 수평적 상상력을 통해 추구하고 있다. 다시 말해, 그 동안의 그의 시세계의 형세가 '묘지' 같은 절대무의 세계를 절벽처럼 깎아지른 천상에서 견성하고자 하는 수직적인 상승곡선을 이루었다면, 십여 년 만에 간행하는 이번 시집에서는 지상의 도처로 떠도는 수평적인 여로형으로 나타나고 있다. 그래서 시적 화법 역시 차갑고 강인하고 비장한 산정의 어조에서 소박하고 나직하고 유순한 대지적 일상의 어조로 변모되고 있다. 그러나 물론 그의 시세계의 본령이 무의 시학에 바탕하고 있다는 점은 일관된다. 실제로 그의 시편들은 패권적 이념과 권력의지가 경쟁적으로 팽만해가던 시대에도 역설적으로 비움과 틈의 허공을 지향해왔다. 1980년대 중반에 간행된『虛心頌』을 비롯한 일련의 선적 미감과 정신주의의 시편들은 이 점을 또렷하게 보여주는 징표이다.

초기 시세계의 중심지대를 관류하던 '백지(白紙)' 연작의 첫번째에 해당하는 다음 시편은 조정권 시의 원적을 새삼 명징하게 확인시켜준다는 점에서 되살펴볼 필요가 있다.

> 꽃씨를 떨구듯
> 적요한 時間의 마당에
> 白紙 한 장이 떨어져 있다.
> 흔히 돌보지 않는 종이이지만
> 비어 있는 그것은
> 神이 놓고 간 물음.
> 시인은 그것을 十月의 포켓에 하루 종일 넣고 다니다가
> 밤의 한 기슭에
> 등불을 밝히고 읽는다.
> 흔히 돌보지 않는 종이이지만
> 비어 있는 그것은 神의 뜻.
> 공손하게 달라 하면
> 조용히 대답을 내려주신다.
>
> ―「白紙 1」,『詩篇』전문

"백지"란 아직 무엇으로도 채워지지 않은 텅 빈 여백이다. 다시 말해서, 있음이 지워진 없음이 아니라, 있음과 없음 이전의 없음이다. 따라서 백지는 모든 생성을 예비하는 창조의 산실이며 원형이다. "적

요한 時間의 마당에" 떨어진 "白紙 한 장"을 "꽃씨"에 비유한 것은 생성의 시원으로서의 백지의 존재성에 대한 강조이다. "시인은" 백지를 "밤의 한 기슭에 / 등불을 밝히고 읽는다". 그곳에는 "신(神)의 뜻"이 배어나온다. 물론 여기에서 신이란 종교적인 절대자를 가리키는 것은 아니다. 모든 삼라만상의 원적인 "太虛의 고요"(「산정묘지 8」, 『산정묘지』)를 가리킨다. 태허란 극이 없는 텅 빈 무로서 유한한 형태를 낳는 근원이다. 따라서 시인이 "백지" 위에 쓰는 시는 "無의 노래"이며 "無의 성숙한 열매"(「산정묘지 7」)라고도 할 수 있다. 그러나 무에서 생성한 유란 다시 무로 회귀하는 것이 그 본래의 속성이다. 우주의 모든 삼라만상은 대기 속으로 사라지는 숙명을 지니지 않던가. 조정권이 "時間 속에 時間을 중첩시키며 時間을 無名化하는 / 行爲 속에 行爲를 중첩시키며 行爲 자체도 無名化하는"(「白紙 4」, 『詩篇』) 작업을 반복적으로 노래하는 것은 무의 출발과 회귀로서의 존재성에 대한 명시적인 표현이다. 마치 삶의 과정을 더하는 것이 죽음의 정적에 이르는 도정인 것과 같은 이치이다.

이미 앞에서 언급한 바처럼, 이러한 출발과 회귀로서의 백지의 세계가 동서양의 철학적 존재론과 자연의 신성성을 섭수하면서 "얼음처럼 빛나"(「산정묘지 1」)고 견고한 수직의 능선을 펼쳐 보인 것이 『산정묘지』와 『신성한 숲』의 본령이었던 것이다. 특히 '산정묘지'에서 "산정"이란 "아직은 태어나지 않은 고요 / 아직은 태어나지 않은 시간 / 아직은 태어나지 않은 노래"(「산정묘지 9」)의 영토라는 점은 위에서 살펴본 생성의 근원으로서의 "백지"와 근원 동일성을 지닌다.

이번 시집에서 이러한 "백지"는 시적 자아의 마음속으로 들어와 일체화된다. 시집 표제작으로 등장하는 '이 마음의 걸(乞)'은 이를 암시적으로 보여준다.

190

어제는 잎 다 떨구고 있는 저녁 비
혼자 가게 했다.
거적뙈기 밑에 꺼져 있는 햇빛.
거 누구요,
거 뉘시요.
땅거미가 먼저 나와 있다.


이 마음의 걸(乞).


거적뙈기가 몸뚱어리로 보인다.
한눈파는 사이 세상엔 눈이 내렸다.
얼음밤세상으로 변해 있다.


이 마음의 걸(乞).


이 밤에 방금 받은 겨울 산문집,
그 속에 들어 있는
김지하 선생의 손을 쥐고 싶다.
먼저 걸어간 마음의 걸,
걸(乞), 그러나 뜨거운.
뜨거운, 행(行).


눈이 또 온다.
흰 눈 시체들 나를 밟고 지나간다.
더 밟아다오.
더 나를 밟아다오.

　"이 마음의 걸(乞)"이란 앞에서 살펴본 「白紙 1」에서 화자가 "포켓에 하루 종일 넣고 다니"던 "백지"가 마음 그 자체가 된 형국이다. "한눈파는 사이" 세상에 내린 "눈"의 풍광은 "적요한 時間의 마당에" 떨어져 있는 "白紙 한 장"에 상응한다. 눈과 백지 모두 아직 무엇으로도 채워지기 이전의 텅 빈 태허의 공간에 대응되기 때문이다.

　시적 배경은 나무들이 "잎 다 떨구고 있는" 수렴의 절기이다. 삼라만상이 외적 형상을 모두 거두어들이고 도저한 내성의 길을 추구하고 있다. 시적 화자 역시 스스로 자신을 비우고 낮추어 허랑한 "거적뙈기"의 더미로 객관화하고 있다. "한눈파는 사이 세상엔 눈이 내"려 "거적뙈기"는 백지 같은 흰색으로 덮여간다. "흰 눈 시체들"은 점점 더 두껍게 쌓인다. 흰 눈이 거적대기 위를 "밟고" 지나갈수록 시적 화자는 점점 더 백지의 원형에 가까워진다. 시적 화자 자신이 곧 "백지"가 되어버린 형국, 이것이 곧 "이 마음의 걸(乞)"이다. "마음의 걸(乞)"이란 노자의 무위(無爲)나 불교의 무념무상(無念無想)과도 상통한다. 무위나 무념무상에서 무란 소극적인 없음이 아니라 적극적인 창조적 행위로서의 의미를 지닌다. 즉 무위란 하지 않으면서도 못 하는 것이 없음(無爲而無不爲)을, 무념이란 생각하지 않으면서도 생각 못 함이 없음(無念而無不念)을 속성으로 한다. "마음의 걸(乞)", 즉 욕망과 집착의 덩어리를 비워내는 마음의 무명화는 왕래가 자유롭고 조금도 걸림이나 막힘이 없는 창조적인 근원의 진공상태를 가리킨다. 그래서 시적 화자 역시 "걸(乞)"을 가리켜 "뜨거운, 행(行)"이라고 규정하고 있다.

　이제 조정권은 스스로 춥고 허랑하지만 "뜨거운" "마음의 걸"을 단단히 견지하면서 "국내망명자"(「떠도는 몸들, 몸 둘 데를 모르고」)처럼 비장하고 진지한 자세로 일상적 삶의 안과 밖을 향한 여로를 떠난다. 즉 "마음의 걸(乞)"의 여로가 이번 시집의 본령이다. "이 마음의 걸(乞)"의 여로에서 만나는 인간사는 대체로 피로하고 어두운 표정을 드러낸다. 세상의 지배논리는 한 개인의 삶의 가치와 의미와 윤리를 수시로 탈취하고 마모시켜나간다.

① '내가 광주에 있었다면 벌써 죽었을 거요

　　(……)

　　어디 혼자 들어가 통곡할 만한 큰 방 없소?

　　수염 부축하며 배웅해드렸다

　　하늘이 살려놓은 저녁 해가 인사동 골목길에서 머리를 쾅쾅 부딪고 있다

　　혼자 통곡할 수 있는 방을 설계하는 건축가는 없다, 시인뿐이다

　　　　　　　　　　　　—「어디 통곡할 만한 큰 방 없소?」 중에서

② 한 번도 술과 장미의 나날을 들어볼 시간을 안 준 세상.

　　한 번 찾아가 봤어야 했는데.

　　벽제에나 가야

　　계실까.

　　　　　　　　　　　　—「떠도는 몸들, 몸 둘 데를 모르고」 중에서

③ 연소 불량의 하루 혹은 젊음.

　　빨리 타기를 기다리며

　　아니 빨리 타주기를 기다리다가

　　내 젊음은 무참하게 장미꽃들을 꺾으며 휘날려버렸다

　　　　　　　　　　　　—「새 꽃이 피어 있다」 중에서

위의 시편들에서 드러나듯, 조정권의 시세계에 등장하는 인간 삶은 대체로 어둡고 스산하고 음울하다. 물론 이러한 삶의 신산스러움은 시 ①의 경우에서처럼 구체적인 역사적 사건에 의한 것일 때도 있지만, 그러나 대부분이 세상사의 일상성 그 자체에서 기인한다. 그것은 마치 오랜 여행이 사람을 지치게 하고 "구두 속에서 살려달라고 애원하는/발등과 발가락"(「떠돌았던 시간들」)의 고통을 감내해야 되는 것처럼 자연스럽게 여겨진다. 그래서 이들에게 인생은 "허무와의 비행 기록"(「아데니움」)이며, 반복되는 "연소 불량의 하루"들이다. 또한 이 점은 그가 여행지에서 주로 만나는 고전적인 인물들의 경우에서도 동일하게 나타난다. 사십 년 고독을 감내했던 "발레리", 음독해서 죽은 "오스트리아의 시인 볼프강 헤르만", 마약중독자로 살았던 "게오르그 트라클" 등등의 어두운 표정의 인물들이 시집 도처에 거주한다.

그러나 조정권의 시편들에는 어디에도 비극적인 몸짓이나 목소리를 표나게 부각시키거나 강조하는 진폭이 도드라지지 않는다. 오히려 감정의 곡선은 지나칠 정도로 단조롭고 평이하다. 세계의 일상성을 향한 수평적인 여로형은 수직적인 상상력의 수사와 얼음처럼 차가운 명상의 언어를 휘발시키고 실온으로 상승시킨 것이다. 그럼에도 불구하고, "중세의 음울하고 몽환적인 늙은 길"(「떠돌았던 시간들」)의 풍경이 자연스럽게 배어나오는 것은 건조하면서도 나직한 산문적인 서술형의 통사적 반복을 통해 얻는 독특한 효과이다. 특히 비교적 장대한 형식을 지닌 「국내망명시인」 「떠도는 몸들, 몸 둘 데를 모르고」 「떠돌았던 시간들」 등에서는 산문적인 서술형의 건건함이 자아내는 이와 같은 독특한 분위기가 더욱 실감나게 감지된다.

한편 그의 시적 표현의 또다른 특징으로는 음악적 감수성에 있다. 그는 시적 대상의 풍경을 바라보기보다는 오히려 듣고 있다.

비엔나 숲속을 식물들의 요양소로 쓰고 있더군요
치매 걸린 시냇물이 흘려보내는 현악기의 음도 들었습니다
플루트 소리 나는 나이팅게일, 메추라기 울음 우는 오보에
뻐꾸기의 플루트 소리도 들었습니다.

―「무슨 일이 또 있었나요」 중에서


프라하의 밤은 둔중한 통주저음(basso continuo)을 낸다.
신은 이 도시가 인간처럼 변성기를 맞이하는 것을 슬퍼했을 것 같다.
도시의 음성을 오랜 세월 보존하려고 거세하고 싶었으리라
밤늦게 헤매는 늙은 전차는 바리톤? 수천 개의 외등은 테너?
넋 잃고 언덕에서 바라본 백 개의 첨탑은 피아노의 가장 높은 음인
$c^3$ 마이너?
화형당한 종교개혁가 얀의 동상이 있는 구광장은 잿빛 바닥에 내려
앉은 G음?

―「프라하의 음(音)」 중에서


대상을 '보다'와 '듣다'의 가장 큰 변별성은 무엇일까? 그것은 사물에 대한 인간 중심의 인식론적 벽을 넘어서서 사물의 사고와 감정의 세계에 대한 전일적인 소통과 연관된다. 다시 말해, '보다' 혹은 '묘사하다'가 사물의 실재를 반영하기보다는 주체 중심의 시각에서 재구성하는 속성이 강하다면, '듣다'는 사물의 진정성에 대한 직접적인 감득에 가깝다. "비엔나 숲속을 식물들의 요양소로 쓰고 있더군요 /치매 걸린 시냇물이 흘려보내는 현악기의 음도 들었습니다"(「무슨 일이 또 있었나요」) 등과 같은 시적 대상에 대한 음악적 감각은 메시지뿐만이 아니라 말로는 온전히 표현하기 어려운 영혼의 소리를 직접적으로 전달하기에 효과적이다. 물론 조정권의 시세계가 모두 음악

적 감성을 기반으로 하고 있는 것은 아니다. 그러나 이와 같이 마음으로부터 느끼고 공명하는 통감각적인 방법론이 그의 시적 주제의식을 형식미학의 변화와 의미 전달의 강약보다 정황을 통한 정서적 호소와 환기력에 가깝게 한 것으로 보인다.

한편 조정권의 이번 시집의 주조음을 이루는 어둡고 스산하고 음울한 음조는 마침내 "죽음"의 이미지와 연결된다.


① 바람과 비와 먹구름들을 실어나르는 하오의 언덕

　태어나 햇빛 쏘이며 사랑하며 거닐었던 처음의 장소는

　시간은 무르익을 대로 익은 포도밭으로 변해 있다.

　나를 리어카에 실어다 검은 포도와 함께 불사를 때가 되었다.

　　　　　　　　　　　　　　　　　　—「시인의 생가」 중에서


② 말은 딸랑방울 소리를 내고 싶다.

　도끼자루를 힘주어 잡았던 시간의 힘을 소리내고 싶다.

　이제 말은

　시간 속으로 도주해버린 마차를 찾아다닌다.

　마차에서 굴러떨어진 외투는 시인의 것이리라.

　　　　　　　　　　　　　　　　　　—「밑생각들」 중에서


시간의 물결이 쓸고 간 뒷자리는 항상 적막 같은 죽음을 남긴다. 모든 생명은 "시간 속으로 도주해버"리기 때문이다. 시 ①은 시적 화자 스스로 자신을 "리어카에 실어다" 불사르는 추수한 이후의 "검은 포도"와 동일시하고 있다. 이미 자신의 삶이 "하오의 언덕" 기슭에 이르고 있으며, 그래서 "태어나 햇빛 쏘이며 사랑하며 거닐었던 처음의 장소는" 이미 "무르익을 대로 익은" 늦가을로 변했다는 것이다.

시 ②역시 마찬가지로 시간의 흐름을 노래하고 있다. 시간의 흐름은 말과 마차의 연결끈을 점점 녹슬게 하여 마침내 분리시키는 결과를 가져온다. 그래서 그 마차에 타고 있던 사람은 "굴러떨어진 외투"의 흔적으로만 남게 된다.

이외에도 「도곡리의 주검노래」「아데니움」「두 개의 주검노래」「굴다리 밑」「국도」「양파」등 많은 시편에 죽음의 그림자가 짙게 파고 들어와 있다. 그렇다면 그의 시세계에서 누구에게나 찾아오는 죽음의 실체는 과연 무엇이라고 정리할 수 있을까? 이러한 물음 앞에 시인은 다음과 같은 시편을 쓰고 있다.

옷을 잔뜩 껴입고 사는 여자가
모임에 나오곤 했었지
어찌나 많은 옷을 껴입고 사는지
비단을 걸치고도 추워하는 조그마한 중국 여자 같았지

옷을 잔뜩 껴입고 사는 그 여자의 남편도
모임에 가끔 나오곤 했었지
남자도 어찌나 많은 옷을 껴입고 사는지
나온 배가 더 튀어나온 뚱뚱한 중국 남자 같았지
그 두 사람 물에서 건지던 날
옷 벗기느라 한참 걸렸다네

―「양파」 전문

삶이 "옷을 껴입"는 것이라고 한다면 죽음이란 옷을 벗는 것으로 규정된다. "비단을 걸치고도 추워"했으나 이제는 그것을 하나하나 양파를 벗기듯이 스스로 벗는 것이 죽음인 것이다. 물론 이렇게 보면,

삶의 과정이란 처연한 "허무와의 비행 기록"(「아데니움」)에 다름아니다. 그러나 "나온 배가 더 튀어나"오게 하는 거추장스러운 짐 같은 옷들을 벗어버리는 해탈의 가벼움이 또한 죽음이기도 하다. 그래서 죽음은 태허에 이르는 무위의 세계와 친연성을 지닌다. 위의 시편은 노자가 무위의 도(道)에 대해 말했던 "세상에서 말하는 배움을 행하면 매일 더해간다. 그런데 도를 행하면 매일 줄어든다. 줄고 또 줄어 무위에 이르게 된다(爲學日益, 爲道日損, 損之又損, 以至於無爲)"는 잠언을 환기시킨다. 이 점은 조정권의 시세계에서도 마찬가지여서 죽음이 처연한 비극적 운명의 대상만이 아니라 지극히 고결하고 평온한 자재로움의 세계로도 나타난다.

① 돌 밑 숨소리 들려온다 내 음악은 이런 것이다
    맹인 파이프오르가니스트 헬무트 발햐가 육중하게 페달을 밟으며
내 가슴에 손을 얹고
    내 몸을 연주하도록
    나는 저녁이면 하얀 시트 위로 눕는다
    첼로 이전의 원전악기(元典樂器)인 비욜로
    나를 해독하도록
                          —「주검노래 초(抄)」 중에서


② 오라는 예술원 회원 절래절래 흔들고
    문 닫아버린 성북구 동선동 구용(丘庸) 선생
    한옥집 대문 두드려보면 숨을 것 같다
    산 채로 썩어간 고산 송이 같은 향
                           —「동선동 송이」 중에서

위의 시편 모두 죽음이 각각 가장 평온한 안식이며 고매한 정신으로 변주되고 있다. 시 ①의 제목은 '주검노래'이지만 실제 내용은 음악 감상에 심취하고 있는 정적의 시간이다. 죽음은 이처럼 열반 같은 행복이기도 한 것이다. 시 ② 역시 죽음 같은 삶의 정적에 대한 예찬이다. 이와 같이 죽음의 고요는 삶의 성소이며 좌표가 되기도 한다. 그것은 죽음이란 바로 모든 존재의 원형에 해당하는 무의 세계에 다름아니기 때문이다. 무란 이미 앞에서 누차 강조했던 것처럼 존재하는 유형의 창조적인 근원이며 산실이다. 이것은 마치 텅 빈 허공의 "구름이 눈 뿌리는" 이치와 상통한다.

> 더 가보아도 구름밖에 없다오
> 구름이 눈 뿌리는 걸 보니
>
> —「눈의 흔적」 중에서

조정권의 시세계에서 "구름이 눈 뿌리는" 상황에 대한 노래는 그의 시적 기저음을 이루는 음울한 죽음이 죽음으로 그치지 않고 강한 생명력으로 선회할 수 있는 한 가능성을 시사하고 있는 것으로 읽힌다. 그의 시세계에 자주 등장하는 "선인장"을 비롯한 식물적 이미지들이 그 구체적인 징표이다. 그의 시세계에서 "선인장"은 일관되게 강력한 생명력의 화신으로 등장한다. 선인장의 생명력은 "흙 나르는 수레바퀴에 구멍을 내"(「금호철화」)기도 하고, "바위를 굴복시킬 듯한 어마어마한"(「장군선인장」) 체격을 자랑하기도 한다. 인간은 자신이 그린 "그림을 시멘트로 덮고 또 덮"으며 자취도 없이 소멸되어가도 "사막 장미는 짐승의 내장 속에 고인 핏물에 뿌리내리며/더 강하고 진한 꽃을 피워"(「아데니움」)낸다. 시적 화자는 바로 이와 같은 "선인장 농원"에서 구해온 "공작선인장과의 여러해살이 풀"을 "입동(立冬) 지나면서는 베란다에서 안방으로 들여놓고 같이 살고 있다".(「월하미인 月下美人」) 시적 화자는 세월과 더불어 "시간 속으로 도주해버린 마차"(「밑생각들」) 속에 갇히어 사라진다 해도 "공작선인장과의 여러해살이 풀"은 지속적으로 왕성하게 살아갈 것이다. 선인장은 곧 "오래된 미래"(「오래된 미래」)이다. 그래서 시인은 "선인장 기르는 법을 깨우"친 사람을 가리켜 "도인"(「도인道人」)이라고 지칭하기까지 한다. 선인장의 생육은 "오래된 미래"의 운행원리에 해당하기 때문이다. 이번 시집 전반의 정서적 분위기가 대체로 겸허하고 누추한 "마음의 걸(乞)"의 기운을 유지하고 있으나, "선인장"을 비롯한 식물들은 지속적으로 강인한 생명력과 놀라운 적응력의 표상으로 그려지고 있다. 이 서로 다른 변별성은 어디에서 연원하는 것일까? 여기에 대해 시인은 "遺骨에 핀 노오란 꽃!"을 보여주고 있다.

> 마야 유적이 있는 치첸이사 광대한 용설란밭이
> 옛 도시가 묻혀 있던 자리라 한다
>
> (……)
>
> 닫아도 닫아도 열리는 지린내
> 길가에 뒷간문처럼 열어놓는 지린내들
> 이 지린내들만이 멸종을 면했다
> 遺骨에 핀 노오란 꽃!
> 卵白색 꽃들
> 乳白색 꽃들
> 灰白색 꽃들
>
> —「꽃의 유골」 중에서

"마야 유적"지대의 "옛 도시가 묻혀 있던 자리", 즉 인간사가 완전히 사라진 텅 빈 자리에 꽃들이 강렬한 향기를 뿜어내며 피어 있다. 즉 "노오란 꽃!/卵白색 꽃들/乳白색 꽃들/灰白색 꽃들"이란 "백지" 화된 마야 유적지 고대도시의 노래이며 열매이다. "遺骨", 즉 그 무의 심연이 "꽃들"의 강렬한 생명의 근원이며 원형이다. 이렇게 보면, 조정권 시인이 굳이 선인장에 지속적으로 관심을 드러내는 것은 사막지대의 식물이란 점과 무관하지 않을 것이다. 사막은 삶과 죽음이 교차하는 혹은 그 이전의 영도(零度)의 지점에 해당하는 무의 세계의 대표적인 표상이다. 또한 인간 삶보다 식물의 생명력을 절대우위에 두는 데에는 자연의 질서와 대비되는 인간세계의 인위적인 지배질서의 반생명성과도 무관하지 않을 것이다.

결국 이번 시집의 중심부를 관류하는 "마음의 걸(乞)"의 여로는 유한한 삶의 끝자리에 해당하는 무의 심연에 대한 직시와 더불어 바로 그곳으로부터 기운생동하는 생명적 탄생의 힘을 감득하고 있다고 정리된다. 다시 말해, 그는 이번 시집에서 삶의 출발과 회귀점으로서의 무의 심연을 수평적인 여로형의 상상력을 통해 관조하면서, 동시에 우리들에게도 이를 일상적인 눈높이에서 직시할 수 있도록 펼쳐 보여주고 있는 것이다.

# 간절한 시간의 기억

## ─김정환 시집 『레닌의 노래』

김정환은 근자의 우리 문학사에서 전방위적인 다산성의 상징이다. 그는 이미 삼십여 권에 이르는 시집을 포함하여 백여 권에 육박하는 소설집, 평론집, 다채로운 인문교양서 등을 간행하였다. 그는 언젠가 "여기까지 온 것은 역사이다. 설마 반복/뿐이라고 철길 멀리 뻗어 있는가"(「철길 1」, 『텅 빈 극장』)라고 직접 노래한 바도 있거니와, 스스로 철길을 달리는 기관차처럼 부정과 변혁의 시대정신을 강렬하게 노래하며 등장한 이래, 1980년대는 물론 회의와 허무 속에 침몰해 있던 1990년대의 세기말과 새로운 세기로 넘어온 2000년대에도 그의 문학적 삶의 질주는 지속되고 있다. 그리하여 그의 문학적 연대기는 그 자체로 1980년대 이래 숨가쁘게 전개된 우리의 전환기의 '역사' 그 자체로서 존재하게 되었다.

그렇다면 이와 같이 1980년대 시대정신의 중심을 관통해온 그의 문학세계가 이른바 세기말과 2000년대에도 지속적으로 행진할 수 있는 원동력은 무엇일까. 이에 대한 대답의 한 실마리는 다음과 같은 그의 시집 『순금의 기억』(1996)의 후기에서 어느 정도 엿볼 수 있다.

"20세기의 역사. 나와 나의 전생이 겪은 20세기 사. 도대체 뭐가 잘못된 거지? 그런 질문을 나는 던져보고자 했다. 그런데 그 질문과 대답 사이에 시적으로 열려 있는 창, 창들이 보인다." 그는 자신이 전생을 걸고 추구했던 20세기의 시대정신에 대해 스스로 반추하고 질문하면서, 이를 넘어서 "시적으로 열려 있는" 새로운 "창"을 찾고 있었던 것이다. 다시 말해, 그의 시창작을 비롯한 방대한 인문학적 글쓰기의 원동력은 인류사에서 가장 이념적 실험과 격변으로 얼룩졌던 20세기에 대한 응전과 성찰, 그리고 신생의 출구 찾기를 위한 모색의 결과물인 것이다.

특히 그가 추구하는 "시적으로 열려 있는 창"으로 나아가기 위한 지난 시대에 대한 "질문"의 양식은 기억의 시간의식이다. 실제로 그의 1990년대 후반 이래의 시편들은 주로 지난 연대기에 대한 기억의 열기에 의해 생성되고 있는 것으로 보인다. 이 점은 지난번 시집 『하노이 서울 시편』(2003)에서 전면에 표나게 드러났던바, 베트남 하노이의 풍경 속에서 자신의 "어제의 오늘"의 초상을 헤집고 다니는 분주한 여정을 보여주었던 것이다. 다시 말해, 그는 한국의 1960, 70년대와 흡사한 하노이의 풍경과 베트남 친구들과의 해후를 통해 과거의 자신의 삶을 다시 체험하고 있었던 것이다. 이번 시집 역시 간곡한 시간의 기억이 시집 전반을 생성시키는 동력으로 작용하고 있다.

기억은 순수지속으로서의 시간의식이다. 과거는 결코 되돌아올 수 없는 시간의 화석이다. 그러나 그 과거와 함께 묻혀 있는 기억은 지각과 이미지의 현현을 통해 현재적 지평 속에 소생된다. 실제로 인간의 의식은 항상 기억을 바탕으로 한다. 과거의 기억이 작용하지 않는 현재는 없다. 베르그송에 따르면 기억의 양식은 운동기제의 형태와 독립적 회상으로 변별된다. 행위와 연결되어 표면화되는 형태는 습관적 기억에 속하고, 의식 속에 표상으로 저장된 과거는 순수기억에 해당한다. 물론 이들 두 가지 유형의 기억은 상호보완적이다. 순수기억은 과거를 저장해두고 습관적 기억은 그것을 현재 속에서 재생하여 행동으로 옮긴다. 과거는 심상과 감각을 통해 순수기억의 상태를 벗어나면서 현재화되는 것이다.

김정환은 기억의 시간의식이 "지워지는 것은" 지난 삶의 의미와 가치가 "짓밟히는 것"이라고 믿는 것으로 보인다. 그래서 그는 "생계와 화해한 만큼만" "가난하고 안온"한 현재에 함몰되는 현실을 볼 때, "화음의 광채로만 남"았을지라도 "인간의 조직이 일순 너무나 아름다웠던/시절"(「레닌의 노래」)을 환기한다. 이처럼 그에게 기억을 불러내는 출발점은 현재이고, 현재 행동의 감각-형태적 요소는 기억의 힘을 통해 활력을 부여받는다. 다시 말해 그에게는 지난 1980년대, "희망의 나이"(『희망의 나이』)였던 시대, 바로 "그것이 기억의 씨줄과 날줄을 이루고//마음의 수첩을 채우고/단아(端雅)의 기념비를 세"울 때 "멀쩡해지는 시간이"며 "삶의 폭압을 감당하는 시간이다".(「멀쩡해지는 시간」) 이렇게 보면, 특히 이번 시집에서 빈번히 등장하는 조시(弔詩)와 비문(碑文)은 지난 시간의 기억을 현재적 지평 속에 영원히 소생시키기 위한 장치이기도 하다. 따라서 그의 시적 언어는 과거와 미래 사이에서 움직이고 있는 경계이며, 영향을 미치는 대상과 반응하는 대상 사이에 있는 전도체이다.

먼저 다음 시편에서는 현재화되기 이전의 순수기억의 존재양상을 만날 수 있다.

어항 속 천장은 높지만.
추억의 사진 속은 깊고 깊지만.
낯익어서 감동적인
불후의 명곡이여

유년에서 지금에 이르는 내 혼신의

명함을

빨랫줄처럼 흔들어다오.

삶과 죽음의 관계가

영원과 종교의 그것보다

아름다울 때까지

—「어항 속」 중에서


　과거란 이미 현재 속에는 없고 현재는 과거가 아닌 모습으로 존재
한다. 이 과거와 현재, 즉 무(無)와 현재를 연속시키는 것이 기억이
다. 과거와 현재의 연속이라는 것은 자연과학적인 객관의 시간에서는
볼 수 없으며, 오직 체험적 시간에서만 찾을 수 있다. 물론 이 체험적
시간은 기억을 통해 존재한다. 기억은 무인 과거의 현존재를 가능하
게 하는, 다시 말하면 과거의 존재근거이다. 또한 기억의 행위는 과
거를 현재 속에 견인하는 의식작용이다. 그래서 현재는 존재가 아니
라 지속적인 생성이다.

　이 시편은 "천장"이 "높"은 "어항 속"으로 표상되는 "추억"의 처소
에 대한 묘사로 시작된다. 현재의 지층 아래 잠복하는 "추억"은 아름
답고 추함을 떠나 "낯익어서 감동적"이다. 시적 화자는 "유년에서 지
금에 이르는 내 혼신의/명함을/빨랫줄처럼 흔들어다오"라고 노래
한다. 이것은 자신의 추억의 현재화에 대한 갈망이다. 시적 화자는
추억과의 현재적 대화가 지속될 때, 현실 속에서 "삶과 죽음의 관계"
를 "영원과 종교의 그것"처럼 넘어설 수 있는 길을 찾을 수 있으리라
생각한다. 자신의 추억이 현재의 의식의 흐름 속에 "불후의 명곡"처
럼 가세하길 바라는 것이다. 그것은 그 자신이 "오래된/몸의 기억
이" 탁월한 "기악의 선율"과 "절창"(「그리스 고전비극」)을 낳는 원동

력이라는 것을 잘 알고 있기 때문이다.

그렇다면 그의 "추억"의 실재와 가치는 무엇일까? 이러한 물음 앞에 다음 시편이 비석처럼 놓인다.

생각해보면
역사가 발전을 안 해왔던 것은 아니다
헐벗음은 바뀌었다 의상뿐 아니라
의미도
헛된 것은 없다 처절한 죽음도 죽음의 영역을 넓히지 않고
우리 가슴에 역사의 무지개로 스며들었다
그리고 약동한다 밤은 수십만 촛불시위를 화려하게 장식한다

생각해보면
울화가 우리를 크게 좀먹어왔던 것은 아니다
슬픔도 억울할 것은 없다 슬픔 끝에 성취된
보람을 끝내 슬픔으로 아름답게 한다

따져보면
희망이 빛을 바랬던 적은 없다
희망은 역사 바로 그만큼
고전적으로 젊어져왔다
젊음의 고뇌와 역사의 고뇌가
중첩되는
시대를 우리는 지나왔다
그리고
시대는, 젊음은, 시대의 젊음은

그것으로 더욱 찬란하다.

그리고, 그러므로, 그러나,

정치가 우리들 봄날의 대지를 갈아엎는
아름다운 미래 전망이던 때가 있었다

(······)

한 사람의 죽음이 우리 모두를 진지하게 만들던
때가 있었다.
　　　　　　　　　　—「그리고, 그러므로, 그러나」 중에서

"그리고, 그러므로, 그러나"로 이어지는 삼단논법의 접속사를 통해 현재를 생성하는 질료로서의 과거의 의미가 제기되고 있다. "처절한 죽음"이 "죽음의 영역을 넓히지 않고" "역사의 무지개"를 만드는 질료였다. "울화" "슬픔" "고뇌" 역시 중첩되면서 절망적인 어둠을 심화시키는 것이 아니라 오히려 그것으로 더욱 "찬란"해지는 동력이 되었다. 지난 시대의 저항과 번뇌의 고통이 고통의 연속에 머물지 않고 현재와 미래를 인도하고 밝히는 등불로 작용하고 있는 것이다. 그래서 역사는 노화되지 않고 "고전적으로 젊어져왔다".

여기에 이르면, 김정환의 기억의 시간의식에 대한 집중적인 탐색의 의미를 알 수 있다. 그에게 기억의 양식은 과거에 대한 조망을 통해 현재와 미래를 총체적으로 인식하고 통찰하는 방법론인 것이다. 이를테면 "한 사람의 죽음이 우리 모두를 진지하게 만들던 / 때가 있었다". 바로 그 기억의 역사는 이 땅의 진보를 열어놓는 영원한 계기이다.

전태일. 그는 노동을 위해 그리고, 사랑을 위해 이곳 평화시장으로 돌아왔다. 그는 우리 모두를 변화시켰다. 그가 죽은 것이 아니다. 사회의, 우리 안의 죽음을 그가 태워버린 것이다. 그의 삶으로 피비린 눈물과 찬란한 전망의 비극적인 관계가 극복되었다. 그의 불꽃으로 가장 촉촉한 눈물이 태어났다. 그의 죽음으로 가장 위대한 노동이 태어났다. 그의 사랑으로 가장 실천적인 지도력이 태어났다. 그의 귀환으로, 가장 아름다운 미래 전망이 태어났다. 그의 삶과 죽음은, 생각할수록, 희망의 규모를 거대하게 하고 아름답게 한다. 그의 빈자리는 검고, 그의 자리는 빛난다. 전태일. 그의 이름은 희망이다. 2005년 10월 1일

—「흉상 글—전태일」 전문

청계천 복원과 함께 조성된 '전태일 거리'는 간절한 시간의 기억이 "우리 모두를 변화시"켜온 역사적 추동력으로 작용해온 과정을 집약적으로 환기시킨다. 전태일의 분신은 그 자신의 죽음이 아니라 우리 자신의 내부와 사회에 스며 있던 죽음의 그림자를 태운 것이었다. 그리하여 그의 죽음으로 "가장 위대한 노동"과 "실천적인 지도력"과 "아름다운 미래 전망"이 태어난 것이다. 이것은 또한 전태일 흉상이 현재는 물론 미래 지향적인 노동과 사랑의 바람직한 지표로서 빛을 발한다는 것을 가리키기도 한다. 그래서 "그의 이름은 희망이다".

한편 다음 시편 역시 "묘비명"이 과거의 유적이 아니라 살아 있는 현재라는 점을 환기시킨다.

너의 해맑은 얼굴에 독재는 피비렸고 해맑은 표정에 우리들은 푸르렀다 네가 해맑은 소문과 이름과 기억만 남기고 떠난 지 십 년, 세상 혼탁해지고 해맑음 제 혼자 신명났느냐 해쓱해졌느냐, 어지러웠느냐, 차라리 백혈병으로 번졌으니, 우리가 예전의 푸르름을, 그 표정을 되

찾는다면 너는 다시 살아오겠느냐 곡(哭), 성엽, 네가 다시 살아오겠느냐 청명한 가을 하늘에 너를 묻으니 구름 걷힌 날마다 기억하리라. 2005. 10. 5. 민주화운동가 홍성엽 영면.

—「묘비명 2」 전문


"떠난 지 십 년"이 된 '너'는 "다시 살아오"지 못한다. 그러나 너의 죽음은 "기억"을 통해 재생된다. "구름 걷힌 날마다 기억"을 통해 거듭 부활한다는 것이다. 그래서 '너'는 늘 우리 시대의 역사적 삶에 선도적으로 동참한다.

한편 그의 기억의 시간의식이 항상 현재의 역사와 긴밀한 대응관계를 지니는 것만은 아니다. 때로 그는 추억 그 자체를 향유하는 면모를 보이기도 한다. 베르그송의 시간의식에 따르면 이러한 유형은 몽상가로 분류된다. 그에 따르면, 과거의 시간의식과 공명하지 않고 현재 속에서만 사는 사람이 충동인이라면, 과거 그 자체의 향유에 경도되는 경우는 몽상가이다. 실제로 김정환의 시세계에는 몽상적인 정황을 통해 자신만의 닫힌 차원으로 실종되듯 사라지는 경우가 출현하기도 한다.

다음 시편은 이러한 현상을 체험적으로 보여준다.


정거장에서 둔중한 옷을 입은 버스들이 수십 대 이어질 뿐
꿈쩍을 않고 승객만
먹고 토해내고 꾸역
꾸역꾸역 신호등도 소용없고 비 내려도 소용없고 삼십 분을 넘게
꾸역대다가 가까스로 택시를 타고 양화대교를 넘는데,


천지사방

안개밭에 갇혔다.

여기가 어디지?

(……)

안개 속 더 아스라한 안개 산과 들 사물의
풍경도 소용이 없다.
완벽한 이차원이다.

그 갇힘을 내가 갑갑해하지
않는 나의 갇힘 같아서
압권이다.

이명박 서울시장이……
소용없이 달뜬 라디오 여자만 아니라면

그 실종을 내가 헤매지
않았다, 안개밭.

　　　　　　　　　　　　　　　—「안개밭」중에서


　시적 화자는 지극히 일상적인 현실 속에서 갑자기 "천지사방/안개
밭"으로 실종되고 만다. 그는 서울의 엄청난 난개발의 후유증과 혼잡
에 숨막힐 때 "안개밭" 속으로 갑작스럽게 미끄러져들어간다. 그곳의
지형은 "천지사방/안개밭"처럼 사위가 막힌 "완벽한 이차원"이다.
그러나 여기는 "갑갑"하지 않다. 그 이유는 거대도시의 일상성처럼

210

타자에 의한 "갇힘"이 아니라 "나의 갇힘"이기 때문이다. 여기에서 "안개밭"의 "이차원"이란 현실과 단절된 몽상의 세계와 가깝다. "안개"란 시계로부터 모든 사물의 형체와 풍경을 무화시키기 때문이다.

이와 같이 현실로부터 일탈된 공간으로서의 "안개밭"은 기본적으로 김정환의 시세계의 기반을 이루는 간절한 기억의 시간의식과 동일한 계보에 놓인다고 할 것이다. 이를 좀더 구체적으로 말한다면, "안개밭"의 "이차원"은 "공간의 목적지"로서의 "시간"과 "시간의 기억"에 해당하는 "공간"으로서 "동양과 서양 사이를 메우듯/일상과 신비 사이를 중첩하듯/하나씩 떨어진 음표들이 흐르"(「고층에 길들여지다」)는 이차원의 평면지대와 유사한 형상을 환기시킨다는 것이다.

그의 이와 같은 일탈적인 정황 속에서 돌발적으로 전개되는 기억의 시간의식에는 대체로 낭만적인 서정성이 표나게 드러난다.


레닌은 어디에, 레닌은 어디에?
그 질문은 결코 메마르지 않는다
마치 그가 울음의, 실종의, 그리고 질문의
보편이라는 듯이
그것만이 법칙이라는 듯이
아직도 표정은 지워진다
물결도 지워진다
아직도 풍경은 지워진다
거리도 건물도 지워진다

—「레닌의 노래」 중에서


내 여생의 기억에 잠깐 묻어난
숨결보다 가벼운 여자.

옷깃이 스친 인연보다
희미한 여자

그 여자가 이제 와서 생생하다.

눈도 코도 없이 애매한
목소리의 정처도 없이
냄새의 정체도 없이

그냥 '그 여자'만 생생하다

우연은 중력보다 더 총체적이라는 듯이

나는 괜히 궁금하다

하나님이 시간 밖에서 안녕하신지.

—「새로운 여자」 전문


　이들 시편에서 기억의 시간은 현재와의 강한 대응력을 지니지 않
는다. "레닌은 어디에, 레닌은 어디에"라고 반복하는 "레닌의 노래"
가 "보편"이며 "법칙이라는 듯이" 거리를 메우는 풍경을 환각처럼 느
끼고 있지만, 그것의 오늘날의 의미와 가치는 제기되지 않고 있다.
"한국형 천민자본주의"의 복잡하고 다양한 오늘의 현실 앞에서 "레닌
의 노래"는 미래의 희망으로 가슴 설레던 시절에 대한 향수 차원의
이상일 수 없다. 그러나 물론 이러한 시편들은 사라진 열정과 꿈이

뿜어내는 소멸의 미학과 감응을 전이시키는 데 성공하고 있다. "내 여생의 기억에 잠깐 묻어난/숨결보다" 가볍고 "옷깃에 스친 인연보다" "희미한 여자"에 대한 기억 역시 이 점은 마찬가지이다. 현재의 지층 아래에 표상으로 저장되어 있던 순수기억의 "우연"한 외화이다. 지나간 연대기가 주는 막연한 위안과 그리움의 미감이 전면에 부각되고 있는 대목이다.

이렇게 보면, 그의 기억의 시간의식은 당대적인 역사적 대응력을 긴밀히 지닐수록 정론적인 사유에 가까워지고, 지난 시대에 대한 향수 그 자체에 경도될수록 낭만적인 서정성이 확장되는 것으로 보인다. 특히 전자를 대표하는 「이 사람—김진균 정년퇴임을 맞으며」 「미술가들, 그날, 세상은 아름다움뿐」 「흉상 글—전태일」 「명판 글」 「묘비명」 등의 기념시편은 과거의 현재화의 의미가 선형적인 논리성을 바탕으로 개진되고 있음을 볼 수 있다. 순수기억과 습관적 기억이 서로 엇섞이면서 좀더 자연스럽게 상호보완적인 관계를 이루어나갈 때, 김정환의 시편은 "사회성과 서정성 사이의 거리를 좁히는 것", 더 나아가 "사회적 서정의 수준을 높이는 문제"(「후기」, 『희망의 나이』)를 차원 높게 성취할 수 있을 것이다. 또한 그의 이번 시집의 주조를 이루는 기억의 시간의식이 과거의 현재화뿐만 아니라 미래 속으로 파고들어가는 모험적인 양상을 보일 때 더욱 큰 시적 가능성을 열어 놓을 수 있을 것이다. 이때 그의 시세계는 과거와 미래가 접촉하는 원점으로서 과거의 지각이면서 직접적인 미래의 결정으로 작용할 수 있을 것이다. 다음 시편은 이러한 시적 가능성의 문제적 계기를 선명하게 안고 있다는 점에서 단연 주목된다. 그는 스스로 "내일은 오늘 부르는/노래에 달렸다 노래는 미래를 닮아가는 빅뱅 노래는/끝도 없이 흐르는 공간 노래는 아름다운 미래의 자리"라고 힘차게 외치고 있지 않은가. 다음 시편은 그의 간절한 시간의 기억이 "빅뱅"처럼 강한 파장력으로 스스로 갱신해나갈 새로운 시적 행진을 기대하고 기다리게 하는 대목이다.

전통은 깨지고 젊음은 기이하다 당연하지 당연한
전통이고 젊음이다 너무 무거운 전통과 너무 가벼운
젊음의 악몽이지, 당연하다 하지만 그것은 말, 말,
말, 말, 말, 말뿐이기 때문, 내일은 오늘 부르는
노래에 달렸다 노래는 미래를 닮아가는 빅뱅 노래는
끝도 없이 흐르는 공간 노래는 아름다운 미래의 자리
　　　　　　　　　　　　　—「내일 —사랑 노래 1」 중에서

# 마음의 극명과 사랑의 시학
## ─ 한영옥 시집 『아득한 얼굴』

    한영옥의 시세계는 단아하고 일상적이면서도 신성하고 근엄한 정조가 내밀하게 배어나온다. 그의 시적 응시는 표면적으로는 일상적인 삶의 계기와 정서에 집중되고 있지만, 사실은 그 너머의 절대적 존재자를 향하고 있다. 즉 보이는 대상을 통해 보이지 않는 본질적 원형의 세계에 대한 직시와 사유를 지향하고 있는 것이다. 그렇다고 해서 섣불리 그의 시적 특징을 감각적인 사물을 통해 그 본질(이데아)을 환기하는 플라톤의 회상의 신화와 유사한 것으로 단정하는 것은 옳지 않다. 그의 시세계에서 감각적인 지각의 대상들이 원형과 이념(이데아)의 모상에 해당되는, 그리하여 회상을 위한 외적 계기로만 존재하지는 않는다. 그에게 존재론적 원형은 감각적인 대상 그 자체의 실체적 본성으로 이해된다. 즉 모든 대상은 제각기의 신성한 절대성을 지닌 존재자인 것이다. 그러나 이 절대적 신성성은 감각적으로 지각하고 표상하기 어려운 속성을 지닌다. 그래서 그의 시창작 방법론은 사물에 대한 감각적 지각과 표상에서 표상 불가능한 존재성에 대한 사유를 불러오고 환기시키는 특성을 보여준다. 그의 시적 묘사가 사물의 실체를 넘어서서 형이상학적인 사유의 영역으로 열려 있는 배경이 여기에서 기인한다. 그가 추구하는 표상 불가능한 원형의 세계는 이인칭 지시대명사 '당신' 혹은 '너'의 변주를 통해 지칭된다. 그래서 그의 이번 시집을 읽는 여정은 '당신' 혹은 '너'의 존재성을 파악하는 행보에 해당된다고 해도 과언이 아니다.

다음 시편은 그의 이러한 시창작 방법론이 전면에 선명하게 부각된 경우이다.

멀리 계시던 당신들
우르르 오신다

은사시나무에게 오시는
은사시의 당신,

자작나무에게 오시는
자작의 당신,

미루나무에게 오시는
미루의 당신,

옷깃 느슨히 오시는 당신들께
안기는 소리, 살폿 살폿

은사시, 자작, 미루 들이 우르르
깨어나는 참소리, 참바람

가뜩하여라

좋은 바람, 6월

　　　　　　　　　　　—「6월, 가뜩하여라」 전문


　시인은 6월의 자연풍경을 노래하고 있다. 은사시나무, 자작나무, 미루나무 등이 제각기의 빛을 뿜어내는 기운생동의 풍경에 대해, "우르르 오"시는 '당신'들과의 분주한 해후의 장면으로 그리고 있다. '당신'들이 밀려오는 모습을 표상하는 의태어 "우르르"는 6월의 싱그러운 박동의 감각적 표현이다. 6월의 시공은 온통 6월의 '당신'들로 "가뜩"하다. "은사시, 자작, 미루"들이 모두 제각기의 '당신'과 조우하면서 제 모습으로 온전히 "깨어"나고 있는 것이다. 특히 여기에서 6월의 풍경의 절정은 6, 7연이다. '당신'들이 서로 어우러지면서 "참소리"와 "참바람"이 일어나고 있다. 다시 말해 "참소리"와 "참바람"은 당신들의 생생한 심장의 박동이며 숨결의 어우러짐인 것이다.

　그렇다면 여기에서 6월의 풍경을 가득 채운 '당신'의 실체란 무엇인가? 그것은 일단 은사시나무, 자작나무, 미루나무 등의 본성이며 원형질로 해석된다. 그렇다면 그 본성과 원형질의 실체란 또 무엇인가? 이를 눈으로 보고 손으로 직접 만져볼 수는 없을까?


　댕그렁거리던 잎사귀들

　모조리 떨쳐버리고

　맨 힘줄로 쭉 들어올린

　물 좋은 달덩이,

　잠시 매달고 있는

　황홀한 어떤 나무의

　그 투명한 절정에

당신을 들어올려놓고

조심조심 흔들어댄다

쿵 하고 떨어져

바구니 그득 담기는 당신

갓 딴 당신을 잘 집어

오른쪽 귓가에 대어본다

가장 멀리서 내게로 오며

조금씩 쌓여갔을

당신의 알갱이들이

당신 만들었던 따뜻한 소리를

따끈따끈 듣고 싶었던 것이다.

―「당신을 귓가에 대어본다」 전문

이 시에서 '당신'은 감각적인 지각의 대상으로 구체화되어 있다. '당신'이 흔들거리고 있고, 떨어지고 있고, 바구니에 담기고 있지 않은가. '당신'을 "어떤 나무의/그 투명한 절정에" "들어올려놓고" "조심조심 흔들어"대는 주체는 누구인가? 시적 문맥으로 볼 때 "달덩이"이다. 달덩이가 '당신'을 흔들어댄다는 것은 당신과 달덩이와의 긴밀한 연관성을 암시한다. 후반부에서 당신을 가리켜 "가장 멀리서 내게로" 왔다고 할 때의 그 거리감은 시적 화자와 천상의 달과의 거리를 가리킨다.

한편 튼실한 과일을 연상시키는 '당신'이 "쿵 하고 떨어져" "바구니 그득 담"긴다. 시적 화자는 이를 오른쪽 귓가에 대어보고 그 은밀한 소리를 듣는다. '당신'은 누구이며 무엇으로 만들어졌는가. 그것은 "당신의 알갱이들"이다. 당신을 만든 주체와 만들어진 객체가 동일하다. 본질과 현상, 원형과 실재, 육체와 정신(영혼)이 일원화되어 있는 것이다. 다만 그 원형재료의 기원이 천체의 이미저리인 "달"에 이르는 우주생명의 범주에서 비롯된다.

한영옥의 시적 상상력이 우주적 의식으로 나타나는 것은 이와 같이 현존재자의 원형재료에 대한 기원의 상상력과 연관되는 것으로 보인다.

> 잘 익었던 애절함, 부풀어 터져
> 새털구름으로 저쪽에 흐르는구나
>
> —「새털구름 보며」 중에서

> 봄비로 떨구었습니다
> 가을비로 후득였습니다
> 생각할수록 사랑이었습니다
>
> —「봄비로, 가을비로」 중에서

> 여기서
> 간신히 지은 오두막은
> 나무의 피와
> 갈대의 울음에 뒤덮여
>
> —「말끝을 흐리는」 중에서

시적 화자의 일상적 정서가 "새털구름", "나무의 피와/갈대의 울음", 봄과 가을의 "비"와 같은 자연의 이미저리와 상호공명하는 양상을 보여준다. 자신의 정서가 자연의 심연과의 공감 속에서 전개되는 것은 일상사가 우주적인 운행원리의 집적태라는 점을 가리키며, 아울러 일상사가 우주적 운행원리의 참여주체라는 점을 가리킨다. 그래서 그에게 사물은 빈번하게 의인화된 표정을 띤다. "나무"와 '갈대'의 내적 고통의 정서를 "피"와 "울음"으로 표현하는 것은 그 뚜렷한 실례에 속한다.

그러나 '당신'으로 표상되는 절대적 존재성이 항상 어디에서나 쉽게 발견되는 것은 아니다. 다음 시편은 당신과의 해후가 이루어지지 못하는 국면을 노래하고 있다.

> 더 걸어가보자
> 이 꽃밭엔 그 양귀비꽃이 없구나
>
> 더 걸어가보자
> 이 꽃밭에도 그 한련화는 없구나
>
> 그래도 걸어가보자
> 저기 잔칫집 불꽃이 보이는구나
>
> 잔칫집 앞마당엔 웃음바다 넘치는데
> 이 넘침에조차 당신은 없구나
>
> 만나는 것마다 당신 아니시라
> 당신 내음뿐인 냄새꽃차례들
>
> 저기, 당신을 빠뜨릴 듯하다가
> 그냥 넘어가는 무정한 해넘이
> 물큰하게 당신 냄새만 지려놓고 간다.
>
> ─「그······ 꽃······」 전문

'당신'을 만나고자 하지만 정작 '당신'이 없다("만나는 것마다 당신 아니시라"). 이를 제목에 비추어 살펴보면, 꽃은 있으나, '그 꽃'은 없는 형국이다. 꽃밭에는 양귀비와 한련화가 요란하지만, 그러나 정작 양귀비와 한련화의 원상은 어디에도 없다. 이것은 "웃음바다 넘치는데", '당신'이 없는 것과 같다. 표면적인 현상만이 즐비할 뿐, 본질은 어디에도 없다. 그저 절대적 본질의 그림자만이 잠시 반사되었다가 사라질 뿐이다("물큰하게 당신 냄새만 지려놓고 간다"). 여기에서 '당신'은 "무정한 해덩이"이다. "해덩이"가 온전히 지상의 사물들과 감응하지 못하는 상황이다. 그래서 반복되는 종결어사 "없구나"에는 부정과 결핍의 안타까움만이 짙게 묻어난다.

한편 다음 시편은 위의 시편의 정조와 선명하게 상반된다. 시상의 전반이 충만과 기쁨으로 물들어 있다.

이 한 해, 다시 핀 달개비꽃 한 송이
유난히 새파랗게 가을 하늘과 맞보는 걸
오늘 아침길이 환하게 떠놓아주었다
누렇게 시들던 다른 길들까지 호사한다
이렇게 가냘픈 진실,
이렇게 끈질긴 진실,
새파랗게 영근 극명(克明)을
마음 바구니에 따 담았으니
오늘 하루 선심 써야겠다
책 속의 것들이 하늘 아래 좌정하는
듬직한 사건들을 깔고서야
몇 개의 확신을 놓을 수 있었으리라
오늘은 술과 떡을 내야겠다.

  시적 화자는 "새파란 극명"을 만난 자리에서 깊은 충만과 신명을 느끼고 있다. "가을 하늘과 맞보는" "달개비꽃 한 송이"에서 "가냘픈 진실" "끈질긴 진실"을 발견하고 있는 것이다. 작고 여리지만 극명한 진실이 온몸을 환희로 들뜨게 하고 있다. "책 속"에서 보았던 형이상학의 고매한 품성을 "달개비꽃 한 송이" 속에서 그대로 읽고 있는 것이다. 시상의 흐름이 점차 "술과 떡을 내"고자 하는 흥성스러운 분위기로 상승되고 있다.

  그렇다면 이와 같이 현상 속에 본질이 함께 거주하기 위한 조건은 무엇인가? 이것은 '당신(본질)'의 존재성을 좀더 구체적이고 감각적으로 진단해보는 일과 연관된다.

  아침 물리며
  아침상 차려준 이도 물리다가

  점심 물리며
  점심상 차려준 이도 물리다가

  저녁거리를 싸들고 온 이를
  물끄러미 쳐다본다

  탈 듯이 비로소 간절하다

  하얗게 지는 해자락에
  싸들고 온 슬픈 저녁끼니

목메는 깻잎

한 장 한 장 일으켜 먹으며

석양을 온 힘으로 받는다


저녁상 거두는

그의 눈동자에 오롯이 고이는

내 영혼의 슬픈 눈.

—「내 영혼의 슬픈 눈」 전문


　시상의 흐름이 매우 단아하고 평명하다. 아침, 점심, 저녁의 끼니와 그 이후 찰나적으로 인식하는 자신의 초상이 시 전반의 중심골격이다. 아침과 점심을 차려주고 "저녁거리를 싸들고 온 이"는 누구인가? 그는 바로 자기 자신이다. 세끼 식사가 바로 목숨과 같이 "간절"한 것임을 깨닫는다. 생존을 가능케 하고 지탱시키는 세끼 식사의 반복 속에서 자신의 존재성의 극명을 발견하는 형국이다. 삶을 영위하는 가장 기본적인 행위가 사실은 가장 간곡하고 근엄한 절대적 원형이다. 마지막 연은 자신의 존재성에 대해 "그의 눈동자"로 표상하는 객관화를 통해 스스로를 재발견하고 인식한 "내 영혼"을 노래하고 있다. "달개비꽃 한 송이"에서 발견했던 극명의 모습을 자신에게서도 발견하고 있다.

　이렇게 보면, 시적 화자가 추구하는 '당신'의 실체란 곧 간절한 자신의 마음의 "극명"을 가리키는 것으로 보인다. 극명의 진실이 '당신'의 거주지이다. 한영옥의 시세계 전반의 기본음조가 간절하고 결곡한 까닭이 여기에 있다.

잦아드는 심장소리 애써 듣자니
왜 못 보내는가
한 사람 붙들고 있는 한 사람의
가래 끓는 소리 가르랑거린다

—「5월이 되어도」 중에서


침묵해주어야만 할 곳의 침묵을 위하여
다녀온 것들의 조바심 끓는 소리만
이 맑은 저녁, 꽃사과 속에 스미겠다

—「너의 설움」 중에서


바로 네 앞으로
가만히 다가오곤 하는 얼굴들
몇 이랑의 광년을 흘러서
하필이면 거기에서 글썽이는
간절한 꽃송이겠느냐

—「직립(直立)의 날」 중에서


  "사람"은 "가래 끓는 소리 가르랑거"리고, "꽃사과"는 "조바심 끓"
고, "꽃송이"에는 "글썽이는/간절"함이 배어 있다. 이와 같이 여리면
서도 곡진한 정감의 언어는 그의 시집 도처에서 쉽게 만날 수 있다.
마치 명주실처럼 섬세하고 간절한 어사들이 이번 시집의 신경조직망
을 형성하고 있는 것이다. 이것은 앞에서 확인한 바대로 진실 혹은
극명은 이렇게 나직하고 "가냘프"고 "끈질"기고 섬세하다는 인식을
전제로 한다("이렇듯 가냘픈 진실,/이렇듯 끈질긴 진실,/새파랗게 영
근 극명(克明)"(「새파란 극명(克明)」)). 그리고 이와 같은 극명한 마음

속에 그가 추구하는 심연의 본질이며 원형으로서의 '당신'이 서식하고 있는 것이다.

그렇다면 이처럼 간곡하고 극명한 진실이 일상 속에서 가장 거울처럼 맑게 빛나는 자리는 어디일까? 그것은 사랑의 공간으로 규정된다. 삶 속에서 가장 내밀하면서도 강렬한 진정성의 서식처가 사랑의 담론이라고 할 것이다. 한영옥의 시세계에서 "사랑"의 언어가 도처에서 은하처럼 빛을 발하고 있는 것은 이러한 문면에서 이해된다.

보슬비 마알갛게 얼비치고서
국수나무 순 소복소복해지면
국수나무 순 삶아먹고
내처 장대비 쏟아지고서
국수버섯 소복소복해지면
버섯국 끓여먹으며
서러운 밥 때마다 눈시울 뜨거워
봄비로 떨구었습니다
가을비로 후득였습니다
생각할수록 사랑이었습니다
국수나무 이파리도 쪼그라지고
국수버섯 나던 곳도 바싹 말랐습니다
어지간히 생각한 것입니다
어지간히 생각하라 하셨습니다.

　　　　　　　　　　　　　　　—「봄비로, 가을비로」 전문


"봄비로" 눈물 떨구고, "가을비로 후득"이는 사랑의 우수가 묘사되고 있다. 시상의 전반부는 이를테면 봄의 사랑이고 후반부는 가을의

사랑이다. "국수나무 순"처럼 "소복소복" 자라던 것이 봄의 사랑이었
다면, "국수나무 이파리도 쪼그라지고" "국수버섯 나던 곳도 바싹" 마
른 것이 가을의 사랑이다. 사랑이 생장하던 국수나무가 가을로 접어
들면서 점차 앙상하게 시들면서 소멸한다. 그러나 사랑의 기억은 소
멸하지 않고 있다. 스스로도 "어지간히 생각"하고 주변에서도 "어지
간히 생각하라"고 충고하는 간절함이다.

 이렇게 보면 한영옥의 사랑의 담론은 "국수나무"처럼 부드러우면
서도 또한 "어지간히"도 끝나지 않는 고통의 긴 울림이다. 그래서 그
의 사랑시편은 "사랑이 지나갔네/돌멩이들은 달큰한/시절로 돌아갈
수 없네"(「지나갔네」)라고 부르는 슬픈 넋두리로 메아리치기도 한다.


 ① 지금부터 천 년입니다, 드리는 이 연밥 속에
   사르륵 스며들어 당신의 기다림 속 다 지나면
   천 년이 어제런 듯 살풋, 눈 뜨겠습니다.

                                    —「불멸에 가까운」 중에서


 ② 들길 끝에 가 닿아, 들길 끝에서 만난다
   네 사랑들 마디마디로 하나였음,
   마디마디 서럽게 뻗쳐올랐었음,
   솟구쳐야 했던 봄날들이었음을,

                                    —「들길, 대화」 중에서


 시 ①은 천 년의 사랑을, 시 ②는 연속적인 합일의 사랑을 노래하
고 있다. 그에게 사랑은 대체로 이와 같이 완전한 정점을 향해 있다.
"천 년이 어제런 듯 살풋, 눈" 뜨는 무시간성의 공간이나 "마디마디
로 하나"에 해당하는 세계란 곧 합일성과 영원성을 가리킨다. 이곳에

는 어떤 불순물도 틈입할 여지가 없다. 그리하여 원형과 실재, 육체와 정신(영혼), 현상과 본질의 일원론적인 연속성이 가능하다. 이것은 마치 "자작나무"와 "자작의 당신", "미루나무"와 "미루의 당신"이 서로 합치된 "6월"의(「6월, 가뜩하여라」) 자연에 상응한다. 한영옥 시인의 시적 대상으로부터 그 본질적 원형을 직시하는, 즉 거룩한 '당신'을 향한 여정이 마음의 극명에 도달한 "사랑"의 시학에 이르면서, 삶의 감각 속에서 구현되고 있는 것이다.

# 초연함의 고통

### ─이은봉 시집 『길은 당나귀를 타고』

이은봉의 이번 시집 전반의 기본음조는 맑고 섬세하고 외롭다. 그는 명주실처럼 여리고 소심하면서도, 단단한 섬유질의 언어로 자신과 자신을 둘러싸고 있는 비속한 현실을 밀어내고 초연한 자기 절조를 유지하려는 태도를 견지한다. 대체로 세속적 현실에 대한 부정이 존재 초월의 형이상으로 비상하거나 안으로 닫힌 결빙의 언어로 숨어드는 면모를 보여주는 데 반해, 이은봉의 경우는 시적 상상의 거처를 탈속의 경계지점에 두고 존재의 이편과 저편을 동시적으로 조망하고 성찰하는 면모를 보여주고 있다. 초월이 아니라 초연을 견지하는 이러한 태도는 자기 스스로 부박하고 음험한 세속적인 현실로부터 균열되고 마모되지 않기 위한 심미적 거리 두기이며, 동시에 현실 인식의 날카로운 비판적 혜안의 예지를 얻기 위한 과정으로 파악된다. 그래서 그의 시적 언어는 대체로 맑고 환하지만, 때 묻지 않은 출발지점의 그것이 아니라 어두운 시간의 흔적들을 마음으로부터 게워내고 정화시켜낸 그것이다. 따라서 그의 시적 삶의 거처에 해당하는 초연함에는 내적 고통과 외로움이 수반한다. 이때의 고통과 외로움이란 각각 세속적인 일상 속에서 그 일상의 늪에 빠지지 않기 위한 자기 고투와 현실과 저만치 거리 두기에서 느끼는 고립감에서 배어나오는 것이다.

다음 시편은 그의 이번 시집의 시적 성향의 한 출발지점을 선명하게 보여준다.

자동차에서 내려 바라다보는 강물은 자꾸만 힘을 잃고 비틀거렸다 바로 그때 고요가 제비처럼 대각선을 그으며 허공 위로 날아갔다 강물을 가로지르며 늘어서는 대각선, 문득 나는 대각선 위에 내 지루한 운명을 빨아 널고 싶었다 금세 거기 지난 시대의 무수한 역사까지 하얗게 펄럭이고 있었다 강가의 미루나무들도 이젠 고요에 익숙해진 듯 두 손으로 고요를 감싸안으며 너털웃음을 웃었다

입가엔 어느덧 담배연기가 뽀얀 낯빛으로 달려와 피붙이처럼 서성대고 있었다 세상의 모든 사람들과 다 함께 살려고 하니? 곁에 서서 주춤거리던 고요가 쯧쯧 혀를 차며 내게 물었다 힘을 잃고 비틀거리면서도 쉬지 않고 흘러가는 것이 강물이잖아 덤덤한 내 대답은 미처 말이 되지 못했다 그림자처럼 고요와 더불어 살고 싶긴 했지만 고요가 세상을 만든다고 말하고 싶진 않았다

　　　　　　　　　　　　　　　　　　　—「금강을 지나며」 중에서

시적 화자는 자동차로 표상되는 현실적 삶의 이편에 있지만 정서적 지향점은 이미 "금강"의 속내를 향해 깊숙이 스며들고 있다. "강물을 가로지르"는 "고요"의 "대각선"에 "내 지루한 운명을 빨아 널고" 있다. 즉 강물을 가로지르는 "고요"가 분주한 삶의 일상을 성찰하는 거울이 되고 있다. "강물"이 화자를 향해 꾸짖듯이 묻는다. "세

상의 모든 사람들과 다 함께 살려고 하니?" "금강"은 화자에게 "힘을 잃고 비틀거리면서도 쉬지 않고 흘러가는", 도저하고 의연한 모습을 지향할 것을 전언한다. 물론 "고요가 세상을 만"드는 것은 아니지만, "고요와 더불어 살" 때 세상의 온전한 생명가치의 균정이 가능하지 않겠는가. 이것은 지나치게 평이하고 온건한 수준의 인식론이지만, 그러나 정작 이를 제대로 실천하고 내면화하기란 그리 간단치 않다. 금강의 "고요"와 동화되기 위해서는 스스로 마음의 고요와 평정을 찾는 엄격한 자기 단련과 절제가 선행되어야 하기 때문이다.

> 스스로의 생(生) 지키기 위해
> 까마득히 절벽 쌓고 있는 섬
>
> 어디 지랑풀 한 포기
> 키우지 않는 섬
>
> 눈 부릅뜨고
> 달려오는 파도
>
> (……)
>
> 끝내 괭이갈매기 한 마리
> 기르지 않는 섬
>
> 악착같이 제 가슴 깎아
> 첩첩절벽 따위 만들고 있는 섬.
>
> ──「섬」 중에서

"눈 부릅뜨고/달려오는 파도"로부터 자신을 지키기 위해 "섬"은 "악착같이 제 가슴 깎아/첩첩절벽"의 근원성으로 돌아가고 있다. 스스로 육체적 근육질의 군더더기와 욕망을 제거하는 도저한 내성의 고투를 감행하지 않고는 "섬"의 자기 정체성은 온전히 유지될 수 없다는 것이다. 이것은 스스로가 자기 본원성을 찾고 지키려는 치열한 노력 없이는 외부세계의 지배논리에 쉽게 나포되고 복속될 수밖에 없다는 것을 가리킨다. 마음으로부터 엄격한 자기 절제와 통어가 없이는 "세상의 모든 사람들과 다 함께 살려고 하"(「금강을 지나며」)는 절충적인 타협점에 안주하게 되면서 결곡한 초연함에 도달할 수 없게 된다는 것이다. "멀리 가고 혼자 가고/그윽한 곳에 숨어 형체가 없는/마음을 제어하여 도를 따르면,/악마의 속박은 스스로 풀리나니(獨行遠逝, 覆藏無形, 損意近道, 魔繫乃解, 『법구경』)"라고 갈파하는 불가의 잠언의 한 대목을 연상시키는 부분이다. 마음의 투명성을 강조하게 되면 점점 더 엄격한 내적 성찰이 요구된다. 남을 속이지 않고 속일 줄도 모르는 대나무 같은 사람이, 의외로 자기 자신은 잘 속일 수도 있기 때문이다.

대나무는 저 자신이 싫었다 봄날 한때
뾰쪽뾰쪽 마디를 만들며
어쩌다 오염된 세상, 기껏 한번 찔러댔을 뿐이면서도
사철 내내 떳떳하고 늠름하게 서 있는 몰골이
한심했다 파랗게 윤기가 이는
늘씬한 몸매를 지니고 있으면서도
하늘 멀리 새털구름 따위나 그리워하는 마음이
우스웠다

— 「대나무」 중에서

"내 텅 빈 가슴속에도
새끼손가락만큼씩 여무는 초승달
뽀얗게 떠오르고 있다 잘 닦인 슬픔
몰래 키우는 오랜 꿈
아침 이슬로 진주알로
방울방울 맺히고 있다", 라고 너는
또또 능청을 떨겠지 동병상련의 젖은 목소리로
울먹이겠지 울먹이는 척 하소연하더라도
푸르고 곧은 길, 휘어지기 쉬운 길
너무도 천하고 거칠어 더는 네게
아무것도 묻지 않기로, 배우지 않기로 한다.

　　　　　　　　　　—「대나무에게 묻는 길」 중에서


　시적 주체인 "대나무"는 자신의 관습적인 상징성에 대해 날카로운 성찰의 칼날을 들이대고 있다. 과연 자신의 평명과 지절의 이미지에 허구적인 요소가 스며 있지는 않은가. 이러한 관습적인 이미지들이 "어쩌다 오염된 세상, 기껏 한번 찔러"보았던 것에 대한 과잉평가의 고착물은 아닌가. 그렇다면 "사철 내내 떳떳하고 늠름하게 서 있는" 자신의 모습이란 부끄러운 자만과 허영의 극치가 아닌가? 또한 "파랗게 윤기가 이는/늘씬한 몸매를 지니고 있으면서도" 외부의 "하늘 멀리 새털구름 따위나 그리워하"고 있었던 것은 감각적 욕정에 스스로 매몰된 것이 아닌가. 일찍이 불가에서는 자신을 미혹에 빠뜨리는 마귀란 바깥에 있는 것이 아니라 자신의 육정(六情)에 있다고 하지 않았던가?(「심의품」, 『법구경』)
　또한 다채롭고 현란한 수사로 분식하는 대나무의 노래 역시 이기적인 자기 연민, 과시, 능청의 산물은 아닌가. 그래서 화자는 자기도 모르게 "욕망이여 너도 그만 선(禪) 좀 하거라"(「욕망이여 너도 그만 선(禪) 좀 하거라」)라고 외치기도 한다. 심리학에서의 초자아, 즉 양심의 거울이 그의 시적 삶의 사정관 역할을 하고 있다. "스스로의 생(生) 지키기 위해" "악착같이 제 가슴 깎"(「섬」)는 "섬"의 엄격한 모습을 다시 한번 목도하는 대목이다. 물론 이와 같은 자연물이 시적 주체로 등장하는 그의 도저한 성찰의 언어가 겨냥하는 대상은 인간사이다.

> 바람처럼 안개처럼 호수 위 내달리고 있는, 예수님의 저 귀여운 제자 앞에서, 너는 무엇으로 사람이겠느냐

> 버들잎 살랑대며 노래하는 호수 위
> 소금쟁이처럼 가볍게 내달리고 싶은 사람아

> 무엇으로 너는 소금쟁이겠느냐 아야야, 사람아 도대체 어디까지 가야 그만 사람이겠느냐.
>
> ─「소금쟁이뿐!」 중에서

"호수 위"를 내달리는 "소금쟁이"의 가벼움을 통해 인간의 세속적 무거움을 비판적으로 직시하고 있다. 시적 정황으로 미루어보아 호수의 물결을 사뿐히 걷고 있는 "소금쟁이"의 가벼움이란 "예수님의 영혼"을 내면화한 징표이다. 이것은 인간이 "바람" "안개" "호수" "버들잎" 등의 자연물과 더불어 어울리고 호흡할 수 있기 위해서는, 자기중심적인 속성을 무화시켜야 할 것이라는 인식이 전제되어 있다. 예수님의 가르침을 거스를 때 세속적 현실로 향하는 육신의 하강성이 강화된다는 것이다. 그래서 화자는 마지막 행에서 "사람의", "그만

사람"됨을, 그리하여 "소금쟁이"의 가벼움에 가까워지기를 영탄적으로 노래하고 있는 것이다.

여기에 이르면, 우리는 이은봉 시인이 자기 성찰과 함께 가벼움에 대한 지향성을 이처럼 간절하게 강조하고 있는 배경이 어디에 있을까? 하는 의문을 자연스럽게 제기하게 된다. 이를 다른 화법으로 표현하면, 스스로 자연의 이법을 따르는 철저한 염결성을 지니지 않으면 자기 정체성을 지킬 수 없게 하는 외부세계의 실재란 무엇인가? 하는 물음이 된다. 이러한 질문 앞에 다음 시편들이 등장한다.

① 어둠 저쪽 진한 설움 덩어리, 낡아빠진 짜증 덩어리 꼭꼭 숨어 노려보다가
　왈칵, 하고 불화살 쏘아댄다 한방 맞으니 가슴 뻐근하다

　(······)

　근심과 걱정, 불안과 초조, 만나처럼 쏟아져내리는 밤, 가로등 불빛 근처, 함부로 나뒹구는 부나비 같은 마음 한껏 다져 여미며, 어두운 계단 밟아 빌딩 속 빠져나오다가, 생각하면 퍼뜩 지금은 위험시대.
　　　　　　　　　　　　　　　　　　　—「사무실을 나서며」 중에서

② 길 보이지 않는다 뒤돌아보면
　여전히 허공에 떠 흐르는 지난 시대의 낡은 구호들
　까맣게 늪 만들고 있다 늪 속으로
　굴러떨어지면 끝장이다 나뭇가지를 붙잡고
　엉금엉금 기어오르다보면
　쭈욱, 찢겨나가는 것들!

―「제암산 안개」 중에서

③ 강물은 왜 오늘 또다시 얼어붙는 것인가
지난겨울엔 어머니의 낡은 척추를 얼려,
부러뜨려 얼마나 마음 졸였던가
(……)

지난겨울엔 아내의 젖가슴 얼려,
깨뜨려 얼마나 많은 밤 잠 못 이루었던가

무슨 억하심정으로 강물은 지금 또다시
아픈 제 발목 푹푹 꺾고 있는 것인가

끝내는 아버지의 숨골마저 얼려,
터뜨려 가슴 온통 슬픔으로 채우고 있는가
―「또다시 얼어붙는 강가에서」 중에서

외부세계는 "설움 덩어리" "짜증 덩어리" 들이 도처에 공격적인 날
을 세우고 있는 "위험시대"의 현장이다. 그리하여 "근심과 걱정, 불
안과 초조"에 휘둘리다보면, 어느새 자신의 마음도 "부나비같"이 "함
부로 나뒹"굴게 된다. 억눌리고 뒤틀리고 불안한 삶을 강요하는 세계
의 일상성이 시적 화자의 마음까지 파고들어 평정을 깨뜨리고 있는
것이다.

마치 이 세상은 "굴러떨어지면 끝장"인 거대한 "늪"과 같다. 이러
한 "늪"의 어둠의 역사는 그리 단순치만은 않다. "지난 시대의 낡은
구호들"까지 응결되어 "제암산 안개"의 음산함과 불안감을 가중시키

는 형질로 잔존하고 있다. 그래서 "제암산 안개"늪을 "엉금엉금 기어오르다보면 / 쭈욱, 찢겨져나가는" 깊은 상처를 입기도 한다. 위의 「제암산 안개」 시편은 제암산 안개주의보이다.

시적 화자에 대한 외부세계의 파괴성이 이와 같이 심정적, 정서적 층위로 파고드는 것만은 아니다. 물리적이고 육체적인 층위에서도 "호시탐탐 매서운 손발톱"을 들이대고 있다. "어머니" "아내" "아버지"의 "척추" "젖가슴" "숨골"을 앗아가는 행위도 서슴지 않고 실행한다. 이처럼 과격한 외부세계의 음험한 폭력성과 이에 대한 시적 자아의 대결 국면의 현장을 포착하면 다음과 같다.

또 한 차례, 휘청휘청 파고드는 칼날들!

평생 부엉이 울음소리와 함께 살아도 좋다, 하고 어금니를 깨무는 동안, 성한 곳 하나 없는 몸, 만신창이

끝내 견뎌내지 못하고 내 안의 각자 선생이 달려나와, 만신창이 몸 훌쩍 어깨에 들쳐멘다

종아리마다 불쑥불쑥 튀어나오는 검붉은 지렁이들!

징그러워하지 마라 지렁이들 꿈틀거려, 너는 아직 살아 있다, 하며 누덕누덕 기워진 몸이 낮게 내게 속삭인다

각자 선생이 곁에 있는 한, 번쩍 빛을 발하며, 칼날들 몸속 지나가도 좋다, 하며 상처투성이의 시간이 저 혼자 중얼거린다

이윽고 칼날들, 찢겨진 날개째 추락하는 소리 들린다.
　　　　　　　　　　　　　　　　　　—「묵언의 밤」 중에서


　외부세계는 시적 자아가 "성한 곳 하나 없는 몸, 만신창이"가 되도록 정신적, 육체적으로 깊숙이 침탈해들어온다. "평생 부엉이 울음소리와 함께 살아도 좋다"고 스스로 다짐해도 깊은 상처를 피하지 못한다. 다시 말해, 세속적 현실의 소요와 공격성으로부터 스스로 무관심해지고자 하지만, 그러나 자신도 모르게 "상처투성이"가 되고 만다. 그렇다면 이처럼 불온한 현실을 어떻게 타개해나갈 수 있을까? 시적 화자는 자신의 내면의 또다른 자아, 각자 선생을 불러온다. 이때 각자란 깨달은 자아(覺者), 도(道)의 세계에 순응하는 자아로 해석된다. 다시 말해, 앞에서 살펴본 "악착같이 제 가슴 깎아 / 첩첩절벽"(「섬」)이 될 때까지 비우고 게워서 자신의 본원성을 찾아가던 자아가 바로 "내 안의 각자 선생"에 해당된다고 할 것이다. 만신창이의 몸이 각자 선생에 의해 위무받는다. 각자 선생은 "칼날들 몸속 지나가도 좋다"고, 그것이 모두 부질없는 일회적인 일들이 아니냐고 스스로를 향해 타이른다. "이윽고 칼날들, 찢어진 날개째 추락"한다. "묵언의 밤", 시적 화자는 상처와 치유, 절망과 위로, 분노와 용서가 서로 교차하는 전전반측(輾轉反側)의 시간을 앓고 있는 것이다. "각자 선생"의 노력에 의해 "칼날들"이 추락하면서 마음의 평정이 회복된다. 그러나 이 전전반측의 팽팽한 고통은 세속적 현실에 발 딛고 있는 이상 또다시 엄습해올 것이다. 과연 이를 처음부터 피할 수는 없는 것일까? 이은봉의 이번 시집의 중심지대를 관류하는 '공중무덤' 연작이 씌어지는 자리는 여기이다.


　① 무쇠 덩어리의 하루가 끝나고 밤이다 자정 가까운 시간, 백팔 개의

마음을 밟아, 저 높은 공중무덤 향해, 터벅터벅 황소의 발걸음 올라간다

　(……)


　무덤 속에 누우면, 말 없어 좋다 눈 감으면 피식대며 웃어대는 달빛
들, 창가의 철판커튼 걷어올리고, 뽀얗게 박꽃 피워낸다 안쓰럽다는
것이겠지

—「默言精進 — 공중무덤」 중에서


② 철근 콘크리트를 버무려 만든 공중무덤

　하늘 높이 떠 있다 하늘과 땅 사이

　너무 넓고 멀어 사내 혼자 눕기엔 벅차다

　(……)


　깡마른 제 해골 어루만지며

　창가의 철망 사이로 올려다보는

　공원 묘지의 소나무들도

　마른 뼈다귀로 푸석거린다


　비눗방울처럼 가벼워진 제 영혼

　한 줌 잔뜩 집어든 사내

　훅, 입김 불어 철망 밖으로 날려보낸다

　철근 콘크리트를 버무려 만든 공중무덤

　관 속에 누워서도

　자꾸 초조해지고 불안해지는 사내

　무겁고 힘들지 않은 것은 없다 플라스틱 관 뚜껑조차.

—「사내 — 공중무덤」 중에서

"공중무덤"이란 세속적 일상의 중력권으로부터 저만치 이탈한 초월적 경계지대이다. 시적 화자는 자신의 삶의 거처를 탈속적인 점이지대에 두고 있는 것이다. 소음으로 들끓는 "무덤 밖 찬란한 세상"과는 극명한 대조를 이루는 평온한 자기만의 방이 "공중무덤"이다. 시 ①은 "공중무덤"에 누워 "달빛들"이 뽀얗게 피워내는 "박꽃"을 감상하는 '묵언정진(默言精進)'의 한 대목을 보여준다. "공중무덤"에서 비교적 자연과 가깝게 호흡하고 공명하는 숨통을 찾아내고 있는 것이다. 그러나 이곳 역시 그에게 온전한 안식의 공간이 되지 못한다. 시적 화자 스스로가 "달빛"이 피워내는 "박꽃"이 자신을 "안쓰럽"게 여긴다고 인식하기 때문이다. 스스로에 대한 연민은 스스로 온전한 마음의 평정과 자재를 얻지 못하고 있음을 드러내는 증거가 된다.

시 ②는 이와 같은 불안한 내면풍경이 심화된 양상을 드러낸다. 시적 화자는 "공중무덤"에서 문득 "하늘과 땅 사이"가 "너무 넓고 멀"다고 생각한다. "하늘과 땅 사이"가 "너무 넓고 멀"다는 것은 시적 화자가 느끼는 "너무 넓고" 먼 공허와 적막감을 가리킨다. 외부세계와의 단절이 한편으로 무한한 고립감과 외로움을 낳고 있는 것이다. "깡마른" "해골"과 "푸석거"리는 "뼈다귀로" 느껴지는 "공원 묘지의 소나무들"이란 바로 자신의 수척하고 창백한 내면풍경을 가리키는 것에 다름아니다.

그렇다면 "공중무덤"에서 자재의 평온을 느낄 수 있는 방법은 무엇일까? "위험시대"(「사무실을 나서며」)의 현실 속에서 "공중무덤"이 신성하고 충일한 생명의 제의공간으로 자리잡을 수는 없을까? 여기에 대한 해결책은 다음의 목소리에서 어느 정도 암시되고 있다.

딸깍, 하고 꼬마등을 끈다 색즉시공(色卽是空) 공즉시색(空卽是色),
목탁 두드리며 외우지 않아도 관 뚜껑을 닫고 눕는 마음, 중얼거린다 무덤 속이 곧 우주라고?

　　　　　　　　　　　　　　—「관 뚜껑을 덮고—공중무덤」중에서


　"무덤 속이 곧 우주"라는 통찰이 내면화될 때 "공중무덤"은 자신뿐
만이 아니라 외부세계까지 정화시키는 신성한 재생공간으로 존재할
수 있지 않을까? "무덤 속이 곧 우주"라는 것은 유폐되어 있는 자신
이 곧 우주적으로 열린 존재라는 것에 대한 각성과 연관된다. 즉 자
신의 존재성은 안으로 닫힌 개별자이면서도 밖으로 열린 우주적 존
재자라는 인식이 이루어질 때, 그리하여 시적 화자 자신이 좀더 유현
하게 우주의 순행원리를 깊이 터득하고 이에 순응하는 삶의 가치를
추구할 때, 자연스럽게 고립감을 떨치고 우주적 충만감을 느낄 수 있
게 될 것이다. 또한 자신의 우주적 존재자로서의 가치와 의미를 체득
할 때 외부세계의 세속적인 현실을 우주율에 상응하도록 건강하게
순치시켜내는 가능성을 열어갈 수 있을 것이다. 따라서 여기에서 다
시 비속한 세계의 폭력성과 허위성으로부터 자유로워지기 위해서는
자신의 욕망을 비우고 존재의 근원을 찾는 일의 선행이 요구된다는
점을 강조하게 된다. 이러한 논리는 앞에서 살펴본 이은봉 시인이 이
번 시집의 출발지점에서 보여준 도저한 자기 성찰의 면모와 상응한
다. 이것은 그가 마련하고 있는 "공중무덤"이 스스로 "악착같이 제
가슴 깎아", "까마득히 절벽 쌓고 있는 섬"(「섬」)이 되고자 하는 일이
었음을 알 수 있다. 이렇게 보면, 그의 이번 시집은 탈속적인 자아,
즉 도를 터득한 "내 안의 각자 선생"(「묵언의 밤」)을 자신의 초상으로
전면에 확립시키기 위한 과정으로 정리된다. "내 안의 각자 선생"이
전면에 완전히 드러날 때 그의 초연함의 고통은 초연함의 평온으로
전환될 수 있을 것이다. 이것은 이번 시집의 기본음조를 이루는 맑지
만 외롭고 불안한 정서가 맑으면서 자재롭고 평화로운 면모로 전환

되는 상황에 해당한다. 여기에 대한 깊고 풍요로운 시적 풍경은 이은 봉의 다음 시집이 펼쳐 보여줄 차례이다.

# 하늘농사의 운행원리와 시적 상상

— 윤재철 시집『세상에 새로 온 꽃』

    윤재철의 시적 화법은 평명하고 강직하면서도 동시에 가없이 부드럽고 온화하다. 그는 스스로 자연의 이치에 승순(承順)하는 삶의 자세를 엄정하게 견지하면서 또한 이를 내면적인 생활언어로 노래하고 있다. 그래서 그의 시세계의 기본정조는 맑고 평온하고 순정하면서 조용하다. 이와 같이 나직하면서도 견고한 내공의 목소리는 그의 시적 삶의 일관된 특징이기도 하다. 어두운 역사의 굴곡을 정면에서 헤쳐나가던 1980, 90년대 간행된『아메리카 들소』『그래 우리가 만난다면』『생은 아름다울지라도』등의 시세계에서도 그는 모나고 날카로운 대립각의 공격적인 번뜩임을 자랑하기보다는 "'세계'에 대한 '나'의 자세"에 천착하는 내성의 절조를 중심음으로 견지해왔다. 그래서 그의 시편들은 강렬한 선동적 파문을 일으키지는 못했지만 체험적 동질성의 정감으로 어느 누구의 시편들보다 가깝게 우리 곁에 다가왔다.

    이번 시집『세상에 새로 온 꽃』은 그의 이러한 내성의 견인력이 자연의 이법과 순리에 대한 추구로 표나게 드러나고 있다. 즉 그는 "하늘농사"의 운행원리를 자신의 시적 삶과 인식의 준거로 내면화시키고 있는 것이다. 다음 시편은 이러한 면모를 선명하게 보여준다.

> 오늘 많이 주우면
> 내일은 주울 것이 없다
> 그리고 모레 떨어질 것은
> 아무리 해머로 두들겨도
> 끝내 떨어지지 않아
> 모레가 되어야 하늘에서인 듯 떨어진다
> 그래서 아주머니들
> 도토리 농사는 하늘농사라서
> 하늘이 들판을 굽어보시고
> 들농사가 흉년이면 도토리를 풍년 들게 하시고
> 들농사가 풍년이면 도토리를 흉년 들게 하신다고
> 옛날부터 그렇게 믿으며
> 아침마다 산에 오른다
>
> ─「도토리 농사 1」 중에서

"도토리" 줍기에서 감득되는 "하늘농사"의 운행원리가 담백하고 평이한 어법으로 개진되고 있다. 도토리 줍기의 성과는 "허리 숙인 만큼/팔 뻗었다 올린 만큼" 얻어진다. 이 너무도 평범한 이치가 식상해서 도토리나무를 "아무리 해머로 두들"긴다 할지라도 "모레 떨어질 것은" 모레가 되어야 떨어진다. "하늘농사"의 운행원리는 인간의 과욕과 성급함을 배려하지 않는다. 또한 해마다 다른 도토리의 수확량 역시 "하늘이 들판을 굽어보시고" 그 사정을 감안하여 적절하게 조정한다. 이 대목에서 가장 주목할 대상은 이러한 사실을 있는 그대로 믿고 도토리를 줍기 위해 "아침마다 산에 오"르는 "아주머니들"의 삶의 방식과 태도이다. "하늘농사"의 운행원리와 "아침마다 산에 오"르는 사람들의 모습이 서로 상응하는 연속성을 띠고 있다. 다시 말해, 하늘과 사람의 존재원리가 서로 상호조응하고 있는 것이다.

이러한 형상은 조선 후기의 철학자 최한기의 논법에 따르면 '천인운화(天人運化)'에 해당한다. 그의 논법을 좀더 따라가면, 우주적, 자연적 층위에서 이루어지는 기의 운행을 천지운화(天地運化), 사회적, 인민적 층위에서 이루어지는 기의 운행을 통민운화(統民運化), 인간 개체 단위에서 이루어지는 기의 운행을 일신운화(一身運化)라고 하였으며, 이 세 가지 층위의 운화는 상호교섭하면서 유기적으로 통일되어 있는바, 이를 천인운화라고 일컬었다. 그는 천인운화를 강조함으로써 천지자연과 사회와 개인의 기의 운행, 즉 이들 각각의 삶의 리듬의 유기적인 상호교섭과 연속성의 당위를 주장한 것이다. 물론 최한기는 자연의 이치(天道)와 사람의 존재성(人道)이 선험적으로 통일되어 있다고 보지 않는다. 이에 관한 그의 육성을 직접 들어보면 다음과 같다.

자연이란 천(天)에 속하나니 인력(人力)으로 어떻게 할 수 있는 것이 아니고, 당연이란 인(人)에 속하나니 이것으로 공부를 해야 한다. (……) 한편, 당연이라 한 것 속에는 또한 우열과 순박(純駁 : 순수함과 잡됨)이 있으므로 갈고 다듬어야 하나니, 요컨대 자연으로 표준을 삼아야 한다. (……) 간혹 혼미한 자가 있는 것은, 전적으로 자연과 관련해 공부를 잘못한 탓이다. 이를 가리켜 '하늘을 대신해 바쁘다'고 이르나니, 도로무익일 뿐이다.[1]

---

1) 최한기, 「자연당연自然當然」, 『추측론』 권3; 박희병, 『운화와 근대』(돌베개, 2003)에서 재인용.

인용문의 문맥에 비추어보면, 위의 시편에서 "팔 뻗었다 올린 만큼 도토리를 줍는" "그 일이 짜증나서 어떤 남정네/해머 들고 도토리나무 두들기"는 행위는 "하늘을 대신해 바쁘"게 움직이는 "도로무익"일 따름이다. 따라서 이것은 고치거나 버리지 않으면 안 되는, 삶의 본연의 질서와 리듬을 스스로 위반하고 해치는 행위에 해당한다.

이와 같이 인간의 문명적 삶의 허실과 "하늘농사"의 운행원리에 관한 대위적 인식은 다음 시편에서도 드러난다.


> 텔레비전을 통해 본 안데스 산맥
> 고산지대 인디오의 생활
> 스페인 정복자들에 쫓겨
> 깊은 산꼭대기로 숨어든 잉카의 후예들
> 주식이라며 자루에서 꺼내 보이는
> 잘디잔 감자가 형형색색
> 종자가 십여 종이다
>
> 왜 그렇게 뒤섞여 있느냐고 물으니
> 이놈은 가뭄에 강하고
> 이놈은 추위에 강하고
> 이놈은 벌레에 강하고
> 그래서 아무리 큰 가뭄이 오고
> 때 아니게 추위가 몰아닥쳐도
> 망치는 법은 없어
> 먹을 것은 그래도 건질 수 있다니
>
> 전체적인 이 문명의 질주가

스스로도 전멸을 입에 올리는 시대
우리가 다시 가야 할 집은 거기 인디오의
잘디잘은 것이 형형색색 제각각인
씨감자 속에 있었다

　　　　　　　　　　　　─「인디오의 감자」 전문


　시적 화자는 "안데스 산맥／고산지대 인디오의 생활"에서 '오래된
미래'의 모습을 읽고 있다. 인디오들의 주식인 감자의 "뒤섞여 있"는
종류들은 "아무리 큰 가뭄이 오고／때 아니게 추위가 몰아닥쳐도"
"먹을 것은 그래도 건질 수 있"는 생활의 지혜를 담고 있었던 것이다.
이 점은 오늘날 풍요와 번영을 약속하며 질주해왔던 근대문명이 "스
스로도 전멸을 입에 올리는" 상황을 초래하고 있는 현실과 대비된다.
그래서 시적 화자는 "잘디잘은 것이 형형색색 제각각인／씨감자 속
에"서 "우리가 다시 가야 할 집"을 발견하고 있다.
　한편 여기에서 시인이 추구하는 시적 지향성이 기본적으로 오늘날
자본주의의 소유욕의 무한증식과는 거리가 먼 무위의 자족과 청빈의
생활상을 드러내고 있음을 알 수 있다. 이를테면, 그는 도토리를 주
울 때에도 "보는 만큼 줍고／보이는 만큼 줍는 일이지／안달하며 죄
주우려고 머"물지 않는다. "오늘 안 보인 것은 내일 보이고／내가 못
본 것은 남이 보고／그래도 안 보이는 것은 낙엽에 묻혀／다람쥐도
먹고 벌레도 먹는"(「도토리 농사 2」) 탈속적인 무욕의 자재로움이 주
조를 이룬다. 이러한 양상은 인도의 지도자 간디가 권고했던 '자발적
가난'의 지혜를 연상시킨다. '자발적 가난'의 의미는 소박한 본바탕
의 회복에서 찾아진다. 소유욕과 지배욕의 미망으로부터 거리를 둘
때만이 자신의 본연의 참모습을 견지할 수 있다는 것이다. 그래서 노
자(老子)는 "소박한 본바탕을 드러내고 껴안으며, 사사로움을 적게

246

하고 욕망을 줄여라(見素抱僕, 少私寡欲)"라고 하지 않았을까.

윤재철의 이번 시집의 주조음이 한가롭고 고요하고 나직한 어조를 통한 소박한 정서와 미의식으로 일관되고 있는 특성도 이러한 문면에서 이해된다. 다음과 같은 시편은 무미할 만큼 소박한 "순진 무분별"의 한 양상을 묘사하고 있다.

볼 때마다 꼭이
왼 신은 오른발에 신고
오른 신은 왼발에 신는데
그러나 무슨 상관이람
애초에 무슨 상관이람
왼 신을 오른발에 신고
오른 신을 왼발에 신고
희옥이는 저 혼자서 신나게 놀다가
신발은 저만치 내팽개친 채
법당 앞 마룻바닥에서 곤히 잠들었다

—「순진 무분별」 중에서

순진무구한 어린아이의 행동과 표정을 통해 자연적 존재로서의 인간 본연의 원상을 묘사하고 있다. 어떤 분별지에도 얽매이거나 갇히지 않고 자신의 몸의 내면적 율동에 따라 행동하는 어린아이야말로 가장 우주의 순리에 승순하는 당사자이다. 발과 신발의 짝을 서로 맞추어야 한다는 당위가 "애초에 무슨 상관"이 될 수 없는 것처럼, "신나게 놀다가" "법당 앞 마룻바닥에서 곤히 잠"드는 것 역시 전혀 문제될 사항이 아니다. 오히려 가장 평화롭고 자연스러운 생명의 리듬을 느끼게 한다. 이와 같이 우주적, 자연적 층위의 운행질서와 공명하는

"순진 무분별"의 세계에서는 삶과 죽음의 분별까지도 무화되어 있다.


장맛비 그치고
햇빛 쨍쨍한 한낮에
아래 소락떼기 마을
상여 하나 떠나간다
어이 어이 어이야 어야 어야


호박잎은 오갈 데 없이 땅바닥에 주저앉아
잎을 축 늘이고 있는데
하늘로는 연습 비행기 한가롭게 날고
매미는 울고
철 늦은 석류꽃은 저 혼자 붉은데
노오란 햇빛 속을
상여 하나 떠나간다
어이 어이 어이야 어야 어야


벌써 슬레트 지붕은 훅훅 달아
나도 산그늘이나 찾아갈까
차라리 땡볕에 호미질이나 할까
땀이 흐르기 시작하는데
꿈속인 듯 멀어지며
상여 하나 떠나간다
어이 어이 어이야 어야 어야

—「염천에 상엿소리」 전문

더운 여름날 들판에서 일하는 시적 화자와 "상여 하나 떠나"가는 풍경이 한 폭의 그림처럼 펼쳐지고 있다. 여기에서 삶과 죽음은 상반되는 대칭구도가 아니라 원형적인 수평구도 속에서 공존한다. "잎을 축 늘이고 있는" "호박잎", "한가롭게 날고" 있는 "연습 비행기", 울고 있는 "매미", "철 늦은 석류꽃"과 "노오란 햇빛 속을" 떠나가는 "상여 하나"가 서로 동시적으로 어우러져 "햇빛 쨍쨍한 한낮"의 정경을 그려내고 있다. "땡볕에 호미질"과 "꿈속인 듯 멀어지"는 "상여 하나"가 서로 고통스런 간극을 두고 대칭적인 양상을 이루기보다 인접한 계열체로 존재한다. 삶과 죽음이 모두 "한여름 한낮의 적막"(「한여름 낮의 꿈」)을 메우는 소재로 공존하고 있는 것이다. 다만 죽음이 동적 이미지의 대상이라면 삶은 정적 대상이다. 그래서 이 시의 캔버스에서 떠나가는 "상여 하나"의 풍경은 공포나 슬픔의 대상이 아니라 오히려 정겹고 친숙한 대상으로 느껴진다.

그러나 자연의 운행원리를 거역하고 "하늘을 대신해 바쁘"게 움직이는 비속한 현실의 가속도 속에서 이와 같이 한적하고 아름다운 원환의 공간은 치명적으로 훼절되고 파괴되고 전복된다. 인간의 탐욕의 무한증식이 심각한 재앙을 불러오고 있는 것이다.

① 시간을 한 두어 달만
   뒤로 물려 다시 시작했으면 좋겠네
   비닐하우스도 걷고
   비닐하우스 속 그 독한 농약 냄새도 걷고
   과일 하나 놓고라도
   제대로 된 시절을 느껴보고 싶네
   제대로 된 햇빛과 바람을 먹어보고 싶네

서로가 하루 먼저 하다보니

한 달 두 달이 당겨지고

그것을 반색하고 먼저 먹어보는 호사가

이제는 당연한 듯

먼저 먼저 빨리 빨리

거꾸로 가는 시계를

이제는 제대로 제자리에 돌려

다시 시작했으면 좋겠네

—「다시 시작했으면 좋겠네」 중에서


② 이제 그 닭에게

먼저 잡은 닭의 피와 뼈와

내장과 털을 갈아 섞은 사료를 먹인다는 것이

그게 정말이냐

정말 그럴 수가 있는 거냐

돈도 좋지만 원가절감도 좋지만

정말 그럴 수가 있는 거냐

동물 학대니 양심이니 도덕적인 논설은 제쳐두고라도

소에게 소의 폐기물을 먹여 광우병에 걸렸다는

영국의 얘기도 못 들었느냐

그래서 이제는 우리가 닭을 미치게 만드는 거냐

닭을 미치게 만들어

사람까지 미치게 만드는 거냐

하늘의 재앙을 그렇게도 스스로 부르는 거냐

—「정말 그럴 수가 있는 거냐」 중에서


250

오늘날 급속도로 회전하는 후기산업사회의 교환가치 회로망은 모든 생명가치와 의미를 나포하여 상품논리 속에 복속시킨다. 여기에는 사물의 고유한 사용가치는 물론이거니와 인간과 자연의 신성성까지도 예외가 되지 않는다. 인간이 문명이라는 이름으로 '천지운화'의 순리를 거역하여, 씨앗의 발아와 꽃이 피는 리듬을 변화시키고, 채소와 과일의 성분을 변질시키고, 인간의 정신과 몸의 체질을 왜곡시키고 있다. 그리하여 세계는 온통 텅 빈 욕망의 질주만이 있을 뿐, 생명 본래의 신성한 가치와 의미는 휘발되고 만다.

시 ①은 "먼저 먼저 빨리 빨리"의 가속도로 인한 질병을 비닐하우스 속에서 재배된 "과일"을 통해 노래하고 있다. "서로가 하루 먼저 하다보니／한 달 두 달이 당겨"지면서, 이제 과일에서는 "제대로 된 시절을 느"낄 수 없고, "제대로 된 햇빛과 바람을 먹어"볼 수 없게 되었다. "하늘농사"의 운행원리를 위반하면서 과일은 제 참모습을 잃어버린 것이다.

시 ②에는 "돈" 지상주의자로 전락된 인간들이 불러온 "하늘의 재앙"에 대한 장탄식이 배어나오고 있다. 닭에게 닭을 먹이는 패륜적 행위는 마치 소에게 소를 먹여 광우병을 낳은 것처럼 닭을 미치게 한다. 이것은 또한 광우병에 걸린 소가 그러한 것처럼 궁극에는 "사람까지 미치게 만드는" 결과를 낳을 것이다. '천지운화'는 사람뿐만이 아니라 우주의 모든 구성원에게 적용되는 생명의 이치이며 질서이다. 다시 말해, 소나 닭들도 우주생명의 주체인 것이다. 따라서 닭이나 소에게 순리에 어긋나는 행동을 강요하는 것은 반드시 우주적 재앙을 불러오게 된다. "하늘의 재앙을 그렇게도 스스로 부르는 거냐"라는 비탄은 "하늘농사"의 운행원리로부터 이미 너무 멀리 벗어난 인간 삶의 실태에 대한 부정의식의 강렬성을 가리킨다.

특히 다음 시편은 시인의 현실에 대한 부정의식의 한 극단을 드러낸다. 인간이 인간을 위한다는 명분을 가장하여 인간에 대한 살육 행위를 공식화하고 있는 현장이다.

　　라이브 화면 바그다드에는
　　탱크와 사막의 누런 흙먼지와
　　밤이면 충격과 공포의 크루즈 미사일
　　지옥의 불기둥이 치솟지만

　　꿈속인 듯 거리를 걸으며
　　주머니 속 동전 만지작거리며
　　나는 무력하다

　　(……)

　　이명처럼 시내 곳곳에서 총성이 울리고
　　봄의 한낮 가위눌린 꿈처럼
　　나는 무력하다

　　　　　　　　　　　　　　　　　　　—「봄날」 중에서

　　"바그다드"에는 제국주의가 자행하는 "지옥의 불기둥"으로 들끓고 있다. '천지운화'의 거룩한 질서가 인간의 지배욕에 의해 정면에서 부정, 파괴되고 있다. 그리하여 지구의 이편에서 대낮의 거리를 걷고 있는 시적 화자는 온통 "시내 곳곳에서 총성이 울리"는 "이명"에 시달리고 있다. 그러나 화자가 할 수 있는 일이라곤 아무것도 없다. 그래서 그는 한없는 "무력"감에 시달린다. "나는 무력하다"는 진술의 반복에는 마땅히 사회적, 인민적 층위에서 이루어지고 구현되어야 할

생명의 질서가 완전히 참살되는 현장에서 느끼는 비애와 공포가 배어 있다. "충격과 공포의 크루즈 미사일"이 자행하는 재앙은 또다른 엄청난 재앙을 불러올 것이다.

윤재철의 시적 중심음을 이루고 있는 "하늘농사"의 이치는 이와 같이 외부현실과 만나면서 부정의 상상력으로 확산되기도 한다. 물론 그의 부정의 시적 상상력은 강렬한 외적 공격성으로 집중되지는 않는다. 그것은 그의 시세계의 본령이 "하늘농사"의 운행원리에 입각한 무위의 화법과 정서에 있기 때문이다. 다시 말해서, 그의 시적 지향성은 도토리를 줍는 아주머니들의 "보는 만큼 줍고 / 보이는 만큼 줍는 일이지 / 안달하며 죄 주우려고 머무는 법은 없"는 생활자세에 있기 때문이다. 그래서 그의 시세계는 자극적인 이미지의 과잉과 충격적인 사건의 돌출들이 난무하는 오늘의 현실 속에서 무미할 정도로 소박하고 단조롭게 느껴지는 것이 사실이다. 그러나 그의 시적 본령을 이루는 "순진 무분별"한 무욕과 자족의 미의식은 인류의 생존을 가능케 하는 가장 근원적인 '오래된 미래'의 지혜에 뿌리를 내리고 있다는 점에서 마땅히 강조되고 주목되어야 한다. 그의 시적 삶은 우리의 삶의 본성의 가장 내밀한 정수를 탐색하고 있는 것이다.

# 순백한 고통의 언어

―이승하 시집 『인간의 마을에 밤이 온다』

> 내 필생의 화두는
> '고통의 뜻을 알자는' 것
> ―「지렁이 괴롭히기」 중에서

　이승하의 시세계는 고통의 기록물이다. 그의 시에 등장하는 인물들에게 삶이란 고통을 견디는 과정이다. "조금만 더 아프면 오늘이 간단 말인가/조금만 더 참으면 내일이 온단 말인가"(「아픔이 너를 꽃피웠다」) 그러나 오늘이 가고 내일이 온다고 해서 세상의 고통이 소멸되는 것은 아니다. 고통은 현재는 물론이고 과거나 미래에도 지속적으로 살아 있는 세계의 핵심적인 질료이며 구성체이다. 세상사에서 질병, 전쟁, 폭력, 노환, 장애, 궁핍 등등이 없었던 시대가 한시라도 있었던가. 그래서 우리에게는 과거의 기억의 공간에서도 그 중심부에는 고통의 흔적이 비석처럼 놓여 있다. 그러나 고통이 이토록 일상 속의 친숙한 대상이라고 해서 그 아픔과 비극성이 약화되거나 무감각해지는 것은 아니다. 고통은 항상 초월적이거나 추상적인 대상이 아니라 너무도 생생한 감각적 실재이다.

　이승하는 이러한 고통의 일상을 산문체의 직서형으로 묘사하고 있다. 그리하여 그가 노래하는 일상의 "난파일지"(「난파일지」)는 매우 구체적이고 사실적이다. 그는 순백한 직서형의 화법을 통해 고통의 추상화와 과잉감정의 노출을 통어하면서 동시에 체험적 사실성을 높이고 있다.

다음 시편은 고통을 강요하는 세상의 존재원리를 보여준다.

> 인간의 마을에서 살고 싶었다
> 집도 없고 절도 없던 그대, 아내를 만나
> 벽체를 이루고 지붕이 되어
> 비바람을 막듯이 낙숫물을 받듯이
> 체온을 나누며 미움도 쌓으며
> 그렇게 한번 살아보고 싶었겠지
>
> (……)
>
> 돈이 있어야 했다 돌아버리지 않으려면
> 아옹다옹 다투며 아득바득 부대끼며
> 체온을 나누며 음식을 나누며
> 살고 싶었으나
>
> 가족이여 우리(柵) 허물어진 가축들이여
> 그대 지금 미칠 도리밖에 없는……
>   —「너를 미치게 하는 것들 1— 현대판 조신(調信)의 꿈」 중에서

『삼국유사』가 들려주는 조신 설화의 현대판 패러디이다. 두루 알듯이 조신 설화란 승려였던 조신이 스스로 갈망하던 속세에서의 사랑과 삶을 꿈속에서 경험한 이후 느끼는 소회가 중심화소이다. 조신이 꿈에서 깬 이후 자각한 속세의 삶이란 고해의 난바다이다. 그래서 그는

꿈에서 깨는 순간 깊은 안도의 한숨을 쉰다. 위의 시편 역시 세상사는 "미칠 도리밖에 없는" 곳이다. 세상은 끊임없이 돈을 요구한다. 세상이 요구하는 돈을 잠시라도 지불하지 않으면 가족 구성원은 "가축" 같은 존재로 전락된다. "체온을 나누며 음식을 나누며" 살기 위한 최소한의 환경을 구가하기도 실로 녹록지 않다. 그래서 세상은 수시로 "미칠 도리밖에 없는" 궁지로 몰아넣는다. "가축"과 같은 삶으로 추락하지 않기 위해서는 노동의 굴레에서 잠시도 벗어날 수 없다. 실로 세상은 고해(苦海)에 다름아니다.

세상에서 살아가는 것 자체가 이미 고해의 난바다를 헤쳐나가는 일이지만 여기에서 더 나아가 질병 또한 수시로 우리의 일상 속에 깊숙이 침투해들어온다.

① 사람의 피부가 낡은 소파의 거죽 같다
　　가루 가루 흰 가루
　　아이가 자고 난 자리에 생의 흔적 남는다
　　잠자다 자기도 모르는 사이에 긁는
　　팔과 다리, 목과 얼굴에서 떨어져나온
　　죽은 세포들…… 고엽제를 맞은 것 같은
　　　　　　　　　　　　—「짐승은 자고 난 흔적을 남긴다」 중에서

② 사내는 쿨럭쿨럭 기침을 하기 시작한다
　　기침소리 이상해지더니……
　　다시 속엣것을 올려놓는다 금방 축축해지는
　　어깨와 등, 나는 잠시 사내를 길바닥에 내려놓고
　　웃옷을 벗어 토사물을 털고 닦는다
　　길 한복판으로 달려가 두 손을 흔든다

"택시—! 울 아부지 다 죽어가요—!"
아버지는 나를 낳으시고 기르신……

　　　　　　　　　　　　　　—「그날, 들쳐업다, 그 사내」 중에서


　시 ①은 아토피성 피부염에 시달리는 아들의 고통을, 시 ②는 노환에 시달리는 아버지의 고통을 각각 그리고 있다. 질병은 삶 속으로 파고드는 죽음의 파문이고 행진이다. 아토피는 아이의 싱그러운 피부를 "고엽제를 맞은 것 같은" "죽은 세포"로 변질시킨다. 물론 죽은 세포란 아이가 긁어서 생겨난 부스러기이다. 그러나 이때 아이의 피부를 긁게 한 것은 아토피성 피부염이다. 아토피성 피부염이 아이에게 스스로를 자해하도록 만들고 있는 것이다. 질병은 이와 같이 인간의 의지와 행동까지도 완전히 장악하고 관리한다. 시 ②의 아버지 역시 이미 삶의 기운을 잃어가고 있다. 시적 화자의 등에 의지해서야 이동이 가능하다. 질병은 몸의 자기 조직화 운동을 교란시키고 마비시킨다. 그래서 몸속의 음식물들이 무기력하게 밖으로 배출되어 나오기도 한다. 질병은 이와 같이 항상 잔혹한 상해(傷害)의 공격성으로 출몰한다.
　그러나 삶을 파탄시키는 죽음의 기세는 이러한 질병보다 오히려 인간의 지배욕과 탐욕에 의해 더욱 강렬하게 드러난다.


　자살테러 폭탄이 폭발한 순간
　굉음 속에서 울음 터뜨리며
　막 태어난 아기가 있었을까
　팔레스타인의 산모여 오래 참았기에
　목숨 하나 탄생시킬 수 있구나

지뢰를 밟은 순간
폭음 속에서 비명 지르며
막 쓰러진 청춘이 있었을까
체첸의 젊은이여 오래 기다렸기에
목숨 그렇게 내버릴 수가 있구나

—「목숨들」 중에서

묶여 있는 것은 분명 아니다
억세게 누르는 힘으로부터 벗어나려고
사지를 허우적대며 버둥거려도
몸은 여전히 꽉 붙잡혀 있는 것이었다

팔을 봐 배를 봐 그대 피부는
푸르뎅뎅한가 불그죽죽한가
무거운 시간에 짓눌려 있다가 벌떡
벌떡 일어나서 목을 만져보면
아직 붙어 있는가…… 인질이여.

—「가위눌림에 대한 기억」 중에서

　위의 시편들은 지금도 진행되고 있는 전쟁과 테러에 대한 소묘이다. 우주보다 더 크고 소중한 목숨들이 한순간에 사라져버리는 폭력이 수시로 자행되고 있다. "자살테러" "지뢰" 등에 의한 살육은 야만이 문명을 압도하는 순간에 해당된다. 그러나 이러한 야만의 힘은 단순히 피해자에게만 작용하는 것은 아니다. 이를 보고 들은 세계의 모든 사람들에게 이미 자신의 염력을 뿜어내고 있는 것이다. 그래서 시적 화자는 "가위눌림"에 시달린다. "벌떡 일어나서 목을 만져보면"서

안도의 한숨을 쉬기도 한다. 전쟁의 피비린내 속에서 더욱 비대해진 야만의 힘은 이미 전 세계의 모든 사람들의 숨통을 장악해가고 있는 것인지도 모른다. 자신의 목이 "아직 붙어 있는가"를 스스로에게 묻고 확인하는 기막힌 현상이 현실 속에서 일어나고 있는 것이다. 이와 같이 무서운 죽임의 사건들은 비단 국제적인 역학관계에서만 발생하는 것이 아니다. 우리들의 일상 속에서도 야만의 불씨들이 도사리고 있다. "가위로 혀를 자르는, / 주먹으로 마구 때리는 정도로는 안 되겠기에 / 혀를 잡아당겨 / 문구용 가위로 자르는"(「혀」) 놀라운 일이 초등학생들 사이에서도 일어나고 있는 것이다. 이러한 기사를 본 순간부터 시적 화자는 "혀, 혀가 자, 잘 / 도, 도, 돌아가지 않는" 경험을 하게 된다.

그러나 이처럼 가공할 만한 고통과 수난이 오늘날의 이야기만은 아니다. 과거의 역사에서도 고통의 흔적들은 마치 공동묘지의 비석처럼 뚜렷한 형상으로 존재해왔다.

왜놈들이 몸을 더럽혀
아들딸도 못 낳게 된 내가
무엇에 의지해 살아왔는지를 아느냐

악에 받쳐 살다가 악몽만 꾸다가
아픈 몸 끝내는 병만 남아
광주군 나눔의 집을 거쳐
중계동 노인 복지관까지 왔으니

—「빼앗긴 시간」 중에서

미아리고개로 끌고 간 사람들아

내 가슴에 못박은 철천지웬수들아

아직도 산 사람이 있으면 내 말 좀 들어보소

죽고 나면 웬수가 어데 있겠소?

시절 잘못 만나 사람 쩍인 것이니

시상 잘못 만나 몬저 간 것이니

—「외할머니의 마지막 굿판」 중에서

우리에게 20세기는 일제강점기, 전쟁, 분단으로 요약되는 비극의
연대기였다. 이러한 파행적인 역사적 사건이 개인의 삶의 구체 속에
문신처럼 드러난 것이 위와 같은 사연들이다. 정신대 할머니의 "잃어
버린 시간", "외할머니의 마지막 굿판" 등에서 배어나오는 넋두리는
모두 파행의 역사가 할퀴고 간 상처의 실체들이다. 또한 "어머니, 저
선명이에요./어…… 네가 선명이냐"(「45년은 바다이다」)와 같이 이
산가족의 상봉에서 들리는 절규에 가까운 회한들 역시 분단 역사의
구체적인 표징이다. 일제강점기, 전쟁, 분단 등으로 점철된 사건들이
모두 추상화된 역사가 아니라 지금까지 고스란히 살아 있는 안타까
운 일상의 고통들이었던 것이다.

이렇게 보면, 실로 세상은 인간 삶을 마모시키고 학대하는 가해의
현장이다. 그러나 문제는 이와 같은 가해의 폭력성이 시적 화자 자신
에게도 내재되어 있다는 사실이다. 다시 말해, 시적 화자 역시 동물
적인 공격성을 삶의 바탕으로 삼고 있는 것이다.

곱창전골…… 내가 이 세상에서 가장 좋아하는 냄새는 김 무럭무럭
오르는 곱창전골 냄새……

파와 마늘을 곁들이면 그 냄새는 천국의 향기인가 지옥의 악취인가

(……)

얼마나 많은 죽은 것들의 살과 뼈마디를 내 창자는 소화시켜왔는가
누구보다 튼튼한 이빨, 질기디 질긴 창자로.

—「질긴 창자」 중에서

　자신의 내부에 살고 있는 육식성을 실감 있게 표현하고 있다. "얼마나 많은 죽은 것들의 살과 뼈마디를 내 창자는 소화시켜왔는가" "내 창자"는 다른 동물들의 창자를 먹고 그 칼로리의 힘으로 생존해가고 있지 않은가. 실제로 모든 생명은 타자의 목숨을 담보로 영위되고 있다. 그래서 인간에게도 얄팍한 문명의 피부 안에 짐승과 동일한 색깔의 붉은 피가 흐르고 있지 않을까? 그렇다면 이 세상에서 고통을 양산시키는 동력은 바깥세계뿐만이 아니라 나 자신으로부터 출발하는 것이 아닐까.

　그러나 이러한 형이상학적인 질문은 자칫 고통의 실상을 추상화시킬 가능성이 있다. 이승하의 이번 시집은 이러한 형이상학적인 사유와 성찰보다는 고통의 실재에 대한 감각화에 초점을 두고 있다. 그것은 아마도 고통이란 철학적인 대상화를 허용하지 않는 절박한 즉자적 현실이라는 점을 강조하려는 시적 의도가 반영된 것으로 보인다. 특히 이번 시집에서 일관되게 견지하고 있는 비유와 수사의 장식을 배제한 산문적인 서술형의 언술은 고통의 구체적인 사실성을 배가시키는 효과를 얻고 있다. 또한 시적 대상으로 주로 아들, 아버지, 외할아버지, 할아버지, 할머니 등 가까운 가족과 시단의 시인들, 그리고 신문지 상에서 거론된 인물들을 직접 등장시키고 있는 것은 결과적으로 독자들이 고통의 실상을 일상의 층위에서 체험적으로 환기하고 공유하도록 유도하고 있다.

　한편 세상이 이토록 고해의 난바다라는 인식은 궁극적으로 평화와

안식에 대한 갈망을 배태한다. 현실의 고통에 대한 강도는 자연스럽게 평화의 세계에 대한 열망으로 표출되기도 하는 것이다.

　저토록 아름다운 풍경을
　렌즈에 담았으니
　세계여 이 사진만큼만
　사랑스럽기를, 평화롭기를.

　(……)

　세상의 모든 갈등이 멈춘
　아버지가 자식 기저귀 갈아주는 시간
　조화옹이 미소지으며
　구경하고 있는 시간의 빛, 빛살,
　빛나는 우주의 한 귀퉁이.

　　　　　　　　　　　　　—「세 번의 만남」 중에서

　이번 시집에서 평화를 노래하고 감상하는 거의 유일한 시편이다. 물론 이 평화의 시적 대상은 주변 일상의 현실세계가 아니라 "렌즈에 담"긴 사진 속의 풍경이다. 그러나 시적 화자는 "세계여 이 사진만큼" "사랑스럽기를, 평화롭기를" 하고 염원한다. 사랑과 평화에 대한 강한 열망에는 현실에 대한 고통의 인식이 전제되어 있는 것이다. 다시 말해, 이번 시집이 보여주는 "내 필생의 화두는/ '고통의 뜻을 알자'는 것"(「지렁이 괴롭히기」)이란 전제에 대한 실천과정은 궁극적으로 미래사회의 사랑과 평화에 대한 갈망을 증대시키는 동력으로서도 의미를 지닌다는 것이다. 그리하여 이승하의 순백한 고통의 언어는 앞으로 순백한 사랑과 평화의 언어로 전이될 수도 있으리라는 기대를 넌지시 해보게 된다.

를 넌지시 해보게 된다.

# 과수원에서 들려오는 악기 소리

## ─배한봉 시집 『악기점』

    주지하듯, 1990년대 이후부터 오늘날에 이르기까지 지속적으로 우리 시사의 가장 중심부를 차지하고 있는 시적 계보학은 생태시이다. 생태시는 1980년대 후반을 마디절로 우리 사회 전반에 걸쳐 강한 규정력을 발휘하던 마르크시즘의 열기가 급격하게 퇴조한 이후, 그 빈자리에서 움트기 시작한 이래, 활발한 자기 조직화 운동을 통해 시적 계보학의 울타리를 단연 선명하게 펼쳐놓고 있다. 이와 같이 생태시학이 전면에 등장한 가장 큰 배경은 무엇보다 가시적으로 선명하게 드러나는 생태계 파괴, 환경오염의 극심화에서 비롯된다. 20세기는 그 어느 때와도 비교할 수 없이 가장 집중적이고도 급속도로 초록별 지구의 건강을 노화시킨 연대기이다. 오늘날 지구는 자정능력의 상실, 이상기후 현상, 계절의 순환축의 이완 등의 질병에 시달리고 있다. 인류문명의 진보라는 명분을 내걸고 전개되었던 근대기획이 이제는 인류의 생존 자체를 치명적으로 위협하는 상황을 초래하고 있는 것이다. 전 지구적 차원의 생태계 파괴에는 자본주의 생산양식뿐만이 아니라 사회주의 체제도 정도의 차이는 있으나 노선을 같이한 동맹

관계였다. 사회주의 체제 역시 근대 기계주의적 패러다임의 이원론적인 주체 중심주의, 인간 중심주의에 입각한 개발과 성장주의에 매몰되어 있었기 때문이다. 결국 20세기가 저지른 전 지구적 차원의 생명 파괴 현상은 지구 생물권 경제의 하위영역에 속하는 인간 경제가 오히려 지구 생물권 경제의 수준을 초과한 데서 기인한 것이라고 할 것이다.

따라서 우리에게는 지구 생물권 경제가 기반으로 하는 생태적 순환질서에 입각한 생활양식, 사고방식, 경제 활동, 문화 행위가 요구된다. 1990년대 이래 생태시학이 활발하게 전개되었던 주요 배경은 여기에 있었던 것이다. 그래서 그 동안 생태시학에 관한 논의는 서구의 사회생태학, 심층생태학, 생태페미니즘 등을 비롯하여 우리의 심원한 자연친화적인 전통사상과 문화의 원류, 즉 불교, 노장사상, 풍류도, 동학 등에 대한 탐색이 다채롭게 전개되었던 것이다. 그러나 이 지점에서 우리가 거듭 강조해야 할 것은 생태시학이란 철학적인 이해와 논의의 수준에 그치지 않고 생활 실천의 영역으로 구체화되어야 한다는 것이다. 이것은 또한 생태시학은 삶의 실재 속에서 감응하고 터득하는 인간 삶의 원형성과 순환리듬에 대한 반영이어야 한다는 의미를 지닌다.

지구 생물권의 순환질서에 상응하는 인간 삶의 양식이란 무엇일까? 여기에 대한 온전한 설명을 위해서는 또다시 복잡하고 다양한 논의가 요구될 것이다. 그러나 이에 대해 가장 단순하고 명료하게 답변한다면 도가(道家)에서 일컫는 무위(無爲)의 삶, 즉 인위적인 삶 이전의 자연상태에 순응하고 궁극적으로 그것과 동화 또는 일치되기를 갈구하는 인생관, 생활양식과 정서 등을 들 수 있을 것이다. 다시 말해, 일상적 삶의 가치기준을 인간의 세속적인 탐욕과 지배욕망의 회로망에 두지 않고 자연의 화음과 순리에 두는 것을 가리킨다. 그러나 우리 시사에서 생태시는 많은 경우에 체험적 생활의 언어가 아니라 계몽적인 잠언과 현학적인 소재주의의 차원에서 확대 재생산되어왔던 경향이 있다. 철학적 잠언의 환기나 환경오염의 실태에 대한 고발과 비탄의 넋두리들이 생태시의 많은 부분을 차지해왔던 것이 사실이다. 그래서 생태시는 많이 발표되었으나 정작 대부분이 그 본질의 주변부에 맴도는 경향을 보여왔던 것이다.

　배한봉의 시편이 단연 빛을 발하는 지점은 여기이다. 그는 직접 과수원을 경작하는 농촌생활 속에서 우주생명의 원리를 배우고 익히며 또한 이를 스스로 실현하는 과정을 통해 자연생명 과정에 동참하는 모습을 보여준다. 그의 시의 중심음은 과수원의 운행원리이다. 과수원의 운행원리가 그의 삶의 심미적 인격의 가치기준이며 지표인 것이다.

　　　열매를 솎아보면 알지
　　　버리는 일이 얼마나 어려운가를
　　　나 처음엔
　　　열매 많이 다는 것이 그저 좋은 것인 줄 알고
　　　아니, 그 주렁주렁 열린 열매 아까워
　　　제대로 솎지 못했다네
　　　한 해 실농(失農)하고서야 솎는 일이
　　　버리는 일이 아니라 과정이란 걸 알았네
　　　삶도, 사랑도 첫 마음 잘 솎아야
　　　좋은 열매 얻는다는 걸 뒤늦게 알았네
　　　　　　　　　　　　　　　　　—「복숭아를 솎으며」 중에서

　복숭아 과수원의 열매 솎는 일을 통해 "버리는" 것이 잃는 것이 아니라 튼실한 열매를 얻기 위한 생명과정의 참모습이라는 것을 노래하고 있다. 열매를 솎아 "버리는 일"을 감행하지 못했을 때 그 결과는 "실농"으로 귀착된다. 집착과 소유욕이 자연의 순행원리를 거역하는 행위가 된 것이다. 이 점은 인간사에도 동일하게 적용된다. "삶도, 사랑도 첫 마음 잘 솎아야/좋은 열매"를 얻을 수 있지 않은가. 이와 같이 자연은 삶의 이치를 실천으로 보여주고 있는 것이다.

그래서 시인은 스스로 "나무에게 배운다"(「나무에게 배운다」)고 진술한다. "제 몸 불볕에 내맡기면서도/넓은 그늘 만들 줄"(「푸른 그늘」) 알고, "늙어가면서/제 몸을 벌레들에게 바"(「오래된 나무」)치는 나무는 훌륭한 "시인"(「푸른 그늘」)이며 "늙은 수도승"(「나무의 혀」)의 모습처럼 생각된다. 이와 같은 나무의 의인화는 점차 자연과 시인 자신의 내적 동일성에 대한 직시로 전개된다.

① 탈골하는 억새들, 음성이 청량하다
　살과 피 다 버리고 뼛속까지
　텅 비운 한 생애의 여백
　(……)
　내 심중에서도 조금씩 여백이 보이고
　누가 마음놓고 들어와 앉아 불어도 좋을
　젓대 하나, 가슴뼈 어딘가에 만들어지고 있었다
　　　　　　　　　　　　　　—「공명을 듣다」 중에서


② 꽃이 흔들리는 것은 바람 때문이 아니라
　제 몸속 암술 수술의 음표들이 가락
　퉁기기 때문이리,

(……)

나 오늘, 만개한 복사꽃 보며
내 몸속에서는 어떤 음표들이 가락 퉁기는지
궁금하여 햇살 속에 마음 활짝 펼쳐본다
　　　　　　　　　　　—「꽃 속의 음표」 중에서


　　자연의 존재원리와 사람의 삶의 근원이 서로를 반사시켜주는 대칭
거울의 형상을 하고 있다. 시 ①은 겨울 억새의 텅 빈 내공의 공명을
들으면서 "내 심중"의 텅 빈 "여백"을 감지하고 있고, 시 ②는 꽃잎을
흔들게 하는 몸속의 음표에 대한 직관으로 "만개한 복사꽃"에 반응하
는 "내 몸속"의 "어떤 음표"들을 환기시키고 있다. 이러한 시적 구성
원리는 "우리가 자연의 식솔"(「자연에 누워」)이며 구성원이라는 사실
의 명징한 인식이며 확인에 해당한다. 자연생명이 사람의 내적 본질
이라는 이러한 인식은 사람이 자연의 일원이며 동시에 우주의 생명
현상에 동참하는 당사자라는 점을 자각시킨다. 나무들의 몸에서 들려
오는 악기 소리를 노래하는 다음 시편은 이를 선명하게 보여준다.


나무들은 몸속에
악기를 하나씩 가지고 있다
악보는 태양과 구름과 바람
별과 어둠, 그대와 나의 삶과 생각들

오늘도 나는 악기들을 조율하러 과수밭에 오른다
전지하고, 열매 솎고, 풀을 베고
열매 따며 악기의 음계를 따라가면

어느새 악기들은 나를 조율하는 조율사가 되어 있다
내 삶의 곁가지를 전지하고 욕망을 솎고
억세게 뻗쳐오른 번뇌를 조율하고 있다


(……)


나무는 나무 자신을 조율하고 탄주할 뿐인데
비 내리고 폭설이 쏟아지고
폭풍 몰아치고 해일이 인다
봄, 여름이 가고 가을도 가고 겨울이 온다


나무는 연주를 마칠 때마다 몸속에
하나씩 나이테를 그린다
나무 몸속에 매미와 뻐꾸기
태양과 별의 숙명이 머물고
나무는 명상한다. 정적과 혼돈 뒤섞인
끝없는 생명에 대하여


한 알 과일을 먹은 뒤 오래도록
우리 입속에 남는 과일의 향연
목구멍을 타고 넘어간 과즙이여
나무 악기의 음률이여

—「악기점」 중에서


　나무들의 몸속에 있는 악기의 연주에 따라 "비 내리고 폭설이 쏟아
지고", "봄, 여름이 가고 가을도 가고 겨울이 온다". 우주의 운행질서

가 나무 악기의 연주에 조응하고 있다. 그러나 이때의 나무가 거대한 신탁의 나무이거나 마법의 나무는 아니다. 화자가 "전지하고, 열매 솎고, 풀을 베"는 과수밭의 평범한 과수이다. 그렇다면 이 평범한 과수가 천지운행(天地運行)의 척도에 해당하는 우주목이 될 수 있는 배경은 어디에 있을까? 그것은 이 과수의 악기가 탄주하는 "악보는 태양과 구름과 바람/별과 어둠, 그대와 나의 삶과 생각들"의 유기적인 관계성의 산물이기 때문이다. 즉 과수나무 악기의 음계는 태양, 구름, 바람, 별, 어둠, 화자 등의 내생적 리듬의 상호공명음의 산물에 해당한다. 이것은 과수원의 한 그루 나무의 존재가 태양, 구름, 바람, 별, 어둠, 화자 등의 기운과 맥박이 서로 어우러진, 생명의 그물망의 유기적인 관계성의 산물임을 가리킨다. 그래서 한 그루 나무에는 우주생명의 신묘한 비의가 내재되어 있는 것이다.

한편 이 시에서 이색적으로 주목되는 것은 앞에서도 제시되고 있는 바처럼 시적 화자가 자연의 운행을 관장하는 우주목에 비견되는 과수의 음계를 조율하는 주체이며 동시에 객체로 등장한다는 점이다. "오늘도 나는 악기들을 조율하러 과수밭에 오"르고, "어느새 악기들은 나를 조율하는 조율사가 되어 있"는 것이다. 이것은 사람은 무위의 자연지성(自然之聲)을 창작할 수 있는 잠재적 본성을 지니고 있음을 가리키는 것이며, 또한 자연지성에 대한 감상을 통해 자신의 자연생명의 본성을 회복하여 자연생명과 일체가 된 삶을 누릴 수 있다는 인식이 바탕을 이룬다. 공자가 『논어』에서 전언한 "도가 인간을 기르는 것이 아니라 인간이 도를 기른다(子曰 : "人能弘道, 非道弘人")"는 말을 떠올리게 하는 대목이다. 인간은 수양을 통해 도를 받아들여야 하는 피동적인 존재에 그치지 않고 스스로 도를 형성하는 당사자이기도 한 것이다. 다만 대부분의 현대인이 세속적인 일상의 허위와 탐욕에 매몰되면서 자신의 자연생명의 내재적 본성을 스스로 자각하지

270

못한 채 살아가고 있는 것이다.

따라서 생태시의 본령은 자연지성에 대한 관음과 더불어 스스로 자신의 본디 성품에 해당하는 자연생명을 재발견하고 터득하고 실현하는 과정 속에 뿌리를 두는 것이다. 이렇게 보면, 생태시학의 정립은 인간이 자연에 대한 우월의식과 지배욕을 앞세울 때 불가능하듯이 인간의 자연에 대한 일방적인 숭배와 경외 역시 도움을 주지 못한다. 인간과 자연은 이원론적인 주객관계가 아니라 일원론적인 연속성, 순환성, 관계성을 토대로 하는 유기적 공동체인 것이다.

따라서 배한봉의 농경적 상상력에 뿌리를 둔 생태시 역시 "나무에게 배운다"(「나무에게 배운다」)는 과정과 "나의 노동이" 자연을 "부추기는 자양(滋養)이"(「자연에 누워」) 된다는 과정이 서로 어우러진, 아니 그 둘의 경계마저 무화된 일체혼융(一體混融)의 지점에서 완성형에 가장 근접하게 이를 수 있을 것이다.

① 아 보아라, 벌과 나비
　천하의 저 잡것들, 신명이 나서 얼쑤얼쑤 건들건들
　파밭 김매던 어머니도 꺾인 허리 펴며
　앗따, 내 조것들 같은 때가 언제였노? 중얼거리고
　아버지는 담뱃불 당기며 헛기침만 하신다
　일흔 세월, 저 장단 저 가락으로 깊어진 속내가
　내 가슴 밑바닥을 치고 간다
　나 그만 콧날 시큰, 눈시울 붉어지고
　사랑도 푹 곰삭은 사랑의 내력 하나
　꽃 지고 피느라 하루해 짧은 과수밭에
　냄새도 흙냄새 구수한 전설 되어 실뿌리 박는다
　　　　　　　　　　　　　—「청명날 과수밭에서」 중에서

② 아버지 얼굴에 소금기 허옇게 반짝거린다

  팔십 평생 몸이 피운 소금꽃

  미물도 그냥 지나치지 못하는 꽃을 피운

  농부의 땀은 곧 생명의 힘

  바람 한점 없는 7월 건너가느라

  숨찬 나무에게는 꿀물로 스며들고

  복숭아는 즐겁게 붉어지며 익어갔으리

  햇볕 뜨거울수록 단내 물씬물씬

  울울창창 나무도 신명나서

  퍼져앉은 내 어깨를 툭툭 친다

  또 어디선가 벌들이 날아오고

  복숭아밭은 시경 읽는 소리 가득하다

  ─「땀, 시경(詩經)」 중에서


  생태시의 완성형은 정작 생태시의 개념적 범주 속에 복속되지 않
는 자리에서 성립된다고 할 수 있다. 이미 인간 삶의 존재원리는 자
연과 유기적인 연관성을 지닌 생태적 질서를 전제로 하고 있기 때문
에, 인간 삶의 본원성을 노래하는 시편들은 공통적으로 생태시의 범
주와 무관하지 않은 것이다. 이렇게 보면, 생태시의 범주를 개념화시
켜 강조하는 것 자체가 새삼스러운 것처럼 인식되는 것이 사실이다.
다만 현대 산업사회의 지배구조가 지구 생물권의 운명공동체적 질서
를 일탈, 망각, 위반하는 일련의 사태에 대한 비판의 자리에서 생태
시학의 위상이 강한 빛을 발하고 있는 것이다. 따라서 생태시학이 유
난히 강한 위상을 지니는 것은 인간 삶이 자신의 근원으로부터 너무
멀어지고 있다는 사실을 반증하는 것으로 해석해볼 수도 있다.
  위의 시편들은 공통적으로 과수밭에서 일하는 풍경의 한 대목을

그리고 있다. 시 ①의 시상은 "청명날 과수밭"의 "벌과 나비"의 출현에서부터 시작된다. 청명날의 벌과 나비의 생기 넘치는 날갯짓을 보고 어머니는 자신의 싱그럽게 푸르렀던 시절을, 아버지는 지나온 세월의 내력을 각각 회억하고 있다. 농부의 인생이란 "일흔 세월, 저 장단 저 가락으로 깊어진 속내"를 간직한 자연의 산 역사이다. 물론 이 자연의 역사란 사람에게 해당되는 것만은 아니다. "지고 피"는 꽃의 시간성과 과수의 "실뿌리"에 스며드는 구수한 흙냄새 역시 이러한 자연의 역사의 결과물이며 증거들인 것이다. "벌과 나비", 부모님의 인생과 나의 감응, 꽃, 흙 등의 이미저리가 서로 실뿌리처럼 엇섞이어 한 편의 시상을 형성해내고 있다.

시 ② 역시 인간사와 자연사가 서로 어우러진 곡진한 풍경을 입체적으로 감각화시키고 있다. 아버지 얼굴에 핀 "소금꽃", 그 "생명의 힘"이 7월의 "숨찬 나무에게는 꿀물로 스며들고/복숭아는 즐겁게 붉어"지게 했으리라. 한편 더우면 더울수록 "신명나"는 나무들은 "내 어깨를 툭툭" 치고, 그 장단에 "어디선가 벌들이 날아"와 "복숭아밭은 시경 읽는 소리"로 가득해진다. 이때 복숭아밭에 진동하는 소리들을 "시경 읽는 소리"로 메아리치도록 한 공명통은, 벌의 날갯짓뿐만 아니라 아버지의 얼굴에 핀 "소금꽃", 나무의 "꿀물", 무르익은 복숭아 등의 어우러짐이다. 이렇게 보면, 복숭아 과수원의 "시경 읽는 소리"를 반사시키고 있는 이 시편 역시 복숭아 과수원에서 울려퍼지는 "시경"에 다름아니라고 할 수도 있으리라.

그렇다면 자연의 맥박과 상호공명하며 유기적으로 어우러져 살아가는 삶이란 항상 이와 같이 아름답고 조화롭고 풍요롭기만 할까? 스스로(自) 그러한(然), 무위의 자연이란 이와 같이 늘 유순하고 선량하고 화해롭기만 한 것일까? 분명 그렇지는 않다. 노자 역시 『도덕경』에서 "천지는 인자하지 않다. 만물을 풀강아지처럼 다룰 뿐이다

(天地不仁, 以萬物爲芻狗)"라고 하지 않았던가. 다음 시편에서 과수원
은 "폭풍우 휩쓸고 간"의 폐허의 풍경을 보이고 있다.

이 칠흑의 밤
빛나는 것이 별뿐이랴
폭풍우 휩쓸고 간 과수밭
한치 앞도 보이지 않는
우리 걸어가야 할 이 땅이 서러워서
살아남은 열매들은
더 시퍼렇게 눈 뜨는 것이다
나무는 우지끈 언덕은 큰물 져서
엉망진창 막막 가슴
콸콸콸, 흙탕물 계류로 흘러서
어쩔 것이냐, 또 어쩔 것이냐고
울컥울컥 치밀던 설움마저 거덜나
차마 잠 못 들어 서성대는
이 폐허 나무 아래
풀여치도 애진 마음 넘쳐서는
쯧쯧쯔쯔 밤새도록 자지러지는 것이다
비바람 겪고 나서야 더 굵어진다고
시퍼렇게 눈 뜨는
저 순명의 기운이
차랑차랑 뿜어내는 여명 속으로
습자지처럼 얇은 하늘
사방 정정(淨淨) 열리고 있었다

—「순명順命」 전문

274

이 시는 폭풍우가 지나간 과수원의 "엉망진창"의 현장을 매우 절제된 화법으로 실감 있게 묘파하고 있다. 자연은 이와 같이 폭력적이고 잔혹한 악마적 속성을 내재하고 있는 것이 사실이다. 자연은 태풍, 폭우, 폭설에 의한 불가항력의 재난을 일으키는 당사자인 것이다. 그래서 농촌을 배경으로 한 생태시학이 대부분 목가적 전원풍경에만 치중되었던 것은 자연생명의 본성을 온전하게 반영한 것이라고 할 수 없을 것이다.

"즐겁게 붉어지며 익어"(「땀, 시경(詩經)」)가던 복숭아 과수가 "폐허 나무"로 변질되어 있다. "시경 읽는 소리 가득하"(「땀, 시경(詩經)」)던 복숭아밭은 "콸콸콸 흙탕물 계류" 소리로 가득해져 있다. 천지가 만물을 풀강아지처럼 다루고 있는 현장이다. 그래서 시적 화자나 풀여치도 폐허의 현장 앞에서 "애진 마음"을 달래며 "차마 잠 못 들어" 서성거리며 전전긍긍하고 있다. 그러나 안타까운 폐허의 극한은 한편으로 소생의 가능성을 열어놓는 전제가 되고 있다. "시퍼렇게 눈 뜨는/저 순명의 기운이" "사방 정정(淨淨) 열리고" 있기 때문이다. 여기에서 순명의 기운, 즉 운명에 순응하는 기운이란 '근본으로 되돌아가는' 무위자연(無爲自然)의 속성을 가리키는 것으로 해석된다. 노자가 설명한 무위자연의 도란 영원히 변화하면서도 언제나 극점을 지나면 제자리를 향해 돌아온다(反者, 道之動, 『도덕경』 40장)는 전언을 떠올리게 한다. 이와 같은 순명의 이치에 따라, 폐허가 된 과수밭은 이제 "습자지처럼 얇은 하늘"이 "사방 정정(淨淨) 열리"는 것처럼 "정정(淨淨)"하게 열리어 평정을 찾아갈 것으로 추정된다. 과수원은 천지의 운행원리의 반사체인 것이다.

여기에 이르면, 우리는 배한봉의 농촌 삶의 체험에 바탕을 둔 생태시학은 인간과 자연의 관계성을 넘어 궁극적으로는 인간과 자연의 존재원리의 원형성을 노래하는 단계에 이르고 있음을 알 수 있다. 그는 과수원에서의 노동의 일상 속에서 "저 보랏빛, 바람이 펼친 악보를 읽"(「우포늪 물옥잠」)으며 자신과 자연의 삶의 근원을 발견하고, 이해하고, 조율하며 동시에 이를 시창작의 중심음으로 견인하고 있는 것이다. 특히 그의 체험적 동질성에 바탕한 생태시학은 개념적 일반론의 범주 이전의 자연과 인간의 연속성과 순환성의 실재를 내밀하게 구현하고 있으며, 아울러 자연에 대한 낭만주의적 인식의 편향성에서 벗어나고 있는 미덕을 지니고 있다. 앞으로 배한봉의 시세계가 나아갈 방향은, 이번 시집에서 표나게 드러나는 인간 자신에게도 내재하는 자연생명 본성의 사회문화적 실현의 의미와 가치를 구현하는 영역으로 확대되는 것이라고 판단된다. 다시 말해, 과수원에서 들려오는 악기 소리를 오늘날 우리 사회의 중심음으로 견인하는 시적 노력이 요구된다는 것이다. 이때 그의 시의 산실인 과수원의 평정의 질서는 우리 사회의 생명가치를 회복하는 살림의 질서로서 승화될 수 있을 것이다.

# 대지의 문법과 화엄의 견성

## —손택수 시집 『목련열차』

    손택수의 시세계는 재래적인 대지적 삶의 문법으로부터 발현되고 수렴된다. 대지적 삶의 문법이란 형이상학적인 초월과 변별되는 개념으로서 농경적 삶을 근간으로 하는 구체적인 살림살이의 성정과 표정에 바탕을 둔다. 이와 같은 대지적 삶의 문법은 직접적으로는 "밭일 하시던 할아버지가 땅에 / 지겟작대기로 'ㄱ' / 이라고 썼다 / (……) / 내 최초의 받아쓰기"(「자음」)라는 전언에서 보듯, 그가 "흙냄새 풀풀 나던 소리"로 글을 깨친 내력과 깊이 연관되는데, 구체적인 실현양태는 할머니의 체험적 삶의 화법을 통해 전개된다.

    그래서 그의 시편들의 감응은 '오래된 낯섦' 혹은 '친숙한 낯섦'의 역설로 다가온다. 합리적, 개념적인 이성이 지배하는 현대사회에서 할머니의 굴곡 많은 살림살이의 체험으로부터 배어나오는 언술은 친숙하면서도 한편 전근대적인 생경함으로 다가오는 것이 사실이다. 실제로 우리에게 근대화의 진전은 과학적이고 논리적인 인식론적 이성을 강조함으로써, 안으로는 평생에 걸쳐 겪어온 고생살이를 삭이면서 밖으로는 이타적인 상생의 지혜를 전언하는 할머니의 앎, 즉 일종의 살림살이 이성을 전면에서부터 밀어내었다. 살림살이 이성이란 서양의 인식론적인 이성, 즉 인간의 사유, 판단, 인식 행위를 강조하는 경우와 달리 몸으로 체득된 살림의 이치와 지혜를 가리킨다. 따라서 살림살이 이성은 칸트의 순수이성(이론이성)뿐만 아니라 실천이성, 미적 이성을 모두 함축하고 포괄하는 범주로서 하버마스의 의사소통적 이성(합리성)과 유사성을 지닌다. 그러나 하버마스의 의사소통적 합리성이 그 모델을 이상적인 언어 상황에서 찾고 있는 데 반해, 살림살이 이성은 체험적 삶에 더욱 가깝다고 정리해볼 수 있을 것이다.

오늘날 할머니가 한 집안의 살림을 주도하고 관장하던 예전의 위상을 상실한 것은 과학적, 합리적 의미의 이론적 이성이 지배하면서 생명의 운행원리와 유기적인 구조로 짜여진 생활세계적 이성을 억압하고 배제해왔음을 가리킨다. 이렇게 보면, 손택수의 시세계는 오늘날 무기력한 노인으로 취급되기에 이른 할머니의 살림살이(생활세계) 이성의 복권이란 의미를 지닌다. 그렇다면 살림살이 이성을 보유한 할머니의 실체를 감각적으로 구상화하면 어떤 모습이 될까?

오늘은 땅심이 제일 좋은 날
달과 토성이 서로 정반대의 위치에 서서
흙들이 마구 부풀어오르는 날

설씨 문중 대대로 내려온 농법대로
할머니는 별들의 신호를 알아듣고 씨를 뿌렸다

별과 별 사이의 신호를
씨앗들도 알아듣고
최대의 발아(發芽)를 이루었다

할머니의 몸속에, 씨앗 속에, 할머니 주름을 닮은 밭고랑 속에
별과의 교신을 하는 무슨 우주국이 들어 있었던가

매달 스무여드레 별들이 지상에 금빛 씨앗을 뿌리던 날
할머니는 온몸에 별빛을 받으며 돌아왔다
                              ―「달과 토성의 파종법」 중에서

　할머니의 신묘한 파종법의 지혜가 그려지고 있다. 할머니의 몸속에
는 "설씨 문중 대대로 내려온 농법"이 고스란히 살아 있다. "설씨 문
중 대대로 내려온 농법"이란 "별들의 신호"를 정확하게 감지하는 것
이다. 별들의 신호에 따라 파종된 씨앗은 이제 스스로 "별과 별 사이
의 신호"와 소통하여, "최대의 발아(發芽)를 이루"어낸다. 하늘의 별
(天), 땅속의 씨앗(地), 할머니(人)가 서로서로 소통하고 공명하는 몸
의 감응을 보이고 있다. 심지어 "밭고랑"은 "할머니 주름"을 닮아가
고 있기까지 하다. 그리하여 "할머니의 몸속에, 씨앗 속에" "밭고랑
속에 / 별과의 교신을 하는 무슨 우주국이 들어" 있다는 홍미 있는 비
유적 수사도 가능하다. 할머니의 바닥민중으로서의 오랜 농경생활 체
험이 하늘과 땅의 운행원리를 몸으로 습득하는 과정이었던 것이다.
인간의 몸은 몸 그 자체로 존재하는 것이 아니라 '우주적인 기가 흐르
는 길들의 집합 혹은 음과 양을 동시에 포함하는 실체'(장횡거)라는
기철학에서의 인식을 환기시키는 대목이다. 그래서 할머니는 우주생
명의 존재원리를 이미 자신도 모르는 사이에 몸으로 체득하고 있다.
　이와 같은 할머니의 우주적 존재성은 이번 시집 도처에서 다양한
목소리로 등장한다.

사립문으로 들어온 바람이 고가메 북쪽으로 씨러들어가면 그날은 영락없이 비가 내린다. 한마을 한집에서 칠십 년을 산 할머니의 말씀이다 볕이 저렇게 쨍쨍하기만 한데 말리던 고추를 거둬들이시고 논에 물꼬를 보러 간다.

　　　　　　　　　　　　　　　　—「가새각시 이야기」 중에서


홍어를 먹으면 아이의 살갗이 홍어처럼 붉어지느니라
지엄하신 할머니 몰래 삼킨 홍어

　　　　　　　　　　　　　　　　　　—「홍어」 중에서


할머니는 사람의 콧구멍 속에 쥐 두 마리가 살고 있다고 했다. 세상 모르고 곯아떨어진 동생의 얼굴에 연필 수염을 그려놓고 키득대고 있노라면, 에그 망할 놈, 나갔던 혼쥐가 딴 구멍으로 들어가겠구나 혼쭐을 내시곤 가만가만 아기가 깨지 않게 수염을 지워주곤 하였다.

　　　　　　　　　　　　　　　　—「혼쥐 이야기」 중에서


버스를 기다리던 할머니가 손주의 고추를 잡고 가로수 밑에서 오줌을 눈다 // (……) // 무슨 주술처럼 시ー, 시ー, 아득한 기억 저편에서 노루오줌꽃이 터져나오듯 망울망울 남은 한 방울까지 탈탈 털어주며 따로 노는 몸과 마음을 한데 이어주는 소리

　　　　　　　　　　　　　　　　—「오줌 뉘는 소리」 중에서


일상생활 가운데 하늘과 땅의 운행원리를 전언하는 할머니의 목소리가 표명되고 있다. 할머니는 맑은 기후 속에서도 비를 예견하고, 불경스런 일들("아이의 살갗이 홍어처럼 붉어지느니라")을 예방하는 주술사의 혜안, 생활 속의 터부와 금기를 일러주고, "몸과 마음을 한

데 이어주"는 치유사로서의 능력을 일상 속에서 보여주고 있다. "한 마을 한집에서 칠십 년을 산 할머니"가 하늘과 땅을 소통시키고, 하늘과 땅 사이에 살아가는 사람들의 생명을 고양시키는 영성한 존재자로서의 역할을 수행하고 있는 것이다. 할머니는 '말하는 몸'이며 '예언하는 몸'이다. 그러나 이러한 말과 예언은 천상에서부터 내려오는 수직적인 존재자의 잠언이 아니라 손자에게 들려주는 전근대적인 설화의 양상을 띤다. 합리와 과학을 근간으로 하는 근대의 진전과 함께 점차 소실된 설화적 전통담론의 현장성, 구술성, 집단성이 재생되고 있는 것이다. 자연의 순환원리에 따라 땅 갈고 씨 뿌리고 추수하는 바닥민중, 그 '일하는 한울님'의 영성스러움이 형상화되고 있는 대목들이다.

한편 이와 같이 천지의 운행원리와 닮은 할머니의 몸의 감응과 표정은 기실 모든 사물에게도 공통적으로 관통되는 속성이다. 손택수 시인은 이에 대한 내밀한 시적 견성을 보여준다.

강이 휘어진다 乙, 乙, 乙 강이 휘어지는 아픔으로 등 굽은 아낙 하나 아기를 업고 밭을 맨다

호밋날 끝에 돌 부딪는 소리, 강이 들을 껴안는다 한 굽이 두 굽이 살이 패는 아픔으로 저문 들을 품는다

乙, 乙, 乙 물새떼가 강을 들어올린다 천 마리 만 마리 천 리 만 리 소쿠라지는 울음소리—

까딱하면, 저 속으로 첨벙 뛰어들겠다
                                          —「강이 날아오른다」 전문

"강"과 "물새"와 "아낙"이 서로 같은 모양새를 하고 있다. "乙"은 휘어지는 강의 모습, 아기를 업고 밭을 매는 "아낙", "물새떼"의 공통적인 상형문자인 것이다. 그래서 "물새떼가" 날아오르는 장관은 "강을 들어올"리는 풍경으로 표현할 수 있다. 또한 시적 화자가 "천 리 만 리 소쿠라지는 울음소리―" 속으로 "첨벙 뛰어들"고자 하는 것은 자신과 새떼와 강이 모두 근원 동일성을 지니고 있음을 드러내는 것이기도 하다. 이와 같은 외양적인 모습의 유사성은 모든 삼라만상에 공통적으로 관류하는 우주율의 실체이기도 하다. "강이 들을 껴안"고 "저문 들을 품는" 것은 우주의 삼라만상이 천지운화의 우주적 원리에 따라 서로서로 동기감응(同氣感應)하는 양상으로 인식된다.

이와 같은 삼라만상의 상호교감과 감응의 원리를 근육감각으로 실감 있게 그려 보이면 다음과 같은 시편이 된다.

마른 풀잎을 스치는 작은 몸동작 하나도 놓치지 않고 저만치 날아가서 거리를 팽팽하게 벌려놓는 날것들, 물 위에 떠서 지직거리는 물살 너머에 주파수를 맞추고 있다

나는 안다 지금 안전거리를 확보한 채 너 따위는 관심에도 없다는 듯이 물장구를 치며 딴전을 부리고 있는 청둥오리들의 몸속 가장 깊은 곳의 세포 하나까지 환하게 눈 뜨고 있음을 가느다란 바람 한 올까지 청둥오리의 신경선이 되어 쭈뼛해져 있음을

(……)

그러나 청둥오리떼 파다닥 멀어지기 직전, 오오 바로 그 직전 나는 잠시 청둥오리 몸속에 있다 청둥오리 몸속 가장 깊은 곳에 닿았다 떨

어진다

　　　　　　　　—「청둥오리떼 파다닥 멀어지기 직전」 중에서

　이 시는 청둥오리와 시적 화자 간의 몸의 언어로 이루어져 있다. 곤두세운 신경선의 반응과 근육감각이 섬세하게 묘사되고 있다. 청둥오리와 시적 화자는 서로 딴전을 부리고 있지만 상대의 작은 세포 하나의 움직임까지도 온몸으로 판독하고 있다. 몸은 이와 같이 머리 중심의 중앙집권식이 아니라 작은 기관까지도 모두 살아 있는 지방분권식의 영성한 그물망이다. 마치 축구에서 골키퍼가 불현듯 날아오는 공을 두뇌를 통한 사유 이전에 몸의 감각으로 막아내는 것과 같은 이치이다. 몸은 체험적 삶의 수렴과 발현의 장소이다. 표현내용과 표현수단이 하나로 융합된 몸의 표현은 세계의 존재 전체가 감각적인 것임을 증거한다. 세계의 감각이 몸을 통해 수렴되고, 수렴된 몸의 감각은 다시 세계 속으로 흘러들어가 세계의 감각이 되고, 이것이 다시 몸으로 흘러들어오는 무한반복의 과정이 일어난다. "청둥오리떼 파다닥 멀어지기 직전, 오오 바로 그 직전 나는 잠시 청둥오리 몸속에 있다 청둥오리 몸속 가장 깊은 곳에 닿았다 떨어진다"는 것은 이와 같은 몸의 감응의 반복적 순환 현상에 대한 묘사이다. 우주는 이와 같은 몸의 감응들의 무한반복의 장이다. 그래서 특정 사물들에는 그 주변 사물들의 정황이 깊이 작용하고 있는 것이다. 다음 시편은 이 점을 우리들의 일상생활 영역에서 그려 보이고 있다.

　　배에서 내린 사내가 우체국으로 들어온다
　　바다와 우체국의 사이는 고작 몇미터가 될까 말까
　　사내를 따라 문을 힘껏 밀고 들어오는 갯내음,
　　고래회유해면 밖의 파도 소리가

부풀어오른 봉투 속에서 두툼하게 만져진다
드센 파도가 아직 갑판을 때려대고 있다는 듯
봉두난발 흐트러진 저 글씨체,
속절없이 바다의 필체와 문법을 닮아 있다
저 글씨체만 보고도 성난 바다 기운을 점치고
가슴을 졸일 사람이 있겠구나
그러고 보면 바다에서 쓴 편지는 반은 바다가 쓴 편지
바다의 아귀힘을 절반쯤 따라간 편지
뭍에 올랐던 파도 소리 성큼성큼 멀어져간다

—「장생포 우체국」 중에서


　바다에서 쓴 편지는 "속절없이 바다의 필체와 문법을 닮아 있다".
바다에서 쓴 편지의 필체와 문법에 "바다의 아귀힘"이 작용하고 있는
것이다. 그래서 "저 글씨체만 보고도 성난 바다 기운을 점치고 / 가슴
졸일 사람이" 있다. "파도 소리"의 맥박이 편지의 필체와 문법을 통
해 전해지고 있는 것이다. "바다에서 쓴 편지는 반은 바다가 쓴 편지"
이다. 이와 같은 현상은 비단 사람뿐만 아니라 모든 사물들의 존재성
이 고립된 개체가 아니라 주변의 다른 사물들과 엇섞이고 혼용되어
존재하는, 즉 상호몸성 혹은 상호신체성(inter-corps)에 있다는 사실
에 대한 전언이기도 하다.
　이를 구체적인 하나의 개체 생명을 통해 집중적으로 조망하면 다
음과 같은 시편이 된다.


　절집 처마 아래 메주가 마른다


　금강경독경 미륵존여래불 염불 소리가 들려온다

염불을 들어야 메주가 잘 뜨거든

곰팡이가 알맞게 피어오르거든

정지에서 나온 보살님이 메주 아래 합장을 한다

겨울 햇살과 바람과 먼지와 눈 내리는 소리까지

눈 속에 먹이를 구하러 내려온 산짐승 울음까지

몸속에 두루 빨아들여 피워내는 메주 곰팡이

나무아미타불, 자연발효시킨 부처님이시다

—「메주佛」 전문

"절집 처마 아래" 메주가 부처님으로 묘사되고 있다. 발효된 메주의 몸은 "염불" "햇살" "바람" "먼지" "눈 내리는 소리" "산짐승 울음" 등등의 질료로 형성된다. 메주는 단순한 개체가 아니라 사위를 에워싼 전 우주적 생명의 그물망의 산물이다. 다시 말해, 메주의 발효는 전 우주적 기운의 동참과 협력 속에서 가능하다. 그래서 메주한 토막을 가리켜 하나의 신성한 우주라고 지칭하는 것도 무리가 아니다. "정지에서 나온 보살님이 메주 아래 합장"하는 까닭이 여기에 있다. 메주는 곧 "자연발효시킨 부처님"인 것이다. 사람뿐 아니라 모든 사물이 이와 같이 신성한 우주생명의 존엄성을 지닌다. 그 이유는 모든 존재는 "들숨 날숨 온몸이 폐가 되어/환하게 뚫려 있"기 때문이다. 개체 생명은 안으로 닫혀 있으면서 밖으로 열린 우주적 존재인 것이다. 이렇게 보면, 모든 사물은 각각 하나의 개체이면서 동시에 전체이다. 하나 안에 모두가 들어 있고, 많은 것 안에 하나가 들어 있다. 따라서 모든 사물은 제각기 신성하고 장엄한 화엄우주이다.

화엄이란 구멍이 많다
구례 화엄사에 가서 보았다

절집 기둥 기둥마다
처마 처마마다
얼금 송송
구멍이 뚫려 있는 것을

그 속에서 누가 혈거시대를 보내고 있나
가만히 들여다보다가
개미와 벌과
또 그들의 이웃 무리가
내통하고 있을 거란 생각이 들었다

화엄은 피부호흡을 하는구나
들숨 날숨 온몸이 폐가 되어
환하게 뚫려 있구나

—「화엄 일박」 중에서

모든 사물의 밖으로 열린 구멍은 우주율이 소통하는 생명의 산 공간이다. 우리 인체의 피부 역시 안으로 닫혀 있는 막이면서 밖으로는

"피부호흡"의 구멍이 열려 있듯이, 그래서 신성한 생명의 유지가 가능하듯이, "구멍이 뚫려 있"기에 생존할 수 있다는 이치는 모든 사물에게 적용되는 공통된 속성이다. 따라서 "얼금 송송" 뚫려 있는 구멍이 곧 "화엄"이다.

"화엄사"에서의 일박을 통해, 화엄사상의 종지를 깨닫고 있는 것이다. 화엄의 종지는 우주의 모든 사물이란 그 어느 하나도 홀로 있거나 일어나는 일이 없으며, 모두가 끝없는 시간과 공간 속에서 서로의 원인이 되며, 대립을 초월하여 하나로 융합하고 있다는 법계연기(法界緣起)의 이치를 기반으로 하지 않는가.

이렇게 보면, 손택수의 재래적인 대지적 삶의 문법은 궁극적으로 삼라만상의 우주적 존재원리를 체득하고 구현하는 화엄의 노래로 귀착되고 있음을 알 수 있다. 가장 낮고 약하지만 그 고생살이를 살림살이로 전환시키는, 할머니의 생활세계적 이성에 기반을 둠으로써 대지적 삶의 존재원리를 견성하는 경지에 도달하고 있는 것이다. 현대사회로 접어들면서 한 집안의 살림을 관장하던 지혜로운 어른에서 무기력한 노인으로 전락된 할머니의 위상을 복권시킨, 전근대적인 설화적 전통담론을 통해 개진되는 '오래된 낯섦'의 화법이, '오래된 미래'로서의 영원한 의미와 가치를 지닌다는 점을 그는 보여주고 있는 것이다. 그의 이러한 대지의 문법의 질박한 아름다움과 몸성이 앞으로 더욱 본격적으로 화엄생명의 우주적 발견과 실천의 노래로 펼쳐지기를 기대한다. 이때 그의 시는 우리 시사의 지평을 살림살이 이성의 언어를 통해 건강하고 거룩하게 확장시키는 발걸음으로 나타날 것이다.

# 재앙의 신화와 소생의 언어

## —임동확 시집 『매장시편』

1980년 5월 광주학살은 마치 무서운 자연재해처럼 다가왔다. 광주
의 시민들은 물론 이 땅의 양민들 어느 누구도 자국의 권력기관에 의
해 피의 학살이 자행되리라고는 예측하지 못했다. 모든 문명과 이성
의 시간이 일제히 정지된 야만의 시간이 돌발한 것이다. 마치 구약의
『창세기』에 나오는 노아의 홍수와 같은 재앙이 현실 속에서 발생하고
있었다. 그러나 노아의 홍수는 인간의 타락에 대한 신의 가혹한 심판
으로서 홀로 올바르게 살았던 노아의 방주에 주목하는 권선징악의
화소와 관계되지만, 광주 시민에게 광주학살 사건은 일방적인 재앙의
연속이었다. 세계에 대한 심판의 주체가 신이 아니라 권력욕에 눈먼
왜곡된 인간이었기 때문이다.

국민의 안보와 평화를 지켜주는 충성스런 국가의 방위력이 국민의
재산과 목숨을 파괴하고 살상하는 무서운 괴물로 돌변한 상황은 먼
저 논리적 이해의 차원보다 신화적인 재앙의 상상력을 환기시킨다.
임동확의 시적 원형을 이루는 『매장시편』은 이처럼 광주항쟁의 비극
성을 신화적 상상력과 교호하면서 준열한 어조로 노래하고 있다. 그

래서 그의 시세계의 화법은 궁극적으로 인간과 세계에 대한 신성모
독의 의미를 강조한다. 그의 시세계가 광주항쟁을 소재로 한 많은 다
른 시편들과 달리 직접적, 평면적, 구호적인 성향을 뛰어넘어 유현한
시적 인식과 통찰의 모습을 보여주는 배경이 여기에 있다.

다음 시편은 천재지변의 재앙처럼 다가온 광주항쟁의 비극상을 실
감 있게 노래하고 있다.

> ……첫날은 남풍이 순하게 불어왔다
> 뜻하지 않은 폭풍이 그렇게 시작되었다
> 저마다 꿀풀을 찾아나선 주민들은
> 앞 다투어 이미 꽃놀이가 벌어진 거리로 나섰다
> 벌써 지고 있는 꽃사태야 상관할 바 아니었다
>
> 그리고 나서 대환란이 시작되었다
> 하룻밤 사이 모든 봄꽃이 져버렸다
> 하룻밤 사이 산과 들이 잠기고
> 온갖 아우성과 혼란 속에 길이 막혔다
>
> ……땅 위의 모든 식물이 뿌리째 드러나고
> 축포와 함께 저들의 화려한 불꽃놀이가 진행되었다
> 대홍수가 일어났다…… 온누리가 침묵에 잠기고
> 검은 비가 속력을 늦추지 않은 채
> 다가올 짐승의 시간들을 예고했다.
>
> ……주민들은 기를 쓰며 도망치고자 했다
> 그들은 빌딩숲 위로 기어올랐으나

지반이 무너지면서 길바닥에 내동댕이쳐졌다.
그들은 필사적으로 은행나무를 붙잡았으나
나무는 애당초 그들을 지탱할 힘이 없었다
　　　　　　　　　　　　　　　　 ―「언덕의 노래」 중에서


　"뜻하지 않은 폭풍"과 "대홍수"로 인해 "하룻밤 사이" "모든 봄꽃
이 져버"리고, "산과 들이 잠기고", "온갖 아우성과 혼란 속에 길이
막혔다". 소멸과 단절과 상실이 한순간에 덮쳐오고 있는 것이다.
　마치 구약의 『창세기』에 나오는 노아의 방주와 같은 재앙이 침투하
고 있다. "물이 땅에 더욱 창일하매 (……) 땅 위에 움직이는 생물이
다 죽었으니 곧 새와 육축과 들짐승과 땅에 기는 모든 것과 모든 사
람이라. 육지에 있어 코로 생물의 기식을 호흡하는 것은 모두 다 죽
었더라."(『창세기』 7:19~22) 푸생의 그림으로 묘사된 바 있는 노아의
홍수의 참담한 재앙이 1980년 광주에서 그대로 재현되고 있던 것
이다. "빌딩숲"이나 "은행나무"도 "검은 비"의 홍수로부터 피난처가
되지 못하고 있다. 세상은 온통 죽음의 공포 속에 질식할 듯 뒤덮이
고 있다. 앞으로 다가올 세계는 피와 광기로 얼룩진 "짐승의 시간"인
것이다. 이를테면 그것은 다음과 같은 선사시대의 미개한 약육강식의
폭력과 패륜의 연대기를 가리킨다.


　모두가 돌과 몽둥이로 무장하고
　수렵과 채취를 시작하고 힘을 숭배하기 시작했다
　불과 활을 발명하고 큰 칼 작은 칼을 만들었다


　순환과 피흘림의 반복 사이에는 물신(物神)의 늪이 있었다

화적떼가 일어났다
곡식이 짓밟히고 농기구가 무기로 돌변했다
버려진 논밭마다 잡초가 더부룩하고
한 족장이 그의 젊은 아들에 의해 살해되었다

그때 이후로 우리는 무의미한
역사의 진보를 무조건 신뢰할 수 없었다
모두들 함부로 영혼을 위탁하지 않았고
부활도 화려한 장례식도 믿지 않았다
남은 것은 살기 어린 조소와 회의뿐이었다

예언과 지식과 사랑마저도
불화살의 과녁이 되어 시커먼 연기로 타올랐다
아무런 기적도 구원도 끝내 일어나지 않았다
                                        ─「슬픈 물음들」 중에서


문명의 시대가 열리기 이전의 "수렵과 채취"를 일삼던 석기시대의
생존방식이 등장하면서 "아무런 기적도 구원도 끝내 일어나지 않"는
절망적 상황이 정론형식의 유장한 시적 호흡과 리듬을 통해 노래되
고 있다. 시적 언어의 비장한 속도, 강약, 악센트가 진중하면서도 뜨
거운 정론적인 리듬을 형성하면서 야만의 연대기에 대한 준열한 비
판과 저항의지를 효과적으로 결정화하고 있다.
    대체로 시적 리듬은 생리적 리듬보다는 일상어의 리듬, 시대적 상
황의 특성에 따라 생성된다. 이렇게 보면, "피흘림의 반복"으로 전개
되는 광주항쟁의 숨막히는 현장이 비감 어린 음조, 절도, 긴장력을
배가시키는 정론형식의 리듬을 생성시켰음을 알 수 있다. 다시 말해,

임동확은 광주항쟁에 대응하는 '시대적 리듬'을 창조해내는 데 성공하고 있는 것이다. 그래서 그의 시편들의 탄력적인 정론의 리듬은 불길한 격정의 서사적 사건을 현장감 있게 묘파하면서, 아울러 이를 정면에서 돌파해나가고자 하는 치열한 힘을 효과적으로 반영하고 있다.

한편 앞에서 "물"을 통한 재앙의 신화는 광기의 불을 통해 등장하기도 한다. 고대 그리스인들이 믿었던 세계의 형성요인인 물, 불, 공기, 흙 등의 사 원소가 적절한 조화 속에서 어우러지지 못하고 서로 극단적인 충돌을 통해 지각변동의 파행을 불러오는 무서운 존재로 전락되고 있는 것이다. 다음 시편은 유령처럼 도시를 배회하며 파괴를 일삼는 광기의 불길로 미만해 있다.

그날, 내 판단이 정확하다면, 나의 도시는 저주를 받았다. 나의 조국은 분명 영원한 지옥의 불 속에 던져져 있었다. 불의 축제였다. 불의 거리였다.

어느 날 저녁 방송국이 먼저 불타올랐다. 그리고 어느 날 낮에 경찰서의 유리창으로 돌이 날아가고 검은 연기가 빠져나오기 시작했다. 노동청으로 달려가 불을 지르고, 신문사로 달려가고 있었다. 아니다. 그들은 먼저 한가로이 주차장이나 거리에 정차해 있는 자가용 속에 화염병을 던져넣었다.

적들이 노리는 것은 우리들 불의 심장이었다. 피 대신 불을 뿜는 젊고 깨끗한 영혼이었다. 그날, 온통 증오의 불길에 휩싸이지 않는 것은 무엇이고, 그 성난 불길 속에 검은 뼈를 드러낸 사람은 누구던가. 무엇이 불타고 그 누가 의연하게 그 불꽃 속에서 끝까지 버티었는가.

불이여, 너는 위험하다

뜨거울수록 맑은 네 영혼의 숨결이

너를 태우고 결국 모두를 사라지게 한다.

불이여, 너는 깨끗하다.

밝으면 밝을수록 불의 심지조차

남김없이 태운다. 그 황홀한 유혹

그 저주스런 불꽃이 젊은 피를 마시고

불나비처럼 그들을 돌진하게 만들고 있다

불의 조국이여, 불의 밝고 환한 길로 그들을 인도하라.


오, 그 불은 마침내 진압되었다. 하지만, 불이여, 너는 사방으로 불꽃을 튕기며, 스스로의 존재를 확인시켜준다. 너를 태운 불길이 선배의 망설임을 때리고, 젊은 친구의 온몸에 석유를 끼얹게 하고 있다. 불을 질러야 한다고 소리치며 그 거리에 불이 되어버린 노동자, 그리고 아프고 치명적인 불의 투신이 계속되고 있다.

　　　　　　　—「불의 형상—무엇이 불타고 무엇이 남았는가」 중에서


"지옥의 불"이 도시의 거리를 공격하고 있다. 방송국, 경찰서, 주차장 등등이 온통 저주와 광기의 불길에 파멸되고 있다. 이때 저주와 광기의 불은 서로 다른 두 가지의 층위로 나누어진다. 하나는 "적들이" 내뿜는 억압의 불이라면, 다른 하나는 이에 대응하는 "젊고 깨끗한 영혼"들의 저항의 불이다. "저주스런 불꽃"이 "젊은 피를 마시고", 젊은이들은 다시 "불나비처럼" 그들을 향해 "돌진하"는 대결 국면이 벌어지고 있다.

불이란 본래 어둠을 쫓고 따뜻한 삶의 보금자리를 만들어주며 음식을 익혀주는 생의 친숙한 물질적 요소이지만, 그러나 그 이면에는 "모두를 사라지게" 하는 파괴본능을 지니고 있기도 하다. 이 점은 억압과 저항의 불꽃 모두의 공통된 속성이다. 그래서 한 차례 파괴본능을 노출한 불꽃은 그것이 "진압"된 이후에도 지속적으로 자신의 내적 속성을 주술처럼 뿜어낸다. 그리하여 "젊은 친구의 온몸에 석유를 끼얹게 하고", "불을 질러야 한다고 소리치며 그 거리에 불이 되어버린 노동자"를 양산하고, "아프고 치명적인 불의 투신"을 지속시킨다.

실제로 이와 같이 1980년 5월 광주에서의 학살(광기의 불)사건은 1980년대를 관통하면서 지속적으로 전국을 충격 속에 몰아넣는 열사들의 분신자살과 화염병 시위를 낳는 원인으로 작용한다. 문명사회의 모든 규율이 근본적으로 전복된 "짐승의 시간"이 남기고 간 상처는 결코 표면적인 진압과 타협의 차원에서 치유될 수 있는 성격이 아닌 것이다. "이날의 뜨거움과 분노를 / 그날의 죽음과 함성을 못 잊는"(「그날의 일기」) 혹독한 후유증에서 자유로운 사람은 아무도 없었다.

다음 시편에서는 물과 불의 잔혹사가 남긴 후유증의 실상들을 읽을 수 있다.

> 그후로 세월은 흘러 모든 게 잊혀갔고
> 그곳이 성소 혹은 관광지가 되어갔지만
> 스무 살의 대학생이던 나는 나의 상처로 헤매고 있었고
> 너는 너대로 미완의 봉기를 준비하며
> 방부제와 향으로 뒤덮인 세월을 붙들고 있었다
>
> 은근히 그곳에 남은 허물과 증거들을 불안해했고
> 새벽의 총소리도 외면한 채 그 골방으로 다시 숨어들었다
> 순결하고 고집스런 그대와
> 차분하고 과감한 청년들만이 그날을 지켜가고 있었다

다행히도 대부분의 생존자들이 빠르게 회복되어 돌아왔고,

불행히도 아직도 많은 슬픔과 증오들이 잔설처럼 남아 있었다

내 그대를 무수히 보았고, 그대를 찾았고, 또 슬프게도 그대를 잃어

버렸다. 세월과 내 무성의 탓만은 아니었다

거기서 나의 한계를 알았고, 나의 전부를 목격했고,

분명하게 내가 돌아갈 자리를 남몰래 생각했다.

—「만남을 위하여」 중에서

  세상은 다시 야만의 시간을 넘어 문명의 질서를 회복했지만, 그러
나 그것은 "방부제와 향으로 뒤덮"은 표피적인 치유와 정화에 지나지
않는다. 그리하여 1980년 5월 광주항쟁의 체험은 제각기 "상처로 헤
매"거나 "미완의 봉기를 준비"하는 삶의 행로들을 결정한다. 시적 화
자 역시 광주항쟁의 목격을 통해 "나의 한계를 알았고, 나의 전부를
목격했고,/분명하게 내가 돌아갈 자리를 남몰래 생각"한다. 그에게
광주항쟁의 체험은 삶의 성찰과 지향점의 거울이며 이정표인 것이다.
"순간을 사는 것이 인생이며 순간을 극복하는 것이 인생이다. 그것이
바로 영혼을 극복하는 것이다. 앞으로 전진하라. ……우리가 사랑했
던 것 외롭고 고통스러웠던 것 그 어느 것 하나 헛됨은 없어라"(「부치
지 않은 편지」) "1980년 5월 27일 도청에서 죽은 전남대 사범대학 상
업교육과 2년생 이정연의 일기"라고 전언하는, 격정의 역사적 현장에
서의 비장한 기록물은 광주항쟁을 경험한 대부분의 내적 독백이기도
한 것이다.
  1980년 광주항쟁, 그 숨막히는 "순간을" 치열하게 살았던 "인생이"
다시 그 "순간을 극복하는" 과정은 어떤 것일까? 그것은 스스로 자신
의 몸에서부터 저주와 분노의 물과 불을 제거하고 대지와 동화하는
것이다.

이제 물러가는 법도 배우렵니다
물러가 제대로 검은 흙 속에 활착하는 나무뿌리로 살렵니다
가능하다면 곧게 서는 상수리나무로 이 땅에 자리잡고 싶습니다
더 많은 사람들이 이 거리를 자유롭게 활보하고
당당하게 어깨를 겨루며 들어서기 위하여
거리마다 넘쳐흐르는 피의 추억을 닦고 쓰는
청소부로 물러나 기도하고 감사하는 속죄인이 되렵니다
더 많은 꽃들로 폐허의 거리를 덮기 위하여
물러나 가꾸고 다듬는 한 농부로 만족하렵니다

—「다시 금남로에 서서」 중에서

시적 화자는 스스로 물러서서 "흙 속"으로 들어가고자 한다. 물과 불을 막고 끌 수 있는 물질적 요소는 "흙"이기 때문이다. 그래서 그가 "흙 속에 활착하"여 "나무뿌리"가 되는 것은 "더 많은 사람들이 이 거리를 자유롭게 활보하고/당당하게 어깨를 겨루며 들어"설 수 있게 하는 소생제의의 과정으로서 의미를 지닌다. 물론 이것이 재앙의 물과 불의 세력에 대한 수동적인 굴복과 타협을 가리키는 것은 아니다. 오히려 악무한적인 투쟁의 직접적인 대결논리를 넘어서서 신생과 살림의 재건을 향해 나아가고자 하는 적극적이고 근본적인 변혁의 과정으로 파악된다. 다시 말해, 여기에서는 1980년 5월 광주의 절망과 죽임의 사건을 신생과 평화의 발원지로 전환시키고자 하는 시적 화자의 자기 의지가 스며 있는 것이다. 다음 시편은 이러한 정황을 더욱 선명하게 보여준다.

저것 좀 봐. 어둠 속에 태어나는 별들, 어둠의 대지 캄캄한 흙 속에서 고개 드는 꽃들. 오월의 눈부시고 따스한 생명의 햇살 좀 봐. '그

곳', 한바탕의 접전이 지나간 자리마다 피어나는 벼랑 끝의 은방울꽃.
'그곳', 찾지 못한 사자(死者)들의 매장지마다 덩굴져오는 러브체인들
좀 봐.

—「그 언덕 그 동산 아래 꽃비가 내리고」 중에서

분노와 증오에 몸서리치게 하는 광주학살에 대한 기억을 "눈부시
고 따스한 생명의 햇살"과 조우시키면서 "꽃"들을 피어나게 하는 살
림의 자양으로 전환시키고 있다. 광주가 어두운 죽임의 도시가 아니
라 생명과 평화의 발원지로 거듭 재생되고 있다. 이것은 또한 불온한
억압의 세력과 싸웠던 광주항쟁 영령들의 궁극적인 소망이기도 할
것이다. 그래서 광주는 앞으로도 이 땅의 정치적 민주주의는 물론 상
생의 문화를 재건하는 전위로서 영원히 존재하게 될 것이다.

임동확의 시세계가 광주항쟁에 대한 일련의 증언과 기록에 충실하
면서도 동시에 여기에 머물지 않고 광주의 정신사를 올바로 정립할
수 있었던 것은, 스스로 체험적 사건을 그 체험적 현장에 매몰시키지
않고 이를 신화적 상상력을 통한 심원한 인식과 통찰의 영역으로 확
장시키고 있었기 때문에 가능했던 것으로 파악된다. 이 점은 또한 그
가 자신의 시세계를 통해 2000년대로 진입한 오늘날에 이르기까지
지속적으로 누구보다 광주의 정신사를 당대적 현실 속에서 깊고 폭
넓게 창조적으로 계승해올 수 있었던 근거이기도 하다.

# 광기의 꽃잎
―이대흠 시집 『물속의 불』

이대흠은 위악적인 아름다움의 절정을 비수처럼 노래하고 있다. 그의 시편들은 꽃잎처럼 찬연하지만, 그러나 그 찬연함의 질료는 울분, 파괴, 비탄 등이 뿜어내는 고통의 열기이다. 그래서 그의 시세계의 주조음은 기본적으로 불안하고 불경스럽다. 그러나 이러한 불온한 위태로움마저 수시로 극한을 넘어 파열되곤 하는데, 이때 시적 정조는 온통 광기의 파격으로 물들어 "미친 꽃"(「미친 꽃」)이 되고 만다. 악의 고백은 대체로 즉물적인 부르짖음, 탄식, 두려움으로 나타나기 때문이다.

그렇다면 그의 시세계의 위악적인 광기의 구체적인 실체는 무엇인가? 그것은 크게 두 가지 유형으로 드러나는바, 하나는 개인사적 층위에서의 에로스적 파탄이고, 다른 하나는 사회사적 층위에서의 죽임의 역사로서 광주항쟁이다. 물론 이 둘은 서로 깊은 상관성과 연속성을 지닌다. 그의 시세계는 악의 세계 속에서 개진하는 악의 고백인 것이다. 그래서 "겨울 연못처럼 고적"한 세계에서도 그 내면에는 "독이 가득하다".

속 보이지 않는 얼음 연못
내 머리를 처박고 싶은,

생이 겨울 연못처럼 고적할 때가 있다

고요의 내면엔 독이 가득하다 독 있는 자들은 자신을 먼저 독에 묻
는다 손대지 말라 나는 이미 위험하다 나를 가둔 얼음 연못 잎 진 나무
의 가지들이 헝클어진 길을 그리고 있다

언 연못 함부로 건들지 말라
모든 사랑은 치명적이다

—「얼음 연못」전문

"얼음" "고요" "사랑" 등의 순백한 이미저리가 시상의 표층을 이루
지만, 그 이면에는 치명적인 "독"이 깊숙이 퍼져 있다. "독"이 만연한
세계에서 "독 있는 자"라면 스스로 "자신을 먼저 독에 묻는" 것이 생
존방식이다. 시적 화자는 이미 스스로 독을 품어 "위험"한 존재가 되
어 있다. 자신과 세계가 온통 독으로 미만하게 된다. 그래서 세상의
"모든 사랑"까지도 "치명적이다". 이와 같이 치명적인 사랑 혹은 독
의 평온(고요)과 같은 이중적 역설이 이대흠의 시적 특성이다.
  다음 시편은 이러한 양상을 좀더 구체적인 감각으로 드러내고 있다.

때죽때죽 꽃들이 피기 시작했네
짐승의 유월, 독 오른 풀들이 발목을 휘감고
나는 그녀와 강가를 걸었네
삭아가는 타이어처럼 둥근 달

물은 왜 낮은 곳으로 흘러가는지
때죽꽃 냄새를 확 풍기는 그녀
길 밖에 그녀를 눕혔네
사랑해 씨팔, 때죽꽃이 피고 있었네
굴러 굴러도 발광하지 않는 달
찢겨진 구름이 느릿느릿 지나갔네
살 썩는 냄새 보릿대 타는 소리
때죽꽃이 피고 있었네 닭이 울고
묵은 갈대는 쇠스랑처럼 몸을 할퀴고
도둑괭이 한 마리 나를 보고 있었네

때죽꽃이 피고 있었네
썩어가는 짐승의 피
때죽때죽 불타고 있었네

—「모래의 금요일 2」 전문

꽃, 강, 달, 사랑 등의 목가적 연가의 이미저리와 독, 발광, 부패, 욕지기 등의 위악적인 광기의 이미저리가 서로 엇섞여서 공존하고 있다. 시적 전경은 "때죽꽃"이 피기 시작하는 유월, 달과 구름이 흐르는 밤에 "그녀"와 함께 강가를 거닐며 사랑을 나누고 있다. 그러나 지극히 아름답고 평화로워야 할 이러한 전경의 속내에는 온통 "뚜껑이 열린 지옥"(「미친 꽃」)의 공격성이 꿈틀거리고 있다. "풀"잎에는 "독"이 올라 있고, "달"은 "삭아가는 타이어"의 형상을 하고 있으며, "사랑"에는 "씨팔"이라는 폭력적인 욕설이 스며 있고, "때죽꽃"에는 "썩어가는 짐승의 피"가 진동하고 있다. 목가적인 연가의 풍경이 사실은 지옥의 묵시록에 다름아니다.

그래서 이대흠의 이번 시집은 독자들에게 수시로 정서적 충격과 파탄을 조장한다. 문명의 질서가 "어둠 속에서 스스로 발광할 날을 꿈꾸었"던 야만의 침범에 속수무책으로 지배되기도 한다.

누이는 오랜 세월 나의 장난감이었다 단둘이 남게 되면 나는 누이를 개처럼 취급했다 접시에 국 묻은 밥을 놓고 핥아먹게 하였다
"손을 뒤로 하고 혀로 핥아먹어!"
말을 모르는 그녀는 우우우 입만 벌렸다

(……)

성스러운 밤 누이의 육신은 논바닥에 눕혀졌다
얼어 있는 보리의 이파리가 누이의 몸을 찔렀다
나를 물어뜯어 우우
그녀의 얼굴을 주먹으로 갈긴 후
흐르는 피를 빨아먹었다 "사랑해!"

유리 조각으로 천천히 그녀의 몸에 금을 그었다
별처럼 반짝이는 유리 조각의 행로
별들의 행선지는 알려지지 않았다
"오늘은 특별한 날이야!"
그녀는 고개를 가로저었다

"독한 년!
너는 알 수가 없어. 너는 너무 검어.
블랙홀이야."

누이의 몸속은 텅 비어 있었다

내가 딛는 곳은 모두 허방이었다
늪이었다

—「오래된 경전」 중에서

문명의 시간이 중단되고 야만적 광기가 전면을 지배하고 있다. 시적 서사가 이미 정상적인 삶의 궤도로부터 멀리 이탈하고 있다. 누이, 아내, 어머니로 변주되는 여자는 수시로 화자의 폭력과 가학의 대상으로 노출되고 있다. 잔혹한 학대의 끝자리에 놀랍게도 "사랑"이란 언어가 침전물처럼 배어나온다. 이때 사랑은 대상에 대한 에로티시즘적 파괴충동의 현실화 과정이기도 하다. 여기에서 여자는 자신의 존재성을 송두리째 빼앗기고 있다. 이러한 때에 여자의 수치심은 휘발되면서 성적 유희와 비인격적 폭력에 몸을 맡기게 된다. 바타유에 따르면, 에로티시즘의 중요한 특성은 아름다운 것, 신성한 것을 모독하는 일이다. 모독의 방법은 여자의 숨겨진 부분을 적나라하게 드러내 성적 공격을 시도하는 것이다. 여자의 아름다움은 성행위의 동물성을 더욱 부각시키는 역할을 한다. 그래서 조르주 바타유는 추한 성기나 성행위에 의한 대비효과에 의해서조차 차이가 드러나지 않는 여자가 있다면, 그 여자만큼 남자에게 실망을 안겨주는 여자도 없을 것이라고 말한다. 에로티시즘에서 금기는 신성함이며 에로티시즘은 그것을 범하는 것이기 때문이다. 아름다움과 신성성이 크면 클수록 더럽힘의 의미는 그만큼 커진다. 시적 화자가 "너는 알 수가 없어. 너는 너무 검어./블랙홀이야"라고 느끼게 되는 대상에 대한 신비감을 강렬하게 느낄수록 가학과 모욕의 파괴충동은 극대화된다. 그래서 그의 성적 광란은 더욱 가속화된다.

그렇다면 이러한 성적 광란의 배경과 궁극적인 지향점은 무엇일까? 그것은 자신과 세계에 대한 극심한 불연속성과 불협화음으로부터 연속성과 화해를 위한 갈구가 바탕을 이룬다. 에로티시즘의 기본 속성은 죽지 않으면서도 죽음(열반)을 체험하는 행위로서의 의미를 지니기 때문이다. 에로티시즘의 극치는 단절, 결핍, 번뇌 등의 현실 속에서 그 현실을 초극하는 쾌감을 가져다준다. 따라서 에로티시즘에 대한 병적 집착과 추구는 현실과의 불협화음의 극단적 반증으로 해석할 수 있다.

다음 시편은 이러한 정황을 선명하게 드러낸다.


문이 열릴 때마다 황홀히 황홀히
그대 손길이 나를 애무한다
철퍼덕 철퍽 무너지는 나
점점 굳어가는 내 몸뚱이
문이 열릴 때마다 그대 손바닥은
부드러운 칼날이 되어
문이 열릴 때마다 나를
깎아내는 그대
문이 열릴 때마다 나는
벗겨지고 잘린다 비명도 없이
문이 열릴 때마다 나는 마른다
이전의 나와는 전혀 다른 얼굴
굳어가며 나는 점점점 졸아든다

—「물」 중에서


"문이 열릴 때마다" 마주하게 되는 세계는 화자에게 무서운 공격적

횡포의 대상이다. 외부세계는 화자의 "몸뚱이"를 마비시키고, "칼날" 처럼 벗기고 자르는 행위를 일삼는다. 화자는 세계와 철저한 불화, 단절, 대립의 관계 속에 놓인다. 그렇다면 이토록 시적 화자와 외부 세계 사이에 상극적인 대립관계가 형성된 배경은 무엇일까?

이러한 물음 앞에 이대흠은 「물속의 불」의 세계를 본격적으로 펼쳐 보이고 있다. 이들 작품은 에로스적 파탄의 언어의 연장선에서 광주 민주화항쟁의 비극상에 대한 기억이 뜨겁게 분출되고 있다. 그는 「물속의 불」의 창작 배경에 대해 다음과 같이 직접 전언하고 있다.

「물속의 불」이라는 시는 2000년 6월 22일과 23일에 씌어졌다. (……) 등단 이전부터 쓰고 싶었는데, 무슨 부채처럼 머릿속에서 뱅글 뱅글 돌았던 것이 비로소 언어화된 것이다. 구상하는 데는 십 년이 넘 었고 쓰는 데는 이 일이 걸린 시.

이대흠에게 광주 민주화운동에 관한 표백은 "등단 이전부터" "부채 처럼" 자신을 짓누르고 있던 절박한 숙제였던 것이다. 십 년이 넘도 록 "머릿속에서" 적합한 언어를 찾아헤매었던 사고의 편린들이 이제 서야 자신의 언어적 형식을 갖게 되었다. 이 점은 곧 '물속의 불'의 세계가 그의 시적 삶의 기원이며 바탕이었다는 고백이기도 하다. 과 연 그의 시적 삶의 원형은 세계에 대한 끔찍한 악의 체험에 기반하고 있는 것이다. 그것은 "뚜껑이 열린 지옥"의 풍경 그 자체이다.

사람들이 웅성대기 시작한다 갑자기 해가 지고
오래된 나무들은 잎을 오그린다
뜨뜻미지근한 바람이 분다
저벅저벅 저벅저벅 군홧발 소리

햇불을 든 사람들이 거리로 나간다
고구려의 무덤 속 같은 하늘 한쪽에서
세발까마귀 한 마리
서툰 날갯짓으로 날아오르고
골목길에서 혹은 갈림길에서 사람들은
햇불을 들고 뛰어다닌다
누군가의 팔뚝이 초승달로 걸리고
항문에서 눈을 꺼내 이마에 붙이는 사람들
머리에 뿔난 사람들이 두두두두 달려간다
두두두두 달려가던 사람들이
일제히 쫓기기 시작한다

—「붉은 심장을 가진 나무」 중에서


그에게 광주학살의 기억은 때로는 너무도 사실적으로 때로는 환상의 풍경으로 엄습한다. "고구려의 무덤 속 같은 하늘 한쪽에서 / 세발까마귀 한 마리" 날아오르는 불길한 징조와 더불어 펼쳐지는 일련의 환상적인 풍경은 광주학살의 비극성이 시적 화자의 의식세계는 물론 무의식세계까지 깊이 적시고 있음을 가리킨다. 환상세계의 비선형적인 시공간은 무의식적 층위의 특징적인 반영에 해당되기 때문이다. 여기에 이르면, 이대흠의 시편에 등장하는 "꽃"들이 "고름 찬 음부"(「모래의 금요일」)나 "썩어가는 짐승의 피"(「모래의 금요일 2」)에 비유되거나 "미친 꽃"(「미친 꽃」)이 되지 않을 수 없던 까닭을 짐작할 수 있다.
한편 이러한 공포스러운 환상성이 일상적 감각으로 표상되면 "귀신"의 이미지를 낳게 된다.

도시를 둘러싼 산속에는

귀신들이 우글거린다 머리가 텅 빈 귀신들이

술을 마신다 얼핏 보기에는 사람 같은

숲속의 새들은 다른 하늘로 날아가고


피어난 꽃들은 모가지가 꺾였다

—「위대한 탄생」 중에서


　시적 화자는 "귀신들이 우글거"리는 장면을 목격하기도 한다. 그의
이 "귀신" 체험의 기록은 너무도 사실적이다. 과연 이 "귀신"의 실체
는 무엇이며, 또한 그 사회역사적 위상은 무엇일까?

　주지하듯, 1980년 5월, 광주학살은 1980년대를 온통 귀신스러운
들림의 시대로 만든다. 귀신들이 시도 때도 없이 도처를 누비고 다니
던 시대가 1980년대였던 것이다. 그렇다면 과연 귀신이란 무엇인가?
그것은 몸은 죽었으나 영혼은 저승으로 떠나지 못한 채, 구천을 헤매
는 존재이다. 사람이 세상에 태어나면 입사식(돌잔치)을 통해 이승의
구성원이 된 것을 축하하는 것처럼, 죽으면 저승으로 보내는 엄숙한
통과제의(장례식)를 치러주어야 한다. 그러나 저승으로 보내는 제의
절차를 치르지 못한 주검은 몸은 없어졌으나 영혼은 저승으로 들어
가지 못한 신세가 되고 만다. 이때 그것은 귀신이 되어 이승을 떠돌
면서 해코지를 일삼거나 사람들의 몸을 빌려 자신의 원혼에 관한 하
소연을 쏟아놓기도 한다. 1980년대, 대학가의 경우 강의실에서 공부
하던 학생이 갑자기 자리를 박차고 거리로 나가 시위를 하는 풍경은
귀신에 의한 들림 현상에 다름아니다. 그렇다면 이들 귀신을 온전히
저승으로 보내는 방법은 무엇일까? 다시 말해, 귀신들의 넋을 달래는
진혼굿은 무엇인가? 그것은 그들을 죽인 당사자들을 색출해내고 그

들의 억울함을 풀어주며 명예 회복을 제대로 시켜주는 일련의 과정이다.

1980년대 이 땅의 전역을 떠돌던 귀신의 실체는 신군부 세력의 권력 장악 시나리오에 의해 신원도 제대로 밝혀지지 못한 채 폭도라는 누명 속에서 중유가 되어야 했던 광주의 양민들이다. 까닭도 모른 채 총살당하고 대검에 난자당한 이후 어디론가 실려가 버려졌던 광주의 양민들은 몸은 죽었으나 그 영혼은 저승의 문턱을 넘지 못했던 것이다. 1990년대 이후 이른바 문민정부, 국민의 정부 등을 거치면서 광주 망월동 묘역의 국립묘지화, 민주주의의 성지화, 그리고 민중항쟁으로의 지칭 등이 이루어진 과정은 이들의 원한을 풀어주면서 저승으로 떠나보내는 일종의 진혼굿이었다. "이제 보니 폭도라는 말은 / 함부로 주먹질하는 잡놈이 아니구나 / 죄 없이 죽은 자의 시신 아래에 / 흘린 피를 마다하지 않는 / 눈부신 연보라 흰 꽃 / 쑥부쟁이 그가 바로 폭도로구나"(「붉은 심장을 가진 나무」)와 같은 노래가 곧 진혼굿인 것이다. 이렇게 보면, 1980년대 도처에 출현했던 귀신의 실체는 바로 우리 마음속에 있는 양심이라고도 할 것이다. 억울한 죽음들을 방기하는 자신을 스스로 용납할 수 없는 양심의 뜨거운 갈등이 곧 제 몸에 내린 귀신의 실체라고 해석된다. 따라서 진혼굿은 산 자들의 양심의 해방을 위한 제의 행위이기도 한 것이다.

그러나 진혼굿의 의미가 이와 같은 해원의 차원에서 완성되는 것은 결코 아니다. 해원은 상생의 계기로 승화될 때 완성된다. 다시 말해 "나는 고통이므로 / 그대에게 줄 수 있는 건 / 고통밖에 없"(「불」)다는 범주에서 벗어나, 극심한 고통이 고통을 넘어 상생의 계기로 작용하는 데에 광주 원혼들의 진정한 참뜻이 있다는 것이다. 이러한 해원 상생의 정신에 대한 깊은 인식이 광주 민주화운동의 미래 지향적이고 창조적인 계승이며, 동시에 이대흠의 시적 삶이 고통의 재생산이 아니라 고통으로부터의 자기 구원을 열어가는 추동력이 될 수 있을 것이다. 이미 광주 민주화운동의 사회사적 인식이 이러한 지점까지 돌파하고 있는 것이 사실이다. 그래서 광주에서 일어났던 악의 기억에 대한 그의 고백의 양식은 오늘날의 시대적 상황 속에 비춰볼 때, 다소 지체된 감을 주는 것이 사실이다. 그렇다면 그의 악의 시적 고백이 광기와 증오를 넘어 평화와 상생의 원동력으로 전환될 수 있는 방법은 무엇일까? 그것은 평생에 걸쳐 가장 낮고 허름한 자리에서 겪어야 했던 고생살이를 주변의 작은 존재들까지 살리고 양육하는 살림살이의 힘으로 전환시켜온, 어머니의 "동그라미"의 생활감각이 중요한 실마리를 환기시킨다. 그래서 이번 시집 전반에 걸쳐 가장 평온하고 따뜻한 화법으로 전개되고 있는 다음 시편은 그의 시세계에 역동적인 가능성의 길을 열어주는 출구이기도 하다는 점에서 더욱 주목된다.

무장 허리가 굽어져 한쪽만 뚫린 동그라미 꼴이 된 몸으로
어머니는 아직도 당신이 가진 것을 퍼주신다
머리가 발에 닿아 둥글어질 때까지
C자의 열린 구멍에서는 살리는 것들이 쏟아질 것이다


우리들의 받침인 어머니
어머니는 한사코
오손도순 살어라이 당부를 한다


어머니는 모든 것을 둥글게 하는 버릇이 있다

—「동그라미」 중에서

# 햇살의 언어와 감각
### —고증식 시집 『단절』

　고증식의 시세계는 햇살의 광채와 온기가 그물 무늬처럼 은은하게 배어나온다. 그의 시적 세계관과 방법론은 햇살에 의해 생성된다. 햇살은 그의 시세계의 원형질이며 창작주체인 것이다. 다시 말해, 그의 이번 시집은 제각기 햇살을 마음의 중심에 모시는 신앙공동체라고 할 것이다. 물론 햇살이란 태양이 산란하는 파장이다. 그러나 햇살의 어감과 기온은 태양보다 부드럽고 친근하다. 태양의 인간적인 산란이 햇살에 해당하는 것이다. 실제로 그의 시편들에서 햇살은 주변의 모든 대상을 은밀하게 깨우고 생육하고 조망하는 은총의 주체이다.

　은총의 주체로서의 햇살은 이미 고대신화에서부터 빈번하게 등장했던 친숙한 소재이기도 하다. 이를테면 그 대표적인 예화로서 우리의 고주몽 설화를 보면, 하백의 딸 유화가 천제의 아들 해모수와 정을 통하여 알을 낳았는데, 그 알을 부화시켜 깨어나게 한 것은 따뜻하게 다가온 햇살이었다. 햇살이 방 안에 갇혀 있는 알을 잉태시킨 모성이며 신령한 조물주였던 것이다. 이와 같이 햇살, 즉 태양이 탄생의 어머니이며 조물주와 같은 신성한 숭배의 대상으로 존재하는 예화는 세계의 신화에서 자주 만날 수 있다. 이집트의 파라오, 잉카 제국의 태양신전, 북아프리카 지역 유목민의 성화 숭배 등은 모두 태양을 전지전능한 신격 존재로 섬기고 기렸던 흔적들이다. 이토록 유서 깊고 은밀한 태양의 신성성이 고증식의 시세계에서 평화롭고 아름다운 심상으로 변주되어 나타나고 있다.

> 바위처럼 엎드린
> 누런 소 곁에
>
> 흰 깃발로 꽂혀 있는
> 눈부신 백로 한 쌍
>
> 잦아드는 햇살 아래
> 무심한 눈길 나누는
> 저 평화로운 공존
>
> —「저물녘」 전문

시적 정조가 무심하고 고즈넉하다. 그러나 그 속에서도 "공존"의 운행질서가 쉬임없이 전개되고 있다. 불가에서는 일찍이 무정물(無情物)의 설법을 들으라고 했다. 무정물이란 바위, 모래, 별, 짐승 같은 것을 가리킨다. "누런 소 곁에", "백로 한 쌍"이 "흰 깃발"로 꽂혀 있다. 이것이 전하는 말은 무엇인가? 우주의 "평화로운 공존"의 운행질서가 아닐까? 그러나 이 시편에서 더욱 중요한 것은 이와 같이 조화로운 우주적 진경을 펼쳐놓은 내적 동력이 무엇인가에 있다. 그것은 "잦아드는 햇살"이다. "잦아드는 햇살"이 "저 평화로운 공존"을 가능하게 만든 동력이다. 우주의 모든 삼라만상의 운행질서는 지상에 햇빛을 반사시키는 태양의 관장이 있기에 가능하지 않은가. 이렇게 보면, 이 시편은 "잦아드는 햇살"의 관장에 의해 "누런 소"가 바위처럼 엎드려 있고, "백로 한 쌍"이 "흰 깃발로" 노닐고 있는 것으로 보인다. 그리고 그것이 바로 무정물이 우리들에게 나직하고 투명하게 전언하는 우주의 운행원리이며 삶의 본모습이 아닐까.

한편 고증식의 시세계에서 햇살은 대부분 이와 같이 "저물녘"의 광도와 기온처럼 부드럽고 여리고 아늑하다. 그래서 그의 시편의 전반적인 어조는 공통적으로 따뜻하고 평화롭고 정겹다. 그의 시세계에서 햇볕은 언제나 작열하는 폭력성과 숨막히는 치열성이 휘발된 저물녘의 그것이기 때문이다. 그래서 그의 시세계에서 햇살은 평화와 상생의 질서가 서식하기에 가장 평온한 풍경을 연출해낸다.

> 기차를 타고 가면서 본다
>
> 늘 지나치던 저 겨울 숲도
> 훨씬 깊고 그윽하여
> 양지바른 산허리
> 낮은 무덤 속 주인들 나와
> 도란도란 햇살 쪼이며 앉아 있고
> 더러는 마을로 내려와
> 낯익은 지붕들을 어루만져주기도 한다
> 기차를 타고 가면서 보면
>
> 살아 있는 것만 빛나는 게 아니다
>
> 가볍게 떠다니는 영혼들이

햇살 속에서 탁탁
해묵은 근심을 털어내고 있다
—「기차를 타고」 전문

　"햇살"의 정감과 정서가 시적 정조를 형성하는 중심음으로 작용하고 있다. "햇살"은 "살아 있는 것만 빛나"게 하는 것이 아니다. "산허리"에 잠들어 있는 "무덤 속 주인들"을 "도란도란" 불러내고, "떠다니는 영혼"들의 "해묵은 근심"들을 털어주는 것도 햇살이다. "무덤 속 주인들"도 햇살 아래 나온 이상 밝은 햇살의 정서를 지니게 된다. 그래서 햇볕의 손길로 "마을로 내려와/낯익은 지붕들을 어루만져주기도 한다". 햇살은 모든 사물을 제각기 가장 맑고 착하고 정겨운 모습으로 빛나도록 한다. 이 시편은 세상에 양지를 선사해주고, 모든 근심과 어둠을 정화시켜주고, 서로 어루만져 위무하고 도와주는 마음을 갖게 하는 햇살의 우주적 기운을 노래하고 있다.
　시적 화자가 어느 다른 자리에서 노래하는 "엊그제 묻어드린 영감님 발치가/눈부신 햇살에 부드럽게 마르고 있"(「비 갠 아침」)다고 할 때의 그 부드러운 손길 같은 햇살이란 반드시 천상에서 하강하는 것만은 아니다. 햇살은 지상에서 생성되기도 한다. 어머니와 아내로 표상되는 모성적인 여성성이 그 원천이다.

　만국기 나부끼는 하늘에 하낫, 둘, 하낫, 둘, 측백나무 울타리를 타고 넘던 선생님의 마이크 소리 개선문 뒤에 몰려 재재거리던 어린 병아리들 틈으로 사르락사르락 금실 같은 햇살 속을 걸어 어머니 오신다 쓰윽, 무명 치맛자락 문질러 온 붉디 붉은 사과 한 알
—「가을운동회」 중에서

골짜기 무덤 앞에

들꽃 한 송이 꺾어놓고

돌아와 누운 날

(……)

아침잠 깨어보니

방 안 가득 햇살만 부려놓고

떠나가신 어머니

―「어머니 다녀가시다」 중에서

　고중식의 시세계에서 어머니는 도처에서 빈번하게 등장한다. 「어머니 첫 세뱃길에」 「밥이 되고 싶다」 「길」 등 여러 편에서 드러나는 어머니의 심상은 공통적으로 애잔하면서도 온화하고 넉넉한 모성성을 표상한다. 위의 시편에서 역시 어머니는 "금실 같은 햇살"과 "방 안 가득"한 "햇살"의 이미지로 등장한다. "가을운동회"날, 무명옷을 입고 "붉디 붉은 사과"를 싸오신 어머니에 대한 추억이 "금실 같은 햇살"의 심상으로 떠오르고 있다. 그리하여 돌아가신 어머니 역시 "방 안 가득 햇살"을 남기시고 가시는 분으로 인식된다. 어머니는 이처럼 돌아가신 이후에도 거룩한 희생과 자애로움의 빛으로 계신다.
　이와 같은 어머니의 심상은 "종종걸음"의 아내의 모습으로 전이되어 변주되기도 한다.

　진종일 치맛자락 날리는

　그녀의 종종걸음을 보고 있노라면

　집 안 가득 반짝이는 햇살들이

　공짜가 아니라는 생각이 든다

　푸른 몸 슬슬 물들기 시작하는

화단의 단풍나무 잎새 위로
이제 마흔 줄 그녀의
언뜻언뜻 흔들리며 가는 눈빛,
숭숭 뼛속을 훑고 가는 바람조차도
저 종종걸음에 나가떨어지는 걸 보면
방 안 가득 들어선 푸른 하늘이
절대 공짜가 아니라는 생각이 든다
제 발걸음이 햇살이고 하늘인 걸
종종거리는 그녀만 모르고 있다

—「아내의 종종걸음」 전문

아내의 어원은 안해라고 한다. 집 안의 해를 가리킨다. 햇살은 천
상의 태양에서 뿜어져나오는 수혜의 대상만이 아니라, 지상의 내부에
서 생성되는 것이기도 한 것이다. 아내의 종종걸음이 그것이다. "숭
숭 뼛속을 훑고 가는 바람조차도 / 저 종종걸음에 나가떨어지"고 만
다. 아내의 종종걸음으로 인해 집 안의 모든 근심과 어둠은 사라지고
"반짝이는 햇살"들이 그득해진다. 따라서 아내의 발걸음은 곧 "햇살
이고 하늘"이다. 신령한 하늘이 사람의 내부에도 존재한다는, 그래서
사람이 곧 하늘이라는 전통적인 민중종교의 외침이 평이한 일상 속
에서 확인되는 대목이다.
이와 같이 사랑과 포용의 여성성이 어둠의 일상 속에 밝은 빛을 불
러오는 태양신에 다름아니라는 점은 다음 시편에서도 목도된다.

주름으로 도리도리
주름으로 까꿍까꿍
주름으로 자글자글

눈 맞춘다

아이가 깔깔 웃는다
창밖이 금세 환해진다

—「교감 交感」 중에서

　기차간에서 아이가 울자 주변의 모든 사람들의 눈길이 "세모꼴"로
쏠리는 대목에서 옆 자리의 주름투성이 할머니가 태연스럽게 아이를
달래고 어른다. 어느새 "아이가 깔깔 웃는다". 창밖이 온통 "환해진
다". 주름투성이 할머니와 아이의 "교감"에서 생성된 빛의 장이다.
빛은 이와 같이 사람과 사람 사이의 맑고 사랑스런 내밀한 교감에서
탄생하기도 한다. 다시 말해, 이것이 햇살의 뜻이며 존재원리이기도
한 것이다. 아니, 모든 사람은 이미 햇살을 내재하고 있는지도 모른
다. "아이 손 잡고 목욕탕 간다 / 구석구석 씻고 나와 / 몸에 물기를 닦
아주는데 // 반짝이는 눈부신 살결"(「괜한 생각」)에서 보듯 인간은 궁
극적으로 "눈부신" 빛의 자손이다. 그래서 모든 인간의 본성에는 빛
의 씨앗이 내재되어 있다. 따라서 고증식의 시세계에서 부드러운 햇
살의 변주는 인간의 본성에 대한 시적 발견과 인식으로서의 의미를
지니기도 한다. 그리고 이것은 점차 자신의 삶의 자세와 표정에 대한
감각으로 귀착된다. 다시 말해, "금실 같은 햇살"(「가을운동회」)로 표
상되는 어머니와 "반짝이는 햇살"(「아내의 종종걸음」)을 뿜어내는
"아내의 종종걸음" 곁에서, 그 햇살의 일상 속에서 살아온 시적 화자
의 삶의 초상은 어떤 것일까? 시적 화자에게 부드럽고 결 고운 햇살
은 이미 깊이 내면화되어 있다.

　내가 손 놓고 있는 동안

저 들에 낟알 여무는 소리 들리고
내 입엔 밥이 들어오고
하루해는 산마루를 넘는다

내가 넋 놓고 앉은 동안에도
누구는 나를 선생이라 불러주고
가난한 식솔들은 저마다 불을 밝혀
서로의 체온을 나눠 갖는다

사람아
가을비에 젖는
작고 여린 것들아
나 그냥 이렇게 앉아 있는데

—「고마운 것들」 전문

　시적 화자의 여리고 겸허한 삶의 자세가 짙게 배어나온다. 그는
자신의 주변의 대상들을 항상 "고마운 것들"이라고 생각한다. 자신
을 전면에 드러내기 위해 주변을 대상화하고 객체화하는 세태와 달
리 그는 물러서서 자신을 하염없이 낮추고 있다. 그러나 그는 자신
을 비우고 낮춤으로써 오히려 통상적으로 잊고 지내는 우주질서의
진경을 더욱 깊이 있게 감득해내고 있다. "낟알 여무는 소리 들리고
/내 입엔 밥이 들어오고/하루해는 산마루를 넘는" 거룩한 자연율
을 깊이 견성하고 있는 것이다. 이와 같은 자연율에 대한 견성은 어
느덧 자신의 죽음까지도 "맑은 소멸"로 받아들이는 자재의 경지에
이른다.

나뭇가지 위에
풍장된 새 한 마리

움켜쥔 발가락
조심스레 떼내어
나무들 발치에 묻는다

저무는 하늘 아래
깨끗이 비워낸 영혼

아이는 눈을 내리깐 채
정성껏 흙을 다지고

맑은 소멸 아래 엎드려
나는 자꾸만
죽음과 입맞추고 싶다

—「소멸」 전문


　어둠을 향해 "저무는" 시각에 "새 한 마리"가 "나뭇가지 위에"서 움켜쥔 발가락이 응고된 채 "풍장"되어 있다. 아이가 나뭇가지에서 조심스럽게 풍장된 새를 내려 "나무들 발치"에 묻고 있다. 엄숙한 장례절차의 현장이다. 그러나 그 풍경은 너무도 해맑고 가볍다. 가벼운 하강, 혹은 "맑은 소멸"의 장면이다. 시적 화자는 "맑은 소멸" 앞에서 어느덧 자신도 모르게 죽음의 공포를 넘어서고 있다. 그래서 "나는 자꾸만/죽음과 입맞추고 싶다"고 스스로 표백한다. 자연율에 조응하고 동화된 자신의 삶의 정서와 정감이 고스란히 드러나는 대목이다.

"저녁 햇살"처럼 맑고 여리고 부드러운 광채와 감각으로 자신과 세계를 인식하고 노래해온 그의 시적 삶이 궁극적으로는 자연의 순리와 공명하고 조응하는 자기 구원의 세계와 잇닿아 있는 것이다. 이를 다른 화법으로 표현하면, 그의 시세계의 창작원리에 해당하는 "햇살"의 시학이란 가장 자연스러운 평화와 상생의 모성적 삶의 원리를 구현하고 노래하는 것이라고 정리된다. 이렇게 보면, 이미 앞에서도 지적한 바처럼 고증식의 시세계가 "더운 밥 한 그릇"(「밥이 되고 싶다」)처럼 "참 따뜻"(「참 따뜻한」)하고 "햇솜 같은 슬픔"(「일요일」)처럼 맑고 투명한 까닭은, 공격성과 치열성이 가신 "저물녘의 햇살" 같은 광도에서 기인하는 것임을 거듭 확인할 수 있다. 이 점은 그의 시세계의 기본어조가 과도한 열정이나 냉엄함으로 치닫지 않고 적절하게 안정된 풍경으로서의 균형감각을 유지할 수 있는 미덕을 지니게 한다. 그러나 동시에 이 점은 지나치게 삶의 복잡한 현상을 평면적으로 환원시킨다는 결점으로 작용하기도 한다. 이러한 창작 방법론은 굴곡진 삶의 현장의 "절정을 놓치며 가"(「나는 절정을 놓치며 가고」)기 쉽다는 점을 되새겨볼 필요가 있을 것이다.

시의 정의에서 가장 중요한 것은 리듬이다. 시는 리듬 위에 세워진 언어의 질서인 것이다. 이것은 시인의 시창작은 리듬의 자연적 흐름을 이용한다는 말로 바꾸어도 무방하다. 리듬이 자석처럼 불러모으는 언어에 의존함으로써 시인은 불모의 백지에 풍요로운 언어세계를 펼쳐내게 된다.

제3부

# 절조와
# 심화

# 마음, 그 깨달음의 바다

— 조오현 시집 『아득한 성자』를 중심으로

　『월인천강지곡月印千江之曲』을 기억하는가? 나는 이 작품이 조선 시대 세종이 석가모니의 공덕을 기린 찬불가라는 사실보다 그 제목의 신비로운 아름다움에 먼저 취하게 된다. 천 개의 강마다 출렁이는 달빛이라니. 얼마나 고요하고 광대하고 찬연한 빛의 장관인가! 그렇다면 월인천강의 실체는 과연 무엇일까? 그것은 하늘 높이 떠 있는 하나의 달에서 뿜어져나온 빛줄기들이 천 개의 강에 반사된 것일까? 그렇지 않으면 천 개의 강마다 내재되어 있던 빛들이 일제히 뿜어져나온 것일까? 아니면 그 어느 것도 아닌 또다른 연유가 있는 것일까?

　조오현의 시집 『아득한 성자』와 마주하면서 새삼 이러한 의문들이 다시 눈앞에 떠올랐다. 그 이유는 물론 그가 1968년에 등단해 『심우도』『산에 사는 날에』등의 시조집을 간행한 시인이기 이전에 우리 시대의 대표적인 큰스님이란 사실과 무관하지 않을 것이다. 그러나 이러한 전기적 사실보다 더욱 직접적인 이유는 이번 시집의 첫머리에 나오는 「시인의 말」이다. "건져도 건져내어도/그물은 비어 있"다는 것이 『월인천강지곡』의 깊고 넓은 천강에서 달빛을 건져내는 행위를 문득 연상시켰기 때문이다.

건져도 건져내어도
그물은 비어 있고
무수한 중생들이
빠져 죽은 장경(藏經) 바다
돛 내린 그 뱃머리에
졸고 앉은 사공아.

　　　　　　　　　　　　　　—「시인의 말」 중에서

"건져도 건져내어도/그물"이 비어 있다는 것은 애초에 아무것도 없었음을 뜻한다. 오직 공(空)일 따름이다. 그러나 무수한 중생들이 평생에 걸쳐 부처님의 설법이 담긴 "장경"을 그물 삼아 무엇인가를 찾으려고 했던 것이다. 그 결과는 "장경"의 더미에 빠져 죽는 것이었다. 그렇다면 수행자(중)는 도대체 무엇을 할 수 있는가? "중은 끝내 부처도 깨달음까지도/내동댕이쳐야"(「시인의 말」) 한다는 것이다. 애초에 아무것도 없는 공의 세계에서 "부처나 깨달음"을 금과옥조처럼 잡고 있는 것도 헛된 일이 아닐 수 없다. 그래서 화자는 "돛 내린 그 뱃머리에/졸고 앉은 사공"을 말하고 있다. 이 "졸고 앉은 사공"이 바로 수행자의 초상이고 성불한 자의 모습이며 자신의 참모습이라는 암시로 이해된다.

　마침 이번 시집에서는 「시인의 말」의 연장선에 놓이는, "본래면목(本來面目)이란 어떤 물건인가?" 하는 질문과 그 응답으로 이루어진 다음과 같은 선화(禪話)를 만날 수 있다.

　그날 밤 대중들이 잠이 들어 달빛을 받은 나뭇가지들이 산방 창호지 흰 살결에 얼룩덜룩한 그림을 그리고 있을 때 김행자는 '본래면목(本來面目)이란 어떤 물건인가?'라는 의문 때문에 잠이 오지 않아 마당으로 나왔지요. 땅바닥에 무릎까지 쌓인 풍경 소리를 한동안 밟다가 거기 보타전 맞은편 관음지(觀音池) 둑에 웬 낯선 사내가 두 무릎을 싸안고 앉아 있는 것을 보았지요.

'이 밤중에?' 김행자는 머리끝이 쭈빗쭈빗 곤두섰지만 무엇에 이끌리듯 사내의 등뒤에 가 서서 사내의 동정을 살피고 있었지요. 그런데 그 사내는 인기척을 느꼈는지 못 느꼈는지 괴이적적한 수면에 떠오른 달그림자만 뚫어지게 바라보고 있을 뿐 마치 무슨 짐을 몽동그려놓은 것처럼 미동도 없었지요. 마침내 달이 기울면서 자기 그림자를 거두어가고 관음지에 흐릿한 안개비가 풀어져내리자 사내는 늙은이처럼 시시부지 일어나며 '그것 참…… 물속에 잠긴 달은 바라볼 수는 있어도 끝내 건져낼 수는 없는 노릇이구먼……' 하고 수척한 얼굴을 문지르며 흐느적흐느적 산문 밖으로 걸어나가는 것을 다음날 새벽녘에 보았지요.

—「물속에 잠긴 달 바라볼 수는 있어도」 전문

"'본래면목(本來面目)이란 어떤 물건인가?'라는 의문"에 사로잡혀 잠을 이루지 못하는 김행자의 발걸음 앞에 "수면에 떠오른 달그림자만 뚫어지게 바라보고 있"는 사내의 모습이 드러나고 있다. "마침내 달이 기울면서" 달의 그림자가 걷히기 시작한다. 이때 사내는 혼자 중얼거린다. "그것 참…… 물속에 잠긴 달은 바라볼 수는 있어도 끝내 건져낼 수는 없는 노릇이구먼……" 사내의 독백이 담고 있는 뜻은 무엇인가? 물속에 잠긴 달을 건지고자 했던 노력은 애초부터 잘못된 것이었다는 전언이다. 물속에는 처음부터 달의 실체가 잠겨 있지 않았던 것이다. 처음부터 없는 달을 건지려고 하는 행위란 얼마나 어리석은

짓인가. 그러나 본래면목을 찾는 중생들의 행렬이란 결국 이처럼 어리석은 행위의 반복이 아니던가. 이 시는 순박하고 어눌한 평서형의 이야기를 통해 서릿발처럼 차가운 깨달음의 파문을 던져주고 있다.

조오현의 시세계는 이와 같이 일체만상과 만법이 모두 비어 있다는 전제를 출발점으로 한다. 이는 남종 돈오(頓悟) 선시의 기원으로 꼽히는 혜능(慧能, 638~713)의 '본래무일물(本來無一物)'[1], 즉 본래 한 물건도 없다는 게송을 환기시킨다. 여기에 이르면, 조오현이 「시인의 말」에서 "중은 끝내 부처도 깨달음까지도 / 내동댕이쳐야 하거늘 / 대명천지 밝은 날에 / 시집이 뭐냐"라고 일갈했던 이유를 어느 정도 짐작할 수 있다. 모든 것이 허상이며 가유(假有)인 까닭에, 절대현재의 참사람에 이르면 부처도, 깨달음도, 시집도 아무 필요가 없다는 목소리이다. 이것은 물론, 그에게 부처, 깨달음, 시집이란 절대현재의 참사람에 이르기 위한 방편이라는 것이기도 하다. 이렇게 보면, 조오현의 시집 『아득한 성자』는 성자를 향한 아득한 구도의 과정, 즉 절대현재의 참사람에 이르기 위한 도저한 자기 수행의 역정과 그 깨우침의 불꽃의 기록물이라고 할 수 있을 것이다. 시집 전반을 굽이치는 시상의 흐름은 때로는 금강석의 칼날처럼 견고한 결기로 집중되고, 때로는 친숙한 이웃 어른의 자애로운 목소리로 풀려나온다. 그러나 이 둘에는 공통적으로 깊고 서늘한 선기가 배어나온다. 일찍이 원호문(元好問, 1190~1257)이 선객(禪客)에게 "시는 선을 장식하는 비단 위의 꽃이고 시인에게 선은 언어를 절제하는 절옥도(切玉刀)"라고 했던 것처럼, 그의 시세계는 아름다우면서도 견고하게 닫혀 있고 견고

---

1) 깨달음은 본래 나무가 아니요      菩提本無樹
   거울 역시 틀이 아니다      明鏡亦非臺
   본래 한 물건도 없거늘      本來無一物
   어디에 먼지 일어나리오      何處惹塵埃

하게 닫혀 있으면서도 아름다운 표정을 반사한다. 그래서 그의 시세계는 해석의 미로를 열어놓았으나 막상 가까이 접근하면 이를 은폐시키고, 멀찍이 물러서면 다시 그 미로를 열어 보인다. 그래서 그의 시세계를 이해하는 과정은 그 자체가 자기 수행과 깨우침의 여로가 된다.

다음 시편은 조오현 시세계의 중심음을 이루는 절대현재의 참사람, 즉 성자의 존재론적 특성을 온화하면서도 결곡한 어조로 드러내고 있다.

하루라는 오늘
오늘이라는 이 하루에

뜨는 해도 다 보고
지는 해도 다 보았다고

더이상 볼 것 없다고
알 까고 죽는 하루살이떼

죽을 때가 지났는데도
나는 살아 있지만
그 어느 날 그 하루도 산 것 같지 않고 보면

천 년을 산다고 해도
성자는
아득한 하루살이떼
　　　　　　　　　　　　　　　　—「아득한 성자」 전문

"하루살이"는 늘 오늘을 산다. 일생에 걸쳐 어제와 내일이 없다. 그러므로 지난 세월에 대한 어떤 집착도 다가올 세상에 대한 허욕도 있을 리 없다. 그래서 하루살이는 항상 처음이자 마지막으로 오는 하루를 있는 그대로 직시하고 향유한다.

헤르만 헤세는 자신의 화첩에 오직 신과 어린이만이 오늘을 산다고 기록하고 있다. 사실 인류의 역사는 내일에 의해 오늘이 도굴되는 삶의 연속이었다. 더 나은 미래의 설정을 통해 오늘의 희생을 강요해왔던 것이 선조적인 시간관에 입각한 목적론적인 역사관의 운용원리였다. 그리하여 대부분의 사람들이 한 번도 온전한 오늘을 향유하지 못한 채 사라져갔던 것이다. 또한 오늘에 대한 인식 역시, 미래의 지향성과 과거의 선입견에 비추어 굴절시켜왔던 것이 사실이다. 텅 빈 오늘의 연속이 인류사의 실체라는 사실은, 인간의 생애가 정작 하루살이의 그것보다도 더욱 짧고 허망하다는 해석도 가능하다.

중국의 선종 오가의 창시자 중 한 명인 법안(法眼, 885~958)은 이렇게 갈파한다. "실체는 바로 그대들 눈앞에 있다. 그런데도 그대들은 그것을 이름이나 모습으로 해석하려는 경향이 있다. 그래가지고 어떻게 그것의 본질을 바로 볼 수 있을까?" 실체는 바로 우리 앞에 있는바, 그것은 직관을 통해 알아지는 것이지, 사변이나 추리로 다가가는 것은 오히려 눈만 흐려진다는 것이다.

이렇게 보면 "죽을 때가 지났는데도/나는 살아 있지만/그 어느 날 그 하루도 산 것 같지 않"다는 목소리에는 모든 집착과 욕망에서 완전히 벗어난 '참나'의 경지, 그 부처의 세상에 이르지 못한 채 살아왔다는 회한의 정서가 스며 있는 것으로 보인다. 물론 이러한 회한은 "내 평생 붙잡고 살아온 것이 아지랑이더란 말이냐"(「아지랑이」)라고 반문하는, 삶의 실체에 대한 깨우침의 다른 모습이기도 하다. "천 년을 산다고 해도/성자는/아득한 하루살이떼"란, 성자는 천 년을 산다고 할지라도 늘 '지금, 여기'를 산다는 의미와 함께 하루살이의 삶이야말로 성자의 삶이라는 일깨움을 전언하고 있다. 성자란 모든 날이 다 최고의 날(日日是好日)임을 직접 체득하는 '지금, 여기'의 존재자인 것이다.

그렇다면 또다시 다음과 같은 질문을 하게 된다. '지금, 여기'를 있는 그대로 직시하고 향유하는 것이 그토록 어려운 까닭은 무엇인가? 다시 말해 "성자"에 이르는 길이 "아득"한 이유가 무엇인가? 그것은 우리 자신이 스스로의 마음을 "들지도 놓지도" 못하고 있는 데서 기인한다.

그 옛날 천하장사가
천하를 다 들었다 놓아도

한 티끌 겨자씨보다
어쩌면 더 작을

그 마음 하나는 끝내
들지도 놓지도 못했다더라

—「마음 하나」 전문

시적 화자는 스스로 "마음"을 다스릴 줄 알아야 한다고 강조하고 있다. 그렇다면 그 마음이란 무엇인가? 마음은 우리에게 너무도 익숙한 낱말이지만, 정작 이를 설명하고자 하면 그것은 모양도 색깔도 없는 대상이란 점에서 새삼 말문이 막히고 만다.

이 시는 마음의 부피와 질량을 암시적으로 집약하고 있다. "천하를 다 들었다 놓"을 수 있는 "천하장사"라 할지라도 "마음 하나"는 "들지도 놓지도" 못한다. 비록 마음의 크기가 "한 티끌 겨자씨보다／어쩌면 더 작을"지라도 이 점은 마찬가지이다. 마음이란 처음부터 가시적인 대상도 아니며 물리적인 힘으로 상대할 수 있는 대상도 아니다. 이러한 마음의 실체에 대해 좀더 감각적으로 가깝게 느껴볼 수는 없을까? 이 지점에서 중국 선종의 시조 달마의 예화를 떠올려보면 어떨까?

제자 혜가가 달마를 찾아와 말한다.
"제 마음이 평안을 찾지 못하고 있습니다. 청컨대 제 마음을 편안하게 해주십시오."
이에 달마가 대답한다.
"어디 너의 마음이란 걸 내놓아봐라. 그러면 내 그 마음을 편안하게 해주겠다."
한참 동안 침묵이 흐른 뒤 혜가는 마음을 찾아보았으나 발견할 수 없다고 고백한다.
그러자 달마가 말한다.
"자, 이제 내 이미 너의 마음을 편안하게 해주었다."

이 일화에서 혜가가 괴로워했던 마음은 무엇이고 다시 평안해진 마음은 무엇인가? 이 둘은 서로 같은가 다른가? 달마가 내놓아보라는 마음은 본래의 마음이 아니라 잘못된 환영을 스스로 객관화해보라는 것이 아니었을까? 그래서 달마가 "내 이미 너의 마음을 편안하게 해주었다"고 말한 것은, 본래의 참마음은 이미 평화 속에 있기 때문에 고치고 치유하고 진정시킬 대상이 아니라는 사실을 지적하기 위함이 아닐까. 그래서 혜능이 『육조대사법보단경六祖大師法寶壇經』 첫머리에서 "참본성이 맑으니 다만 이 마음을 쓰라. 곧 성불할 것이다"라고 강조하지 않았을까. 마음이란 분명 가시적인 실체는 아닐지라도, 그 주인이 되느냐 못 되느냐 하는 것은 지옥과 극락의 거리만큼이나 아득한 차이가 있다. 따라서 마음을 들고 놓는 일은 지옥과 극락을 아우르는 차원인 탓에, 마음은 비록 육안으로는 "한 티끌 겨자씨보다" 더 작다 할지라도 "천하장사"가 들었다 놓는 "천하"보다 더욱 무겁고 아득하고 근원적이다.

그러나 조오현은 이토록 무겁고 아득하고 근원적인 "마음"을 "다 놓았다 다 들어올려야" 장부다운 장부라고 노래한다.

> 사내라고 다 장부 아니여
> 장부 소리 들을라면
>
> 몸은 들지 못해도
> 마음 하나는
> 다 놓았다 다 들어올려야
>
> 그 물론
> 몰현금(沒弦琴) 한 줄은
> 그냥 탈 줄 알아야
>
> —「몰현금(沒弦琴) 한 줄」 전문

스스로 마음의 주인이 되는 경지에 이르면 "몰현금(沒弦琴) 한 줄은/그냥 탈 줄 알"게 된다는 것이다. 줄 없는 거문고, 몰현금을 탄다는 것은 곧 마음으로 거문고를 자유자재로 탈 수 있게 된다는 것을 가리킨다. 그렇다면 마음으로 줄 없는 거문고를 탄다는 것을 어떻게 이해해야 할까? 혜능의 다음과 같은 일화는 이에 대한 대답의 한 실마리가 될 수도 있지 않을까?

두 승려가 바람에 깃발이 펄럭이는 것을 놓고 열띤 논쟁을 벌였다. 한 스님은 바람이 움직이는 것이라고 주장하고 다른 한 스님은 깃발이 움직이는 것이라고 주장하였다. 이때 혜능이 끼어들었다.

"움직이는 건 바람도 아니고 깃발도 아니다. 다만 그대들의 마음이 움직일 뿐이다."

혜능의 화법으로 이해하면 마음으로 거문고를 탄다는 것은 마음이 작용하여 거문고의 음률을 이미 감상하고 있다는 것을 가리킨다. 이와 같이 장부다운 장부란 스스로 마음의 주인이 되는 자이다. 마음의 주인이 되는 것은 집착과 욕망으로 가득 찬 허상들을 비워내서 마음의 텅 빈 원상으로 되돌아가는 것이다. 다시 말해 마음을 자유자재로 들어올리고 내려놓기 위해서는 물리적인 힘이 아니라 스스로 마음을 비워내서, 본래의 텅 빈 공으로서의 마음을 회복해야 한다. 모든 집착과 탐욕은 물론 어떤 인위적인 의도나 의지마저도 벗어날 때 본래의 마음의 평정에 이를 수 있다. 이러한 마음의 평정에 이르면, "바다에 가면 바다 / 절에 가면 절이 되"(「무설설 2」, 『산에 사는 날에』)는 경지에 도달할 수 있게 된다. 이때 "몰현금(沒弦琴) 한 줄은 / 그냥 탈 줄 알"게 된다.

그래서 마음을 비우고 본래의 마음으로 돌아가는 역정이 곧 수행자의 궁극적이고 당위적인 과제이며 목적이 된다.

놈이라고 다 중놈이냐
중놈 소리 들을라면

취모검(吹毛劍) 날 끝에서
그 몇 번은 죽어야

그 물론 손발톱 눈썹도

짓물러 다 빠져야

―「취모검(吹毛劍) 날 끝에서」 전문

용맹정진의 치열한 절대적 자세를 노래하고 있다. 취모검이란 선종 화두의 일종으로서 예리한 칼날로 세상의 모든 번뇌와 사슬을 끊어 내는 법검(法劍), 즉 반야지검을 가리킨다. 따라서 "취모검(吹毛劍) 날 끝에서/그 몇 번은 죽어야" 한다는 것은, 자신의 수많은 현실적 자아의 허상들을 반야지검으로 부수고 제거하여 절대현재의 참사람 을 회복하는 자기 갱신의 과정을 가리킨다. 이를 좀더 부연하면, 여 러 망상과 우연에 지배를 받는 일시적이고 개별적인 '나'를 부정하 고, 시간과 공간을 초월하여 도의 물결에 따라 존재하는 영원한 '참 나'를 구현해야 한다는 것이다. 이러한 역정에는 "손발톱 눈썹"이 "다 빠져야" 하는 혹독한 자기 부정과 견인의 수련이 요구된다. 이것 은 마치 바위가 바위같이 되는 과정이며 한 그루 고목이 고목처럼 되 는 과정에 비견된다.

한 그루 늙은 나무도

고목 소리 들을라면

속은 으레껏 썩고

곧은 가지들은 다 부러져야

그 물론 굽은 등걸에

장독(杖毒)들도 남아 있어야

무심한 한 덩이 바위도
바위 소리 들을라치면

들어도 들어올려도
끝내 들리지 않아야

그 물론 검버섯 같은 것이
거뭇거뭇 피어나야

—「바위 소리」 전문

"고목"과 "바위" 들도 제각기 본모습에 이르기 위해서는 "속은 으레 껏 썩고／곧은 가지들은 다 부러져야" 하며, "들어도 들어올려도／끝 내 들리지 않"는 무게를 지니고 "검버섯 같은 것이／거뭇거뭇 피어나 야" 한다. 다시 말해 우리 주변에 있는 모든 사물들이 제각기 참모습 을 지니기까지, "취모검(吹毛劍) 날 끝에서／그 몇 번은 죽어야" 하는 인고와 견인의 세월들을 통과해내었다는 것이다. 자신에 대한 철저한 부정을 통해 거듭 태어나는 신생의 과정이 없이는, "고목"도 "바위"도 제 모습을 온전히 갖출 수가 없다. 그래서 자신의 본성을 찾는 수행자 에게는 "속은 으레껏 썩고／곧은 가지들은 다 부러져야" 하는 "고목나 무"처럼 "손발톱 눈썹도／짓물러 다 빠져"서 새살이 돋아나야 하는 도 저한 자기 수련이 은산철벽처럼 가로놓여 있는 것이다. 위의 시편들 은 비교적 외양적으로는 평온한 어조를 견지하고 있지만, 그 이면에 는 멀고도 험난한 고행의 절벽을 스스로 타파해나가야 한다는 충격 적인 울림이 진동하고 있다.

한편 조오현의 도저한 내성의 탐구는 이처럼 남성적인 강건성만으로 일관되는 것은 아니다. 다음과 같은 시편은 여성적인 내적 수렴과 부드러움을 통해 용맹정진의 당위성을 밀도 높게 호소하고 있다.

한나절은 숲속에서
새 울음소리를 듣고

반나절은 바닷가에서
해조음 소리를 듣습니다

언제쯤 내 울음소리를
내가 듣게 되겠습니까

—「내 울음소리」 전문

시적 정조가 매우 섬세하고 애틋하다. 시적 화자의 일상이 청각적 심상의 반복을 통해 펼쳐지고 있다. 숲의 "새 울음소리"와 바닷가의 "해조음 소리"가 시적 화자와 일상을 함께하는 대상이다. 그러나 1, 2연의 적요한 평화는 3연에 오면 안타까운 정조로 반전된다. 새소리와 해조음 소리는 선명하게 들리고 있으나 정작 자신의 내면의 소리는 듣지 못하고 있다는 것이다. 이것은 감각적인 청각은 트였으나 마음의 청각은 아직 열리지 않았다는 뜻으로 읽힌다. 그리하여 내외명철(內外明徹), 안팎이 환히 밝은 견성(見性)의 경지를 갈망하고 있는 것으로 해석된다. 바깥의 진경에만 의지하고 내면을 뒤덮고 있는 어두운 그림자를 걷어내지 못한다면 제대로 견성한 것이 아니라는 것이다. 이 대목을 읽으면 그 유명한 '덕산의 촛불'에 대한 해석도 어느 정도 짐작이 갈 듯하다.

용담이 "밤도 깊었는데 이제 가봐야지" 했다. 덕산이 인사를 하고 주렴을 걷는데 밖이 칠흑 같았다. 고개를 돌려 "깜깜한데요" 하자, 용담이 지촉에 불을 붙여 건넸다. 덕산이 받으려 하자 용담이 훅 불어 불을 꺼버렸다. 이에 덕산이 홀연 깨달았다.

이때 덕산이 깨달은 것은 무엇이었을까? 바깥의 불을 끄는 순간 마음의 불빛을 자각하게 된 것이 아닐까? 막다른 골목에 밀어넣어지면서 안과 밖이 하나로 합쳐지는(自然內外, 打成一片) 찰나, 그는 존재의 대전회를 경험한 것이다.

그렇다면 이와 같이 백척간두진일보(百尺竿頭進一步) 이후의 세계는 과연 어떤 양상일까? 다시 말해 깨달음의 세계, 즉 견성성불(見性成佛)의 존재방식은 무엇일까? 이러한 의문 앞에 다음과 같은 시편들을 만날 수 있다.

화엄경 펼쳐놓고 산창을 열면
이름 모를 온갖 새들 이미 다 읽었다고
이 나무 저 나무 사이로 포롱포롱 날고……

풀잎은 풀잎으로 풀벌레는 풀벌레로
크고 작은 푸나무들 크고 작은 산들 짐승들
하늘땅 이 모든 것들 이 모든 생명들이……

하나로 어우러지고 하나로 어우러져
몸을 다 드러내고 나타내 다 보이며
저마다 머금은 빛을 서로 비춰주나니……
　　　　　　　　　　　　　　　　　—「산창을 열면」 전문

"화엄경 펼쳐놓고 산창을 열면 / 이름 모를 온갖 새들", 이미 『화엄경』을 다 읽었다며 "포롱포롱 날고" 있다. 어찌 새들뿐이겠는가? 2연에 이르면 "풀잎" "풀벌레" "산들" "짐승들" 모두가 『화엄경』을 알고 있는 표정들이다. 『화엄경』의 설법이 이미 이러한 생명체들 속에 살고 있었던 것이다. 작은 생물 하나에도 불성이 내재되어 있다는 이치이다. 특히 이 모든 생명들이 어우러져 "저마다 머금은 빛을 서로 비춰주"고 있는 모습은 그 자체로 '법신'의 구현이며 존재방식에 해당한다. 그래서 "산색은 그대로가 법신(法身) / 물소리는 그대로가 설법(說法)"(「이 소리는 몇근이나 됩니까?」)이라는 언명이 가능하다.

이 대목에서 법안종의 선구자 현사(玄沙, 835~908)의 다음과 같은 일화를 환기해볼 수도 있으리라.

어느 날 그가 대중에게 설법을 하기로 되어 있던 때였다.
그가 단상에 올랐을 때 마침 밖에서 제비 지저귀는 소리가 들렸다.
그러자 그는 이렇게 말했다.
"본체에 대한 이 얼마나 심오한 설법이며 분명한 법문인가!"
그러고는 마치 자기가 설법을 다 끝낸 양 단상에서 내려왔다.

이것은 결국 자신의 타고난 본성대로 가장 자연스럽게 살아가는 모습 그 자체가 곧 부처라는 것을 가리킨다. 이와 같은 부처의 존재를 자각하고 향유할 수 있는 것은 '스스로 그러한' 무위자연의 본성을 잃지 않았을 때이다. 이것은 또한 무념무상(無念無想)이 곧 부처이며 도(道)라는 일깨움의 다른 표현이기도 하다.

풍년이 드는 해나 흉년이 드는 해나
─논두렁 밟고 서면─

내 것이거나 남의 것이거나
―가을 들 바라보면―
가진 것 하나 없어도 나도 웃는 허수아비

사람들은 날더러 허수아비라 말하지만
맘 다 비우고 두 팔 쫙 벌리면
모든 것 하늘까지도 한 발 안에 다 들어오는 것을
　　　　　　　　　　　　　　　　　―「허수아비」 중에서

　노자는 "학문을 하면 날로 늘어나고 도를 닦으면 날마다 덜어지거
니와 덜고 또 덜면 이윽고 행함이 없음에 이르게 되고 행함이 없지만
하지 않음이 없게 된다. 그러므로 천하를 얻음에는 언제나 무위로써
해야 한다(爲學日益, 爲道日損, 損之又損, 以至於無爲, 無爲而無不爲.
故取天下, 常以無事)"고 설파한다.
　허수아비가 "하늘까지도 한 발 안에 다" 안을 수 있었던 것은 위도
일손(爲道日損)의 극치, "맘 다 비우고 두 팔 쫙 벌리"는 단계에 이르
렀기 때문이다. 허수아비는 어느새 무위로써 천하를 얻는 성과를 구
가하고 있다. 물론 허수아비는 천하를 얻었다고 할지라도 이를 지배
하려 하지 않는다(萬物歸焉, 而不爲主). 그래서 천하를 영원히 제 품
에 귀속시켜낸다. 이러한 도의 존재성은 자연의 조화로운 풍경 속에
서 언제나 생생하게 만날 수 있다.

　그렇게 살고 있다 그렇게들 살고 있다
　산은 골을 만들어 물을 흐르게 하고
　나무는 겉껍질 속에 벌레들을 기르며
　　　　　　　　　　　　　　　　　―「숲」 전문

숲의 일상적 풍경이 곧 지극한 도이며 마음의 본성이라는 사실을 환기시킨다. 이처럼 "맘 다 비우고" 무위의 리듬에 맡기는 도에 이르면, 어느새 스스로 걸림 없는 우주의 주인이며 부처가 된다. 이것은 또한 '평상심이 곧 도'라는 이치를 떠올린다. 도란 의도적인 목적과 생각이나 논리적 사유를 통해 얻어지는 것이 아니라, 이를 의식하지도 못한 채 체현되는 견성의 산물이다. 그리하여 스스로의 마음이 부처가 되면 외부세계 또한 부처가 사는 마을이 된다.

"시님, 우리가 시방 깔고 앉은 이 반석과 저 맑은 물속에 잠겨 있는 반석들을 눈을 감고 가만히 들여다보시지요. 이 반석들 속에 천진한 동불(童佛)들이 놀고 있는 모습이 나타날 것입니다. (……) 헌데 시님 젊었을 때는 눈을 뜨고 봐도 나타나지 않아 먹줄을 놓아야 했는데…… 이제 눈이 멀어 왔던 길도 잘 잊어버리는데……, 눈을 감아야 얼비치니…… 눈만 감으면 바위 속에 정좌해 계시는 부처님이 보이시니……

　　　　　　　　　　　　　　—「눈을 감아야 세상이 보이니」 중에서

시상의 흐름이 어눌하면서도 아름답고 아름다우면서도 감동적이다. 늙은 석수의 성근 목소리는 이미 부처의 목소리이다. 그래서 그의 눈에 비치는 세상은 부처의 나라이다. "젊었을 때는 눈을 뜨고 봐도 나타나지 않"던 부처가 "이제 눈이 멀어 왔던 길도 잘 잊어버리는" 상황에서 오히려 선명하게 보이기 시작한다. 육안의 눈이 멀어지면서 마음의 눈이 아침 햇살처럼 밝아진 것이다. 보려는 의도를 가지고 있을 때는 차별상에 머물렀지만, 그 의도 자체를 버리자 본질의 세계를 환하게 보게 되는 형국이다. "집을 떠나라 그러면 집에 도착할 것이다/귀머거리가 되어라 그러면 들을 것이다"와 같은 역설적 언명이 성립되는 지점이다.

이렇게 보면, 이 시에서 시적 화자는 살아 있는 "아득한 성자"와 대화를 나누고 있는 것이다. 이러한 면모는 「염장이와 선사」 「스님과 대장장이」 등에서도 쉽게 볼 수 있는데, 이것은 또한 시적 화자 자신이 부처를 발견하는 법안(法眼)을 갖추었기 때문에 가능한 것일 터이다.

실제로 조오현은 시집 『아득한 성자』를 통해, 사물의 현상과 본질을 통찰하는 법안의 눈으로 "아지랑이"(「아지랑이」) 같은 삶의 현실과 그 너머의 근원적인 '공'의 세계를 수시로 드나들면서 이를 동시적으로 노래하고 있다. 그래서 그의 시세계의 저변에는 항상 아무것도 없으나, 모든 것을 낳는 무위자연으로서의 마음의 본성과 도의 세계가 중심음을 이룬다. 그가 추구하는 시적 삶은 결국 "사람의 마음을 똑바로 가리켜 본성을 꿰뚫고 부처를 이룬다(直指人心, 見性成佛)"는 달마대사의 종지(宗旨)[2]와 깊이 맞닿아 있는 것으로 보인다. 그는 처음부터 문자의 그물로 건질 수 없는 "달그림자" 같은 마음의 세계, "강물도 없는 강물에 떠내려가는 뗏목다리"(「부처」) 같은 부처의 모습을, 은폐와 개진, 반어와 역설의 충돌과 긴장을 통해 간곡하게 노래하고 있는 것이다. 따라서 그의 시적 이해의 미로에 동참하는 것은 어느덧 우리 자신의 마음공부의 여정이 된다. 그러나 언어와 논리의 도그마에서 허우적거리는 나의 형편에서 그의 시세계에 대해 언급하는 것은 헤어나지 못할 구업을 쌓는 일에 틀림없으리라.

조오현의 시집 『아득한 성자』를 덮으면서 다시 떠올려본다. 『월인천강지곡』의 고요하고 광대하고 찬연한 빛의 장관을! 과연 월인천강의 실체는 무엇일까? 그것은 하늘 높이 떠 있는 하나의 달에서 뿜어

---

2) 달마대사가 남긴 교리로 전해지는 사구게(四句偈)는 다음과 같다.
교외별전(教外別傳)/불립문자(不立文字)/직지인심(直指人心)/견성성불(見性成佛)

져나온 빛줄기들이 천 개의 강에 반사된 것일까? 그렇지 않으면 천 개의 강마다 내재되어 있던 빛들이 일제히 뿜어져나온 것일까? 아니면 그 어느 것도 아닌 또다른 연유가 있는 것일까? 나는 이렇게 말해보고 싶다. 천 개의 강마다 빛나는 달빛은 이를 노래한 사람의 마음의 바다에서 반사된 것이다.

# 영원히 그리운 것은

## —박찬의 시세계

1948년 정읍에서 태어나 2007년 벽두에 생을 마감한 박찬 시인은 1983년 『시문학』으로 문단에 나온 이래 『수도곶 이야기』『그리운 잠』『화염길』『먼지 속 이슬』 등의 시집과 실크로드 문학기행집 『우는 낙타의 푸른 눈썹을 보았는가』를 간행하였다. 그는 시창작에 몰두하면서도 또한 신문사의 문학 담당기자와 논설위원 등 분주한 언론인 생활을 통해 문학의 대중적 소통의 장을 마련하는 역할도 전위에서 담당하였다. 이처럼 바쁜 일상 속에서도 그는 동년배는 물론 후배들까지도 누구나 편안하고 친근하게 다가갈 수 있는 천진하고 소탈하고 순박한 성정을 한결같이 지니고 있었다.

이러한 그의 인간적 면모는 시적 삶의 세계에서도 기본바탕을 이룬다. 그는 채움보다는 비움, 팽팽한 긴장의 대칭보다는 느슨한 비대칭의 구도가 더욱 평화롭고 여유로우며 삶의 본질에 가까운 것이라는 인식을 생활철학으로 내면화하고 있었던 것이다.

다음 시편은 이러한 그의 삶과 문학의 세계를 구상화한 상징적인 표상으로서 의미를 지닌다.

비 오는 학교 운동장, 기울어진 시소의 한쪽 끝. 떠나버린 무게의 흔적이 비에 젖어 떨고 있다. 무게가 무게를 떨쳐내기 위해 뒷걸음칠 때 세상은 위험하다. 그러나 무게는 무게를 떨쳐버리고야 평안하다. 평안을 위해 하나의 무게는 추락해야 한다. 추락하는 무게는 적막 속으로 사라져간다.

놀이에 지친 아이들은 잠들고 떠나버린 무게의 영혼은 외롭다. 추락하는 무게는 나비가 되어 비 오는 학교 운동장 기울어진 시소 위를 날아오르고 있다.

—「나비」,『먼지 속 이슬』 전문

"비 오는 학교 운동장" 풍경이 한적하고 평화롭다. "기울어진 시소"의 비대칭구도가 텅 빈 운동장의 중심에 놓여 있기 때문이다. 멈춰 있는 시소들은 왜 대부분 한쪽으로 기울어져 있을까? 그것은 "하나의 무게"가 허공의 "적막 속으로 사라"졌기 때문이다. "무게가 무게를 떨쳐내기 위해 뒷걸음칠 때, 세상은 위험"해지지만, "그러나 무게는" 스스로 자신의 "무게를 떨쳐버리고야 평안하다". 세상의 현실 논리와는 비록 상반되지만, 그러나 팽팽한 긴장의 무게를 떨쳐버릴 때 마음의 평온을 얻을 수 있다. 그렇다면 떨쳐버린 무게는 무엇이 될까? 그것은 가벼운 "나비"가 되어 상승한다. "추락하는 무게"가 상승하는 부력으로 변주되고 있는 것이다. 물론 여기에서 "나비"의 가벼움은 "떠나버린 무게의 흔적"인 것이다.

박찬 시의 질량은 바로 이와 같이 삶의 현실의 팽팽한 긴장관계를 평화롭게 이완시키는 "추락"하는 무게이며, "나비"처럼 가볍게 상승시키는 부력이다. 그래서 그의 시세계는 복잡하고 긴장된 현실세계에 뿌리를 두면서도 이로부터 어느 정도 자유로운 비대칭의 여유공간을 지향한다. 비대칭구도의 여유공간이란 이를테면, 그가 언제인가 고백한 바처럼 "지난 삼 년 동안 잠시 잠시 실크로드 사막길을 헤매는 중이다. 육신은 번잡한 도회에 있으되 언제든 또 그곳으로 달려갈 꿈에 산다"(「自序」, 『화염길』)고 할 때의, "사막길"과 상응한다. 그는 번잡한 현실 속을 살면서도 그 번잡한 현실의 무게를 덜어내고, 그 자리에 삶의 "원초적인 것" 또는 그 본질을 채우고자 했던 것이다.

박찬의 시세계에서 순백하고 질박한 정조와 더불어 고향, 여행, 그리고 불교적 상상력이 표나게 자주 등장하는 까닭도 여기에 있다. 이러한 그의 시적 삶의 지향성은 다음 시편과 같이 그가 만나고 싶어하는 "사람"에 대한 전언을 통해서도 암시적으로 전달된다.

  사람 하나 만나고 싶다

  생각이 무슨 솔꾕이처럼 뭉쳐
  팍팍한 사람 말고
  새참 무렵
  또랑에 휘휘 손 씻고
  쉰내나는 보리밥 한 사발
  찬물에 말아 나눌
  낯 모를 순한 사람

  그런 사람 하나쯤 만나고 싶다
                              ―「사람」, 『화염길』 전문

"사람 하나 만나고 싶다"는 언명은 아직 자신이 만나고 싶은 사람을 제대로 만나지 못했음을 가리킨다. 그는 어떤 사람을 만나고 싶어하는가? "생각이 무슨 솔꾕이처럼 뭉쳐/팍팍한 사람 말고" "보리밥

한 사발/찬물에 말아 나눌" 수 있는 사람이다. 도시적 세련성이나 권위적인 중후함과는 상반되는 어눌하고 순박한 촌부의 모습을 연상시킨다. 이처럼 성기고 어눌한 모습은 앞에서 살펴본 "비 오는 학교 운동장, 기울어진 시소"(「나비」)의 느슨하고 편안한 비대칭의 구도와 상응한다.

"솔꿩이처럼 뭉쳐" 있지 않고, 성긴 틈과 여유를 지니고 있다는 것은 우주적 자아로서의 사람의 본성을 그만큼 잃지 않고 있음을 가리킨다. 이것은 또한 세속적 현실에 대한 적응이란 그만큼 자신의 본성을 상실하고 있음을 가리킨다. 일반적으로 진정한 인간미란 날카로운 이지적 모습보다 허허롭고 질박한 모습에서 느낄 수 있는 까닭이 여기에 있다.

이처럼 질박한 사람에 대한 친연성은 자연스럽게 그의 고향에 대한 간곡한 그리움으로 변주되어 나타나기도 한다.


한 삼십 년 서울에 살다보니 이젠 대충 서울 사람 다 된 것 같다는 아내를, 짐짓, 밤마다 품에 안아도, 나는 영, 공중에, 붕 떠 있네
　땅에 뿌리박지 못하고
　뻗어가는 마디마다
　칼칼한 공기로 숨을 쉬는
　공중뿌리.
　(……)


이보게, 고향이란 무엔가
소리만 들어도 새색시마냥 가슴 설레고
숨차오르는, 말만으로도 그리운, 고향이란 도대체 무언가!
　　　　　　　　　　　　—「공중뿌리」, 『화염길』 중에서

시적 화자는 자신의 현존재성을 "공중뿌리"라고 전언한다. 외양적으로 볼 때는 지극히 정상적인 삶을 영위하고 있으나, 정작 뿌리가 어디에도 안착되지 못한 이중적인 모순성을 "공중뿌리"라고 표현하고 있는 것이다. "한 삼십 년 서울에 살"았지만, 아직 마음의 뿌리를 제대로 내리지 못하고 있다. 그래서 서울 삶은 부초처럼 들떠 있는 "공중뿌리"의 형국에 비견된다. 이러한 "공중뿌리"가 간절히 갈망하는 곳은 "고향"이다. 서울이 낯설게 느껴질수록 고향은 더욱 간절하게 다가온다. 그래서 그는 "고향"이란 "소리만 들어도 새색시마냥 가슴 설레고/숨차오르는, 말만으로도 그리"움을 느낀다고 고백하고 있다.

그렇다면 비속한 현실에서 근원적인 본원성을, 도시의 일상에서 고향의 원형을 갈망하는 이중적인 모순성을 극복하고, 달래고, 위무할 수 있는 방법은 무엇일까? 이러한 질문 앞에 시적 화자는 다음과 같이 "화염길"을 걸어가는 여행시편을 보여준다. "지글거리는 화염을 온통 받으며" 태초 이래 삶의 시간이 정지된 영도의 지점을 통과하고 있는 것이다.

지난겨울 화염산을 다녀왔네
붉게 익다 못해 검게 타들어가는
화염산을 지나며
천축을 향해 터벅터벅 걸어갔을
수많은 사람을 생각했네

한여름 지표 온도 팔십 도,
지글거리는 화염을 온통 받으며
먼저 간 사람들의 하얀 해골을
이정표 삼아,

붉은 먼지밖에 일지 않는 화염길을
호올로 걸어가는

머리 위로 불길 날름대는 하늘
까마귀도 해 비껴 날으는 곳

—「화염길」, 『화염길』 중에서

"화염길"에는 어떤 생명의 숨소리도 부재한다. 오직 "붉은 먼지"와
"하얀 해골"만이 앙상하게 남아 있다. 시적 화자는 그곳을 "호올로
걸어가"고 있다. 어떤 인간문명의 침윤도 결코 허용하지 않는 "지표
온도 팔십 도"의 열사의 땅을 지나가고 있는 것이다. 사막은 모든 생
명의 시원이면서 종착에 해당하는 절대무(無)의 지대이다. 따라서 시
적 화자가 사막을 횡단하는 것은 자신의 근원적 세계와 대면하고자
하는 결연한 의지이다.

이렇게 보면, 박찬의 사막지대를 향한 여행길은 자신의 몸속에 배
어든 부박한 현실계의 지배논리를 연소하고 본래의 자아를 회복하기
위한 과정으로서 의미를 지닌다. 이처럼 자기 정체성의 회복을 위한
그의 부단한 시적 고투의 실체와 의미는 자신의 시에 대한 인식론을
직접적으로 개진하고 있는 다음 시편에 오면 좀더 명확하고 뚜렷하
게 드러난다.

시를 씁니다
당신이 오기 전
온전한 소리를
시를 씁니다
손의 일도 잊어버리고

입의 일도 잊어버리고

눈의 일도 잊어버리고

맴돌던 생각

마음의 일마저 잊어버리고

빈손으로 시를 씁니다

빈 마음으로 시를 씁니다

빈 하늘을

빈 눈으로 바라보면서

비어 있는 시를 씁니다

하늘의 몫은 하늘로 돌려보내고

땅의 몫은 땅으로 돌려보내고

말의 빈 절간에 쭈그리고 앉아

빈 바람 소리나 따라 적습니다

—「빈 시(詩)」, 『먼지 속 이슬』 전문


　시상의 핵심이 '잊음'과 '비움'으로 요약된다. "손의 일" "입의 일" "눈의 일" "마음의 일"을 모두 "잊어버리고", "빈손" "빈 마음" "빈 하늘" "빈 눈"으로 "비어 있는 시"를 쓰고자 한다. 자신의 의지와 욕망과 알음알이의 집착과 편견으로부터 완전히 벗어나서 사물을 있는 그대로 직시하고 있는 그대로 반사시키고자 한다.

　이러한 정황은 일찍이 노자가 설파한 '공(空)의 작용'을 연상시킨다. "바퀴살 서른 개가 바퀴통 하나에 모이되 거기가 비어 있어서 수레를 쓸 수가 있다(三十輻共一轂, 當其無, 有車之用)." 여기에서 수레를 쓸모 있게 관장하는 주체로서 '비어 있음'이 작용한다. 비어 있음으로써 모든 사물을 온전히 쓸 수 있게 하며, 아울러 모든 사물을 사물 그 자체의 본성대로 존재할 수 있게 한다는 것이다. 바로 이와 같

이 "빈손" "빈 마음" "빈 하늘" "빈 눈"으로 "비어 있는 시"를 쓰고
자 할 때, "하늘의 몫은 하늘로 돌려보내고" "땅의 몫은 땅으로 돌려
보내"는 것이 가능하며, 아울러 이 모든 것들이 서로 어우러져 조화
를 이루는 자연율의 창조가 가능하다는 것이다.

다음과 같은 자연의 풍모에 대한 직접적 묘사는 그의 "빈 바람 소
리나 따라 적"고자 하는 "빈 시(詩)"의 창작 방법론의 산물로 읽힌다.


서슬 푸른 한(恨)이 녹아 계곡물에 흰 눈 비친다 우유통을 쏟아놓은
듯 젖빛으로 고인 눈 그림자 어미 잃은 아기 수달 핥다 간 흔적 눈사진
으로 어지럽게 찍혔다 생강 서어 왕벚 다릅 굴참 졸참 망개 왕팽 팥배
쪽동백 까치박달 새벽 산길 허리에 이름표를 단 나무들 사이로 누가
벌써 오른 듯 움푹움푹 발자국 산 넘어갔다 산등에 비스듬히 걸린 달
이 밤새워 하현으로 기우는 겨울 주왕산 하늘 눈동자인 듯 별 더욱 총
총하다 새벽 공기 차가워 바람이 인다

―「겨울 주왕산」 전문


이 시의 창작주체는 "눈사진"이다. 대체로 시상의 흐름이 "눈"의
흔적에서부터 촉발되어 펼쳐지고 있다. "아기 수달 핥다 간 흔적"과
"나무들 사이"의 "발자국"으로 드러난 눈의 기록을 통해 "겨울 주왕
산"에서 있었던 상황을 해독하고 있는 것이다. 물론 "생강 서어 왕벚
다릅 굴참 졸참 망개 왕팽 팥배 쪽동백 까치박달 새벽 산길 허리에
이름표를 단 나무들"에 대한 서술은 눈의 기록과는 변별된다. 그러나
이러한 직서적 서술은 "눈사진"의 사실적인 화법을 지향하고 있다는
점에서 깊은 상관성을 지닌다.

그렇다고 해서 박찬 시인이 항상 청정한 탈속의 경지에 머물며 이
를 향유하고 있었던 것은 아니다. 앞서 말한 바처럼, 그의 절대적인

근원과 생명 원상에 대한 천착은 기본적으로 거대도시의 비속한 일상성의 회로에 완전히 나포되지 않기 위한 자기 구원으로서 의미를 지닌다. 다시 말해, 그는 지속적으로 "비 오는 학교 운동장, 기울어진 시소"(「나비」)의 경사만큼 세속의 무게를 떨쳐내고 삶의 본질을 견지하고자 하는 것이다.

따라서 그의 "겨울 주왕산" 산행은 기본적으로 「화염길」의 변주이다. 이러한 시적 계열은 특히 마지막 시집, 『먼지 속 이슬』에 오면 표나게 자주 등장한다.

> 큰스님 오르시는 길, 비가 내린다.
> 빗속에도 꺼지지 않는 파아란 불길.
> 하늘로 올라 이슬이 되어 먼지 위에 내려앉으시다.
> ─「먼지 속 이슬─화염길 그후」, 『먼지 속 이슬』 전문

"큰스님"이 입적하시면서 하늘로 "오르시"면서 동시에 "비가" 되어 내려오는 찰나를 그리고 있다. "큰스님"이 "오르시는 길"은 궁극적으로 "내려앉으시"는 과정에 다름아니다. 죽고 태어나는 것이 서로 상반된 것이 아니라 하나의 동심원 속에서 지속되는 연속성을 지닌다. 사라지는 것과 탄생하는 것이 표층적인 현상일 뿐이라면, 진정 변하지 않는 영원한 본질이란 무엇일까? 이에 대한 대답은 누구도 쉽게할 수 없을 것이다. 대부분의 종교적 수행자들의 삶이란 그 답변을 찾아가는 하염없는 도정이 아니던가? 이 점은 박찬의 경우에도 예외가 아니어서, 영원한 것에 대한 명징한 답변보다는 이에 대한 견고한 탐색의 여정을 보여준다. 특히 마지막 시집 『먼지 속 이슬』에 수록된 「미황사에 가서」 「전당傳堂」 「봉금鳳今」 「백담사 강론」 「운주사, 와불」 「우화, 화두 또는 병 속의 새」 등등의 도저한 선적 탐구의 시세계

가 여기에 직접 대응된다.

박찬의 이와 같이 영원한 근원과 본질에 관한 선적 화두의 시적 추구는 말할 것도 없이 더욱 지속되었어야 마땅할 것이지만, 현실적으로 그렇지 못했다. 그는 시적 추구가 아니라 자신의 실제 삶을 투척하는 양상을 보이게 된다. 하늘은 왜 이토록 서둘러 그의 육신을 절대무의 영역으로 데려가버렸을까. 2006년 5월에 발표된 다음 시편은 시기적으로 죽음의 질병을 알지 못했던 때에 발표된 작품임에도 불구하고, 뜻밖에도 죽음에 입문하는 자의 서늘한 그림자가 배어나오고 있다.

이게 내가 잡아보던 손이라니
이게 내가 만지던 젖무덤이라니
이게 하얀 국화꽃에 싸여 모란같이 웃으시던 모습이시라니

세의야 세연아 평소 유언처럼 얘기해오던 내 말에 내가 이토록 당혹스러워하는구나 이제 바람에 날려버릴 한 줌 가루에 그 많은 추억들이 담겨 있었다니……

이게 너희들이 잡아보던 아빠 손이라니
이게 너희들이 안겼던 아빠의 가슴이라니
이게 너희들이 꽃입술로 뽀뽀하던 아빠의 뺨이라니
—「당혹」 전문

시적 정황이 묘소에 모시던 어머니를 풍장하고 있는 장면으로 보인다. 화자는 태어나면서부터 "잡아보"고 "만지"고 바라보았던, 어머니의 "손" "젖무덤" "웃으시던 모습"을 떠올리며 당혹해하고 있다. 죽음은 이처럼 친숙하던 것을 한없이 낯설게 하는가? 어머니에 대한

절실한 그리움과 슬픔이 응축적으로 분출하는 찰나이다.

2연에 이르면 그가 스스로 평소에 하던 말들 역시 당혹스런 파문으로 가슴을 친다. "이제 바람에 날려버릴 한 줌 가루에 그 많은 추억들이 담겨 있었다니……" 그는 어느 시편에서 어머니의 "산골을 하며" 다음과 같이 독백했던 바 있다. "이제 이 세상이 모두 당신 집이지만 당신은 어디에도 안 계십니다/어디에도 남아 있지 마십시오/그리움 속에도 그리워하는 마음속에도 부디 계시지 마십시오"(「산골(散骨)을 하며―어머님께」) 그러나 "산골"이란 결코 그렇게 단순한 것이 아니다. "바람에 날려버릴 한 줌 가루"는 결코 "한 줌"의 "가루"에 그치지 않는다. 그 미세한 가루의 입자들 속에는 "그 많은 추억들"의 알갱이가 무수히 살아 있지 않은가. 참으로 기가 막히는 당혹스러운 일이 아닐 수 없다.

3연에 이르면 어머니의 "산골(散骨)"의 심상이 문득 자신을 향해 전이되고 있다. 자신의 "손"과 "가슴"과 "뺨"이 두 딸 "세의" "세연"이 잡고 안기고 뽀뽀하던 곳이라는 평이한 사실이 너무도 놀랍고 새삼스럽다. 가장 일상적이던 것이 가장 당혹스런 대상으로 다가오고 있는 것이다. 이러한 당혹스러움을 촉발시킨 것은 저 아래로부터 스며들어온 죽음의 그림자에서 기인하는 것으로 보인다. 죽음의 그림자는 이처럼 자신의 삶의 일상의 참모습을 한순간 도깨비 불빛처럼 선명하게 보이게 하고 들리게 하고 느끼게 하는가.

다음 유작시편은 2006년 연말 죽음의 문턱이 돌연 가까이 왔음을 느낀 상황에서 씌어진 것으로 보인다.

아! 잘 가는 세월처럼
오늘도 하염없이 은행잎 진다
저 화석의 식물처럼

나도 화석이 돼 그리워 하염없이 질 수 있었으면……
혹시 누군가 하나쯤 날 그리워할 놈 있으면……

좋겠네
그러면 참 좋을 텐데……
세월 참 지랄 같았지만…… 그래도……

—「웬 그리움?」중에서

　박찬 시인은 지는 "은행잎"을 보며, 자신의 죽음을 투영하고 있다. 내가 사라진 후 "혹시 누군가 하나쯤 날 그리워할 놈 있으면……"하고 생각해본다. 그렇다면 "세월 참 지랄 같았지만" "좋을" 것 같다. 시적 화자는 스스로 "웬 그리움?"이냐고 묻고 있지만 그러나 너무도 인간적이고 순백한 목소리이다.

　사실 박찬 시인이 사라진 이후 그를 그리워하는 사람은 "하나쯤"이 아니라 우리 주변에 너무도 많다. 그 이유는 무엇일까? 이 질문을 앞에서 「먼지 속 이슬―화염길 그후」를 읽으면서 제기했던 '사라지는 것과 탄생하는 것이 표층적인 현상일 뿐이라면, 진정 변하지 않는 영원한 본질이란 무엇일까?'라는 질문과 연관지어볼 수 없을까. 몸은 나타났다가 사라지는 구름 같은 것일지라도 영원히 존재하는 근원적인 '나'가 있지 않을까? 그렇다면 몸의 고통은 물론이고, 몸의 있음과 없음과도 무관하게 존재하는 영원한 나의 본성은 무엇일까? 일찍부터 불가에서 전해지고 있는 다음 시편은 이에 대한 많은 생각을 시사적으로 제시해준다.

　空手來, 空手去, 是人生(빈손으로 왔다가 빈손으로 가는 것이 인생이다).

生從何處來, 死向何處去(날 때 어느 곳으로부터 와서 갈 때는 어느 곳으로 가는가)?

生也一片浮雲起(나는 곳은 한 조각 구름이 일어남이요),

死也一片浮雲滅(죽는 것은 한 조각 구름이 스러지는 것과 같네).

浮雲自體本無實(구름 자체는 본시 실체가 없어),

生死去來亦如然(삶과 죽음, 오고 감, 이 모든 것이 마찬가지이다).

獨有一物常獨露(하지만 언제나 맑게 유지되는 단 하나가 있으니),

湛然不隨於生死(그것은 순수하고 맑으며 생사를 따르지 않는다).


"삶과 죽음, 오고 감"과 무관하게 존재하는 영원한 "그것", 그것은 "순수하고 맑으며 생사를 따르지 않는다"고 노래하고 있다. 그렇다면 "언제나 맑게 유지되는 단 하나", 그것은 무엇일까? 이에 대해 박찬 시인이 생전에 추구했던 "새참 무렵 / 또랑에 휘휘 손 씻고 / 쉰내나는 보리밥 한 사발 / 찬물에 말아 나눌 / 낯 모를 순한 사람"(「사람」)의 모습, "화염산을 지나며" 언뜻언뜻 보았던 거룩한 기원의 풍경(「화염길」), 「겨울 주왕산」의 시적 거울이었던 "아기 수달 핥다 간 흔적"을 담은 "눈사진"을 내보일 수는 없을까. 이를 조금 다른 화법으로 표현하면, "비 오는 학교 운동장, 기울어진 시소"(「나비」)의 비대칭구도를 만들었던 박찬의 탈속적인 본성을 지향하는 시적 삶의 질량과 풍경이 아닐까. 이러한 저간의 내용을 바탕으로 다시 한번 박찬 시인에 대해 많은 사람들이 "생사를 따르지 않"고 영원히 그리워하는 것을 정리하면, 그가 일상 속에서 보여주었던 질박하고 편안하고 순백한 모습, 그 자연인의 인상이라고 할 것이다.

# 사랑의 절정과 우주생명의 찬가

## —이재무의 시세계

이재무는 1983년 시단에 나온 이래 『섣달그믐』 『온다던 사람 오지 않고』에서부터 근자의 『위대한 식사』 『푸른 고집』에 이르기까지 일곱 권의 시집을 통해 사회 변혁의 열정과 농경공동체 문화에 기반을 둔 생태적 상상을 때로는 가파른 격동의 열기로, 때로는 넉넉한 포용의 절조로 노래해왔다. 물론 그의 시세계에서 혁명과 생태는 선형적인 순서에 따라 전개되어온 것만은 아니다. 그의 시편은 초기부터 "고향은 끝내 깍지 낀 내 몸 풀지 않았다"(「서울 오는 길」, 『온다던 사람 오지 않고』)고 스스로 진술하듯, 농촌의 유년 체험에서 배어나오는 농경적 생명의식과 "질문과 회의보다는 확신과 당위가 앞섰던"(산문집, 『생의 변방에서』) 척박한 시절의 변혁논리가 서로 엇섞이고 충돌하는 과정 속에서 생성되고 자기 조직화되는 양상을 보여왔다. 그리하여 그의 시세계는 날카로운 비판과 분노의 어조에도 질박한 삶의 이치와 인정이 배어 있고, 농경적 생명의식에도 현실의 구조적 모순에 대한 비판의 어조가 견고하게 스며 있는 면모를 보여주었다.

이러한 그의 시세계에서 점차 시대정신의 변화와 더불어 혁명적 열기가 가시고 생태적 상상이 전면에 표나게 드러나기 시작한 것은 여섯번째 시집 『위대한 식사』(2002) 이후부터로 파악된다. 그의 시적 삶의 원형을 이루는, 자연과 어우러져 지냈던 농경공동체의 체험이 현대 산업사회의 신생의 출구를 열어놓는 '오래된 미래'의 예지로서 울려퍼지고 있는 것이다. 다시 말해, 그의 생태적 상상력은 궁극적으로 "태초에 힘이 있었다/일찍이 우리는 그 힘의 자손이었다"(「힘」, 『푸른 고집』)고 스스로 전언하듯, 인간 본래의 우주생명으로서의 원상에 대한 재인식과 회귀의지로 모아진다.

　근자에 들어서면서 자연의 운행원리와 이에 공명하는 인간 삶의 존재성을 농경적 체험을 바탕으로 집중적으로 노래하던 이재무가 돌연 「채털리 부인의 연인처럼」을 비롯한 일련의 시편들을 발표하고 있다. 이러한 그의 새로운 모험적 시도는 생태적 상상력의 창작 방법론을 사라져간 과거형의 시간여행을 통한 추구에서, 현재형 속에서 직접적이고 구체적으로 구현하는 의미를 지닌다. 이를테면 "늦은 저녁 멍석 위 둥근 밥상"에서 "하늘의 별" "풀벌레 울음" "달의 거친 숨소리" 등이 어우러져 박동하는 "위대한 식사"(「위대한 식사」, 『위대한 식사』)를 통한 생태적 세계관의 성찰과 환기의 방식에서 채털리 부인의 야성적인 성의 황홀과 비견되는 성적 소재를 통해, '지금, 여기'에서 직접 사물화된 현대인의 원초적 생명의 복원을 노래하고 있는 것이다. 주지하듯, D. H. 로렌스의 『채털리 부인의 사랑』은 그가 집중적으로 추구한 반물질문명과 인간의 근원적 생명력의 회복이라는 주제의식을 형상화한 대표적인 작품으로 꼽힌다. 영국은 물론 여러 나라에서 외설 시비를 불러일으킨 『채털리 부인의 사랑』의 노골적인 성애 장면들은 선정성을 높이려는 춘화적 기법의 구사가 아니라, 육체의 교섭을 통해 깊은 애정과 인간의 근원적인 영육의 일치에 도달하는 과정을 묘사했다. 이 점은 작품의 근간을 이루는 근대 산업문명을 표

상하는 남편 클리퍼드와 원시적 자연과 생명력을 표상하는 사냥터지
기 멜라스와의 대칭구조를 통해 명징하게 드러난다. 채털리 부인이
벌목꾼 멜라스와의 사랑을 통해 억눌려 있던 건강한 생명의 불꽃을
피우는 과정은 스스로 신성한 우주생명의 일부로 귀환하는 과정을
나타낸다. D. H. 로렌스의 "나의 눈이 나의 일부분인 것처럼, 나는
태양의 일부분이다. 그리고 내가 디디고 있는 발이 잘 알고 있는 대
지의 일부분이고 나의 피는 대해(大海)의 일부분이다"라는 전언은 그
의 생태적 세계관의 일단을 분명하게 보여준다.

　이재무의 일련의 신작은 이와 같은 D. H. 로렌스의 성적 인식과
생명적 세계관을 자신의 생태적 상상력의 또하나의 씨앗으로 과감하
게 섭수해내고 있다.


　　불가능한 일 꿈꾸는 것
　　시인의 업 가운데 하나요, 몫이라면

　　내 여생 간절한 꿈이 있다
　　칠십 년 전 채털리 부인과 그녀의 산지기
　　연인이 그러했던 것처럼 몽상의 숲속
　　문명과는 상관없이 저 홀로 야생을 살아온
　　여인 만나 하늘 뻥 뚫린 듯
　　가래떡처럼 줄기차게 쏟아져내리는 빗속에서,
　　두 마리 짐승으로 날뛰며 난무 즐겨보는 일
　　일체의 제도 일체의 인습 일체의 윤리나
　　도덕 따위 양심 따위 뼈다귀만도 못한 것
　　아나, 개나 와서 물어가거라
　　천둥벌거숭이 오로지 암컷 수컷 본능으로

육체에 흙칠하며 한바탕 질펀한 정사 뒤의

단내나는 끈적한 피로 이불로 덮고

아무렇게나 널브러져 혼곤한 잠에 취해보는 일

저런, 저런 혀 끌끌 차며 눈 흘기다 가망 없다는 듯

끙, 하는 한숨과 함께 돌아누우시는

하느님이야 보건 말건 딱, 한 번 일자무식

온 우주가 캄캄하게

생의 원색과 야만을 살아보는 일

—「채털리 부인의 연인처럼」전문

이 시의 기본구조는 크게 두 가지의 계열체로 이루어져 있다. 야생의 자연과 문명적 질서가 그것이다. 전자로는 "숲" "비" "난무" "본능" "정사" "피" "잠" 등이 해당되고 후자로는 "제도" "인습" "윤리" "도덕" "양심" 등이 해당된다. 물론 시적 화자의 거처는 후자이다. 그러나 그는 후자의, 즉 문명적 질서의 울타리를 "개나 와서 물어가거라"라고 조롱하고 있다. 이미 그의 시적 상상의 세계는 전자의 원시적 자연의 계열체로 기울고 있다. 물론 이것은 현실의 율법에서는 부정과 금기의 대상이다. 그러나 "하느님"은 "끙, 하는 한숨과 함께 돌아누우"신다. 전면에서 박수를 보내지는 않을지라도 종내 묵인하고 수용하고 이해하는 분위기이다. 다시 말해, 현실계와 달리 자연의 이법에서는 아무런 문제가 되지 않는다. 따라서 시적 화자가 채털리 부인의 연인이 되어 "육체에 흙칠하며 한바탕 질펀한 정사"를 벌이고자 하는 것은 탈속의 초월적인 우주생명을 향한 강렬한 의지로 해석된다. 문명의 질주와 더불어 인간의 사랑 역시 관념과 지성의 수사로 분식되어온 것이 사실이다. 그리하여 사랑의 행위 역시 영육의 완전한 일치가 아니라 제도에 복속된 건조한 형식화로 치닫는 경향을 보

여왔다. "생의 원색과 야만을 살아보"고자 하는 시적 화자의 강렬한
충동이 성적 열락에 대한 열망을 넘어 근대문명에 대한 부정의 탄성
으로 들려오는 까닭이 여기에 있다.

　다음 시편은 이러한 탈속적인 자연주의의 성향을 좀더 분명하게
보여준다.


　　쏟아져내린 비 땅 설거지하고 돌아간 뒤
　　여기저기 물컹, 물컹 는개 되어 피어오르는
　　흙내에 취해 사시사철 부스럼딱지
　　떠나지 않는 얼굴로 온 들녘 쏘다니느라
　　늘 바지가 짧던 소년
　　달래 먹고 맴맴 고추 먹고 맴맴
　　빙빙빙 황홀하게 어지럼증 앓아대더니
　　오늘 배 나오고 머리 까진 중년 되어
　　환한 대낮 시외 외곽
　　아라비아 궁전형의 모텔에 들러
　　살 비어져나올 듯 아슬아슬 육덕 좋은 아낙
　　허벅지와 허벅지 사이
　　썩은 치즈내 진동하는 수렁에나 빠져
　　그까짓 대사 따위 언변 좋은 위인들께나 맡기고
　　세상일이야 나 몰라라 열락에 들떠 있다

　　　　　　　　　　　　　　　　　　　　—「흙내」 전문


　이 시는 대지의 살냄새라고 지칭할 수 있을 "흙내에 취해" "온 들
녘 쏘다니"던 야생의 소년과 "육덕 좋은 아낙"의 "살"에 취해 열락을
누리는 중년이 동일한 계열체 속에서 묘사되고 있다. 자연의 맨살 속

에서 "황홀하게 어지럼증 앓아대"던 소년기의 원초적인 생명감이 "그까짓 대사 따위 언변 좋은 위인들께나 맡기고" 초월적인 열락을 구가하는 양상으로 변주되고 있다. 이 둘은 외양적으로는 서로 비대칭의 불연속성을 띠지만 심층적으로는 서로 연속적인 상동성을 지닌다. 소년기의 자연 속에서 기운생동하던 삶과 "세상일이야 나 몰라라" 하며 부와 권력의지가 소용돌이치는 현실과 단절을 추구하는 중년기의 삶이 모두 탈속적인 자연주의라는 점에서 근원 동일성을 지닌다. 이것은 또한 "육덕 좋은 아낙"의 "허벅지와 허벅지 사이"의 수렁에 빠지는 그의 행위가 궁극적으로는 소년기의 "온 들녘 쏘다니"던 자신의 삶의 원상으로 귀환하는 의미를 지니는 것으로 해석된다. 물론 이와 같은 그의 원시적 자연과 그 생명의 원상에 대한 추구는 "그까짓 대사 따위 언변 좋은 위인들께나 맡기고"라는 표현에서 드러나듯 현대사회의 가식적인 지성과 관념의 허위에 대한 거부와 조롱을 바탕으로 한다.

그의 다음과 같은 언명은 이 점을 직접적으로 드러내고 있다.

윤리와 강령은 곧 휘발되리라

보글보글 끓어오르는 피로

서로의 가난한 생에 헌혈을 하자

—「숯불」 중에서

"윤리와 강령"이 아니라 "피"가 지배하는 사회의 도래를 예고하고 있다. 이것은 당대의 지배질서의 영속성을 위한 장치로 작용하는 "윤리와 강령"의 무거운 옷으로부터 몸의 생기와 감각의 해방을 향한 열망이기도 하다. 인간의 진정한 사랑 역시 몸의 언어와 감각이 활성화될 때 가능하다. 금기, 관습, 윤리, 규율 등의 그물망으로 둘러싸인 현실계에서 영육이 일치하는 완전한 사랑이란 처음부터 불가능할지 모른다.

　이러한 정황은 이재무 시인이 이미 지난 시집에서 근대 산업문명의 전개로 인해 와해되어가는 자연생태의 정황을 절묘하게 노래했던 다음 시편을 깊이 환기시킨다.

> 사내는 거친 숨 토해놓고 바지춤 올리고
> 헛기침 두어 번 뱉어내놓고는 성큼,
> 큰 걸음으로 저녁을 빠져나간다
> 팥죽 같은 식은땀 쏟아내고는 풀어진
> 치맛말기 걷어올리며 까닭 없이
> 천지신령께 죄스러워서 울먹거리는,
> 불임의 여자. 퍼런 욕정의 사내는
> 이른 새벽 다시 그녀를 찾을 것이다
> 냉병과 관절염과 디스크와 유방암을
> 앓고 있는 여자. 그을음 낀 그녀의 울음소리
> 이내가 되어 낮고 무겁게 마을을 덮는다
> 한때 그 누구보다 몸이 달고 뜨거웠던
> 우리들 모두의 여자였던 여자.
> 생산으로 분주했던 물기 촉촉한 날들은
> 가고 메마른 몸속에 온갖 질병이나 키우며
> 서럽게 늙어가는, 폐경기 여자.
> 그녀는 이제 다 늦은 저녁이나 이른 새벽
> 지치지도 않고 찾아와 몸을 탐하는

사내가 노엽고 무서워진다
그 여자가 내민 밥상에서는 싱싱한
비린내 대신 석유내가 진동을 한다

—「개펄」, 『푸른 고집』 전문

　이 시는 개펄의 여성으로의 비유를 통한 선명한 감각화와 동시에 여성의 개펄로의 비유를 통한 선명한 감각화가 성공적으로 획득되고 있다. 생산력을 잃어가는 개펄의 여성적 의인화를 통한 시적 효과처럼 고도의 산업문명 속에서 사물화되어가는 인간 존재 또한 메말라 가는 개펄을 통해 극적으로 표현되고 있다.

　건강한 여성의 자궁처럼 왕성한 생명의 서식처로 존재하던 개펄이 질병에 시달리고 있다. 밀물이 "거친 숨 토해놓고" 가면 "팥죽 같은 식은땀"이 쏟아진다. "그을음 낀 그녀의 울음소리 / 이내가 되어" 마을을 덮는다. "한때 그 누구보다 몸이 달고 뜨거웠던 / 우리들 모두의 여자였던 여자." 그러나 지금은 "생산으로 분주했던 물기 촉촉한 날들은 / 가고 메마른 몸속에 온갖 질병이나 키우며" 늙어가고 있다. 그리하여 그녀에게 사랑은 충만한 행복이 아니라 노여움과 무서움으로 다가온다. 산업기계문명의 질주 속에서 생명력을 잃어가는 개펄과 산업사회의 도구적 이성에 의해 휘발되어가는 인간 정체성과 사랑의 본성이 근원 동일성을 지닌다. 실제로 자연의 생태계 파괴와 인간 삶의 사물화는 동일한 배경과 속도 속에서 전개되어왔다. 다시 말해, 인류의 진보의 대장정이라는 명분으로 근대 기계주의적 패러다임의 행진이 전개되면서 인간과 자연의 원시적 생명력과 성적 충동은 상실되기 시작한 것이다.

　따라서 성적 상상력이 정서적 층위의 사랑의 담론으로 노래되고 있다는 점에서 다소 편차가 있지만, "현실 안에서" "좋아하는 것을

다 가지고 살 수는 없다/사랑하는 것을 다 품고 살 수는 없는 일이
다"라고 시작되는 다음 시편은 너무도 자연스럽게 들려온다.

　　좋아하는 것을 다 가지고 살 수는 없다
　　사랑하는 것을 다 품고 살 수는 없는 일이다 현실 안에서
　　아름다운 이별은 없다 세상의 모든 이별은 충분히 추하고 역겹고 아
프다
　　"사랑하였으므로 진정 난 행복하였노라"
　　누구나 이같이 사랑을 아름답게 노래할 수 있는 것은 아니다
　　비 만난 양철지붕처럼 시끄럽고 요란했던 한때의 불우한 인연이
　　소지처럼 수명을 다했을 때 기름에 달라붙은 실같이 엉킨 불신의 감
정을
　　누구라서 쉽게 풀 수 있겠는가 사랑하였으므로 외려 나는
　　많은 의심과 초조의 저녁을 서성거렸고, 불안과 강박의 밤을 지샜으
며
　　사랑하였으므로 관계의 본질이 변질되기 전 빨리 생이 저물기를 바
랐다

　　(……)

　　생에 옹이가 많은 사람은 결핍과 부재에의 보상을 위해 맹목의 사랑
에 헌신한다
　　이 얼마나 끔찍하고 피곤하고 힘에 부친 일인가
　　　　　　　　　　　　　　　　　　　　　　—「아포리즘」 중에서

사랑은 의심과 초조와 불안을 동반한다. 현실계에서 사랑이란 미완

의 숙명을 벗어나지 못하기 때문이다. 현실계에서 완전한 사랑의 경험은 "관계의 본질이 변질되기 전 빨리 생이 저물" 때 가능하다. "비만난 양철지붕처럼 시끄럽고 요란했던" 사랑이라 할지라도 이내 "기름에 달라붙은 실같이 엉킨 불신의 감정"을 낳곤 한다. 훌륭하고 화려한 음식일수록 변질되면 인체에 가장 치명적인 독으로 다가오듯이, 사랑도 그와 같아서 이별로 변질되는 순간, "충분히 추하고 역겹고 아프"게 다가온다. 사랑에 대한 열망이 상처의 고통을 가져오고 상처의 고통이 사랑의 열망을 낳는 순환의 고리를 깨뜨릴 수는 없는 것인가? 우리 시대에는 "사랑하는 사람도 미워하는 사람도 갖지 말라"는 불가의 허무주의적인 언명만이 오직 받들어야 할 준칙일까? 다음 시편은 이러한 물음에 대한 응답을 경건하면서도 부드럽고 고요한 음성으로 전해준다.

비를 몰고 오는 바람 앞에서 파랗게
자지러지며 환호작약하는 여름날의 나무들같이
청춘의 한때 누구나 죽음 같은 환희를 앓죠
그러나 영원히 부는 바람은 없어요
불시에 불어오듯 불시에 사라지죠
바람이 지나간 자리
썰물 뒤의 개펄처럼 생에 주름이 생기고
고독은 파랗게 눈을 뜨죠
부러진 가지 끝, 슬픔의 수액이 맺히고
부은 발등 위 너무 일찍 져버린 시간의 잎들은 쌓이죠
독감처럼 거듭 찾아오는 바람 앞에서
존재는 불안으로 펄럭이겠죠
안쪽에서 생겨난 바람으로 바깥을 흔들기도 하면서

그렇게 그늘이 넓어지고 두꺼워지죠
터진 생명의 튜브 더이상 땜질이 힘들 때까지
바람으로 푸른 신명을 살고 바람으로 고달파하죠

—「바람」 전문

　사랑의 담론이 여성적 화법으로 개진되고 있다. 사랑은 바람 그 자체이면서 동시에 바람과 같은 것이다. 바람은 "불시에 불어"와 "죽음 같은 환희"를 낳지만 어느새 "불시에 사라"진다. 물론 바람은 머지않아 사라지지만 그것이 남기고 간 흔적은 쉽게 사라지지 않는다. "썰물 뒤의 개펄처럼 생에 주름"을 만들고 "고독"에 몸서리치지 않을 수 없게 한다. 그러나 이 바람은 "독감처럼 거듭" 다시 찾아온다. 또다시 "존재는 불안으로 펄럭"인다. 그때마다 삶의 "그늘이" 한층 "넓어지고 두꺼워지"게 된다. 이와 같은 반복이 목숨이 다할 때까지 지속되는 것이 인생이다. "터진 생명의 튜브 더이상 땜질이 힘들 때까지/바람으로 푸른 신명을 살고 바람으로 고달파"하는 것이 현실계에서의 사랑의 숙명이고 인생의 본질인 것이다.

　이와 같이 사랑의 불연속성에 대한 고통이 크면 클수록 그의 "채털리 부인의 연인"과 같이, "가래떡처럼 줄기차게 쏟아져내리는 빗속에서,/두 마리 짐승으로 날뛰며 난무 즐"기는 원초적 사랑의 건강성에 대한 꿈은 또다시 강렬하게 분출될 것이다. 왜냐하면 그는 "불가능한 일 꿈꾸는 것/시인의 업 가운데 하나요, 몫"임을 누구보다 잘 아는 우리 시대의 대표적인 생태시인이기 때문이다. 여기에 이르면, 우리는 이재무의 생태적 세계관이 원초적 사랑의 언어를 적극적으로 섭수하면서부터 문명론과 생명의식은 물론, 인생사의 본질에 대한 인식으로까지 더욱 폭넓게 확장되고 있음을 볼 수 있다.

# 나비, 그 한없이 불안한 날갯짓

—박찬일의 시세계

## 1. 나비와 그 존재원리

여기 한 마리의 나비가 있다. 가볍고 연약한 날개로 공기를 가르며 날아가는 나비. 그것은 화려한 공기의 빛깔이며 어린 천사로 비친다. 그러나 누구도 이를 가리켜 아름답다고 말해서는 안 된다. 나비는 너무도 위태롭고 불안한 운명을 지니고 있기 때문이다. 나비는 항상 중력과 허공의 위험에 노출되어 있다. 중력에 이끌려 추락하거나 허공에 이끌려 소멸되어버리는 위태로운 상황을 견디고 있는 것이 나비의 운명인 것이다.

박찬일의 시세계를 가로지르는 중심근간은 바로 이러한 나비의 운명, 정서, 생활감각, 꿈 등의 변주로 이루어진다. 그가 간행한 네 권의 시집, 『화장실에서 욕하는 자들』『나비를 보는 고통』『나는 푸른 트럭을 탔다』『모자나무』 등을 한자리에 모아놓으면, 나비의 간곡한 삶의 세계가 파노라마처럼 펼쳐진다. 그래서 박찬일의 시세계의 형성원리는 나비의 존재원리라고 정리해볼 수 있다.

다음 시편은 그의 시세계의 원형을 이루는 나비의 존재원리를 그려 보여주고 있다.

대지가 원인인 대지와 허공이 원인인 허공
그 사이 검은제비니비가 있다

대지에 처해 있는 대지와 허공에 처해 있는 허공
그 사이 검은제비나비의 날개가 있다

허공에서는 허공으로 날고 대지에서는 대지로 날고

허공에서는 허공으로 사라져주면 되고
대지에서는 대지로 사라져주면 되고

　　　　　　　　　　　—「검은제비나비 2」, 『모자나무』 전문

"검은제비나비"의 삶의 서식처는 "대지와 허공"의 "사이"이다. 이 것은 "검은제비나비"가 대지와 허공의 규정력으로부터 동시에 지배 받아야 하는 것을 가리킨다. 그래서 "허공에서는 허공으로 날고 대지 에서는 대지로 날"아야 하는 숙명을 지니게 된다. 그리고 궁극적으로 는 "허공에서는 허공으로", "대지에서는 대지로 사라져주"어야 한다. 이와 같이 "대지와 허공"의 세계에 수동적으로 지배당할 수밖에 없는 것이 "검은제비나비"의 삶이다.

　그렇다면 이제 우리의 질문은 "검은제비나비"는 "대지"와 "허공"의 규정력을 각각 어떻게 인식하고 견디고 헤쳐나갈 것인가, 에 모아진 다. 이러한 물음에 대한 응답의 모색이 박찬일의 시적 삶을 가장 정 면에서 규명하는 일이다.

## 2. 대지와 허공 또는 초록 무덤

"대지와 허공"은 그 사이를 날고 있는 "검은제비나비"의 "날개"에 각각 어떤 작용을 하며, 서로 어떤 상관관계를 지니는가? 이에 대한 대답은 "검은제비나비"의 생태적 삶에 대한 특성의 규명과 연관된다. 일반적으로 대지와 허공은 서로 상반되는 이미지를 표상한다. 대지가 일상의 규율, 속박, 절망 등의 폐쇄적인 하강의 이미저리와 연관된다면, 허공은 자유, 해방, 초월 등의 개방적인 상승의 이미저리와 연관된다. 그래서 통상적으로 대지로부터 허공의 지향성에 대해 속박과 절망으로부터의 자유와 초월의지로 해석한다. 그러나 박찬일의 시세계에서 대지와 허공은 표면적으로는 서로 변별되는 양상을 보이지만, 심층적으로는 규정과 속박이라는 측면에서 공통적인 연속성을 지닌다. 그는 대지와 허공이란 결국 지구라는 행성의 구성부분으로서 동일하다고 인식하는 것이다.

소머리국과 밥을 합친 것이 소머리국밥이라면
땅과 공기를 합친 것이 지구(地球)다

땅은 공기와 함께 자전한다
땅은 도는데 공기가 가만히 있으면

서울의 공기가 상하이를 지나 아테네까지 가고
디트로이트의 산불은 군포의 내 집까지 연기를 뿜는다
            ―「공기에 대하여」, 『나비를 보는 고통』 중에서

소머리국밥에서 소머리국과 밥을 나누는 것이 불가능할 뿐만 아니라 무용하듯이, 지구에서 대지와 허공 즉 "땅"과 "공기"를 구별하는 것 역시 마찬가지이다. 땅과 공기는 모두 지구를 형성하는 질료이다. 그래서 공기 역시 땅과 함께 자전하고 회유한다. 이것은 매우 상식적인 자연과학적 발상이면서 동시에 엄정한 체험적 현실주의의 발상이다. 시적 상상이 일상적 중력권으로부터 벗어나 창공의 대기권을 지향한다고 해서 그것이 결코 현실과 절연된 초월적 세계를 가리키는 것은 아니다. 창공의 대기권 역시 지구의 운행원리는 물론, 지금, 이곳의 "땅"의 지배질서 체계 속에 예속되어 있는 것이 사실이기 때문이다.

다음 시편은 이러한 전일적인 행성 중심적 사고를 거듭 선명하게 그려 보여준다.

거대한 무덤이란다, 지구가.
무덤 위에 무덤이
무덤 위에 무덤이
쌓이고 쌓여

단단해졌단다.
동글동글해졌단다.

그 위에 초록 풀이 입혀졌단다.

바다는 무덤 아닌가요.
죽은 자를 물에 타서
죽은 자에 죽은 자를 타서
초록빛을 내는.

그렇단다. 그래서 지구가 초록이란다.

초록 무덤이란다.

—「초록 무덤」, 『모자나무』 중에서

　지구가 하나의 거대한 초록 무덤으로 묘사되고 있다. 지구의 역사는 반복되는 무덤의 역사이다. 다시 말해, 지구는 무수한 죽음의 집적태인 것이다. 지구 속의 바다 역시 죽음의 반복적인 연쇄반응의 집적물이다. 지구는 분명 이와 같은 무덤의 총체이다. 지구가 생성된 이래 죽음으로부터 자유로운 생명체는 결코 없었기 때문이다.

　그렇다면 지구의 "땅"과 "공기"는 모든 생명체를 죽음으로 몰아가는 속성을 지닌다고 할 수 있다. 이것은 또한 "땅"과 "공기"의 존재원리가 모든 사물의 존재원리를 규정한다고 정리된다. 이러한 사정을 가장 극명하게 보여주는 대상은 아마도 "나비"의 생태일 것이다. 나비는 그 여리고 섬세한 체질로 인해 지구권의 움직임에 민감한 반응을 나타내는 대표적인 생명체이기 때문이다.

　　흐르는 大氣가 나의 몸통
　　그가 나를 단박에 멀리까지 가게 한다
　　꽃나무가 나의 몸통
　　그가 나를 먹여주고 재워준다
　　그리고 몸통은 나, 나의 날개 나의 몸

　　하늘 안이 다 나의 몸통
　　하늘은 하늘 안으로 채워져 있다

내가 날아가는 것은 하늘이 날아가는 것

　하늘이 하늘하늘 날아가는 것

—「나는 나비의 이름 2」, 『모자나무』 전문

　"나비"는 "흐르는 大氣"에 따라 움직인다. 따라서 나비는 "흐르는 大氣가 나의 몸통"이라고 말할 수 있게 된다. 이와 동일한 논법으로 "꽃나무가 나의 몸통"이라는 말도 성립된다. 꽃나무가 "나를 먹여주고 재워"주면서 양육을 맡아주는, 나의 구성성분이며 원형질이기 때문이다. 이렇게 보면, 하늘 안의 모든 구성요소들이 나의 삶에 직간접적으로 기여하고 있지 않은가? 그래서 "하늘 안이 다 나의 몸통"이 된다. 약간의 비약을 한다면 "내가 날아가는 것은 하늘이 날아가는 것 / 하늘이 하늘하늘 날아가는 것"이라는 표현이 가능해진다. 지구 전체에 대한 유기체적인 연속성의 세계관이 표나게 드러난다.

　나비의 존재가 "흐르는 大氣"에 절대적으로 의존한다는 것은 "흐르는 大氣"의 상황에 대한 이해가 나비의 존재성에 대한 이해를 가능하게 한다는 것이다. 물론 이때 "흐르는 大氣"라 땅의 원리와 변별되지 않는다. 대지 역시 "하늘 안"의 세계로서, "하늘 안"을 구성하는 요소이기 때문이다.


## 3. 불안과 죽음 혹은 비관주의적 세계관

　"대지"와 "허공"이 공통적으로 나비에게 작용하는 가장 큰 규정력은 결론적으로 말해서 불안과 죽음으로 요약된다. 앞에서 살펴본 바대로 지구는 "거대한" "초록 무덤"이기 때문이다. 따라서 지구 위의 "대지와 허공"은 궁극적으로 모든 사물의 소멸을 주관하는 주체들인 것이다. 그래서 지구 안의 모든 생물체는 불안과 공포로부터 자유롭지 못하다.

　사과나무가 불안한 것은 사과가 떨어지기 때문이다. 꼭 떨어지기 때문이다. 불안에는 요행이 없다. 불안은 이루어진다. 불안이 이루어지지 않는 경우는 불안을 꿈꿀 때이다. 불안을 꿈꾸면 불안은 이루어지지 않는다. 사과나무의 사과는 떨어지지 않는다. (……) 불안을 꿈꾸는 사과알들이다. 떨어지지 않는 사과알들이다. 떨어지지 않으려고 불안을 꿈꾸는 사과들은 아니다.

　　　　　　　　　　　　　　—「사과나무의 불안」, 『모자나무』 중에서

　사과나무가 불안한 것은 사과가 떨어지기 때문이다. 사과가 떨어진다는 것은 죽음으로 향한다는 것을 가리킨다. 이처럼 죽음을 앞둔 존재들은 이미 삶의 평정을 잃게 된다. 삶의 세계 속마저 죽음의 그늘이 짙게 침범하고 있기 때문이다. 중력은 이와 같이 살아 있는 모든 사물들을 추락시키고 영원한 죽음으로 이끈다.
　이러한 원리는 인간 삶의 일상에서도 마찬가지로 적용된다. 삶의 도처에 불안이 도사리고 있다. 산다는 것은 불안을 견디는 일에 다름 아니다.

　나를 여태까지 키운 것은 불안이었다
　아침으로 먹고 점심으로 먹고 저녁으로 먹는다
　내 몸에는 항상 불안이 소화되는 중이다.

　(……)

불안을 사러 다닌다
아침 점심 저녁 먹을 불안을 사러 다닌다
목욕탕에 간다 극장에 간다
시장에 간다 결혼식장에 간다
세미나장에 간다 전람회장에 간다
병원에 간다 학교에 간다
시낭송회에 간다
싸게 살 수 있는 곳이면 어디든 간다
한 아름 불안을 사가지고 와
냉장고에 쟁여넣는다

　　　　　　　　　　　　—「마음에 대한 보고서」, 『모자나무』 중에서


　불안을 먹고 불안을 살고 불안을 소화하고 있다. "대지"와 "허공"의 사정권 안에서 일어나는 일련의 과정들은 모두 불안할 뿐이다. "병원"에 가고 "시"낭송을 하는 치유와 휴식의 일상까지도 불안하다. "먹는다"와 "간다"라는 어사의 반복이 모두 불안과 죽음으로 가까이 다가가는 행위의 반복이다. 모든 일상사들이 "초록 무덤" 속에서 일어나는 행위들이기 때문이다. 그래서 시적 화자에게 "인생"이란 불안과 중력으로 정의 내려진다.


서 있는 모든 것은 눕고 싶어한다. 맞는 말이다. 불안이다.
서 있는 모든 것은 누울 수 있다. 맞는 말이다. 중력이다.

불안에 시달리다가 중력으로 끝난다.

　　　　　　　　　　　　　　　　—「인생」, 『모자나무』 전문

인생이 "불안에 시달리다가 중력으로 끝"나는 것이라는 명제만큼 비관적인 세계관이 또 있을까. 이러한 비관적인 상황 속에서 모든 세상사는 도대체 어떤 의미를 지닐 수 있을까. 박찬일의 시세계가 대체로 불안, 파멸, 죽음, 공포 등의 이미저리로 미만한 까닭이 여기에 있다. 그의 시편들은 지독한 비관주의에 시달리지 않을 방법이 없는 것이다. 차라리 죽음에 근접해지는 비관주의의 극단이 평온한 위안이 된다.

> 날아가는 새를 보니까 소름이 돋았다
> 활짝 핀 꽃을 보니까 그 위에 또 소름이 돋는다
> 구워먹든 조려먹든 빨리 먹어다오
> ―「굴비의 請」, 『나비를 보는 고통』 전문

"날아가는 새"와 "활짝 핀 꽃"이란 생명의 약동과 경이의 표상이다. 새와 꽃만큼 활기차고 경쾌한 대상이 또 어디에 있겠는가. 그러나 여기에서는 모두 "소름"을 "돋"게 하는 공포의 대상이다. 왜냐하면 이 생동하는 대상들 역시 "불안에 시달리다가 중력으로 끝난다"는 비관주의적 인생론의 명제로부터 자유롭지 못하기 때문이다. 따라서 생명의 활력의 강도는 상대적으로 사라지는 죽음의 공포를 더욱 크게 드러내는 역할을 한다. 그래서 "굴비"는 간절히 요청한다. "구워먹든 조려먹든 빨리 먹어다오" 어떻게 죽든 서둘러 죽는 것이 가장 큰 위안인 것이다. "굴비"라는 객관적 상관물을 통한 이와 같은 화자의 목소리가 직접적인 진술어로 개진되면 다음과 같다.

> 죽어야 한다니까 얼마나 좋은지 모른다. 죽음만 생각해야 한다니까. 얼마나 시간이 흐를까. 영원히 흘렀으면 좋겠다. 영원히 죽음을 생각했으면. 죽음 말고는 아무것도 생각 안 했으면.

하느님 감사합니다. 죽음을 생각하게 해주셔서. 죽음을 기다리게 해
주셔서. 살아 있게 해주셔서.

　　　　　　　　　—「달콤한 인생」, 『나는 푸른 트럭을 탔다』 전문

　삶의 불안의 진원지였던 죽음이 "달콤한 인생"을 가져다주는 위안
으로 존재하고 있다. "죽음"을 "생각"하고 "기다리게" 해주는 것이
감사의 기도의 대상이다. "살아 있게 해주셔서" 고마운 까닭은 "죽
음"만을 생각할 수도 있다는 이유 때문이다. 이러한 상황은 물론 살
아 있는 것이 죽는 것보다 못하다는 전제를 바탕으로 한다. 다시 말
해, 삶의 세계에서 불안의 감도가 죽음의 임계점까지 도달해 있는 상
황이다.


## 4. 나비의 꿈, 신생의 출구

　지구란 거대한 "초록 무덤"이라는 세계관은 "살아 있다고 다 살아
있는 것이 아니다"(「모자나무」)는 인식을 불러온다. 그래서 주변 일상
에 대한 시선은 온통 비관주의의 극단으로 치닫게 된다. 모든 사물에
죽음의 기운이 파고들고 있는 것이다. 이때 사물들의 표정은 한없이
불안할 수밖에 없다. 그리고 그 불안의 극단은 죽음보다 못한 삶, 죽
음만을 기다리는 삶을 만든다. 이 대책 없는 비관주의의 회로망에서
벗어날 수는 없는 것일까? 이러한 문제의식 앞에 박찬일은 다음과 같
은 시편을 조심스럽게 보여준다.

　저, 혀를 낼름거리는 공간 무서운
　저, 끝없이 이어지는 시간 무서운

독립하고 싶다

(······)

무덤 속의 꿈이고 싶다 무덤을 벗어나려는
　　　　　　　—「나비의 꿈」, 『나는 푸른 트럭을 탔다』 중에서

"나비"가 "무덤"을 벗어나는 "꿈"을 은밀히 꾸고 있다. 초록 무덤
의 공간과 시간의 세계로부터 "독립하고 싶"은 마음을 품고 있는 것
이다. 그럼 "무덤 속"에서 "무덤을 벗어나"는 꿈의 실현방법은 무엇
일까?

　별까지 가면 다 가는 것 별까지 갈 수 있지 않을까
　하늘을 손으로 만지는 날 그것이 종말일지라도 아아 그것이 종말이
었을지라도 다 이루었다 외쳐야 하리
　　　　　　　—「트럭 운전사의 푸른색?」, 『나비를 보는 고통』 중에서

지구의 대기권을 벗어나는 것, 즉 "별까지 가"는 것이 바로 나비의
"독립하고 싶"은 뜻을 완수하는 것이다. 그러나 별에 이르기 전에 맞
닥뜨릴 "하늘"의 외피를 넘어서지는 못하지 않을까? "하늘을 손으로
만지는 날 그것이 종말일지라도" 어쩔 수 없는 것이 아닐까? "그것이
종말이었을지라도 다 이루었다 외쳐야 하리"라는 진술은 하늘의 권역
에 막혀서 "별"에 이를 수 없는 현실에 대한 자기 긍정이며 위안이다.
　그렇다면 현실세계로부터의 신생의 탈출구는 어디에서 찾을 수 있
을까? 다음 시편은 그 하나의 방법적 가능성을 시사하고 있다.

거울 바깥 세상이 아름답지 않은 것은
거울 속 세상이 아름답기 때문이다
거울 속 세상이 아름다운 것은
거울 속 세상이 조용하기 때문이다
거울 속 세상이 조용한 것은 거울 밖 세상이
너무 시끄럽기 때문이다

거울 속 세계를, 거울 속 세계가 있다는 것을
부인할 수 없다

거울 속 세상으로 가려면
거울을 부숴야 한다

거울 없는 나라에서 살려면, 맘놓고 살려면
　　　　　—「거울을 부숴야 한다」, 『나는 푸른 트럭을 탔다』 전문

　"거울 속 세상"과 "거울 바깥 세상"이 대립적인 이원화양상을 보이고 있다. "땅"과 "공기"(「공기에 대하여」)까지도 일원론적인 연속성으로 파악해온 전일적 상상력과는 뚜렷하게 변별된다. 그래서 "초록 무덤"의 현실을 대상화할 수 있는 가능성과 더불어 그 극복의 여지도 어느 정도 찾아볼 수 있게 된다. "거울 바깥 세상"과 변별되는 "거울 속 세상"이 존재한다는 사실의 확인은 이내 "거울을 부숴야 한다"는 결의를 다지게 한다. 그러나 거울에 비친 세상이란 현존하는 세계가 아니라 시적 화자의 미적 자의식의 투영에 해당한다. 그래서 거울을 부수는 일이 현실적인 실효성을 갖지는 못한다.
　그렇다면 일상의 시공간으로부터 탈출을 시도하는 또다른 방법은

무엇일까? 이러한 물음 앞에 다음과 같은 "사랑"의 담론이 등장한다. "사랑"은 생래적으로 현실론의 시공간 밖을 지향하기 때문이다.

> 우리 사랑도, 두꺼워지기를
> 우리도 뿌릴 만나 하나로 엉키기를 하나로 솟구치기를
>
> 혹성을 덮어 혹성을 삼키고
> 혹성 밖으로 뻗어 다른 혹성을 삼켜
>
> 우주 나무가 되기를
> 우주를 삼키기를
>
> ―「우주 나무」, 『나는 푸른 트럭을 탔다』 중에서

사랑이 우리가 거주하는 행성보다 더 큰 "우주 나무"가 될 때 자연스럽게 현실적 삶의 시공으로부터 벗어날 수 있을 것이다. 그래서 "혹성을 덮어 혹성을 삼키고/혹성 밖으로 뻗어 다른 혹성을 삼"키는 "우주 나무가 되기"까지 사랑을 두텁고 크게 키우는 것이 과제이다.
그러나 사랑은 "우주 나무"가 되기 전에 어느새 "통증"만을 남기며 떠나버린다.

> 마음속에 있는 사랑도 저절로 왔다가 저절로 가버린다
>
> 무엇보다도 통증이 문제다 사라진 것 같은 통증이 다시 찾아
> 온다 통증이 사라지지 않는다
>
> ―「통증 1」, 『나는 푸른 트럭을 탔다』 중에서

"사랑"도 "별"의 세계에 닿을 수 있는 탈출의 방법이 되지는 못하고 있다. 그렇다면 "나비"의 "독립"에 대한 꿈은 영원히 불가능한 것인가? 이러한 문제 제기 앞에 봉착한 시적 화자에게 "내 속에 있는 그가" 다음과 같은 말을 전해준다.

> 내가 바뀌니까 세상이 바뀌었다
> 내가 바뀌지 않으면 세상이 바뀌지 않는다
> 고 그는 말했다
> —「그가 나에게」, 『나비를 보는 고통』 중에서

내가 바뀌는 것. 즉 나의 세계관을 변화시키는 것이 "나비"의 신생의 출구라는 전언이다. "내가 바뀌지 않으면 세상이 바뀌지 않는다"는 평범하면서도 중요한 진리를 찾게 되었을 때 시적 화자는 '노자의 가르침' 연작에 집중하게 된다. 어떤 사유의 경계나 논리적 구도 속에 얽매이지 않는 노자의 역설적 문법 속에서 그는 다음과 같이 비교적 낙관적이고 수직적인 상승의 언어를 건져낸다.

> 눈이 오고 나서 한 열흘쯤 뒤
> 수리산에 와보시라
>
> 다시 살아나준 낙엽들을 보시라
> —「수리산에서 — 노자의 가르침 7」, 『모자나무』 중에서
>
> 저 세상에서 다시 만나자 하지 말고 이 세상에서 만나자 하라
> —「수리산에서 — 노자의 가르침 5」, 『모자나무』 중에서

삶과 죽음, 이 세상과 저 세상의 이분법적 경계를 넘어서는 역설적 모순어법이 구사되고 있다. 그의 이러한 '노자의 가르침' 연작이 어디까지 진척될 수 있을까? 노자의 철학은 자기 위안을 위한 가르침과 배움의 대상이 아니라 깨우침과 체득의 대상이어야 할 것이다. 그때 비로소 "초록 무덤"을 탈출하는 진정한 삶의 자유와 해방감을 내면으로부터 구가할 수 있게 된다. 그러나 "대지"와 "허공"(「검은제비나비 2」)의 규정력이 쉬임없이 협공해오고 있는 상황에서 너무 순간적이고 연약한 나비의 날갯짓이 과연 이러한 경지에까지 박차고 오를 수 있을까.

이와 같은 회의론적인 질문을 제기하게 되는 것은 박찬일의 시세계가 번역투에 가까운 건조한 어법으로 인해 비교적 견고하고 절제된 형식미를 드러내고 있지만, 사실은 우리 시사에서 그 누구보다 방만한 어둠과 불안과 고통의 세계 속에 깊이 잠겨 있기 때문이다.

# 임계점의 상상과 언어
## —김경미의 시세계


김경미의 시적 상상력은 친숙한 낯섦의 한 극단을 보여준다. 이때 친숙함이란 그의 시적 대상과 형식이 매우 일상적이고 가지런한 보편적 양상을 띠고 있다는 점이고, 낯섦은 시적 대상에 대한 관습적 상상의 질서가 교란되고 배반되어 있다는 점이다. 그의 시적 상상의 거점은 시적 대상의 서로 상반된 성격이 팽팽하게 대립하고 충돌하는 임계점에 있는 것이다. 그래서 그의 시세계는 시적 대상의 서로 상반된 질서가 동시적이고 입체적으로 묘파되거나, 그 낙차 큰 부조화의 파열음이 낯선 풍경으로 산재하는 양상을 보인다.

그의 이러한 시적 상상력은 1983년 등단한 이래 『쓰다 만 편지인들 다시 못 쓰랴』(1989), 『이기적인 슬픔들을 위하여』(1995)에 이어 『쉿, 나의 세컨드는』(2001)에 오면 더욱 구체적으로 전경화된다. "세컨드의 법칙"에 따른 시적 삶이 "생의 뇌관"(「나는야 세컨드 1」)에 직접 도달할 수 있는 방법론임을 강조하고 있었던 것이다. 이러한 "세컨드의 법칙"은 시적 대상의 임계점에 육박하는 근본주의자의 사유를 지향한다.

나 알고 싶은 것은, 우유가 물컹 젤리로

상하는 그 순간

벽시계와 건전지가 마지막 떨림을 끝내는

단추가 옷을 손놓는

유리가 자신을 깨기로 하는

달리던 공이 멈추기로 하는 그 결정의 순간의 까닭과 표정


(……)


그 옮아가는 변질의 한 순식간의 세계가 항상 궁금할 뿐이지

거기 가면 다 있을 테니 썩은 나뭇잎과

발아하는 구름의 관계가 하늘 너머의 이곳에서의 삶의 이치와

내가 다른 사람이 되지 않은 그 어떤

한 출생에의 결정적인 이유와 까닭이

꽃나무들 꽃잎마다 색깔 밀어넣는 순간의 정체가

　　　　─「임계량─마이크로라이프」, 『쉬잇, 나의 세컨드는』 중에서


　형질 전환이 일어나는 임계점이 사물의 내적 비의를 총체적으로
직시할 수 있는 찰나라는 시적 인식을 직정적으로 드러내고 있다. 우
유는 우유만이 아니라 어느 순간 스스로 젤리로 질적 전환을 이룬다.
그렇다면 우유에는 젤리의 성분이 내재되어 있었던 것이 아닌가. 아
니 우유 속에는 젤리의 성분이 오히려 우유보다 더 큰 비중으로 존재
하고 있었던 것은 아닌가. 옷 위의 단추, 평명한 유리, 구르는 공 등
도 이와 같이 그 내부에는 모두 떨어지고, 깨어지고, 멈추고자 하는
상반되는 힘들이 살고 있었던 것이다. 그래서 단추는 떨어지고자 하
는 단추이고, 유리는 깨어지고자 하는 유리이며, 구르는 공은 멈추고

자 하는 공이라는 수식이 가능하다. "임계량"의 지점에서 사물의 겉과 속을 동시적이고 입체적으로 조망하고 이해하는 것이 가능하다는 인식이 바탕을 이룬다. 그래서 그는 여기에서 "하늘 너머의 이곳에서의 삶의 이치" "한 출생에의 결정적인 이유와 까닭" "꽃나무들 꽃잎마다 색깔 밀어넣는 순간의 정체" 등을 알 수 있다고 전언한다.

이렇게 보면, 김경미의 시적 상상력이 사물에 대한 관습적인 인식과 상반되는 방향으로 치닫는 까닭을 이해할 수 있다. 그것은 기존의 관습적 상상력으로는 감지할 수 없는 사물의 또다른 상반된 속성에 시선을 집중하기 때문이다. 그래서 그의 시적 상상은 전복적이고 생경해 보이지만 사실은 사물의 실상에 대한 시적 재현에 충실한 것이다.

이와 같은 그의 임계점의 시적 상상은 이번 노작문학상 수상(2005) 작품에서도 고스란히 만날 수 있다.

꽃과 나무는 지겹다 그 집 언덕길 봄 개나리들엔
뒤집힌 양계장 트럭, 콸콸 날계란 흰자 노른자가 진동하고
해바라기는 너무 오래 쓴 노인네 누런 면팬티 몰골에,
칭찬에 익숙한 나무들 가슴과 엉덩이라곤
십 년 묵은 애인같이 서지도 젖지도 않으니 안 볼 때 누가 좀
데려가주었으면 좋겠다 생김새 없이 다 모인 창녀촌 같은
숲은 더욱 싫다 걷지도 못하는 주제에 모여서들
또 사타구니에 거품이나 물며 험담수다나 한창일 텐데
포주처럼 그것들 껴안고 있는 산은 또 좀 보라지
가관이 따로 없다 제발 남의 내장이나 파고 다니는
등산의 아름다움을 설파하지 말아라
입 발린 과찬에 게게 눈 풀어진 흰 구름들은 또 어쩌며
지렁이 껍질 같은 강물에 폭 싸매둔 고향의 보자기들은

더 말할 것도 없으니 아예 끌러보기도 싫다
그 패악의 흉가들

여전히 아주 뜨겁고 서럽단 말인가
—「서정의 흉가」 전문

　시적 흐름의 출발부터 우리들의 관습적 사고가 배반당하고 있다.
시적 화자는 "꽃과 나무는 지겹다"고 언명하고 있다. 꽃과 나무에 대
한 예찬의 역사가 한순간에 부정의 기습공격을 당하고 있다. 등장하
는 주요 시적 소재는 해바라기/나무/숲/산/등산/흰 구름/고향
등이다. 우리 시사에서 아름답고 숭고하고 정겨운 이미지의 전범으로
가장 빈번하게 등장한 소재들이다. 그러나 이 시편에서는 관습적 사
고와 상반되는 속성들에 대한 묘사가 전면에 배열되고 있다. 해바라
기는 누런 팬티 몰골로, 나무는 지겨운 애인으로, 숲은 창녀촌으로,
산은 포주로, 등산은 남의 내장이나 파고 다니는 위악적인 행위로,
흰 구름은 게게 눈 풀어진 대상으로, 고향은 패악의 흉가들의 이미지
로 각각 규정되고 있다. 이러한 사물에 대한 시적 규정은 매우 불경
스러워 보이기까지 한 것이 사실이지만, 그러나 시적 이미지의 내재
적 동일성을 바탕으로 자기 분열, 증식되고 있다.
　실제로 이들 시적 소재들에게는 위의 경우와 같이 관행화된 이미
지와 역행하는 상반된 요소가 내재한다. 반복되는 일상 속에서 만나
는 나무는 십 년 묵은 애인처럼 아무런 자극을 주지 못하고, 숲의 나
무들 역시 제각기의 개성을 강렬하게 뿜어내지 못하는 것으로 보이
는 것이 분명한 사실이다. 대부분의 경우 자연 역시 구태스런 일상성
속에 복속되어 있는 것으로 다가온다. 또한 등산 역시 산속의 온갖
"내장이나 파고 다니는" 행위를 일삼는 것이 사실이다. 등산객이 몰

리면서 산의 생태질서의 기반이 와해되는 것은 수많은 경험이 증거하고 있지 않은가. 이렇게 보면, "서정"의 아름다움에는 역시 그와 동일한 비중으로 "서정"의 "흉가"의 속성이 공존하고 있었던 것이다.

이와 같은 임계점의 시적 상상은 우리의 삶의 질의 극한에 대해서도 "저녁 일몰이야말로 아니다 연애야말로 삼각관계야말로 진정/질이 전부이다"(「질—개작(改作)」)라고 노래하듯이, 우리의 일상에서 불온한 것으로 치부하고 금기의 밖으로 밀어내려고 했던 삶의 계기들이 사실은 가장 높은 "질"을 추구해온 대상이라는 사실을 새삼스럽게 환기시키기도 한다.

한편 다음 시편은 이와 같은 시적 임계점의 상상이 시적 화자의 일상성을 대상으로 하고 있는 경우이다.

> 고등어가 상할 시간
> 두부에 붉은 꽃 번질 시간
> 오이들 아흔 살 버짐 필 시간
> 강폭우 속 비단옷과 꽃우산 풀죽으로 녹아내려도
> 등뼈만이라도 먼저 도착해야 하네
> 늦게 따라온 팔다리에
> 새하얀 소금들 저녁연기처럼 피어날 때
>
> 진주는 소금이 만드는 것 젖은 머리카락 천장까지 올려붙이고
> 손끝에서 진주가 방울방울 떨어지고
> 겨드랑이에 진주가 방울방울 맺히고
>
> 배고픈 가족들 접시마다
> 진주알 수북히 퍼놔주니 난감한 표정들

책만 안 읽으면 여자는 살 것 같다

— 「진주 — 금서」 중에서

"고등어가" 상하고, "두부에 붉은 꽃" 번지고, "오이들" 버짐 피는 시간이란 형질 전환의 임계점의 순간이다. 고등어, 두부, 오이는 임계점을 지나 질적 변화가 이루어지면 현실계로부터는 그 존재의의를 상실하게 된다. 상한 음식은 아무리 귀한 것이라 할지라도 쓰레기통 속으로 버려질 수밖에 없지 않은가. 그래서 일상생활의 요구조건에 부합되는 성질을 온전히 유지시키는 것이 절대적으로 요구된다. 그래서 시적 화자는 현실계에 유용한 사물을 "진주"로 표상하고 있다. "배고픈 가족들 접시마다" "수북히 퍼놔주"는 "진주알"이란 상하지 않은 고등어, 붉은 꽃 피지 않은 두부를 가리킨다. 그러나 이러한 "진주"를 생산하기 위해서는 전제되어야 할 조건이 있다. 그것은 금서이다. "책만 안 읽으면 여자는" 현실계에 충직하게 부합되는 삶을 구가할 수 있다.

그렇다면 결론은 분명하고 명료하게 정리된다. 책을 멀리하는 것이다. 그러나 기실 시적 화자에게 독서는 일상의 진주보다 더 값지다. 그것은 임계점을 넘지 않은 고등어, 두부, 오이를 가리켜 "진주"라고 표현하는 지나친 과장에서도 드러난다. 지나친 과장에는 반어적인 부정의 의도가 내재되어 있기 때문이다. 다음 시편은 이러한 사정이 좀 더 간곡하게 묘사되고 있다.

여느 때처럼 글을 쓰는데, 갑자기 눈물이 핑, 돈다.
수놓은 천의 뒤쪽처럼, 무늬 없이 지저분하기만 한, 실밥들,
터진 스웨터올 끝없이 풀어 감은, 두툼한 실패(失敗),

꽃을 담았다. 꽃 잘 오므려 보냈는데, 종이 위에 가서는
지렁이들로 화다닥, 드러나버리는 꽃잎들,

그토록 미워했는데

문득, 손끝, 이 밥솥의 김 같은 것들이,
몇십 년, 저녁 해거름이면 밥 지어놓고, 밥 먹어라 불렀구나
검은 쌀알 같은 눈물이, 종이 위에 울컥,
얼룩지는 것이었다.

—「글자들」 전문

"글을 쓰는데, 갑자기 눈물이 핑, 돈다." 시적 화자에게 글을 쓰는
일은 늘 새삼스럽고 감격적이다. 퇴고를 향해가는 과정이 항상 "수놓
은 천의 뒤쪽처럼 무늬 없이 지저분하기만" 할지라도, "실패(失敗)"
의 연속적인 흔적일지라도, 너무나 감개무량하고 새삼스럽다. "그토
록 미워했"지만, 그러나 그것은 "밥솥의 김"처럼 자신의 생명을 지켜
주는 소중하고 경이로운 대상이다. 그래서 "글자들"이 "검은 쌀알 같
은 눈물"로 다가온다. 앞의 시편에서처럼 "책만 안 읽으면" "살 것 같
다"고 스스로를 향해 되뇔수록 시적 화자에게 "글자들"은 "종이 위에
울컥, / 얼룩지는" 감격의 대상으로 존재하고 있는 것이다. 그에게 "글
을 쓰는" 것은 "진주"보다 더 매혹적인 절대적 의미를 지닌다. 그래
서 그의 시는 태생적으로 어느 정도는 불온하고 반항적일 수밖에 없
다. 현실계의 충직한 요구조건에 대한 일탈과 거부를 전제로 하기 때
문이다. 그러나 그의 이러한 시적 상상의 추구는 더욱 가속화될 것이
다. "잊고 싶지 않은 일들 벽에 못질해두는 일 따위는 / 이제 하지 않
는다"고 분명한 어조로 언명하고 있지 않은가.

내 사랑 겉묘엔 선혈의 망치못들, 잔디떼들의 잔 못질들
속묘엔 반달 뚜껑 들솟도록 몇십 채 시신들 푸르고 성성하니
나인가 그대들인가 고르지 못한 처사들 나는 영 쓸모없는 인간 같아요
그럴 리가. 댁이 뭘 안다고 두둔인가요 부아가 치미네요
쓸모 있음과 쓸모없음 사이엔 못질하기 좋은 모서리
가득하다 오늘도 진부하게 귀신이 나타난다는 자정이다
잊고 싶지 않은 일들 벽에 못질해두는 일 따위는
이제 하지 않는다

                                            —「잘 모르겠다」 중에서


시간적 배경이 자정이다. 하루를 마감하고 새로운 하루로 전환되는 임계점이다. 그래서 시적 대상의 서로 상반된 속성을 동시에 조망하는 것이 가능하다. 시적 화자의 거점이 "겉묘"와 "속묘", "쓸모 있음과 쓸모없음" 사이의 모서리인 것이다. "겉묘엔 선혈의 망치못들, 잔디떼들의 잔 못질들"로 촘촘하고, "속묘엔 반달 뚜껑 들솟도록 몇십 채 시신들 푸르고 성성하"다. 겉묘와 속묘의 기운이 서로 대립되고 충돌한다. 그러나 겉묘의 망치못과 잔 못질들로는 속묘의 "푸르고 성성"한 기운을 통어하지 못할 것 같다.

이 시편 역시 김경미의 시세계가 보여준 통상적인 경우처럼 비가시적인 내부의 질서가 가시적인 외부의 질서를 전복하고 지배할 것 같은 불안한 기세이다. 이와 같이 그의 시세계는 안과 밖, 은폐와 개진의 낙차 큰 부조화와 충돌에서 나오는 파열음이 주조를 이룬다. 이 불협화음의 파열을 어떻게 처리할 것인가. 시적 화자의 답변은 "잘 모르겠다"이다. "잘 모르겠다"는 것은 "잊고 싶지 않은 일들 벽에 못질해두는 일 따위는 / 이제 하지"도 않겠다는, 현실계의 규율로부터 스스로 벗어나고자 하는 자유의지의 다른 표현이다. 이것은 앞으로

그의 시세계의 한 특성인 임계점의 상상력이 더욱 가속화되고 심화될 것이라는 예고로 읽힌다. 서로 상반된 힘의 계기가 가장 팽팽하게 대립하는 임계점의 시적 상상력이 앞으로 이토록 흐리고 불가해한 현대사회의 "생의 뇌관"(「나는야 세컨드 1」)을 좀더 깊고, 풍요롭고, 절도 있게 묘파해내는 방법론으로 자리잡길 바란다.

# 소멸과 비상의 변주 혹은 죽음의 혼례

## —박형준의 시세계

박형준은 첫 시집에서 "나는 이제 소멸에 대해서 이야기하련다"라는 선언적 명제를 전면에 내세운 바 있다. 과연 그의 시의 캔버스는 주로 어둠, 죽음, 비애, 겨울 등의 소멸과 하강의 감성이 서로 스며들고 덧칠되면서 매우 침중한 풍경을 자아내고 있었다. 그러나 그의 시세계에서 이러한 하강의 음조는 하강 그 자체에 머물지 않고 스스로 견고한 비상의 탄성을 마련하고 있었다. 다시 말해, 침중한 그의 시적 풍경의 이면에는 "깊은 곳에서 / 날갯짓을 하며 / 요동치"(「폭풍의 날개」, 『물속까지 잎사귀가 피어 있다』)는 상승의지를 단련시키고 있던 것이다. 물론 그의 상승의지는 가벼운 수직적인 초월이 아니라 "어둠을 겹쳐입고" 침전하는 "추억의 옹이"(「나는 이제 소멸에 대해서 이야기하련다」)들을 고스란히 움켜진 채 활주하는 무거운 비상이었다. 그것은 마치 "모든 죽음에 / 창문을 하나씩 달아주는 것"(「내 소원은」, 『물속까지 잎사귀가 피어 있다』)과 같은 처연한 생의 위안이며 고통의 초극으로서의 의미를 지니는 것이었다. 그래서 그의 시편은 비상의 이미저리라 할지라도 경쾌한 탄성진동의 활기를 띠지 못한다.

이를테면 비상의 움직임들이 "물을 젓던 갈퀴를／그대로 강물 아래 놓고／불안의 긴 목을 **빼든 채**"(「오리」) 멈칫거리거나 "근육은 날자마자／고독으로 오므라"(「춤」)들고 마는 "고통의 미묘한"(「빛의 소묘」, 『춤』) 형상으로 나타난다.

이와 같은 소멸과 비상의 변주는 이번에 발표한 시편들에서도 지속되고 있다. 먼저 다음 시편을 읽어보자.

> 빗물에 썩어가는 낡은 벤치처럼 나는
> 아무도 모르게 홀로 허물어져왔다
> 시멘트를 깨뜨리며 그 사이로
> 줄이 끊어진 그네가 흔들리는 놀이터에서
> 풋것들이 나오는 아파트 입구까지,
> 묵묵히 우산을 쓰고 걸었다
> 머릿속 차가운 시체들에게
> 우선 걸어보자고 말을 걸었다
> 깨진 시멘트 길 위, 비탈진 경사를 타고
> 앰블런스가 거품을 뿜는다
> 아파트 입구 가까이
> 노파가 붉은 담요를 뒤집어쓰고 있다
> 담요 밖으로 삐져나온 발톱,
> 반달처럼 감추고 있는 빛,
> 아이를 들쳐업은 며느리가 쭈그리고 앉아
> 붉은 담요 끝을 만지작거린다
> 나는 우산 속에서 얼굴을 내밀고, 아파트 동 사이
> 하늘을 만지작거린다
> 빛 속에서 비들이 죽음의 혼례를 치른다

이런 날, 희한하게 빗속에서 빛들이 떠다닌다

—「여우비」 전문

　시상의 흐름이 시적 화자의 동적인 행보에 따라 전개되고 있으나 시적 분위기는 무겁고 건조하고 정태적이다. 그래서 시적 정황의 중심점에 환상적인 요소가 깊숙이 들어와 있음에도 불구하고 매우 사실적인 감각으로 전달된다.

　시적 화자는 지금까지 "빗물에 썩어가는 낡은 벤치처럼" 느리지만 지속적으로 "아무도 모르게 홀로 허물어져왔다". 치명적인 소멸의 삶을 보내온 것은 시적 화자뿐만이 아니라, 그의 눈길이 닿는 주변의 사물들 역시 동일해 보인다. 시멘트는 깨어지고, 그넷줄은 이미 끊어져 있다. 이러한 상황에서 시적 화자는 "머릿속 차가운 시체들에게 / 우선 걸어보자고 말을" 건다. 이제부터 그의 행보는 "머릿속 차가운 시체들"과 함께하는 것이 된다. 그렇다면 "머릿속 차가운 시체들"의 실체는 무엇인가? 그것은 일단 기억의 현상 속에 존재하는 죽음(시체)의 흔적 혹은 이미 죽음(시체)을 맞이한 또다른 자아를 가리킨다고 짐작된다. "앰뷸런스"의 비상음을 계기로 펼쳐지는 풍경은 "머릿속 차가운 시체들"의 실체를 암유적으로 제시해준다. "노파가 붉은 담요를 뒤집어쓰고 있"고, 그 옆에는 "아이를 들쳐업은 며느리가" "담요 끝을 만지작거"리며 앉아 있다. 죽거나 죽음을 앞둔 표정의 처참한 광경이다. 흑백 영상으로 다가오는 이 처참한 광경은 현재형으로 전언되고 있으나, 현재의 실재가 아니라 기억의 편린으로 이해된다. 문맥의 해석에서 현재형 시제를 통한 사실적 어법에 지나치게 구애될 필요가 없는 것은, 오늘날 이러한 비극적 상황을 직접 눈앞에서 목도하기란 어렵다는 사실에서도 찾을 수 있지만, 그보다는 이어지는 다음행 역시 "하늘을 만지작거린다"는 것과 같이, 사실적인 현재형 어미로 마무리되고 있으나 환상성의 감각적 표현이라는 점에서도 찾을 수 있다.

이렇게 보면, 노파와 며느리의 형상은 시적 화자의 또다른 자아, "머릿속 차가운 시체"의 대상화로 해석해볼 수 있다. 즉 이미 소멸한 시적 화자의 또다른 자아의 표상에 대응되는 것이다. 그래서 시적 화자는 지상의 고통에 대한 초극과 위안의 방편으로 "아파트 동 사이 / 하늘을 만지작거린다". 그러나 "아파트 동 사이 / 하늘"이 결코 해맑은 신생의 출구로 다가오지는 않는다. 건조하고 우울한 도회지 풍경의 반사체로 느껴진다. 천상에 대한 지향성이 수직적 초월이 아니라 지상의 불행을 껴안은 채 추구하는, 초극의 몸짓에 해당되기 때문이다. 그것은 마치 "모든 죽음에 / 창문을 하나씩 달아주는 것"(「내 소원은」, 『물속까지 잎사귀가 피어 있다』)과 같은 행위에 고스란히 비견된다. 다시 말해, 그가 만지작거리는 "하늘"이란 죽음과 삶, 하강과 비상이 서로 협착되어 있는 양상이다. 이를 시적 문맥으로 표현하면, 비상하는 빛과 하강하는 비가 "죽음의 혼례"를 치르는 형국이다.

이와 같이 "비"와 "빛"의 변주처럼, 서로 대칭되는 요소가 엇섞이는 "죽음의 혼례"는 다음 시편에서도 드러난다.


춤을 추며 날개를 가진다
바람이 불수록 서로를 껴안으며
휘익휘익 공중에 스텝을 밟는 갈대들,
순간 팽팽히 당겨진 대기
찢어버리는 오후의 총소리,
일순 상처받는 갈대밭.
발톱을 밀어넣는, 피묻은 그림자.

흰 송곳니로 앞가슴 파먹고
발가락 붉은
핏방울 같은 새끼들
낳아놓은 보금자리,
새의 날개
휘익휘익 공중에 펴는
저 황홀한 스페인 춤!

—「겨울 갈대밭」 전문

"겨울 갈대밭"의 역동적인 풍경을 그리고 있다. "휘익휘익 공중에 스텝을 밟는 갈대들"의 모습이 "날개를 가진" 듯이 경쾌하고 탄력적이다. 그러나 활기찬 갈대숲의 이면에는 "피묻은 그림자 / 발톱 / 흰 송곳니" 등의 깊은 상처를 남기는 가해의 대상들이 깊숙이 침범해 있다. 물론 이러한 상처와 아픔들이 모두 죽음의 전조만은 아니다. 거기에는 "핏방울 같은 새끼들"이 자라기도 한다. 그러나 그들의 미래가 결코 낙관적이지만은 않다. "팽팽히 당겨진 대기"를 "찢어버리는 오후의 총소리"가 또다시 언제 출몰할지 모르기 때문이다. 그래서 "저 황홀한 스페인 춤!"이 결코 황홀하게 다가오지만은 않는다. 그 춤의 날개에는 치명적인 상처와 소멸의 그림자가 짙게 배어 있기 때문이다.

한편 다음 시편에는 그의 시세계에 끈덕지게 따라다니는 상처와 소멸의 형체가 그로테스크한 형체로 감각화되고 있다. 엄습하는 고통의 심상의 구체적인 실체화라는 점에서 새삼 눈길을 끈다.

도시의 저녁 소음 속을 헤집고 가는 지팡이
어두움의 그늘을 향해 땅을 파헤칠 듯,

발톱을 곧추세우고 있는 두더지 같다

폭풍에 찢길 대로 찢긴 얼굴에서 광선이 뻗어나오고

침묵으로 다져진 등판, 금세 가시가 곤두선다

둥근 소용돌이가 일어나는 텅 빈 동공으로

그가 쏘아보면, 도시는 幻視的인 것이 모든 것이다

언제나 하늘에 쳐들린 고개

화염 속을 날아가는 죽음의 세찬 새 같다

　　　　　　　　　　　　　　　　—「절도광」 중에서


'절도광'이란 제목으로 씌어진 시편이지만 시적 묘사의 대상이 구체적인 개별적 실체가 아니라 일상 속에 엄습하는 고통의 주재자의 일반을 표상하고 있다. 시인의 시적 상상력이 형상화하는 어둠과 고통의 이미지의 한 전형인 것이다. 곧추세운 발톱, 폭풍에 찢긴 얼굴, 침묵으로 다져진 등판, 둥근 소용돌이가 일어나는 텅 빈 동공 등, 유년기에 접했던 만화영화의 악당의 모습이 종합적으로 집약되어 있다. 시인의 상상력에서 가장 낯익은 그러나 가장 무서운 이미지가 조합된 형체이다. 바로 이러한 괴기스런 물체가 "저녁 소음 속을 헤집고" 출몰하여 삶의 일상을 도굴하는 절도광이라는 것이다.

　그렇다면 이처럼 섬뜩한 괴기스런 형체로 구상화되는 것의 구체적인 실재와 구성내용은 무엇일까? 이러한 물음에 대한 해답을 다음과 같은 시편에서 찾을 수는 없을까? 왜냐하면 그것은 시인의 시적 삶의 내면에 드리워진 가장 깊은 고통과 상실의 세계와 연관될 것이기 때문이다.


이 거리의 욕정이 나를 완성했다

눅눅한 목소리— 먼지를 뒤집어쓴 꽃길에서

못 쪼가리를 레일에 올려놓고 너는

기차를 기다리던 나를 애 밴 처녀처럼 불렀다 축축하고 젖은 소리

그때 화물열차가 지나갔다

못 쪼가리가 공중에 튀었다, 시커먼 연기 사이로

사람들이 뛰어왔다

그녀의 머리

한줌 먼지를 뒤집어쓴 꽃길로 날아갔다


내가 사는 아파트는 이끼가 퍼렇다

가로수 잎이 부드러운, 혀 같은 이 아침의 욕정이 두렵다

이곳 거리의 풍광과 너무 닮았다

바다로 나가지 못하는 배들

뻘 속에서 떠오른다

나의 욕망이 수문통 거리를 낳았다면.

—「수문통 2」중에서


"수문통"이란 시인이 어느 산문에서 전술한 바에 따르면, 그의 도회지 삶의 원체험 공간에 해당하는 인천 공장지대의 한 변두리이다. 그곳은 "거무튀튀한 화물기차가 어김없이 하루에 두 번 지나갔고, 여름에는 공장 담벼락을 따라 장미꽃 길이 부두까지 이어져 있었다". 또한 그는 수문통의 입구에는 갯벌이 썩어가고, 변두리 사람들의 싸움과 악다구니들이 뭉쳐 온갖 악취를 뿜어내고, 부러진 돛이 뻘에 처박힌 채 무너져가는 배들이 흩어져 있었던 것을 실감 있게 회고한 바 있다.[1] 바로 그 수문통의 원체험이 위 시의 밑그림이다. 시적 화자는

---

1) 박형준, 「자식의 발자국을 되밟아가는 어머니처럼」, 『내일을여는작가』 2005년 봄호.

수문통의 눅눅하고 음산한 "욕정이 나를 완성했다"고 고백한다. 그곳에서는 도대체 어떤 일들이 있었는가? 그는 먼저 철로가에서의 놀이를 떠올린다. "못 쪼가리를 레일에 올려놓고" "너는/기차를 기다리던 나를 애 밴 처녀처럼 불렀다". "그때 화물열차가 지나갔다". "시커먼 연기 사이로/사람들이 뛰어왔다". "그녀의 머리/한줌 먼지를 뒤집어쓴 꽃길로 날아갔"기 때문이다. 여기에서 '그녀'는 못 쪼가리의 의인화가 아니라 레일에 못 쪼가리를 올려놓고 나를 불렀던 '너'를 직접 지칭하는 것으로 읽힌다. 못 쪼가리가 날아갔다고 해서 주위에 많은 사람들이 모여들 리는 없기 때문이다.

2연은 지금 "내가 사는 아파트"가 수문통의 욕정과 "닮았"음을 표백하고 있다. 그래서 그는 "이 아침의 욕정이 두렵다"고 말한다. "바다로 나가지 못하는 배들/뻘 속에서 떠오른다"는 것은 수문통의 신산스런 풍경이 "내가 사는 아파트"에서 고스란히 반복되고 있음을 가리킨다. 수문통의 원체험이 마치 "바다로 나가지 못하는 배들"처럼 기억의 "뻘 속에" 갇혀서 고스란히 "추억의 옹이"로 내재되어 있는 형국이다. 이것은 박형준의 원체험에 해당하는 죽음과 절망의 기억이 지금까지도 그의 시적 삶의 규정력으로 작동하고 있음을 드러내는 것이기도 하다.

한편 다음 시편 역시 그의 시세계의 지층을 형성하는 비애와 소멸의 심상의 구체적인 계기로 읽힌다.

뒤뜰에서 홍시가
철퍼덕철퍼덕 떨어지는 밤
아버지 돌아가신 자리에
아버지처럼 누워서 듣는다

얇은 벽 너머
줄 사람도 없는디
왜 자꾸 떨어진데여
힘없는 어머니 음성

아버지처럼
거그, 하고 불러본다
죽었어 묻는 어머니 말에
응 나 죽었어
고개를 끄덕이던

임종 가까운데
자식 오지 않고
뻣뻣한 사족
이불 밖으로 나온 손
가슴에 얹어주던 어머니

큰방에 누워
뒤뜰 홍시처럼 가슴에
둥글게 주먹 말아쥐고
마을 가로질러가는
기차 소리 듣는다

—「홍시」 전문

시적 화자는 "철퍼덕철퍼덕" 홍시 떨어지는 소리에서 아버지의 임종을 떠올린다. 뒤뜰에서 홍시가 "줄 사람도 없는디" "자꾸 떨어"지던 밤, 아버지는 역시 그 홍시처럼 적막하고 소슬하게 세상을 등지셨다. 임종을 앞둔 아버지와 나누는 어머니의 대화, 그리고 어둠 속에서 들려오는 홍시의 낙하 소리는 모두 소멸의 청각적 심상에 해당한다. 마지막 연의 "뒤뜰 홍시처럼 가슴에/둥글게 주먹 말아쥐고/마을 가로질러가는/기차 소리 듣는" 것은 사방에 미만해 있는 하강의 기운으로부터의 탈출의지에 해당한다. "마을 가로질러가는 기차 소리"는 하강의 청각적 심상에 대칭되는 비상의 청각적 심상이다.

이렇게 보면, 박형준의 시세계에 작용하는 소멸의 이미지의 뿌리는 가족사의 간절한 죽음의 기억에도 닿아 있는 것으로 이해된다. 다시 말해, 그의 시적 삶은 앞에서 읽어본 수문통의 원체험과 더불어 가족사적 층위의 비감 어린 기억의 엄습에 고스란히 노출되어 있는 것이다. 물론 그의 시세계의 생성원리이며 존재성에 해당하는 소멸의 이미저리가 단순히 이러한 개별적 발생론의 항목에만 기인하는 것은 결코 아닐 것이다. 이에 대해 그는 이미 첫 시집 『나는 이제 소멸에 대해서 이야기하련다』의 표지에서 다음과 같이 적시하고 있었다.

모두가 죽지 않는 유년의 왕국(王國)에서, 어느 날 갑자기 어른이 되어 죽은 사람들과 식탁에 둘러앉아 식사를 하는 풍경 속에서, 마치 5세기나 그 이전의 깊은 지층에서 살아나는 듯한 추억 때문에 숟가락을 놓쳐본 적이 있는가. 나무 뒤에 숨어 바라보는 집과 집 뒤에 숨어 바라보는 나무는 늘 슬픔에 관해서 생각하게 만든다.

그의 추억의 지층은 "5세기나 그 이전"까지 소급되기도 한다. 그래서 그는 옛일과 죽은 사람과의 섬뜩한 해후를 체험하기도 한다. 그의 깊고 유현한 시적 호흡과 시간의식을 읽을 수 있는 대목이다. 그래서 그는 가시적인 현상 뒤에 현전하는 비가시적인 세계에 대한 시적 인식의 가능성을 처음부터 열어놓고 있었던 것이다. 모든 사물의 존재의 역사에는 밝은 빛만큼이나 깊은 그늘의 굴곡이 드리워져 있을 것이다. 따라서 그의 깊은 시간의식을 호흡하는 시적 직관에는 모든 사물의 소멸과 슬픔의 통증이 감지될 수밖에 없을 것이다. 그에게 "나무 뒤에 숨어 바라보는 집과 집 뒤에 숨어 바라보는 나무"가 "늘 슬픔에 관해서 생각하게 만"드는 까닭이 여기에 있다.

그가 첫 시집의 표지글에서 언명한 깊은 시간의 현상학이 본격화되면, 앞으로 그의 시세계의 소멸과 비상이 엇섞이는 "죽음의 혼례"는 자신의 개인적 층위뿐만이 아니라, 자신을 둘러싼 사물의 근원의 역사를 직시하는 제의적 언어로 더욱 확장될 것으로 보인다. 오늘날 많은 시인들의 경우 얕은 시간의식을 통해 사물에 대한 표면적 묘사에 치중하거나 쉽게 지나간 기억을 아련한 풍경으로 화석화시키는 경향을 보여준다. 그러나 지나간 과거는 화석과 같은 감상의 대상이 아니라 경험된 현재로서 '지금, 여기'에 살아서 작동하는 실체이다. 깊은 시간의식 속에서 생성되는 박형준의 시세계가 너무도 무겁고 아픈 통증을 동반하지만 그러나 우리들 삶의 원상의 진경을 누구보다 깊고 풍요롭게 보여주는 까닭이 여기에 있는 것이다.

# 봉인된 상처와 이미지의 연금술

## ―유홍준의 시세계

### 1. '유리새'와 이미지의 연금술

유홍준은 『喪家에 모인 구두들』 『나는, 웃는다』 등의 두 권의 시집을 통해 체험적인 삶의 세계에 깊이 뿌리를 두면서도 이를 자신만의 독창적인 '백색의 문체'로 표백하는 남다른 능력을 보여주었다. 이를테면 그의 시세계에서 집중적으로 드러나는 상처, 죽음, 비루한 일상 등의 주제의식은 직접적인 언술화의 방식이 아니라 이들이 뿜어내는 스펙트럼을 유리물체처럼 투명한 이미지로 구상화하는 독창적인 면모를 보여준다. 그래서 그의 시세계는 감정의 습기가 제거된 차갑고 견고한 내질과 맑고 투명한 백색의 정조를 보여준다. '시적 담론의 이미지화'로 명명할 수 있을 그의 이러한 시적 방법론은 비교적 낯익은 주제의식을 낯설게 하여 더욱 새롭고 깊이 있게 심화시키는 데 성공하고 있다. 또한 이러한 창작 방법론은 독자와의 대화적 상상력 역시 설득과 설명보다는 반사와 전이를 통해 이루어지는 특성을 보인다.

다음 시편은 그의 이러한 시창작 방법론을 비교적 선명하게 보여준다.

시뻘건 뜨거움이 하얀 차가움에 가 닿을 때까지

유리공은
긴 막대파이프 끝에 붉은 유리액체를 매달고
제 입김을 모조리 다 쏟아 불어넣는다 그 입김으로
유리그릇을 만들고 유리새를 만들고
유리꽃을 만든다

저 유리새의 뱃속엔
창자도 없고 똥도 없다 저 유리꽃의 봉오리엔
수술도 없고 암술도 없고
단 한 방울 꿀도
없다

한생의 시뻘건 뜨거움이
제 입김을 모조리 다 쏟아내고 흰색의 차가움에 가 닿을 때까지
막대파이프 물고 입김 불어대는
유리공은
주둥이가
길다
　　　　　　　　　　—「유리새」,『喪家에 모인 구두들』전문

　유리공(琉璃工)이 "유리그릇을 만들고 유리새를 만"드는 방법은
"막대파이프"로 "시뻘건 뜨거움이 하얀 차가움에 가 닿을 때까지" 불

어넣는 것이다. 다시 말해, 말쑥하고 투명한 유리물체의 원적은 "시뻘건 뜨거움"이다. 그러나 유리물체에는 "시뻘건 뜨거움"의 열기는 물론 그 어떤 부유물이나 침전물도 배제되고 무화되어 나타난다. 그래서 "유리새의 뱃속엔/창자도 없고 똥도 없다 저 유리꽃의 봉오리엔/수술도 없고 암술도 없고/단 한 방울 꿀도/없다". "막대파이프"의 여과장치를 거치면서 시뻘건 뜨거움은 일종의 증류의 결정화과정을 거치게 된 것이다. 그래서 유리물체는 감정의 습기가 증발된 탈인격적인 결정체에 가깝다.

유홍준의 시세계가 누구보다 신산스런 삶의 흔적에 뿌리를 두고 있음에도 불구하고, 그 구체적인 현장성과 감정의 기복이 드러나지 않고 매우 차갑고 견고하고 투명한 이미지와 화법으로 표백되는 이유가 여기에 있다. 그의 시창작 방법론은 이처럼 체험적 현실 속에 터전을 두고 있으나 정작 시적 표현은 모더니즘적인 감각과 이미지의 구사가 표나게 드러나는 이유가 여기에 있다.

그렇다면 유리의 연금술의 질료는 무엇인가? 그것은 폭력과 상처의 시간과 죽음의식, 그리고 비루한 일상성이 중심을 이룬다. 물론 이러한 내용들은 선조적인 순서에 따르는 것이 아니라 동시적으로 혼재하며 충돌하고 상승하는 양상을 지닌다.


## 2. 밀폐된 '새'와 부성(父性)

유홍준의 시적 방법론이 유리의 연금술에 상응한다고 해서 시적 정조와 이미지가 해맑고 평명한 것은 아니다. 오히려 그의 시세계는 대부분이 우울하고 답답하고 비관적인 성층으로 뒤덮여 있다. 그것은 그의 시적 출발이 다음과 같이 밀폐된 흉터 속에서 전개되고 있기 때문이다.

　　새의 부리만한
　　흉터가 내 허벅지에 있다 열다섯 살 저녁 때
　　새가 날아와서 갇혔다

　　꺼내줄까 새야
　　꺼내줄까 새야

　　혼자가 되면
　　나는 흉터를 긁는다
　　허벅지에 갇힌 새가, 꿈틀거린다
　　　　　　　　　　—「흉터 속의 새」, 『喪家에 모인 구두들』 전문

　　시적 정황이 초현실적인 몽환적 분위기를 자아낸다. "허벅지에" "흉터"가 있다. 그 "흉터"에 "새가 날아와서 갇혔다". 새가 흉터자국에 안착한 과정은 능동형이다. 그러나 새는 스스로 날아왔지만 스스로 날아가지 못한다. 흉터자국 속에 갇혀버렸기 때문이다. 밀폐된 흉터 속에 갇힌 새는 수동적인 피동형으로 존재하게 된다. "꺼내줄까 새야/꺼내줄까 새야" 새를 향한 시적 자아의 반복되는 목소리에는 밀폐된 흉터 속에서 벗어나고 싶은 새의 욕망과 시적 자아 스스로 새를 꺼내주고 싶은 간절함이 함께 묻어나온다.
　　밀폐된 공간 속의 새를 꺼낼 수 있는 방법은 무엇인가? 불가(佛家) 의 화두 같은 이 질문에 대해 시적 화자는 명징한 답변을 제시하지 못한다. 다만 "혼자가 되면/나는 흉터를 긁는다"고 말한다. 흉터를 긁는 행위를 통해 밀폐된 공간으로부터 새를 꺼낼 수는 결코 없을 것이다. 흉터를 긁는 것은 일과적인 아픈 쾌감, 혹은 불안한 매혹의 소모적인 반복만을 가져온다. 그래서 "허벅지에 갇힌 새"의 비상은커녕 잠시 "꿈틀거"리는 수준에 멈추게 할 뿐이다. 그렇다면 과연 흉터자국 속에 봉인된 새를 완전히 해방시킬 수 있는 방법은 무엇일까? 이 질문에서 "흉터"란 시적 자아의 덧쌓인 상처의 흔적들이고 "새"는 이 상처의 흔적으로부터 벗어나고 싶은 내적 욕망의 상관물로 해석된다. 다시 말해, 시적 자아는 스스로 흉터의 공간으로부터의 비상을 갈망하고 있는 것이다.

그러나 이러한 방법적 출구를 찾는 일은 멀고도 어렵다. 그것은 "흉터는 외부에서 열지 못하는 뚜껑이다 / 흉터는 그의 밀실이다 / 흉터는 바깥에 열쇠구멍이 없다 / 흉터는 늙은 수리공마저 포기한 열쇠로 잠겨 있다 / 흉터 속에 그가 / 열쇠를 움켜쥐고 들어가 웅크리고 있다"(「그의 흉터」, 『나는, 웃는다』)는 사실 때문이다. 그래서 그의 "흉터"자국에 대한 시적 표백은 두 권의 시집에 걸쳐 집중적으로 개진된다. "흉터"에서 벗어나지 못한 시적 자아의 번뇌의 기록물이다. 그렇다면 시적 화자를 감금시키는 이러한 "흉터"의 실체는 무엇인가? 그것은 대체로 유년기의 아버지를 중심으로 한 폭력과 뒤틀린 가족구조에서 비롯되는 것으로 드러난다.

> 아버지, 어머니자루를끌고다녔지, 너덜너덜옆구리터진어머니자루, 아버지패대기치던어머니자루, 줄줄눈물이새던어머니자루, 길바닥에주저앉아터진옆구리를움켜쥐던어머니자루, 어린내가아버지바짓가랑이를잡고매달리자놔둬라, 놔둬라머리카락을쓸던어머니자루, 입술에피가나
> ─「자루 이야기」, 『喪家에 모인 구두들』 중에서

그 女子 구름보따리 이고 나타났지요 그 女子 어스름 내리는 청마루

가득 구름보따리 풀어놓고 어머니 꼬셨지요 물물교환을 위한 그 女子
사랑채에서 하룻밤 자고 한 덩어리 구름과 아버지 맞바꾸고 우리집 총
총걸음으로 떠나갔지요 어머니 허구한 날 아버지와 맞바꾼 그 구름잠
바 나에게 입혔지요

　　　　　—「구름잠바」, 『喪家에 모인 구두들』 중에서


　아버지의 폭력과 그 여자와의 관계, 어머니의 고통과 가난이 환정
적인 상징적 이미지로 묘사되고 있다. 뒤틀리고 왜곡된 상처의 충격
이 이미지의 도상으로 추상화되고 있는 것이다. 용인할 수 없는 유년
기의 사건들이 의식적인 구체성을 넘어 무의식적인 상징으로 자리
잡고 있는 것이다. 무의식적 상징은 구체적인 현실의 다양한 변주들
을 생성시키는 내적 근원에 대한 구현이다. 신비적인 환영의 이미지
는 구상과 추상 또는 구상과 비구상의 구별보다도 그 내재적인 공통
적 형질을 표상한다.
　위의 시편들의 "자루"와 "그 女子 구름보따리"의 이미지는 각각 폭
력과 파락호 같은 존재성을 가리키는 원초적인 기표로 이해된다. 패
댕이치고 주저앉는 광경이 자루의 이미지로, 아버지와 연관된 묘령의
여인이 "구름보따리" "女子"로 약호화되고 있다. 이것은 기하학적이
고 추상적인 형태의 회화들이 심층적 근원에 대한 '순수한 형태'로서
의미를 지니는 것에 상응한다. '순수한 형태'는 가시적인 것의 재현
이 아니라 은밀히 지각된 것의 표현이다. 그래서 이러한 추상적 구상
은 외적 사실성과는 거리가 있을지라도 내적 진실성에는 충실하다.
　전위적인 추상화를 연상시키는 다음 시편 역시 유홍준의 시적 삶
의 심층을 엿볼 수 있게 한다.


　아버지 내게 화분을 들리고 벌을 세운다 이놈의 새끼 화분을 내리면

죽을 줄 알아라 두 눈을 부라린다 내 머리 위의 화분에 어머니 조루를
들고 물을 뿌린다 화분 속의 넝쿨이 식은땀을 흘리며 자란다 푸른 이
파리가 자란다 나는 챙이 커다란 화분모자 벗을 수 없는, 벗겨지지 않
는 화분모자를 쓴다 바람 앞에 턱끈을 매는 모자처럼 화분 속의 뿌리
가 내 얼굴을 얽어맨다 나는 푸른 화분모자를 쓰고 결혼을 한다
(……) 새 화분을 아내의 머리 위에 씌운다 두 아이의 머리 위에도 덮
어씌운다 우리는 화분을 쓰고 사진관에 간다 자 웃어요 화분들, 찰칵
사진사가 셔터를 누른다

                        —「가족사진」, 『喪家에 모인 구두들』 중에서


"가족사진"이 초현실적인 풍경으로 드러나고 있다. 무의식 속에 침
전된 아버지의 폭력성이 강렬하고 기괴한 추상적 상징으로 그려지고
있다. 상징은 기본적으로 인지하고 있으나 표현할 수 없는 것의 삶과
의미를 표현하는 대상이다. 이 시에서 아버지의 폭력성은 유년기의
외상 이상의 트라우마적 근원요소이다. 그것은 이미 의식과 존재를
규정하는 심층적 기제로 작용하고 있는 것이다. 아버지의 폭력성은
"내 얼굴을 얽어"매는 "화분 속의 뿌리"이다. 결혼을 할 때에도 후세
의 아이들에게도 "화분모자"가 항상 들씌워져 있다. 육체의 푸른 힘
줄이 화분 속의 넝쿨과 푸른 이파리로 대체되고 있는 것이다. "화분
모자"는 이미 육체의 일부가 되어버린 탓에 어느새 아내와 자식들에
게까지도 전이되는 생활관습의 억압기제로 작용하고 있다. 그래서
"가족사진"은 곧 화분들의 풍경이 된다. 이 모든 기괴한 상황의 원인
이 "아버지 내게 화분을 들리고 벌을 세운다 이놈의 새끼 화분을 내
리면 죽을 줄 알아라"라는 징벌과 엄포에서 비롯된 것이다.
   다음 시편 역시 아버지에 대한 어둡고 부정적인 마성적 인식을 선
명하게 드러낸다.

그 나무는 지겨운 초록빛이다

그 나무는 너를 물들여 죽이려 한다

그 나무는 네 눈알을 후벼팔 까마귀를 깃들인다

그 나무는 네가 목매달아야 할 가지가 자란다

그 나무는 네가 입어야 할 관을 키운다

그 나무는 네 아버지 무덤 위에 자란다

—「그 나무는」, 『喪家에 모인 구두들』 전문

　　나무에 대한 묘사가 관습적 상상력을 완전히 배반하고 있다. 나무
가 안식의 거처가 아니라 야수적 공격과 죽임의 대상으로 등장하고
있다. 나무가 "눈알을 후벼"파는 공격성을 키우고, "목매달" "가지"를
키우고, 주검을 감싸는 "관"을 만든다. 나무의 존재성이 이처럼 비관
적인 까닭이 무엇인가? 그것은 "아버지 무덤 위에"서 자라기 때문이
다. 아버지는 살아서는 물론 죽어서도 철저한 어둠과 죽임의 공격성
으로 다가온다. 상처의 고통이 사위를 에워싸고 있는 형국이다. 그래
서 "흉터 속의 새"(「흉터 속의 새」)가 흉터로부터 벗어날 가능성은 요
원하다.


## 3. 죽음의 일상과 일상의 죽음

　　유홍준의 시세계에서 "흉터"는 기억 속의 상처가 아니라 현재에도
지속되는 고통의 상처이다. 「몽유도원도」「베개」「노란 주전자」「펌
프」 등등에서 아버지를 중심으로 한 시적 배경의 안팎이 항상 폭력과
죽임의 대상으로 표상된다. 아버지는 "안개 속의 장례"(「안개 속의 장
례」, 『喪家에 모인 구두들』)절차에 따라 이승에서부터 완전히 떠났지

만, 그러나 아직 그 폭력의 야수성은 도처에서 날것으로 뒹굴며 자기 재생산하고 있다. 그리하여 삶의 현실을 지속적으로 위협하고 병들게 하고 부패시킨다.

깜박,
눈을 붙였다
깼을 뿐인데 누가
내 머리를 파먹은 거야
아주 잠깐 눈을 감았다 떴을 뿐인데
누가 내 눈동자를 쪼아먹은 거야 수박 덩어리처럼
누가 넝쿨에서 내 꼭지를 잘라낸 거야 배꼽이
빠지도록 웃는다 숟가락을 파먹다 만
뒤통수를 감추고 웃는다
이렇게 파먹힌 얼굴
이렇게 파먹힌 뒤통수로
이렇게 쪼아먹힌 눈 이렇게 갈라터진 흉터로
누가 내 뒤통수에 빨간 소독약 묻힌 솜뭉치를 쑤셔넣다 놔둔 거야
누가 내 웃음에 주삿바늘을 꽂아놓은 거야 누가
누가 내 웃음에 링거줄을 꽂고 포도당을 투약하는 거야
누가 바퀴 달린 이 침대를 밀며 달리는 거야
복도처럼 아득하게 웃는다 미닫이처럼
드르륵 웃는다 하얀 시트가 깔린 이 수술대 위에서
배를 잡고 웃는다 이 흉터 같은 입술
이렇게 붙었다 떨어졌다 하는
흉터 같은 입술로, 누가
흉터 위에

립스틱을 바르는 거야

누가 이 흉터끼리 뽀뽀를 시키는 거야

　　　　　　　　　　—「나는, 웃는다」, 『나는, 웃는다』 전문


"깜박,/눈을 붙였다/깼을 뿐인데 누가""내 머리를 파먹"고 "눈동자를 쪼아먹"고 "꼭지를 잘라"내어 버렸다. 그래서 나의 몰골은 "이렇게 파먹힌 얼굴""파먹힌 뒤통수""쪼아먹힌 눈""갈라터진 흉터"의 괴기스런 형상이 되고 말았다. 그래서 나는 또 누군가에 의해 치료를 받게 된다. 나를 이토록 기막힌 몰골로 만들고 다시 치료하는 주체는 누구인가? 시적 화자는 이러한 질문에 대해 "배꼽이/빠지도록 웃"고 "복도처럼 아득하게 웃는다". 이토록 기막힌 상황 앞에서 실소할 수밖에 없는 이유는 무엇인가? 그것은 다음과 같은 상황에서 어느 정도 실마리를 얻을 수 있다.


흉터는 외부에서 열지 못하는 뚜껑이다

흉터는 그의 밀실이다

흉터는 바깥에 열쇠구멍이 없다

흉터는 늙은 수리공마저 포기한 열쇠로 잠겨 있다


흉터 속에 그가

열쇠를 움켜쥐고 들어가 웅크리고 있다

　　　　　　　　　　—「그의 흉터」, 『나는, 웃는다』 중에서


온몸에 자국난 "흉터"들은 상해와 치유의 반복이 낳은 결과물이다. 흉터 속에서 끊임없이 흉터를 만들고 있는 주체로서 '그'가 지목되고 있다. "흉터 속에 그가/열쇠를 움켜지고 들어가" 있기에 누구도 흉터를 재생산하는 구조에 대한 근치는 불가능하다. 그렇다면 여기에서 '그'의 정체는 무엇인가? 그것은 이미 시적 화자의 내면에 고착화된 "너를 물들여 죽이려" 하고, "눈알을 후벼팔 까마귀를 깃들"이고 "목 매달아야 할 가지"를 키운 "아버지 무덤 위에"서 자란 "나무"(「그 나무는,」)이고, 아버지의 징벌로 머리 위에 무겁게 얹혀져 있는 "화분모 자"(「가족사진」)이기도 하다. 다시 말해, 자신의 내적 트라우마를 형 성하는 유년기의 외상이 지속적으로 일상 속에서 흉터를 양산하고 있는 것이다. 자신의 치명적인 파괴와 치유의 주체가 바로 자기 자신 이기 때문에 "아득하게 웃"을 수밖에 없는 것이다. "흉터"란 삶 속으 로 죽음이 깊숙이 파고들어와서 삶의 질서를 교란, 파괴시키고 있음 을 드러내는 증거이기도 하다.

> 벤자민과 소철과 관음죽
> 송사리와 금붕어와 올챙이와 개미와 방아깨비와 잠자리
> 장미와 안개꽃과 튤립과 국화
> 우리집에 와서 다 죽었다
> ——「우리집에 와서 다 죽었다」, 『喪家에 모인 구두들』 중에서

삶의 세계 속에 죽음이 미만해 있다. 그래서 모든 삶의 과정은 곧 죽음의 전개과정으로 치환된다. 그래서 "인간의 길은 모두 바다로 가 서 빠져죽는다"(「尾行」, 『나는, 웃는다』)는 직선적인 비관주의적 인식 이 팽창한다. 이러한 죽음의 인식이 최고조에 이르면 "지구의 가을" 이 온통 썩어가는 현상으로 나타나기도 한다.

> 웃음이 썩어가는 가을
> 네 억지웃음 띤 오른뺨이 썩어가는 가을

썩은 곳을 도려내도 사과라고 부르는 사과처럼

사람이라 불리는 사람의 뺨 한쪽이

썩어가는 가을, 탄저병의 가을

검은 반점 썩어가는 역병의 검은 반점이

파먹어가는 가을

반점 속의 구더기가 공격하는 가을

웃음부터 공격당하는 가을

참으려고 해도, 환부를 만지고 마는 가을

진물을 만지고야 마는 가을

이 구멍 뚫린 두상

이 구멍 뚫린 뺨

이것이, 이 무름병이

네 존재의


가을이야?

이 뺨을 도려내면

저 뺨이 썩어가는 가을, 가을……

—「지구의 가을」, 『나는, 웃는다』 전문


시상의 전반이 온통 죽음의 전염병으로 물들고 있다. "가을"의 결실과 충만은 어디에도 찾아볼 수 없다. "탄저병" "환부" "진물" "구더기" 등이 "가을"을 통째로 파먹고 있다. "이 뺨을 도려내면 / 저 뺨이 썩어가는" 현상이 빚어지고 있지 않은가. 생명의 약동과 가능성은 어디에서도 찾아볼 수 없다. 대체로 죽음은 삶의 지평을 발견하고 심화시키고 확장하는 계기로 작용한다. 그러나 여기에서는 오직 파멸과 종말로 나타난다. 삶과 죽음이 일원론적인 연속성의 대상이 아니라 이원론적인 단절과 대립의 성격을 지닌다.

그래서 유홍준의 시세계의 주류를 이루는 죽음의 인식은 삶의 심연을 조망하고 풍요롭게 하는 계기로 작용하기보다는 무한파괴와 고통의 대상으로 등장한다. 그의 시편에서 죽음은 누구나 파멸될 수 있다는 폭력의 증거이다. 일반적으로 죽음에 대한 터부는 사람들을 죽음에서 물러서게 하며, 폭력을 부정하고, 폭력에서 멀어지게 하는 작용을 한다. 사람들이 죽은 자를 매장하는 이유는 죽은 자를 보호하기 위해서가 아니라 죽음의 전염으로부터 자신들을 보호하기 위해서이다. 그러나 유홍준의 시세계에서 죽음은 전면에 노출되면서 삶의 세계를 황폐화시키고 파국으로 몰아가는 주체가 된다.

특히 그의 이러한 죽음의 시학은 일상 속에서 에로티시즘적 상상력으로 변주되기도 한다.


얼마나 뒤집혔는지

눈알이 빠져 달아나고 없다

뱃속에 한 웅큼, 소금을 털어넣고

썩어빠진 송판 위에 누워 있다.

방구석에 시체를 자빠뜨려놓고

죽은 지 오래된 생선 썩기 전에 팔러 나온

저 여자, 얼마나 뒤집혔는지

비늘, 다 벗겨지고 없다

　　　　　　　—「자반고등어」,『喪家에 모인 구두들』전문

　"자반고등어"에 대한 묘사가 이를 팔러 나온 "여자"의 모습으로 전이되어 서로 연속성을 이루고 있다. 이 둘의 연속성을 가능하게 해준 계기는 "얼마나 뒤집혀졌는지"라는 묘사이다. 이것은 "자반고등어"에게는 죽음의 행위이고, "저 여자"에게는 "비늘, 다 벗겨지"는 성적 행위에 해당한다. 죽음과 에로티시즘이 등가의 반열에 놓이고 있다.

　조르주 바타유에 따르면 에로티시즘의 혼미, 과잉, 동요는 죽음과 깊은 관계가 있다. 특히 에로티시즘은 현실의 질서를 뒤엎는 동요이며 무질서이기 때문이다. 죽음의 폭력과 성적 폭력은 이중적 관계로 서로 연결된다. 즉 육체적 변동이 심하면 심할수록 그것은 죽음에 가까운데, 만약 그것이 시간을 끌면 관능을 돕는다는 것이다. 다만 다른 점이 있다면, 죽음의 고뇌가 반드시 관능을 부르지는 않는 반면 관능은 죽음의 고뇌에 빠질수록 심화된다는 점이다. 이렇게 보면 유홍준의 시편에 산재하는 에로티시즘적 상상력은 죽음의 시학의 연장선에 놓이는 것으로 파악된다. 실제로 그의 에로티시즘적 상상력은 "한 달 내내 여배우가 가랑이를 벌리고 있었다 자지 않고 가랑이를 벌리고 있었다 / 나는 한 달 내내 여배우를 보며 수음을 했다 한 달 내내 / 식은땀을 흘렸다 마디가 일곱인 털벌레가, 빨간 반점이 / 다섯 개인 털벌레가, 곰실곰실, 기어올라갔다 서른 살 / 여배우가 웃다가 죽어갔다 더럽게 빨갛게 웃다가 죽어 / 갔다"(「달력 위의 벌레」,『喪家에 모인 구두들』) 등과 같은 시편에서 보듯 대체로 현실계로부터의 위반과 파탄을 향해 치닫는다. 이러한 현상은 시적 화자의 개인적 층위가 아니라 "배달 나온 다방 레지의 젖을 만지는 놈은 2,304명 팁을 받으려고 치마를 걷어올린 년은 576명이다 시간당 3만원 하는 티켓을 흥정하는 자가 483명 여관까지 가는 2차를 행차중인 자가 885명이다"(「다방에 관한 보고서」, 『나는, 웃는다』)와 같이 사회적 층위의 일반적 현상이다. 죽음의 현상이 시적 화자는 물론, 화자를 둘러싼 세계의 일상성으로 자리잡고 있는 것이다.

### 4. 맺음말—무화(無化)의 길과 신생의 가능성

유홍준의 시세계는 시적 담론의 이미지화에 능숙한 면모를 보여준다. 그리하여 절박한 내면정서와 생활세계까지도 이를 직접 표출하지 않고 이들이 반사시키는 이미지를 통해 구상화하는 모습을 드러낸다. 그의 시세계의 중심내용을 이루는 아버지의 폭력적인 마법성과 비관적인 죽음의식, 그리고 에로티시즘적 상상력이 제각기 독특한 초현실주의적 이미지로 표백되면서 시적 삶의 내적 근원성을 감정의 습기가 배제된 정제된 기법으로 구상화하는 데 성공하고 있다. 그의 섬뜩하고 기괴하고 흥미로운 이미지의 놀이가 가시적인 것의 재현을 넘어 은밀히 지각된 것의 표현에 기여하고 있는 것이다.

「흉터 속의 새」에서 드러나듯, 흉터 속에 갇힌 새의 이미지로 시적 출발을 보인 그의 시세계는 죽음의 시학으로 귀착되면서 지나친 비관주의로 떨어지는 모습을 노정하기도 한다. 죽음의식이 삶의 지평에 대한 심화와 성찰의 긴장을 지니지 못할 때 현학적인 관념이나 자기연민으로 치우치게 되기 쉽다. 이러한 우려의 경계선에서 다음과 같은 시편은 유홍준 시세계의 새로운 가능성을 보여준다는 점에서 주목된다. 죽음과 폭력의 전염병을 치유하고 방지하는 것은 노동의 질서이기 때문이다.

저 산중 절간

두 눈 질끈 감은 스님은

좌정하고 염주 돌리며 무어라 무어라 중얼거리고

저 고요한 성당

미사포 쓴 수녀님은 하염없이 고개 처박고

묵주 돌리며 로사리오 기도를 올리지만

내가 다니는 종이공장

제지기계는

베어링을 돌린다

스님보다도 오래, 수녀님보다도 더 끈질기게

기계는 기계의 염주 베어링을 돌리며 용맹정진을 한다

소음이라 부르는 기계의 염불 소음송(騷音頌)을 외우며

오직 한 길 생산도(生産道)를 닦는다

　　—「기계는 기계의 염주 베어링을 돌린다」, 『나는, 웃는다』 중에서


티 없는, 죄 없는

순백

무화(無化)의 길……


더욱 완전한 백지에 이르고자

　없애고 없애고 또 없애는 것이 제지공의 길이다 제지공의 삶이다,
마치 거지의 길이며 성자의 삶 같다


그러므로,


오늘도 백지를 만드는 제지공들은 자꾸만 문자를 잃어간다, 문맹이

되어간다

　문명에서 — 문맹으로

　　　　　　　　　　　—「문맹」, 『나는, 웃는다』 중에서


　"스님보다도 오래, 수녀님보다도 더 끈질기게", "기계의 염주 베어링을 돌리며 용맹정진"하는 노동의 질서가 전면에 등장하고 있다. 죽음과 폭력이 현실의 질서를 교란하고 동요시키는 데 반해 노동은 현실의 질서를 재건하는 동력이다. 그리하여 노동의 용맹정진은 "스님보다도 오래, 수녀님보다도 더 끈질기게" 죽음의 전염병을 치유하는 직접적인 주술이 되는 것이다. 그래서 "더욱 완전한 백지에 이르고자 / 없애고 없애고 또 없애는" "제지공의 길"은 "성자"의 길에 비견된다.

　여기에 이르면, 문득 유홍준의 시적 출발점에 해당하는 봉인된 "흉터 속의 새"를 꺼낼 수 있는 방법이 열리는 느낌을 얻게 된다. "티 없는, 죄 없는 / 순백 / 무화(無化)의 길……"을 통해 봉인된 흉터의 공간도 마음으로부터 무화시킬 수 있을 것으로 보이기 때문이다. 이때, "흉터 속의 새"는 자유롭게 비상할 수 있을 것이다. 이렇게 보면 결과적으로 지금까지 유홍준의 시세계는 "흉터 속의 새"로 표상되는 봉인된 상처의 지옥도와 이를 관통하여 "흉터 속의 새"를 꺼낼 수 있는 방법을 조심스럽게 찾아내고 있었던 것이다. 그래서 우리는 그의 시세계의 새로운 가능성을 예감할 수 있게 된다. 그늘지면서도 눈부시고 아름다운 도약이 되지 않을까.

# 등나무의 체위와 풍자적 유희
## —김영남의 시세계

김영남은 1997년 세계일보 신춘문예를 통해 사십 세의 늦깎이로 등장하였으나, 『정동진역』(1998) 『모슬포 사랑』(2001) 등을 통해 특유의 젊고 경쾌한 순발력으로 주변 일상에 대한 풍자와 언어유희를 스스로 즐기고 노래하는 개성적인 모습을 보여주었다. 현실세계의 부조리와 모순은 물론 엄숙하고 진지한 형이상학적인 사안까지도 그의 손길을 거치면 가볍고 유쾌한 일상적 대상으로 비틀리고 변주된다. 이것은 기존의 사회적, 정치적 모순의 중심으로 날카롭게 육박해들어가는, 전복적, 공격적인 풍자시의 계보학과 뚜렷하게 변별되는 것으로서, 일종의 '일상성의 풍자적 유희'로 지칭해볼 수 있다. 그래서 그의 시편은 쉽고 재미있고 친숙하다.

그의 이와 같은 시창작 방법론은 마치 자유롭게 비틀린 '등나무의 체위'와 유사하다. 그는 다음과 같은 시편에서 이를 명시적으로 직접 드러내주기도 한다.

오른손, 왼손을 자유롭게 구사하며 난관을 극복할 줄 아는 사고. 손,

발, 머리, 가슴을 분간할 수 없는 사고. 여체(女體)를 탐험할 때 쓰는
사고⋯⋯

　야, 오늘은 내게 없는 능력이 내 목을 비틀면서 올라가고 있구나!
　내 목을 비틀어주니까
　세상이 조금 보이기 시작한다.
　학문이 보이고, 시(詩)가 보이고, 마누라가 조금 보이기 시작한다.
　내 목을 비틀어주니깐.

　그러나 나는 너무 많이 비틀어지면 이상한 사람이 될까봐
　비틀어진 목을 반대로 비틀면서
　나는 생각하고 또 생각한다.

　어떻게 하면 나도 저렇게 시원한 그늘을 남에게 선사할 수 있을까
하고.
　은은한 향기까지 그 속에다 예쁘게 퍼뜨릴 수 있을까 하고.
　　　　　　　─「등나무가 내 목을 비튼다」, 『모슬포 사랑』 중에서


　시적 화자는 "등나무"의 "손, 발, 머리, 가슴을 분간할 수 없는" 자
유로운 사고, 마치 "여체(女體)를 탐험할 때 쓰는" 듯한 유연하고 유
려한 사고와 몸짓을 지향한다. 그래서 그는 "목을 비틀면서 올라가"
는 등나무의 체위를 흉내내어 자신의 "목을 비틀어"본다. 비틀어진
자세로 바라보자, 세상의 진경이 조금씩 제대로 "보이기 시작한다".
"학문이 보이고, 시(詩)가 보이고, 마누라가" 조금씩 드러난다. 가장
중요하면서도 가까운 주변 일상의 비의가 새롭게 감지되기 시작하는
것이다. 그러나 "너무 많이 비틀"지는 않는다. 현실세계에서 지나치

게 일탈된 "이상한 사람이 될까봐", 다시 조심스럽게 "비틀어진 목을 반대로 비"튼다.

이와 같이, 비틀되 너무 비틀지는 않는, "등나무"의 체위, 이것이 김영남의 독특한 시창작 방법론이라고 정리해볼 수 있다. 그리고 이를 통해 그는 예의 그 등나무와 같이 "시원한 그늘"과 "은은한 향기"를 주변에 베풀기를 바란다. 다시 말해, 그는 등나무의 체위를 통해 세상을 바라보고, 등나무와 같은 자연의 혜택을 주변에 베풀기를 바라고 있는 것이다.

실제로 김영남의 시세계는 이와 같이 "손, 발, 머리, 가슴을 분간할 수 없는" 전방위적인 사고와 순발력으로 시적 대상을 비틀린 새로운 각도에서 관찰하고 그 허위성을 유쾌하게 풍자하는 모습을 빈번하게 보여준다.

저기 한 여자도
한사코 누워만 있는
바위를 올라타느라
가쁜 숨을
크게 내뿜고 있다.

(……)

나는 누워 잠자는 걸 보면 꼭 한 번 올라타보고 싶다.
누워 있는 상사, 누워 있는 행정, 누워 있는 학문—
—「누워 있는 것을 보면 나는 올라타고 싶다」, 『정동진역』 중에서

참 이상한 세상이다 부풀린 가슴, 위장한 가슴, 순 껍데기뿐인 가슴

들이 저렇게 거리를 당당하게 활보하는 것이.

저런 가슴들이 가짜라면 그것과 한 핏줄을 나누고 있는 입도 가짜이고, 여기에서 나오는 고매한 말도 전부 가짜임이 틀림없을 텐데, 우리는 왜 이렇게 가짜에 속고 살아야 하나? 더욱이 가짜를 만지면서? 가짜 선행도 따지고 보면 축 처진 가슴이거나, 모두 말라빠진 가슴으로 귀착할 텐데……

그의 삶.

가짜 가슴을 달고 다니는 무수한 사람들 속에서 한 사람이 큰 가슴을 덜렁거리며 걸어나오고 있다.

갑자기 세상도 덜렁거리고 있다.

—「요즈음 가슴들에는 가짜가 많다」,『정동진역』중에서

위에 인용한 시편들에서 보듯, 그의 사회현실과 세태 풍자의 접근 방법은 매우 특이하고 새롭다. "여체를 탐험할 때 쓰는"(「등나무가 내 목을 비튼다」) 듯한 성적 감각으로 접근하여 날카로운 현실 비판으로 마무리되고 있다. 「누워 있는 것을 보면 나는 올라타고 싶다」의 경우처럼 매우 선정적인 제목으로 시선을 집중시키고 있으나, 정작 중심내용은 역동적으로 살아 있지 못하고 단단하게 응고된 "상사" "행정" "학문" 등에 올라타서 이를 용해시켜 생명감각을 불어넣기 위한 "가쁜 숨을 매몰차게 몰아쉬고 싶은" 것이다. 성적 이미지가 단순히 도발적인 선정성에 그치지 않고 급격한 각도로 전환되면서 인격적인 비판과 변혁의 욕망으로 몸바꿈을 하고 있다.

한편 「요즈음 가슴들에는 가짜가 많다」의 경우 역시, 세태 비판에 대해 매우 신선하고 흥미롭고 새로운 접근방법을 보여준다. "부풀린 가슴, 위장한 가슴, 순 껍데기뿐인 가슴들이 저렇게 거리를 당당하게

활보하는 것"에서 외양은 화려하지만 정직과 진실이 사라져가는 세
태를 극명하게 비판하고 있다. "가짜 가슴을 달고 다니는 무수한 사
람들 속에서 한 사람이 큰 가슴을 덜렁거리며 걸어나오고 있"는 것에
대해 "갑자기 세상도 덜렁거리고 있"다는 묘사는 장식과 외모의 허구
에 치중하는 세태란 바로 중심을 잃고 "덜렁거리"는 불안함이라고
전언하는 것이다. "저런 가슴들이 가짜라면 그것과 한 핏줄을 나누고
있는 입도 가짜이고, 여기에서 나오는 고매한 말도 전부 가짜임이 틀
림없을"것이기 때문이다. 세태에 대한 날카로운 비판과 더불어 여유
있는 웃음을 유발시키는 해학성이 두드러진다.

한편 그의 이러한 유쾌한 풍자의 언어는 외부세계뿐만이 아니라
수시로 자신의 내면에 대한 예리한 성찰을 자극하기도 한다.

① 내 육체 속에는 도둑놈이 살고 있다.
나와 같이 눕고, 자면서 나를 은밀하게 괴롭히는 놈.


(……)


그러나 제일 두려운 것은 이놈이 남의 것을 슬쩍해오는 것. 남의
말, 지식, 지위, 명예, 이런 것들을 훔쳐올 때면 나는 두렵다. 들킬까봐
두렵고, 도둑놈으로 영원히 낙인 찍힐까봐 두렵고, 나와 상관없는 이상
한 사람이 될까봐 정말 두렵다.
요 얄미운 놈. 나와 똑같은 신발을 신고 있는 놈.
도둑을 막기 위해 영혼의 골목을 순찰하고 계시는 하늘나라 경찰
여러분!
내게서 요놈을 즉시 좀 체포해갈 수 없겠소?
—「도둑놈을 잡자」, 『정동진역』 중에서

② 내 책상 앞에는 사진 한 장이 붙어 있는데
　그것은 한 스님의 뒷모습을 찍은 사진입니다.
　가시나무가 엉클어진 깊은 산속 돌밭길을
　홀로 묵묵히 가고 있는 뒷모습.

　(……)

　저렇게 영혼이 높고 깊은 사람은
　훌륭한 뒷모습을 거느리나봅니다. 그 동안
　이 지상의 앞모습만 보면서 가꾸어온 나는
　세상을 갑자기 깨어나게 하는
　뒷모습이 존재한다는 걸 몰랐습니다.
　　　　　　　　　　—「뒤란을 가꿉시다」, 『모슬포 사랑』 중에서

　시 ①은 자신 속의 도둑을 찾아내고 있다. 외적 규범에 맞추기 위
해 행동하는 자아, "남의 말, 지식, 지위, 명예, 이런 것들을 훔쳐" 자
신의 본모습인 양 치장하는, 인위적으로 가공된 가시적인 자아를 비
판하고 있다. 자기 자신을 향해, 본질적 자아와 대별되는 현실적 자
아에 대한 각성을 스스로 촉구하는 것이다. 그러나 그의 이와 같은
자기 성찰은 결코 엄숙하거나 비장하지 않다. "영혼의 골목을 순찰하
고 계시는 하늘나라 경찰 여러분!/내게서 요놈을 즉시 좀 체포해갈
수 없겠소?"라는 너스레에 가까운 하소연을 통해 "나와 상관없는 이
상한 사람"으로 살아가는 대부분의 현대인에게 지난한 자기 성찰을
부담 없이 공감하고 공유할 수 있도록 유도한다.
　시 ②는 ①의 연장선상에서 삶의 바람직한 지향점을 일깨우고 있
다. 시적 발상과 전개는 역시 매우 쉽고 평이하게 전개된다. "책상

앞"에 붙어 있는 "홀로 묵묵히 가고 있는 뒷모습"의 "사진 한 장"을 바라보면서 "앞모습"만 가꿀 것이 아니라, "뒤란을 가꾸"는 것이 정작 더욱 중요하다는 사실을 자각하고 있다. "세상을 갑자기 깨어나게 하는" 것은 앞모습보다 오히려 뒷모습일지 모른다. 앞모습은 인위적인 분식과 표정 관리가 가능하지만 "뒷모습"은 그렇지 못하다. 자신의 삶의 초상의 가장 정직한 거울이 "뒷모습"인 것이다. 따라서 "오늘부터 난 나의 뒤란을 가꾸기로 합니다. / 우선, 뒤란이 아름다운 말부터 구사하기로 합니다"라는 자기 결의는 스스로 자신의 참모습을 찾고 수양하는 자세를 견지하겠다는 의지의 표현에 다름아니다.

　이와 같이 냉엄한 자기 성찰마저 쉽고 평이하고 흥미롭게 풀어나가는 김영남의 모습은 때로 진중하지 못한 가벼운 자세로 비춰질 수 있는 것이 사실이다. 그러나 이것은 그의 시적 품성이 경박하기 때문이 아니라, 고유한 시적 전략이고 어법으로 이해된다. 이 점은 다음의 두 편의 시를 보면 좀더 분명하게 이해된다.


① 오솔길이 있고, 새가 울고, 딸기나무가 있는
　깊은 산속의 옹달샘.
　그 작용은
　시든 것들을 모두 일으키고,
　흐린 것들을 정화하며 스스로 솟는다.
　그러나 그 시원(始原)은 심오하여 알 수가 없다.
　단지 소리와 작용(作用)으로만 그 존재를 파악할 수 있을 뿐.
　그녀의 알록달록한 마음처럼
　발원지를 발견할 수 없는 옹달샘.
　노자의 옹달샘.
　　　　　　　　　　　　　　　　　　—「도道」, 『모슬포 사랑』 전문

② 마누라가
　자신은 결백하다는 사실만을
　주장하고 있다. 자신은 절대 외도를 한 적이 없다고,
　오직 결백하다는 걸
　알몸으로 주장하고 있다.

　(······)

　오직 결백하다는 욕심밖에 모르는 그녀······
　그러나 늦게서야 그녀가 그 욕심을 버리고
　'나는 결백하지 않다'고 주장을 바꾸니까
　결백한 것들이 갑자기 눈을 뜬다.
　결백한 손, 발이 더욱 분주히 움직인다.

　이러한 사실은 노자(老子)의 말이 아니고,
　옆집 아저씨가 직접 체험한 바이다.
　　　　　　―「노자가 옆집에 오다(體道)」, 『모슬포 사랑』 중에서

　위의 두 편의 시는 모두 노자의 '도(道)'의 의미를 시적 대상으로 하고 있다. 시 ①은 도에 대해 옹달샘을 통해 설명하고 있다. 옹달샘은 "시든 것들을 모두 일으키고, / 흐린 것들을 정화하며 스스로 솟는" "작용"으로 드러나고 있으나, 그 "시원"은 알 수가 없다. 단지 "소리와 작용"으로 자신을 드러내는 "옹달샘"의 존재원리를 가리켜 그는 "도"라고 묘사하고 있는 것이다. 옹달샘의 신비로움에서 "도"를 읽고 있다. 노자가 "큰 도는 형체가 없으나 천지를 기르고, 정이 없으나 일월을 운행하며, 이름이 없으나 만물을 기르니, 나는 그 이름을 알지

못하나 군이 명명하여 도라고 한다(老君曰："大道無形, 生育天地, 大道無情, 運行日月, 大道無名, 長養萬物, 吾不知其名, 强名曰：'道'")고 할 때의 도를 시적 화자는 옹달샘의 작용원리를 통해 쉽게 설명하는 순발력을 보여주고 있는 것이다.

한편 시 ②는 이를 일상생활 속에서의 유희적인 비유를 통해 형상화하고 있다. 외도의 의심을 받던 아내가 결백을 주장하는 욕망과 의지마저 비웠을 때, "결백한 것들이 갑자기 눈을" 뜨고 일어나 작용하는 현상 속에서 "도"의 원리를 읽고 있는 것이다. 이를 가리켜 화자는 "옆집 아저씨가 직접 체험한" 노자의 도라고 익살스럽게 전언하고 있다. 형이상학의 높이가 한순간에 생활세계의 화법을 통해 실려나오면서 천진난만한 흥미의 대상으로 그려지고 있다.

그렇다면 이와 같이 김영남이 사회현실에 대한 비판적 충격은 물론 스스로를 향한 자기 성찰, 그리고 형이상학의 일상적 치환을 불러오는 유희적 풍자의 언술을 자신의 고유한 창작 방법론이며 내용가치로서 벼리고 가다듬을 수 있었던 배경은 무엇이었을까? 그의 시세계의 원적과 관계된 이러한 질문 앞에 다음과 같은 시편을 만나게 된다.

① 내가
　회진항의 허름한 다방을 좋아하는 건
　잡아당기면 갈매기 우는 소리가 나는
　낡은 의자에 앉아 있으면
　허름한 바다와 하늘이 보이기 때문입니다.
　　―「회진항에는 허름한 하늘이 있다」, 『모슬포 사랑』 중에서

② 꼬부랑 할머니들과
　이 마을 강아지들을 불러모으는

424

주일날 종소리의 덧없음을 더 사랑합니다.

거기에는 포도밭도 허리를 굽히고

탱자나무 울타리 한없이 따라가고 있지요.


(……)


아, 오늘밤 그대에게서 선물로 받은 영화,

그 풍금 소리 들리는 풍경 속에서 잠들고 싶군요.

그대와 손 꼭 잡고 그 낡은 교실의 풍금이 되고 싶군요.

—「영화 〈내 마음의 풍금〉을 선물로 잘 받았어요」, 『모슬포 사랑』 중에서


시 ①은 시인의 고향인 전남 장흥군에 소재한 "회진항"의 소묘이다. "허름한 바다와 하늘", 그 무채색의 자연스러움이 그의 향수의 대상이며 시적 정서의 원적인 것이다. 그래서 그는 시 ②에 오면, "영화 〈내 마음의 풍금〉"을 보고 "그 풍금 소리 들리는 풍경 속에서 잠들고 싶"어할 만큼 깊은 친숙감을 느낀다. 김영남의 시세계에서 이러한 시적 원형요소는 이외에도 「고향 옛길이 증발하고 없네」 「그리운 옛집」 「나도 그의 맑은 우물이 되어주고 싶네」 등을 비롯한 여러 시편을 통해 직간접적으로 등장하고 있는바, 맑고 투명한 순수와 무욕의 정감이 그의 시세계의 원적이라고 정리된다. 이러한 정황을 달리 표현하면, 그의 도회적 일상의 비루함에 대한 풍자의 척도는 무채색의 소박함과 무욕의 자연스러움이라고 할 수 있다. 무욕의 자연스러움과 소박함이 하염없이 사람 좋은 목소리로 비속한 현실세계를 비틀어 바라보고 해학적으로 풍자하는 시세계를 생성시키고 있었던 것이다. 물론 그의 이와 같은 풍자적 유희가 "회진항"의 "허름한 바다와 하늘"

이 있는, 호남의 남단에서부터 올라오는, 전통적인 서민문화의 재래적인 질박함과 생명력을 깊이 섭수했으면 하는 아쉬움을 남기는 것도 사실이다. 남도의 판소리적 골계와 해학과 절도 있는 공격성의 정신과 기법이 가미된다면, 지나치게 표면적인 층위에서 머물렀다가 스쳐 지나가는 그의 풍자적 유희의 아쉬움을 보강할 수 있지 않을까? 또한 그것이 그가 추구하는 "어떻게 하면 나도 저렇게 시원한 그늘을 남에게 선사할 수 있을까" "은은한 향기까지 그 속에다 예쁘게 퍼뜨릴 수 있을까"(「등나무가 내 목을 비튼다」) 하는 물음에도 좀더 쉽게 응답할 수 있지 않을까? "아, 나는 등나무의 마음이 되리라"(「등나무 사랑」)라고 노래하는 그의 시적 추구가 성취되는 방법과 지점이 궁금하면서 또한 너무도 기대된다. 얼마나 흥미롭고도 소박하고 아름다운가.

# 주술의 리듬과 연쇄반응
## ─김왕노의 시세계

　시의 정의에서 가장 중요한 것은 리듬이다. 시는 리듬 위에 세워진
언어의 질서인 것이다. 이것은 시인의 시창작은 리듬의 자연적 흐름
을 이용한다는 말로 바꾸어도 무방하다. 리듬이 자석처럼 불러모으는
언어에 의존함으로써 시인은 불모의 백지에 풍요로운 언어세계를 펼
쳐내게 된다.

　그렇다면 시에서 리듬이 형성되는 원리는 무엇일까? 옥타비오 파
스에 따르면 리듬은 단어들의 불러들임과 불러모음의 열린 무대이다.
그는 자연에 영이 깃들어 있고 각각의 사물이 스스로의 생명을 갖는
것처럼, 객관적 세계의 닮은꼴인 언어 역시 영이 깃들어 있음에 주목
한다. 언어도 우주처럼 밀물과 썰물, 합일과 분리, 들숨과 날숨과 같
은 부름과 응답의 대응관계를 이룬다는 것이다. 어떤 단어들은 서로
끌어당기고, 어떤 단어들은 서로 밀치면서 서로서로 상응하는 체스판
을 형성한다. 그래서 가능한 데까지 자동기술법을 실천해보았던 시인
들은 스스로의 자발성에 맡겨진 언어들의 기이하고도 당혹스러운 상
호연관관계를 체험하게 된다는 것이다. 말들을 리듬에서 떼어놓는 것

은 이성과 합리의 폭력이다. 옥타비오 파스는 이러한 합리주의의 폭력에 대해 끌어당김과 밀어냄의 법칙에 지배되는 일상어의 흐름에 따르지 못하게 산문화하고 담론의 법칙을 따르게 하는 작위적 행위로 이해한다.

따라서 시의 완성도는 리듬의 생명력을 얼마나 잘 살려내는가와 직접 연관된다. 시적 작용은 기본적으로 주문(呪文)의 그것과 크게 다르지 않다. 이렇게 보면 시인의 행위는 마법사의 행위와 유사하다. 따라서 특정 시인의 시적 성향은 그의 마법적 주술의 방법과 성격에 의해 결정된다.

김왕노의 시세계에는 이와 같은 리듬의 주술이 표나게 꿈틀거리며 생동하는 면모를 감지할 수 있다. 주로 통사구조의 반복으로 나타나는 리듬이 시의 이미지와 의미를 심화시키고 독자들의 호흡을 시의 심연 속으로 함몰시키는 역할을 수행하고 있다.

> 나는 사람과 어울리려 사람을 사칭하였고
> 나는 꽃과 어울리려 꽃을 사칭하였고
> 나는 바람처럼 살려고 바람을 사칭하였고
> 나는 늘 사철나무 같은 청춘이라며 사철나무를 사칭하였고
> 차라리 죽음을 사칭하여야 마땅할
>
> —「사칭」, 『슬픔도 진화한다』 중에서

그의 시집 『슬픔도 진화한다』에 수록된 첫번째 작품인 위의 시편은 "사칭"의 이미지가 리듬의 물결을 타고 반복적으로 재생산되고 있다. 이것은 물론 통사구조의 반복을 통한 리듬이 "사칭"의 이미지를 광물처럼 강렬하고 견고하게 창조하고 있다고도 할 수 있다. 반복되는 리듬이 "사람" "꽃" "바람" "사철나무" 등등을 불러모아 "사칭"의 시적

의미를 확장시키고 있다. 리듬의 자연적 흐름이 시적 창조의 원리로 작용하고 있는 구체적인 사례를 보여준다.

첫 시집에서 드러났던 리듬의 마법적 힘이 박인환문학상 수상작 (2006)들의 저변의 동력으로 작용하고 있다. 다음 시편 「붉은 연쇄반응」은 붉은 마법의 리듬에 따른 연쇄반응으로 다가온다.

그해 명우 아버지 쓰러지고 다음해 아버지가 쓰러지고
우리집 후박나무 광합성작용의 푸른 숨소리 마당 가득 차오르는데
아버지 바람에 밟히는 잡풀같이 맥없이 쓰러지고
아버지 쓰러진 다음해 팔팔한 동네 철태 형 쓰러지고
몇백 년 고목도 쓰러지고 누가 도미노놀이 하는지
그해는 뜻하지 않게
오토바이 타고 가던 동생뻘 영태도 허공으로 바퀴 치켜들고
젊은 영전 속으로 가뿐히 자리 옮기고
봄기운이 잔물결 쳐와 아래가 근질거리는데
내 뿌리 약한 그리움도 모로 쓰러지고
내가 믿던 정의도 정부도 쓰러지고 뒷집 누나도 형산강 강둑에서 쓰러지고
일으켜세울 수 없는 쪽으로 쓰러지고 붉게 쓰러지고
사월도 오월도 썩은 고목같이 쓰러지고 네 청춘도 모로 쓰러지고
술잔에 닿던 네 붉은 입술도 검은 눈동자도 쓰러져가고
누가 시도 때도 없이 도미노놀이 하는지
그리고 무엇을 세워 끄덕이며 앞세우고 가려는지 그해, 붉게, 붉게
　　　　　　　　　　　　　　　　　—「붉은 연쇄반응」전문

리듬의 마법이 죽음의 물결을 타고 있다. 시의 전편을 관통하는 리

듬의 주술이 온통 어둡고 비관적이다. "쓰러지고"의 서술적 어미를 따라, "그해" 시적 화자의 마을 전체에 역병처럼 퍼진 죽음의 "도미노놀이"가 변주되고 있다. 죽음이 죽음을 불러오는 연쇄반응이 시적 리듬을 타고 재현되고 있는 것이다. 통사구조의 반복을 통한 어둠의 리듬이 죽음의 기억들을 불러오고 있는 형국이다. 수맥의 출구가 열리자 샘물이 솟구쳐오르듯이 "붉은 연쇄반응"의 리듬을 타고 죽음의 기억이 전면에 솟구쳐오르고 있는 것이다. "쓰러지고"의 서술적 어미의 반복구조를 따라 "명우 아버지" "아버지" "철태 형" "몇백 년 고목" 등등이 자석처럼 끌려들어오고 있다. 특히 후반부에 오면 "쓰러지고"의 어미를 따라 "사월도 오월도" "네 청춘" "네 붉은 입술" "검은 눈동자" 등등의 추상적인 시적 이미지가 연쇄적으로 등장하고 있다. 이것은 물론 전반부의 구체적인 사실과는 변별되는 것으로서 "쓰러지고"의 반복적 리듬이 불러들인 시적 이미지들이다. 리듬의 주술이 시창작의 주체로 작용하고 있는 현장이다. 온통 쓰러지는 일련의 사건의 비극성이 리듬의 물결을 타고 더욱 선연하게 드러나고 있다. 이 시에서 리듬은 이처럼 기억의 사건을 현재화하고 다시 그 의미를 심화시켜 강한 파문으로 뿜어내는 작용을 수행하고 있다. 리듬이 이미 자신 안에 잠재적으로 이미지를 포함하고 시구를 구성하고 시적 의미를 전달하는 양상을 보여준다.

한편 다음 시편 역시 이와 같은 리듬의 주술의 역동성을 실감나게 보여준다.

어머니 시간의 풀밭에 버려져 있다. 어둠이 와도 작동되지 않는 어머니, 엔진이 올라붙은 어머니, 풀에 가려 보일까 말까 한 어머니, 아무도 찾지 않는 어머니, 풀이 서걱거릴 때마다 기억의 뿌리가 흔들려, 살아온 날이 주마등같이 흔들리며 지나간다는 어머니, 어머니 시간의 풀밭에 버려져 있다. 대량생산의 틈바구니에서 과열되던, 과부하가 걸렸던 어머니, 노을이 밀려들면 한창때 만들어낸 눈물이며 사랑이며 노래가 그립다며, 어머니 저기 버려져 있다. 모터가 타버려 수리되지 않는 어머니, 한낮이 머물다 간 자리가 벌건 녹으로 번진다는 어머니, 기름칠 제대로 되지 않는 어머니, 어머니 저기 혼자 버려져 있다.

—「쓸쓸한 기계」, 『말 달리자 아버지』 전문

"풀밭에 버려져 있"는 "쓸쓸한 기계"가 어머니로 환치되어 노래되고 있다. "쓸쓸한 기계"일 때는 연상되기 어려운 정감의 이미지들이 "어머니"로 치환되면서 깊고 풍요롭게 확산되고 있다. 가장 애틋하고 친숙한 "어머니"가 그리 길지 않은 시편을 통해 열세 번에 걸쳐 등장하면서, 어머니에 상응하는 시적 언어를 내밀하게 불러오고 있다. 그리하여 시적 내용이 "쓸쓸한 기계"처럼 살았던 어머니, 혹은 어머니처럼 살았던 "쓸쓸한 기계"의 삶을 동시에 구현하고 있다. "대량생산의 틈바구니에서 과열되던, 과부하가 걸렸던 어머니"의 이미지가 풀밭에 버려져 있는 "쓸쓸한 기계"의 생애와 서로 절묘하게 상응하고 있는 것이다. "어머니"라는 호칭으로 마무리되는 통사구조의 반복을 통한 리듬이 시적 언어들을 불러모으고, 이에 다시 시적 의미를 선명하게 강화시키고 있다. 시의 행과 행이 조수(潮水)처럼 반복될 때마다 "쓸쓸한 기계"의 생애와 "어머니"의 생애가 거듭 재창조되고 있다. "어둠이 와도 작동되지 않"고, "풀에 가려 보일까 말까" 하고, "아무도 찾지 않는" "어머니"의 삶의 현실이 리듬화되면서 독자들에게 애잔한 연민의 감응력을 불러일으키고 있다. 너무도 많고 친숙해서 구태의연한 소재로 전락한 "어머니"가 "쓸쓸한 기계"의 정서와 어우러짐과 동시에 리듬의 간만(干滿)을 타면서 신선하고 독창적인 빛을 발하고 있다.

한편 여기에 이르면 김왕노의 시적 리듬의 주술이 쓰러짐과 연민으로 변주되는 비관주의적 속성을 지니는 것으로 보인다. 다음 시편 역시 오지 않은 "결핍"이 시상의 중심을 관통하고 있다.

생각해보니
저 언덕을 넘어 여름이 내게 오지 않았다
북방여치 울어야 할 늦여름의 시기인데
남루한 봄의 슬픔만 아직 내게 죽치고 있다.
밤이 오고
한 초롱 내 목숨에 심지를 담가 등불을 켜야 하는데
불빛을 따라 어린 게 같은 아들딸이 귀가해야 하는데
지축이 흔들려 내게 백야가 왔나
아직도 내게 떠도는 행려병자 같은 봄 햇살
생각해보니
저 거리를 지나 어떤 그리움도 내게 오지 않았다
자신을 백만 송이 천만 송이 피워들고 와야 할
먼 이름도 오지 않았다.
마흔도 훌쩍 넘었는데
벌써 심은 꽃이 시들어갔는데
누가 거리에서 혁명을 외치다 쓰러져가며 부른 아픈 노래인가
몇 년간 낡은 노래만 내게 와 살고 있다
마음의 문도 따두었는데 와야 할 것은 오지 않고
먼지만 쌓여가는데
내게 와 떠나지 않는 한 시대의 어지럼증
생각해보니
저 언덕을 넘어 어떤 종소리도 내게 울려오지 않았다
어떤 울음소리도 웃음소리도 오지 않았다

캄캄한 밤이어도 어떤 맑은 별도 내게 흘러오지 않았다

　　　　　　　　　　　　—「결핍」, 『말 달리자 아버지』 전문

"생각해보니 (……) 오지 않았다"는 문장이 후렴구처럼 작용하면
서 시상의 간만의 흐름을 형성하고 있다. "생각해보니 (……) 오지
않았다"에서 오지 않은 것은 무엇인가? 그 오지 않은 것에 대한 기록
이 위의 시편이다. 독백적인 기록물이 시상에 개입되면서 시적 경향
이 산문화되고 있다. 계절이 바뀌었으나 시적 화자는 여전히 "봄의
슬픔"에서 한 치도 벗어나지 못하고 있다. 나의 주변에는 "몇 년간
낡은 노래만" 맴돌고 있다. 그래서 "오지 않았다"는 말만을 되뇔 수
밖에 없다. "오지 않"은 것은 "그리움" "먼 이름" "종소리" "맑은 별"
등등이다. 물론 이들 시어의 실체와 의미는 구체적이지 않다. 그래서
결핍의 대상이 간곡하거나 간절하지 못하다. 이것은 통사구조의 반복
적 리듬에 장악되지 않은 산문성이 개입되면서 시적 구체성과 집중
성이 소실되었기 때문이다. 산문의 작위성이 시적 울림과 교감의 내
밀한 긴장을 둔화시키고 있는 형국이다.

　그러나 이 시편에서도 김왕노의 시적 경향이 결핍과 비관주의에
기반을 두고 있음을 분명하게 확인할 수 있다. 이러한 "결핍"의 비관
주의는 쉽게 생의 "위독"을 낳는다. 그러나 "위독"은 부정적인 것만
은 아니다. 부정의 극한은 긍정을 낳는 계기가 되기도 한다. 김왕노
는 이에 대해 스스로 다음과 같이 서술하고 있다.

　위독은 거대한 짐승입니다.
　위독한 사이 철학자가 되기도 하고 울부짖는 얼굴이 되기도 합니다.
숨겼던 진실을 각혈하듯 게워내기도 합니다. 위독한 자는 심연에 가라
앉은 고래가 되어 잠들지 않는 뇌로 우주를 명상하기도 합니다. 위독

하다는 소식이 짐승 한 마리로 먼 길을 밤새워 왔을 때 나는 날간 같은
영혼을 던져주려 했습니다. 살 몇 근 거뜬히 베어주려 했습니다.
　　　　　　　　　　　　　　—「위독」, 『말 달리자 아버지』 중에서


시적 화자는 "위독한 사이 철학자가 되기도 하고 울부짖는 얼굴이
되기도" 한다고 정리하고 있다. 그래서 시적 화자는 차라리 "위독"을
즐기고자 한다. "위독"이 찾아올 때, "나는 날간 같은 영혼을 던져주
려" 한다. "위독"은 나의 날간을 먹어치우는 고통을 안겨주겠지만 그
대가로 "우주를 명상"하게 하는 철학적 능력을 지불하기 때문이다.
　시적 성향이 산문화되면서 김왕노 특유의 리듬의 주술력은 사라지
고 있다. 이와 더불어 시적 언어와 감각 역시 지나치게 추상적이고
생경하다. 산문적 담론 속에 시적 이미지가 광물성으로 응고된 형국
이다. 그러나 이와 같은 자신의 어두운 하강적 성향에 대한 냉엄한
이성적 성찰과 규정의 과정은 시적 상승의 탄력을 가능하게 하는 계
기로 작용할 수도 있을 것이다.
　다음 시편에서는 이러한 가능성을 어느 정도 반사시켜주고 있다.


　불 들어갑니다. 나오세요. 누가 이렇게 외치며 이 세상 밖에서 발 동
동 구르며 우리를 부르고 있는 것 같아
　삶도 하나의 다비식, 목숨을 곱게 태우는 일
　불 들어갑니다. 나오세요. 누가 이렇게 외치며 내 생의 변두리에서
울부짖는 것 같아
　오늘도 뜨거웠던 하루분의 목숨은 타서 어둠이 되고
　내 안에서 사리같이 여물어 단단한 그리움 몇과
　사랑도 하나의 다비식, 목숨을 태우는 일
　불 들어갑니다. 제발 나오세요. 불 들어갑니다. 제발 나오세요. 누가

저 어두운 거리에서 서성이며 부르고 있는 것 같아

　　　　　　　—「다비식」, 『말 달리자 아버지』 중에서

「위독」에서 보여주었던 광물적 추상성이 여기에 이르면 훨씬 섬세하고 부드럽고 유려하게 개진되고 있다. "불 들어갑니다. 나오세요"라는 다비식에서의 제의적 주문이 시상의 중심축을 이루면서 탄력적인 리듬감을 형성하고 있다. 다비식에서의 "불 들어갑니다. 나오세요"라는 말은 이미 그 자체로 잠재적인 의미를 구성하는 구체적인 의미를 다채롭게 뿜어내는 시적 리듬을 이루고 있다. 주검을 불사르는 일이 삶의 무화가 아니라 새로운 삶의 정수를 신생시키는 과정이 되고 있다. 이러한 재생의 주문으로서의 다비식을 시적 화자는 삶의 과정의 일반으로 해석해내고 있다. "오늘도 뜨거웠던 하루분의 목숨은 타서 어둠이 되고", "내 안에서 사리같이 여물어 단단한 그리움 몇"을 건져내고 있다. "불 들어갑니다. 제발 나오세요. 불 들어갑니다. 제발 나오세요. 누가 저 어두운 거리에서 서성이며 부르고 있는 것 같"은 것은 환골탈태를 위한 시적 자아 스스로의 자기 충동이고 결의이다.

　이렇게 보면, 김왕노의 시세계에서 "위독"에 이르는 어둠과 하강의 성향은 결국 새로운 삶의 정수를 구현하기 위한 역동적인 과정으로 이해된다. 이것은 달리 표현하면, 그의 시에서 리듬의 주술이 쓰러지고 버려지는 무거움에서 상승하고 생동하는 가벼움을 지향하고 있는 것으로 해석된다. 실제로 그의 시세계가 앞으로 "붉은 연쇄반응"의 마법적 리듬의 다비식을 거쳐 "사리같이 여물어 단단한" 리듬으로 재생되길 바란다. 이때 그의 시의 남다른 특장인 시적 리듬의 파동 역시 생명의 화음으로 확장될 수 있을 것이다. 물론 여기에서의 생명의 화음은 어둠을 머금고 있기 때문에 더욱 깊고 유현할 수 있을 것이다. 이 대목은 김왕노 시인의 무한한 가능성의 진원지이기도 하다.

# 엄숙과 일탈, 추상과 구상의 역학
## ─민병도의 시조세계

    두루 알듯이, 시조는 우리나라의 대표적인 전통적 시가 장르이다. 여기에서 우리가 새삼 주의를 기울여야 할 것은 '전통적'이라는 수식어이다. 개화기 이래 우리 사회는 서구문물의 세계 속에서 생활양식은 물론 사고방식까지 급변하는 전환기를 연속적으로 거쳐왔다. 이러한 역사적 변화 속에서 우리 문화의 전통성의 실체 역시 반복적으로 새롭게 재해석되고 재정립되어왔다. 그래서 오늘날 우리가 인식하는 전통성의 실재는 정작 우리 문화의 원형성과는 상당히 거리가 먼 경우가 많다.

    시조의 경우에도 이러한 사정에서 예외가 아니다. 시조의 양식은 옛 선비들의 삶의 방식과 사고의 가장 친숙한 반영태였으나 오늘날 우리에게는 상당히 낯선 거리감을 느끼게 하는 것이 사실이다. 시조의 양식을 꽃피운 중세사회의 정치, 문화적 기반은 근대화와 더불어 급격히 와해된다. 따라서 우리 근대시사에서 시조는 지식인들이 일상 속에서 즐겨 노래하고 화답하고 자기 수양을 추구하던 생활문학의 확고한 위상을 자유시의 장르에 이양하지 않으면 안 되었던 것이다.

시조 장르의 형식과 미의식은 성리학적 이념의 범주 속에서 설명된다. 성리학적 이념의 핵심원리는 이(理)와 기(氣)의 관계에서 선험적으로 존재하는 이를 삶의 본체로 인식하고, 이것에 대한 추구를 가장 큰 덕목과 당위로 여기는 이원론적인 사고체계에 근간을 둔다. 이를테면 선험적인 이가 지극한 도(道)의 범주라면 기는 혼탁한 성정(性情)의 현실세계이다. 그래서 성리학적 패러다임에서는 인간이 기의 성정을 초극하고 이의 천인합일(天人合一)의 경지에 이르고자 하는 것이 당위적 과제이며 명령이 된다. 시조의 형식과 미의식 역시 이와 같은 사회적 요구에 부응하는 공식적인 문화 장치로서 존재한다.

　조동일의 견해에 따르면, 시조에서 서정적 자아의 성(性)은 본연지성(本然之性)과 기질지성(氣質之性)으로 나누어볼 수 있다. 본연지성은 자연과 함께 영원불변한 것으로서 자연의 순조로운 질서를 도덕적 당위로 갖추고 있다. 본연지성이란 바로 천인합일이 이루어질 수 있게 하는 근거인 것이다. 한편 기질지성은 차이와 분별을 만드는 기의 작용에 따라서 달라지는 것으로서 인간이 자연의 순조로운 질서를 거역할 수 있게 하고 인간의 행위가 악할 수 있게 하는 요소이다. 따라서 기질지성에 구애되지 않고 본연지성을 따르는 것이 인간의 마땅한 도리이며, 당위라는 주장이 성립된다. 특히 조선 전기 사대부의 시조는 이와 같이 본연지성에 입각하여 세계의 자아화를 추구하는 예술적 산물이다. 그러나 점차 이기철학의 논의가 조선 후기로 전개되면서 기질지성을 긍정하는 방향으로 나아가자 시조 역시 자연의 순환원리에 부합되지 않는 인간의 내적 감정을 전면에 내세우는 것이 통용되었다.[1] 오늘날 창작되는 시조의 경향은 기질지성에 입각한 세계의 자아화가 주류를 이루고 있다고 할 수 있다. 이 점은 시조의

---

1) 조동일, 「시조의 이론, 그 가능성과 방향 설정」(『한국학보』 1권 1호, 1975. 1) 참조.

율격과 형태의 변화에서도 가시적으로 드러난다. 서정적 자아의 본연 지성의 추구가 시조의 본령이었으나, 다채롭게 생동하고 분산하고 변화하는 인간 삶의 목소리가 중심음을 이루면서 율격과 형태의 변화가 필연적으로 동반된 것으로 보인다. 그럼에도 불구하고 시조의 양식은 기본적으로 인간 삶의 바람직한 태도와 도덕적 수양, 그리고 자연의 아름다움과 경이 등이 주제의식의 주류를 이룬다. 현대시조 역시 기본적으로 삶의 본원성을 탐색하는 성리학적 이념에 입각한 시조의 정형이 기본적인 구심적 축으로 존재하기 때문인 것으로 파악된다. 현대시조는 그 태생적인 속성에 의해 인간과 자연의 근원과 순리, 도덕적 규범, 세속적 삶의 초극 등을 중요시하는 고전적인 풍모와 성향이 근간을 이룬다.

민병도의 시조집 『청동의 배를 타고』는 전반적으로 단아하게 정제된 고전적인 미의식과 본원적인 삶의 의미에 대한 추구를 지속적으로 견지하고 있다. 5부로 구성된 이번 시조집에서 특히 1부는 이번 시조집 전반의 정서적 원형질을 가장 밀도 높게 담고 있다. 후반부로 갈수록 시편의 형식과 내용의 폭이 점차 유연하게 확장되고 있다. 그러나 1부의 정제된 형식미 속에 함축하고 있는 삶의 원상에 대한 탐색과 자기 의지는 일관되게 시집 전반의 핵심적인 기저를 이룬다.

그의 시적 지향성은 외부세계에 대한 탐색과 묘사보다 "흔들리는 날에는 / 가슴에 / 나무를 심었다. // 더욱 / 흔들리는 날엔 / 나무 안에 / 나를 심었다"(「그대 안에」)라고 평명하게 진술하는 자신의 청정하고 견고한 내성의 탐구와 결의로 집중된다. 그렇다면 그의 도저한 내적 결의의 이정표와 궁극적인 별자리는 어떤 것일까?

스스로 물러앉아 그리운 이름이 된
산에, 저 산에 향기나는 사람 있었네

수없이 나를 깨워준 늘 푸른 사람 있었네

법구경을 펼쳐두고 비에 젖는 저 빈 산에
휘젓고 간 바람처럼 가슴 아픈 사람 있었네
드러난 상처가 고운, 눈이 먼 사람 있었네

만나서 빛이 되고 돌아서서 길이 되는,
날마다 내 곁을 떠나가는 산에 저 산 안에
영혼의 맑은 노래로 창을 내는 사람 있었네
                         ―「저 산에」, 『청동의 배를 타고』 전문

3연으로 이루어진 연시조인 이 작품의 정황은 전반적으로 애잔한 분위기를 자아낸다. "스스로 물러앉"은 그래서 지금은 부재하는 그리운 사람의 맑은 품격과 향기에 대한 간곡한 회상이 주조음을 이루고 있다. 그리운 이름이 된 그 사람이 사는 곳은 산이다. 물론 이때 산은 그가 사는 물리적인 거처만을 가리키지는 않는다. 여기에는 산의 깊고 높은 숭고미와 그리운 사람과의 친연성에 대한 강조가 배어 있다. "그리운 이름이 된" 그 사람은 "드러난 상처가 고운"이로서 "수없이 나를 깨워"주고 "영혼의 맑은 노래로 창을 내"어준 절대적인 현자이자 구도자이다. 그는 나에게 "만나서 빛이 되고 돌아서서 길이 되는" 존재자이다. 이제 내가 가야 하는 인생길은 그의 풍모를 따르는 것이다. 다시 말해, "늘푸른 사람"이 시적 자아의 삶의 별자리이고 나침반이다.

그러나 이 시에서 시인의 삶의 지표가 되는 사람은 분명 절대적인 존재자이지만 지나치게 추상적인 수식의 숲에 싸여 있어서 구체적인 윤곽을 짐작하기는 어렵다. 이러한 문제적 상황 앞에서 다음 시편은 어느 정도의 해결의 실마리를 제공해준다.

> 그들은 결코
> 아무 말도 하지 않았다.
> 긴 겨울의 등뒤에서 칼을 뽑지 않았다.
> 피 묻은 죽창(竹槍) 앞에서
> 붉은 완장을 차지 않았다.
> —「들풀」, 『청동의 배를 타고』 중에서

> 어둠이
> 어둠을 불러
> 푸른 별을 타이르듯
> 숨겨둔 그날의 분노
> 찬 이슬로 씻어내리고
> 갈라진
> 손톱 사이로
> 새벽강을 흐르게 하라.
> —「잡초에게」, 『청동의 배를 타고』 중에서

위 시편에서 "풀"과 "잡초"는 이미 우리 시사에서 관습적 상징으로 정착된, 수난의 역사를 헤쳐온 건강한 민중적 삶의 표상으로 해석된다. 대체로 민중의 존재성은 격동기의 역사적 사건 속에서 자기 동일성을 더욱 분명하게 확보한다. 위의 시 「들풀」에서 "칼" "죽창" "붉은 완장" 등은 이념을 앞세운 분단전쟁의 비극성이 묻어나온다. 허구적인 이념과 정치적 명분을 내세워 탄압과 살육을 일삼았던 야만의 역사 속에서도 대다수의 민중들은 "등뒤에서 칼을 뽑"거나 "붉은 완장"

의 세력을 쉽게 추종하고 그에 매몰되는 작위적 삶을 추구하지 않았다. 그들의 삶의 물결은 시「잡초에게」에서 서술하듯 대부분이 역사의 여러 난관과 휘둘림 속에서도 "숨겨둔 그날의 분노/찬 이슬로 씻어내리고/갈라진/손톱 사이로/새벽강을 흐르게" 하는 초연한 자기극복의 길을 궁극적으로 지향하고 있었다. 민초들은 압제의 고통과 분노 속에서 그 "분노를 이기기 위해 다시 한번 짓밟"(「질경이의 노래」)히는 고통을 스스로 선택하여 감수함으로써 이를 넘어서는 질기고도 의연한 생명력을 보여주었던 것이다.

민병도 시인이 자신의 시적 삶의 궁극적인 지표를 민중들의 생활 세계에서 발견하고 있는 점은 매우 중요한 문제적 의미를 지닌다. 그것은 그의 시세계가 추구하는 삶의 본체가 기질지성에 있음을 가리키는 것이기도 하다. 그는 삶의 가치를 선험적인 이의 세계가 아니라 요동하고 분산하는 생활체험적인 기의 세계에서 찾고 있는 것이다. 그래서 그의 시세계에는 빈번하게 사회, 역사적인 현실의 문제가 전면에 등장한다.

> 최루탄(催淚彈)의
> 오월 거리
> 무너진
> 시계탑 너머로
> 빛바랜 추억처럼
> 다가오는
> 그대 안부
>
> ─「낮달」, 『청동의 배를 타고』 중에서

옛 4월 그해 봄에도, 6월이나 10월쯤에도 아이들은 용감했고 어른들은 겁이 많았다.

　빈 들녘을 가로질러 청둥오리 돌아가고 삼각산이 두 번 세 번 이름
바꾼 시월이 와도 아이들은 용감하고 어른들은 비겁했다. 그날에는 태
어나지도 않은 새롭고 낯선 아이들 교문을 사이에 두고 밀고 또 밀리
는 동안에도 이 땅 어디선가 아이들은 다시 나지만

　언제나 아이들만 남고 세월은 간 데가 없다.
　　　　　　　　　　　—「알 수 없는 일」, 『청동의 배를 타고』 중에서

　위의 시편들은 모두 5월 광주항쟁과 4월의 4·19혁명, 6월 민주항쟁,
10월 부마사태 등등 격동의 현대사회가 시적 대상이 되고 있다. 시
「낮달」은 "낮달"의 아련하고 나약한 이미지와 "빛바랜 추억처럼/다
가오는/그대 안부"의 애련한 정조가 조응되면서 불온한 역사의 거대
한 물결이 할퀴고 간 뒷자리의 아픈 상처가 그려지고 있다. 시 「알 수
없는 일」은 우리 현대사의 저항의 역사에 대한 화자의 가치 평가가 평
명한 어조로 전언되고 있다. 1연의 "아이들은 용감하고 어른들은 비
겁했다"는 서술형의 반복에 이어 "언제나 아이들만 남고 세월은 간
데가 없다"는 한탄적 어조의 갈무리는 과거는 물론 현재에도 타성적
삶에 길들여져 있는 기성세대에 대한 충격과 비판의 의미를 지니고
있다. 또한 이것은 시인의 세계관이 시조의 양식을 견지하고 있다고
할지라도 결코 고답적이거나 폐쇄적이지 않고 새로운 세대에 대한
열린 의식을 지향하고 있음을 보여준다.
　여기에 이르면 우리는 민병도의 시조세계가 지향하는 궁극적인 도
의 세계가 민중의 세계관과 현재적 삶에 토대를 두고 있는 것으로 정
리된다. 그는 하늘의 이치를 민중들의 살림의 현장에서 발견하고 있

다. 그는 그야말로 민심이 천심이라는 인본주의적 세계관을 생활철학으로 내면화하고 있다. 그리고 이러한 그의 역사적인 현실 삶에 대한 열린 의식은 자연스럽게 시조양식의 유연한 개방화로 나아가게 한다. 실제로 그의 시조세계에는 절제와 엄숙이 중시되면서도 일탈과 파격의 실험의식이 자주 시도된다. 그의 시창작원리는 선험적인 형식미학의 당위성보다 생활세계의 자유분방함에 대한 열린 의식에 뿌리를 두고 있는 것이다. 과연 그는 과감한 혁신과 창조의 시조양식을 자주 선보인다.

울 너머
허연 실비
실비 밖은
하아프 소리

문득 잊혀간 날들
책갈피에 끼워놓고
떨다 만
현(絃)을 내려와

산(山)
 사(寺)
  쪽
    으
  로
    가
      는

그대

—「실비」, 『청동의 배를 타고』 전문


새들 떠난 겨울 들판에

상처 깊은

강

  이

    흐

      르

        고


무너지고 싶은 곳에

탑(塔)은 정좌(靜坐)하여


먼 산을

무릎 꿇린 채

남몰래 열반에 들어

—「불이(不二)의 노래 5」, 『청동의 배를 타고』 전문


위의 시편은 각각 3연과 1연의 파격을 통해 시각적인 생동감과 구체성을 불러일으킨다. 「실비」에서 시도한 실험적 형식미는 실비의 풋풋한 음향, 지상으로 내려오는 곡선의 운동성, 그리고 "산사(山寺)" 쪽으로 난 길의 모양새를 동시적으로 함축시켜서 표현하는 효과를 얻고 있다. 1, 2연의 정적이고 추상적인 시상이 3연의 마지막 장에 이르러 신선하게 해방되고 있다.

「불이(不二)의 노래 5」 역시 1연의 파격은 "겨울 들판"을 흐르는

"강"의 미약하나마 유려한 흐름을 입체적으로 묘사하고 있다. "겨울 들판" "탑(塔)" "열반"으로 연결되는 시상에서 흐르는 "강"에 대한 묘사는 부동태의 시적 정황에 참신한 숨통을 열어준다. 또한 이것은 "겨울 들판"을 가로질러 "남몰래 열반"에 드는 시적 주체의 추상적인 행로를 구상화시켜 보여주기도 한다.

이상에서 살펴보듯, 민병도 시조세계는 엄숙과 파격, 절제와 일탈, 추상과 구상이 서로 밀고 당기는 역학구도를 통해 전개되고 있다. 이러한 양상은 그의 시적 세계관이 폐쇄된 고답적인 세계가 아니라 생동하는 민중적 살림의 세계로 열려 있는 개방성에 기인하는 것으로 정리된다. 즉 그는 이른바 시적 자아의 기질지성에 의한 세계의 자아화를 적극적으로 추구하고 있는 것이다. 이러한 특성은 오늘날의 다층적이고 다변화된 첨단의 현실에서도 시조양식을 면면히 유지할 수 있는 한 방법론의 의미를 지닌다는 점에서 주목된다. 그러나 민병도의 시조세계는 여러 가지 미덕을 지니고 있음에도 불구하고 시적 흥취를 자아내는 단계로까지 나아가지는 못하고 있다. 지나치게 결곡하고 촘촘한 언어구조와 시상의 전개가 삶의 생기와 여백의 틈을 차단하고 있는 것으로 보인다. 그의 시조가 좀더 적극적으로 관습적 상상력을 일탈하는 유연한 사유와 넌출거리는 생의 리듬을 섭수할 때 노래로서의 시조의 본령도 재생시킬 수 있을 것이다. 시조양식의 무의식이 노래라는 점은 아무리 강조해도 지나치지 않을 것이다.

# 결곡한 절조와 서정의 심화
## —홍성란의 시조세계

현대시조란 명칭은 그 자체로 역설적이다. '현대'란 '지금, 여기'
의 당대성을 가리키지만 '시조'란 대표적인 전통적 문학 장르가 아닌
가? 그래서 현대시조는 전통과 혁신, 과거와 현재의 미의식이 상호
충돌하고 교감하고 엇섞이는 과정 속에서 생성되는 진행형의 양식이
다. 현대시조의 미적 완성도 역시 이러한 법고창신(法古創新)의 미적
균형감각을 얼마나 온전히 성취해내느냐에 있다. 물론 이 점은 형식
론과 내용가치에 걸쳐 공통적으로 적용된다.

이러한 사정은 또한 역으로 고려 말에 발생하여 조선조에 꽃을 피
운 시조가 21세기의 중심으로 진입하는 오늘날까지 지속적으로 창작
되고 있는 까닭은 무엇일까? 라는 질문을 가능하게 한다. 그것은 시
조가 지닌 형식 및 내용의 미적 가치와 그 저력에서 찾아볼 수 있을
것이다. 특히 근대 이후 자유시가 시사의 주류를 이룬 후에도 시조가
면면히 계승되고 있다는 점은 이를 뒷받침한다.

주지하듯 개화기의 선각자 최남선은 개화가사, 신체시(1908) 등을
창작하며 '새것'과 '혁신'을 꾸준히 시도했으나, 1920년대 중반에 오

면 '시조부흥론'을 전면에 적극적으로 내세우며 『백팔번뇌』(1926)를 간행하기에 이른다. 이러한 그의 시조부흥론의 배경에는 무엇보다 개화가사와 신체시에 비할 수 없는 전통적인 시조 장르의 미학적 우월성과 더불어, 개화기의 혼란과 상실 속에서 스스로 '조선심'으로 지칭했던 미학적 규범에 대한 향수와 갈망을 꼽을 수 있을 것이다.

이러한 점은 현대사회에서 지속적으로 시조가 창작되는 배경과 근원 동일성을 지닌다. 시조의 명징하고 전아한 형식미는 오늘날 자유시의 이미지와 수사의 과잉과 현란한 분식이 극심할수록 비판적 거울에 해당하는 담박한 향수의 대상으로 떠오른다. 또한 현대사회에서 가치의 혼란과 불확정성은 시조 장르가 이상적으로 추구해온 도학적 이념에 대한 관심을 유발시킨다. 자연의 순리를 추구하는 도학적 이념은 조선시대 오백 년을 유지해온 성리학의 요체이면서 동시에 인간 삶의 가장 근원적인 본성에 대한 성찰이며 발견이기 때문이다.

이러한 특성이 오늘날 자유시가 시사의 주류를 이룬 상황 속에서도 시조가 지속적으로 창작되는 중심요인이라고 할 것이다. 따라서 현대시조의 창작원리와 의의는 당대적 생활감각과 전통적인 미의식의 적절한 균정과 통합에 있다. 전자에 지나치게 경도되면 자유시와의 변별성이 무화되고 후자에 지나치게 경도되면 폐쇄적인 복고주의의 성향을 벗어나지 못하게 된다.

홍성란의 시조는 일상적 생활감각을 단아하면서도 절제된 시조양식의 미감으로 치환시켜 노래하는 고전적 품격을 시범적으로 보여주고 있다. 즉 체험적 생활세계를 고전적인 시조양식 속에 침전시킴으로써 그 의미와 가치에 대한 본질적인 질문과 응답을 집약적으로 열어나가고 있는 것이다.

　　종이도 좀 떨구고 꽁초도 좀 버려줘야

공원의 청소부도 할 일은 좀 만들어줘야

물 위로 수련이 떠올라 잠자리 날개 쉬고 있네
　　　　　　　　　　　　　　　　—「인다라망」 전문

　　초장과 중장은 아주 평이한 생활경제학을 흥미롭게 언급하고 있다.
"종이"와 "꽁초"를 버리지 않는 것이 비록 관습화된 규율이라 할지라
도, 그러나 이것 역시 너무 완벽하게 지켜지면 "공원의 청소부"를 실
직자로 만드는 부정적인 요소로 작용한다. 모든 개체 생명이 안으로
닫혀 있으면서도 외부세계와 소통하는 통로가 있어 삶을 온전히 영
위할 수 있듯이, 우리들의 일상사 역시 성긴 여유의 틈이 없으면 순
환과 연속과 공존의 질서를 지탱할 수 없다. 모든 삼라만상의 존재원
리는 '중중무진(重重無盡)'의 법계연기에 따라 교섭하고 교통하는
'인다라망'에 의해 이루어진다. 그리하여 작은 생명체까지도 거대한
우주생명의 연기설 속에서 생성되고 자기 조직화하는 것이다.
　　이렇게 보면, 종장에서 전개되는 시상의 비약적인 전환의 내적 연
속성을 읽어낼 수 있다. 평이한 세속적 일상사와 "물 위로 수련이 떠
올라 잠자리 날개 쉬고 있"는 탈속적인 선경의 지점이 서로 다르지
않은 것이다. 이들 모두 '인다라망'의 연기설로 이루어진 숨은 차원
의 질서를 통해 전일적으로 포괄된다. 물론 이러한 연기설은 단순히
시간적 인과관계뿐만이 아니라 공간적인 입체성과 동시성, 그리고 구
체적인 상관성과 추상적인 실상론의 양상을 통해 나타나기도 한다.
불가에서 말하는 '일즉일절(一卽一切), 일절즉일(一切卽一)'은 이러
한 문맥에서 이해된다.
　　홍성란은 나직하고 절제된 화법으로 일상사 속에 숨어 있는 법계

연기의 근원질서를 전언하고 있는 것이다. 물론 이와 같은 시상의 전개는 자유시의 형식을 통해서도 충분히 가능할 것이다. 그러나 종장에 이르러 도심(道心)에 입각하여 시상의 전환과 갈무리의 긴장을 추구하는 시조의 전통적인 미학적 양식이 더욱 효과적이라는 것이다. 이것은 또한 시조양식이 기본적으로 세계의 존재론적인 이치를 반사시켜주는 유효한 장치라는 점을 가리키기도 한다.

그러나 이러한 평시조의 자기 결의와 발견의 언어를 통해 현대사회의 생활감각과 정서를 반영하기에는 한계가 있다. 특히 사물의 본체를 선험적인 이치에서 찾았던 주리론적 세계관의 엄숙주의만으로는 세계에 대한 온전한 인식과 이해가 어렵다는 것은 성리학 자체 내의 논쟁사를 통해서도 이미 지속적으로 불거져왔던 내용이 아닌가.

홍성란의 나직하고 절제된 화법이 구체적인 생활 속에서 삶의 이치를 발견하고 포용하는 영역으로 나아가는 행로에는 자연스럽게 시형의 일탈과 파격이 일어난다. 그러나 그의 시형은 기본적으로 '안정된 일탈'의 양상을 보인다. '현대시조'에서 '현대'에 대한 비중이 진척되고 있으나 '시조'의 엄정한 응축의 절조가 일관되게 견지되고 있다. 그래서 그의 창작 방법론은 함축적인 암시와 절제의 미의식을 지향한다. 그에게 드러난 언어는 드러나지 않은 언설체계에 대한 "음미"와 "변주"의 통로이며 표식인 것이다. 이를테면 다음 시편은 그의 창작 방법론의 특성을 시사한다.


독구리산 어깨쯤
정자(亭子) 하나 쉬는데

앞 글씨 지워지고 아래아래 붉은 말씀

오가며 음미해보네,
'행위 금지'
그 변주.

—「변주」 전문

시적 화자가 읽고 있는 것은 "행위 금지"가 아니라 "행위 금지"의
전반부에 지워진 "앞 글씨"들이고, "행위 금지"가 생성시키는"변주"
들이다. "행위 금지"라는 "붉은 말씀"이 자석처럼 불러오는 드러나지
않은 상상적 언설의 자장들이 시상의 내용을 구성한다. 그래서 시적
형태는 단순하고 짧지만 환기시키는 시적 담론은 지속적으로 새롭게
생성, 확장된다. 이 점은 독자의 입장에서도 마찬가지이다. 지워진
여백의 공간은 독자의 상상력을 적극적으로 동참시키면서 재창조되
는 열린 마당인 것이다. 특히 종장을 3행으로 배열함으로써 도식적
운율화를 탈피하여 의미 생산적 율동화를 이끌어내고 있다.

이와 같이 안정 속의 일탈을 통한 시적 양식은 다음과 같은 곡진한
일상적 체험의 언어와 만나면서 주제의식의 내밀한 심화와 확산을
배가시킨다.

두 말 가웃 가난이 모인
아버지 낡은 가죽가방

발우 말끔 비우듯
속내 환히 들키듯

산(算) 놓고
대차 어긋나니

또 어눌한 저녁이다.

—「아버지」전문

시행 배열의 확장을 통해 체험적 삶의 진경을 포괄해내고 있다. 아버지의 가난하고 피로한 삶의 풍경이 눈앞에 보이는 듯이 실감나게 다가온다. "낡은 가죽가방"으로 표상되는 아버지의 가난은 "말끔" 비운 "발우"처럼 단순하고, "속내 환히" 들킨 것처럼 분명하다. 그렇다고 해서 저녁이 되어도 하루의 성과를 계산해보지 않을 수 없다. "산(算) 놓고/대차 어긋나니/또 어눌한 저녁이다." 이미 어느 정도 짐작하고 있었던 산술 내역이지만, 다시 확인되면서 가난의 시름은 더욱 짙어진다. "또 어눌한 저녁"이란 표현은 반복되어온 가난에 대한 암시와 동시에 인간적 연민이 배어나오게 한다.

한편 다음 시편은 "아버지"에 대한 연민이 좀더 사실적인 서사를 통해 노래되고 있다.

남자도 소리내어 울고 싶을 때 있다지

굵고 센 머리털에 툭, 끊기고 마는

가느단
내 빨강머리만 슬픈 게 아니었어.

깨물리는 빈 젖꼭지
아픔만 아픔 아니라

꼭지만 달린 젖꼭지나무 일없는 젖이 더 아프다고

아버지 흔들리던 그날
내가 본 어둠별.

　　　　　　　　　—「젖꼭지나무」, 『따뜻한 슬픔』 전문

　시적 화자는 슬픔을 얘기하고 있다. 그러나 그 슬픔은 외부로 확산
되지 않고 내면으로 응축되고 있다. 견고하게 내면화된 슬픔은 마침
내 빛을 발하기에 이른다. "내가 본 어둠별", 그것이 "아버지"의 슬픔
이다. 아버지가 "소리내어 울고 싶을 때"도 울지 못한 슬픔이 빛의 사
금파리로 빛나고 있었던 것이다. 시적 화자가 아버지의 이러한 슬픔
을 감지할 수 있었던 것은 그 자신도 슬픔의 중심에 있었기 때문이
다. "가느단/내 빨강머리만 슬픈 게 아니었어"라는 진술은 아버지와
슬픔을 함께했던 유년 시절에 대한 회고이다. 시적 화자의 슬픔과 아
버지의 슬픔이 중첩되고 있으나 정형화된 시조의 양식은 이를 "젖꼭
지나무"의 결처럼 말쑥하고 단단한 목질로 만들고 있다. 이것은 시조
의 장르적 특성이기도 하면서 홍성란의 천부적인 품성이기도 하다.
다시 말해, 그는 단정하고 명징한 시조의 미학을 예술적 체질로 지니
고 있는 것으로 보인다. 다음 시편 역시 슬픔이 식물적 상상력으로
노래되는 면모를 보여준다.

　갠 하늘 그는 가고
　새파랗게 떠나버리고

　깃 떨군 기슭에 입술 깨무는 산철쭉

　아파도

아프다 해도

빈 둥지만 하겠니

　　　　　　　　　　　　　　　　　　　　　　　ㅡ「그 새」전문

　시인에게 "갠 하늘"은 너무도 광막하고 "새파랗게" 느껴진다. 왜냐
하면 "그는 가고" 혼자만 남았기 때문이다. 이때 하늘의 새파란 빛깔
의 채도는 화자의 처연한 외로움의 깊이로 해석된다. 초장의 새파란
빛깔은 중장에 이르면 붉은빛으로 변화된다. 원거리에서 근거리로 시
선이 옮겨지면서 하늘의 푸른 빛깔이 "산철쭉"의 붉은 빛깔로 드러난
것이다. "입술 깨무는 산철쭉"처럼 간절한 외로움의 모습이 또 있을
까. 종장에 이르면 외로움의 색채가 "빈 둥지"의 공간으로 감각화된
다. 이때 "빈 둥지"는 아픔의 감각적 형상화에 해당한다. "둥지"란 포
근함과 따뜻함의 표상이지만 텅 비어 있게 되면서부터 가장 쓸쓸하고
외로운 이미지로 변형되고 만다. 아마도 초장에서 떠나간 '그'란 "두
말 가웃 가난이 모인" "낡은 가죽가방"의 "아버지"인지 모를 일이다.
왜냐하면 종장의 "둥지"가 가족공동체의 이미지에 가깝다는 점과 이
별의 정서가 너무도 애틋하면서도 맑고 투명하다는 점 때문이다.
　홍성란이 이처럼 자신의 간절한 삶의 정서에 대해 전혀 가식이나
군더더기 없이 감각화할 수 있는 배경은 현대시조에서 현대성과 전
통성의 가파른 균정을 적절하게 견지해내고 있는 점에서 비롯된다.
이를테면 시조의 정형에 대한 그의 일탈은 "바람이 가는 쪽으로 그도
가만, 기대이는"(「바람 부는 이유」) 비스듬한 순응의 각도를 유지하고
있는 것이다. 그래서 그의 시조는 대체로 여유로우면서도 명징하게
정제된 억제발화의 미감을 잃지 않고 있다.
　그러나 다음 시편은 상당히 다른 분위기를 자아낸다. 가볍고 경쾌
하고 명랑한 어조가 전면에 등장하고 있지 않은가.

흙 먹고 사는 푸나무 흙빛 어디 감췄을까

누구 따라 놀았기에 하얀 논냉이 풀솜대 노란 꽃다지 씀바귀, 무슨 솥단지 걸었기에 자운영 앵초 달개비꽃 넘치도록 한 초롱 새 물감을 길었나

동자승 흙 묻은 손등엔 무슨 꽃이 필까요
                                            —「말놀이 꽃놀이」 전문

제목에서부터 "놀이"가 중첩되어 나타나고 있다. 사설시조의 형식론과 내용가치를 계승하고 있다. 평시조가 주어진 형식적 틀에 맞추어 엄격하게 음보 수를 통제하는 억제발화인 데 반해, 사설시조는 거대 틀만은 엄격하게 준수하고 미세 틀인 음보 수는 상당 정도 일탈하고 자유롭게 늘려 사설을 많이 주워섬기고 소재들을 많이 엮어짬으로써 텍스트 자체의 재미를 느끼도록 하는 확장발화에 해당한다. 물론 사설시조가 확장발화라 할지라도 1) 3장으로 시상을 완결해야 하고, 2) 각 장은 네 개의 통사의미 단위구를 준수해야 하며, 3) 종장의 첫 음보는 3음절로 시작해야 하는 '억제 속의 확장발화'(김학성,『한국 고전시가의 정체성』)이다. 그래서 위의 시편 역시 자유시와는 확연히 변별되는 가지런한 절제의 질서를 보여준다. 다만 중장이 이음보격으로 엮여 짜여나가면서 짧고 경쾌하게 몰아가는 율동구조가 긴장을 풀고 조화와 안정을 깨뜨리는 역할을 감행하고 있다. 중장으로 인해 정적인 유장함이 동적인 경쾌성으로 치닫고 있는 것이다. 그러나 시상의 전반적인 내용은 "말놀이"의 수준을 크게 벗어나지 못하고 있는 것이 사실이다. 홍성란 특유의 결곡한 절조와 함축적 긴장의 미감이 이완되면서 시적 흥취를 떨어뜨리고 있다. 그의 특유의 결곡한

절조를 통해 서정의 심화를 획득하는 법고창신의 미의식이 평시조의 전통성에 뿌리를 둘수록 더욱 빛을 발한다는 것을 알 수 있다. 그 주된 까닭은 무엇일까. 조선 후기에 대두된 사설시조의 성격이 현대시조가 지향하는 '현대성'과는 다른 층위에 놓이기 때문이 아닐까. 사설시조가 주로 조선 후기의 서민의식의 직접적 표출을 위해 추구된, 평시조의 엄정성에 대한 일탈과 파격의 양식이라 할지라도, 이것이 곧 오늘날 고도로 발달한 산업사회의 현대적 생활감각과 정서의 표출 방법론에 상응할 수는 없기 때문이다. 다시 말해, 조선 후기에 과도기적 양식으로 등장했던 사설시조의 미의식은 오늘날 현대시조가 지향해야 할 새로운 혁신의 방법론적 시사는 줄 수 있지만, 그 자체로 답습해야 할 전범은 아니라는 것이다. 사설시조의 양식이 오늘날 시조 창작의 중요한 거점에 해당하는, 이미지와 수사의 과잉과 정서적 밀도의 이완에 시달리는 자유시의 비판적 거울로서의 역할을 감당하지 못한다는 점도 이를 뒷받침한다. 사설시조의 미적 특성은 이미 자유시의 양식 속에 포괄적으로 복속되고 있는 것으로 보인다.

이렇게 보면, 평시조의 발화억제의 엄격성에 대한 현재적 재창조를 통해 혼탁한 현대사회의 일상 속에서 "젖꼭지나무"의 목질처럼 말쑥하고 결곡한 서정을 반사시키고 있는 홍성란의 작품들은 앞으로 현대시조가 걸어가야 할 미적 방법론의 향방에 대한 중요한 시사점을 제시하고 있다고 할 것이다.

문학동네 평론집
대지의 문법과 시적 상상
ⓒ 홍용희 2007

| | |
|---|---|
| 초판인쇄 | 2007년 8월 1일 |
| 초판발행 | 2007년 8월 7일 |

| | |
|---|---|
| 지 은 이 | 홍용희 |
| 펴 낸 이 | 강병선 |
| 책임편집 | 조연주 고경화 |
| 펴 낸 곳 | (주)문학동네 |
| 출판등록 | 1993년 10월 22일 제406-2003-000045호 |

| | |
|---|---|
| 주    소 | 413-756 경기도 파주시 교하읍 문발리 파주출판도시 513-8 |
| 전자우편 | editor@munhak.com |
| 전화번호 | 031) 955-8888 |
| 팩    스 | 031) 955-8855 |

ISBN 978-89-546-0356-0 03810

www.munhak.com